闽人剧稿

林瑞武　著

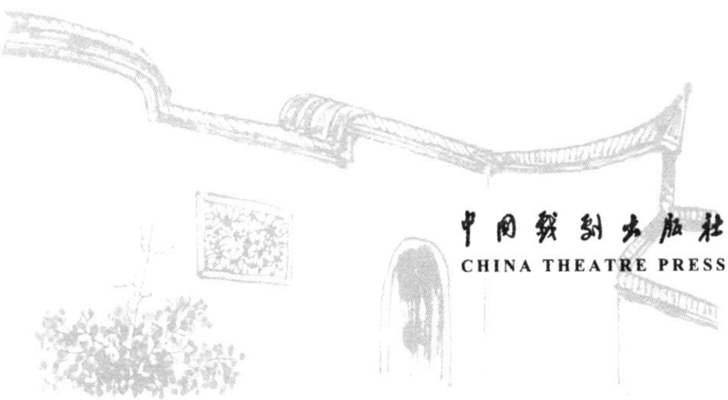

中国戏剧出版社
CHINA THEATRE PRESS

图书在版编目（CIP）数据

闽人剧稿 / 林瑞武著. -- 北京 ：中国戏剧出版社，2020.10
ISBN 978-7-104-05032-2

Ⅰ. ①闽… Ⅱ. ①林… Ⅲ. ①剧本－作品综合集－中国－当代 Ⅳ. ①I230

中国版本图书馆CIP数据核字(2020)第193435号

闽人剧稿

责任编辑：郭　峰
特邀编辑：张燕君
责任印制：冯志强

出版发行：中国戏剧出版社
出 版 人：樊国宾
社　　址：北京市西城区天宁寺前街2号国家音乐产业基地L座
邮　　编：100055
网　　址：www.theatrebook.cn
电　　话：010-63385980（总编室）
传　　真：010-63383910（发行部）

读者服务：010-63381560
邮购地址：北京市西城区天宁寺前街2号国家音乐产业基地L座

印　　刷：廊坊市金虹宇印务有限公司
开　　本：787mm×1092　1 / 16
印　　张：24.125
字　　数：360千
版　　次：2020年10月　北京第1版第1次印刷
书　　号：978-7-104-05032-2
定　　价：128.00元

序 言

薛若琳

林瑞武同志是中国艺术研究院首届（1985—1987年）戏曲理论研究班的毕业生。这个班是张庚先生和郭汉城先生倡导创办并亲自担任班主任，目的是为各省市培养一批“文革”后紧缺的高素质的戏曲研究和创作人才。学员是由各省市文化厅局推荐，经过考试录取。1986年我担任中国艺术研究院副院长，分管研究生部，尤其我是张庚、郭汉城二老的学生，协助二老把这个班办好是应尽之责。因此，我尽可能地为他们提供最好的师资与教学、生活条件。同时，我自己也给这个班上课，讲授《中国戏曲史》。这个班在两年里学完了《戏曲史论》和硕士研究生应该学习的所有课程，他们毕业后，多已成为所在省市戏曲研究和创作的重要骨干，出了许多研究与创作成果，其中不少人成了当地艺术研究院所或剧团的负责人。林瑞武毕业后在福建省艺术研究院工作，搞理论研究也搞剧本创作，成果丰硕，获得过曹禺剧本奖、王国维戏曲论文一等奖，以及多个田汉戏剧奖和福建省戏剧创作一等奖等奖项。在他担任福建省艺术研究院副院长、福建省文化厅剧目工作室副主任期间，为福建省的戏剧创作、理论研究和人才培养做了许多工作。这次中国戏剧出版社要为瑞武出一部作品选集，他请我给这部选集写个序言，我义不容辞，写下一些感想，谨为序。

瑞武的这本选集收录了他写的八个剧本和三篇理论文章，剧本中有一半是写近代史上福州籍贯的历史文化名人。《别妻书》是写辛亥革命“黄花岗七十二烈士”之一的林觉民在广州起义中舍生取义，与妻子生离死别，写下传诵百年的《与妻书》的故事。《枫落寒江》写近代国学与文学大家林纾为倡导西学、维新变革和王寿昌共同翻译法国小说《茶花女》的故事，其中穿插了林纾与歌妓谢蝶仙的爱情悲剧。《银筝断》写“戊戌六君子”之一的林旭和他妻子沈鹊应的爱情和悲剧命运。《黄乃裳》写华侨领袖、民主革命家黄乃裳在参加“戊戌变法”失败后，带领“福州十邑”的乡亲下南洋，垦荒种植的故事。《闽都游子》《哦，梨花洲》和《尹桂芳》三个剧本写的也都是与福州有关的人物与故事。只有古代历史剧《解忧公主》例外，写西汉皇室公主刘解忧肩负汉武帝联合乌孙，共击匈奴的使命，前往西域乌孙国“和亲”，作为乌孙王妃，积极促进乌孙及西域各国与汉朝的经济文化交流，并在艰难复杂的情势中处变不惊，力挽狂澜，为汉乌联手重挫匈奴，推动中国作为统一的多民族国家的形成作出重要贡献的历史故事。

他的三篇理论文章中，一篇是对“闽派戏剧”特有的创作风格进行分析和探讨；一篇是研究地方戏剧的形成发展与地方文化之间的互动关系；还有一篇是论述戏曲创作诗性的思维方式。林瑞武发表过许多理论文章，还与人合作撰写出版学术专著《福建地方戏剧》，主持完成了全国艺术科学“十一五”规划文化和旅游部重点课题《福建省民营剧团生存状态调查研究》。为何要在剧本集中收录这三篇文章？他说，这三篇文章能体现他的创作理念与美学追求，收录在集子中有助于读者了解他的创作实践与理论探索。瑞武是难得的创作和研究的两栖人才，创作促进他研究的深入思考，研究又能激励他的创作更加务实。

福建省是戏曲大省，改革开放以来，剧本创作也走在全国前列，出现了一批优秀剧作家和作品，如郑怀兴的《新亭泪》《傅山进京》，王仁杰的《节妇吟》《董生与李氏》，周长赋的《秋风辞》《沧海争流》等。特别是在新编历史剧创作方面，精品佳作迭出，被戏剧界称为“闽派戏剧”。瑞武对“闽派戏剧”风格特点的概括是：“具有强烈的理性精神和批判意识，具有较深厚的思想文化内涵，富有哲理意味，同时创造了比较丰富复杂、有较高认识价值和审美价值的人物形象，总体上呈现出比较高雅和深沉凝重的艺术风格。”瑞武作为“闽派戏剧”的一位重要剧作家和研究者，他的作品必然会带有“闽派戏剧”的一些共同特点。例如，他的作品主要也是以历史剧为主，只不过，他更注重写近代历史上真实的历史与文化人物，同时也有比较深厚的思想文化内涵。《别妻书》中，作者浓墨重彩地描写了林觉民被捕后在公堂上和广东水师提督李准之间那一场唇枪舌剑的辩论，尤其是他洋洋洒洒写下的那一篇“自供状”，历数华夏五千年历史兴衰，表达他对国家民族命运与前途、革命与改良问题的思考。《枫落寒江》讲述的是林纾翻译《茶花女》的过程中与名歌妓谢蝶仙的爱情悲剧故事，然而瑞武思考和表达的却是林纾虽然同情茶花女的悲剧命运，能够接受《茶花女》小说表达的自由平等的婚姻爱情观念，但他自诩是真儒和名士，其特殊地位和身份，不可能与青楼女子结为百年之好。在林纾身上，旧有的传统文化和新兴的思想观念相冲撞，最后还是旧有的传统文化击败了新兴的思想观念，表达了清末民初两种制度、两种文化的交集与缠斗，给那个时代的知识分子带来的痛苦与挣扎。《银筝断》以“戊戌变法”为背景，讲述林旭与妻子沈鹊应（晚清重臣福州人沈葆桢孙女）的生死爱情故事。高潮一场戏写林旭被慈禧太后杀害后，他的灵柩运回福州老家，暂放在一座寺庙中，却遭到当地保守势力和愚昧村民戳棺戮尸，沈鹊应以身护棺，痛斥群丑。情节、场面十分震撼人心。瑞武说，当初从材料中看到有关记载后，便悲从心来，联想到“戊戌六君子”被押至北京菜市口行刑时，便遭到不少愚昧和不明真相的群众的辱骂、嘲笑和扔菜帮子，说明当时的变法何等艰难，保守和蒙昧势力何等猖獗，先驱者何等孤独，才迸发出写这出戏的激情的。“戊戌变法”顺应了时代潮流，这是需要肯定的。但是其具体措施，例如废除科举，堵塞了读书人的仕进之路，因此知识分子普遍反对变法；又如变法提倡移风易俗，破除迷信，就使靠骗钱为生的巫婆神汉将失业，因此他们也反对变法；而那些长期信鬼拜神的民众，失去精神寄托，所以他们也反对变法。总之，变法没有给他们带来“红利”，没有给他们带来幸福感和获得感。一句话，变法只是高层设计，不接地气，所以林旭在北京菜市口被杀，灵柩回到家乡受到污辱和不公正待遇，是有其深层的社会原因的。

剧本创作最重要的当然是要写人物。而像瑞武这样多年来集中创作一批描写近代史上福州籍的历史文化名人作品的剧作家是少见的。瑞武说他写这些题材的戏并非上级领导和有关部门、有关剧团的差遣邀约，纯属自我选择。这想必与他作为福州人，熟悉和热爱家乡那片热土，深为福州近代史上曾出现一大批仁人志士，引领当时中国的思想文化潮流而自豪有关。而更重要的是他有历史的使命感和担当精神。他站在社会思想和时代精神的前沿思考近代史上的一批英雄义士，写出了他们的精神风貌和家国情怀，具有当今的时代感与现实性。我常常把不论是反映古代的历史剧或反映近代的历史剧，都当作现代戏来看，其理即于此也。瑞武还谈到他写这些戏的另一个原因，是被这些人物故事所具有的强烈的诗性和抒情性所吸引。认为它是戏曲的好题材，因为戏曲的本质是诗，即张庚先生所说的“剧诗”，而抒情性是最重要的手段之一。

《谈戏曲剧本创作的诗性思维》（纲要）一文，比较系统地阐述了瑞武对戏曲创作诗性思维特征的认识，以及这种诗性思维特征在剧本选材、剧情结构、人物塑造、唱词、对白等方面的运用。这是他受到张庚先生“剧诗说”的影响，又根据自己多年从事戏曲研究与创作的心得体会。参照这篇文章和《地方戏剧与城市文化特质的共生关系》等另一些文章来阅读剧本，可以看出，瑞武的剧本在塑造人物方面有两个鲜明的特点：一是把地域文化性格与人物个性结合起来认识和塑造人物。瑞武在《〈别妻书〉创作手记》中谈到福州男人的文化性格，是性情较为平和包容，家庭责任感较强，感情较为细腻，较能善待与呵护妻子，愿意为妻子分担家务，做“老婆奴”。所以福建民间有“有女要嫁福州郎”的说法。但这并不意味着他们缺乏男子汉的气魄和血性。在国家民族面临危亡的关键时刻，许多福州男人都挺身奋起，救国救民，慷慨赴难。林则徐、严复、林纾、林旭、林觉民等人就是典型代表。瑞武说，他就是结合福州男人特有的文化性格去理解、把握和塑造林觉民的艺术形象的。我们在《枫落寒江》《银筝断》和古代传奇闽剧《闽都游子》中，都可以看到这一点。无论是林纾、林旭，还是福州才子郑玉山，虽然个性各不相同，但都有福州男人文化性格共有的一些特质。二是以细腻委婉到极致的感情与心理描写刻画人物。瑞武在《戏曲创作的诗性思维》中强调，要把人物性格作为“性情”来写，主要是描写人物的情感，尤其是人物内在的情感。这是对中国古代曲论多把人物性格称为“性情”或“情性”观念的继承与弘扬。而且，他还特别关注引用了明代文学家程羽文和陈继儒“曲以诠情性之微”和“曲者，谓其曲尽人情也”的论述。因而，他对剧中人物性格的刻画，特别注重对人物内心情感和心理状态的细微入化的描写和开掘。例如《别妻书》就把林觉民参加广州起义前夕和爱妻陈芳佩的生离死别写得淋漓尽致。林觉民不忍将实情告知妻子，怕她柔弱且又怀孕的身心难以承受，陈芳佩虽已强烈地感觉到，但也不敢接受现实的矛盾复杂的情感写得如春水涓涓般婉转低回。有些场次，如“灯下看妻”一场，可以说是写到极致。陈芳佩因错戴了林觉民为逗乐给她戴上的白色月季花，触犯了福州民间只有孀妇才戴白花的民俗禁忌，使本就惊恐脆弱的心理崩溃了，晕倒在地。当夜，林觉民面对吃药后昏睡的妻子，想到自己次日清晨便要启程赴难，很想把妻子唤醒和她相拥话别，又担心惊扰了她一夜的安然，于是拈亮煤油灯，在灯光下再细细端详妻子的面容，从她苍白的脸庞看到散乱的发髻、忧蹙的眉眼，边看边回想他留学东瀛，投身革命，多年来妻子为他和家庭的身心付出的情景，自己若牺牲战场，她将要承受的痛苦与孤寂，把千般怜爱，万般痛苦化成了长达二十八句的唱段，把他内心复杂的情感抒发得既缠绵悱恻又淋漓尽致。在《银筝断》中，描写林旭为挽救变法大局，准备铤而走险，为不连累妻子，借送信的名义把她骗回岳父母家，与她告别的一场戏中；在《枫落寒江》林纾错失谢蝶仙矛盾复杂和痛苦愧疚的情感的描写中；在《闽都游子》郑玉山自请铁鞭抽打自己的身体和灵魂的戏剧场面中；我们都可以看到将人物的内心情感推向极致的描写。而《尹桂芳》《解忧公主》等剧作中，同样也可以看到尽力把剧中人物的情感和心理描绘得既细腻又委婉。为此，他还设计了一些很独特的细节，例如林觉民为妻子戴上她平日最喜爱的白色月季花，本是为逗她高兴，却无意中导致她心理崩溃。后来，陈芳佩带着孩子赶到闽江边给丈夫送行时，特地和孩子一起都穿上红衣，自己还戴上红花，以保佑丈夫逢凶化吉。又如，林纾为感念亡妻的辛劳贤德，特地保存了妻子生前插在家门框上的一枚缝衣针，这根缝衣针刺痛了上门求爱的谢蝶仙的心，使她领悟到林纾对亡妻的真挚感情，而谢蝶仙临终之际，嘱托婢女也要在她的棺材壁上插一根缝衣针，以求来生也能做个为林纾缝衣做饭的女人等。

瑞武在细腻委婉、淋漓尽致描写这些人物对妻子、丈夫、知己、家乡亲人生离死别、痛苦愧悔的心理情感，表现出他们的柔肠寸断的同时，也浓墨重彩地写出他们为国家民族、人间正义慷慨赴难的炽烈情怀和侠肝义胆，由此写出了一个个性格鲜明，感情丰富，有血有肉的人物形象。

在几部历史剧中，瑞武在尊重历史，敬畏历史的前提下，运用虚构形式使戏更丰满，更有艺术性。在历史剧中，虚构是必要的，没有虚构，就不成为历史剧。例如《别妻书》中，写林觉民在离开福州前，陪同妻子陈芳佩去西禅寺游览，摘一枝白色月季花戴在妻子头上，无意中触犯了福州风俗戴白花是不祥之兆的禁忌，被妻子惊惧地扔掉。这场戏是虚构的，意在表现林觉民和陈芳佩各怀心思又不能明言的痛楚。而在“江边送别”一场，陈芳佩携孩子皆穿红衣、戴红花给丈夫送行，祛除先前“戴白花”的晦气，保佑丈夫平安吉祥，情节和细节上与前面形成反差与对比，也是虚构的妙笔。在《银筝断》中，林旭赴京科考不第，情绪低落，久滞京师不归。沈鹊应望眼欲穿，千里迢迢寻夫入京，鼓励和支持他从逆境中奋起，投身变法，报效国家的情节是虚构的，但她和林旭伉俪情深，赞赏林旭的报国情怀却是有依据的。她在林旭被杀后写下的《浪淘沙》词，便体现了这种思想情感：“报国志难酬，碧血谁收。箧中遗稿自千秋。肠断招魂魂不到，云暗江头。绣佛旧妆楼，我已君休。万千悔恨更何尤？拼得眼中无尽泪，共水长流。”后来自杀殉夫，年仅二十四岁。所以瑞武虚构的沈鹊应千里寻夫的情事，表现了沈鹊应对丈夫的思念和夫妻间的深厚情感，表现了她对丈夫变法事业的支持，也为戏的后来沈鹊应的悲痛悼亡，做了有力的铺垫，这样的虚构是成功的。《解忧公主》也有虚构情节。我在十多年前，曾到新疆伊犁乌孙山的山脚下，缅怀汉代到乌孙“和亲”的公主刘细君和刘解忧。细君公主是江都王刘建之女，刘建反叛朝廷兵败自杀，汉武帝为了联合乌孙共同抗击匈奴，与乌孙联姻，派细君公主下嫁“和亲”。细君公主作为罪臣之女到了塞北，过不惯黄沙漫天、荒漠草原、尽食牛羊腥膻的生活，在乌孙五年便去世。但她为汉乌结盟仍然做了大量工作。细君公主死后，武帝又派解忧公主继续与乌孙“和亲”。解忧公主的祖父是楚王刘戊，景帝时参与“吴楚之乱”，兵败自杀，解忧亦成为罪臣之女，下嫁乌孙。解忧与性格内向、郁郁寡欢的宗室姐姐细君不同，她性格外向，爽朗乐观，很快就适应了大漠草原的生活。解忧公主在乌孙生活了半个世纪，一直活跃在西域的政治舞台，积极配合汉朝遏制匈奴，为加强和巩固汉乌团结做了大量工作，稳定了汉朝边疆的安全。当时我在乌孙山下就想：看来“反革命家属”也能为国家作贡献啊。瑞武创作的《解忧公主》在尊重和把握这段史实和解忧公主的思想性格的前提下，在剧情上也做了不少艺术虚构。例如，第三场戏写解忧公主为乌孙王翁归靡弹奏古琴曲《高山流水》，互诉衷情，匈奴公主乌月邀宠干扰，定要解忧公主也为她弹奏该曲子做伴奏，为翁归靡献舞，却因掌握不了该曲子的神韵和节奏，舞步紊乱，被翁归靡斥责赶走。这场戏写得很有情趣，也很浪漫，有诗意，但却不是漫无边际的向壁虚构。史料有记载：翁归靡曾经跟随出使西域的张骞到过长安，目睹过汉朝的强盛繁华与汉文化的丰富多彩，对汉朝、汉文化十分仰慕。

从以上粗略的分析中，我们可以看到瑞武是一位既有很好的理论素养，又很有艺术感性和诗意情怀的剧作家，他的创作和研究有如车之两轮、鸟之双翼，是互动互振的文化表达。因此，他是一位学者型的剧作家，他的作品既有较为深厚的思想文化内涵，又有自己独特的艺术风貌，以及浪漫诚意的八闽气韵，充满着奔放的艺术张力和审美追求。

（薛若琳，为中国艺术研究院原副院长、中国剧协顾问、研究员、博士生导师）

目 录

闽　剧

别 妻 书

时　间：清末。

地　点：广州。

人　物：林觉民——24岁，字意洞，号抖飞、天外生，日本东京庆应大学留学生，中国同盟会会员，“黄花岗七十二烈士”之一。

陈芳佩——约22岁，字意映，林觉民之妻。

依　新——6岁，林觉民之子。

林孝颖——40多岁，字可珊，全闽高等学堂教习，林觉民嗣父。

刘　锋——25岁，字肩宇、六符，在福州新军炮营任职，中国同盟会会员，“黄花岗七十二烈士”之一。

林孟瑜——16岁，林觉民之堂妹。

李　准——30多岁，清军广东水师提督。

文　案——40多岁，水师提督署文案。

福州街上行人、报童、车夫、小贩、起义者、清军、衙役、和尚等若干。

〔光起。

〔伴随着深沉逶迤、如泣如诉的音乐声，一群青少年学生手捧《与妻书》缓缓走上舞台……

〔画外音。青少年的朗读声："意映卿卿如晤：吾今以此书与汝永别矣！吾作此书时，尚是世中一人，汝看此书时，吾已成为阴间一鬼。吾作此书，泪珠和笔墨齐下，不能竟书，而欲搁笔。又恐汝不察吾衷，谓吾忍舍汝而死，谓吾不知汝之不欲吾死也，忍悲为汝言之。"

〔一束如诗如梦的追光中，林觉民出现在舞台上。他眺望远方，思念妻子，眉宇间蕴藏着无限的怅绪愁情……

林觉民　（心音）意映，我的爱妻，当你收到我的这封信的时候，我们已经阴阳两隔，人鬼殊途——在颠覆满清专制政府，创立共和的广州举义中，我已经慷慨捐躯，和你永别了！

〔另一束如诗如梦的追光中，陈芳佩出现在舞台另一侧。她满目凄楚，无限哀怨地看着林觉民……

陈芳佩　（心音）意洞，我早有这个预感，早就害怕我们那天在台江汛平水码头的分别会是我们此生的永别！

林觉民　（心音）我知道你会有这预感，我所做的一切其实都瞒不了你……爱妻呀！

（唱）　瞒你并非少信任，

是怕忧惧伤你身。

陈芳佩　（心音，唱）

你我灵犀早相系，

越瞒我是越惊心。

林觉民　(心音)意映,我现在再也不瞒你了,我要把一切的情况,包括我参加这次举义前前后后的情况,我回家时面对你的心情,所思所想,所作所为,全都告诉你!

陈芳佩　(心音)意洞,我也要把我的心情说给你听……

林觉民　(心音)那就由十多天前,我从东京经香港回家那天说起吧。

陈芳佩　(心音)那天,我和依新、瑜妹去南后街迎接你……

〔追光渐收。林觉民和陈芳佩渐隐去。

〔街市喧闹声响起。

〔光复明。

〔字幕:"1911年(辛亥年)农历三月初的一天傍晚,福州府侯官县(今属福州市)南后街林觉民家附近。"

〔街市上人来人往。卖鱼丸扁肉的小贩用汤勺触碰着瓷碗在高声叫卖,卖碗糕的也头顶蒸笼在叫卖,衣衫褴褛的乞丐也正沿街乞讨。突然传来马蹄声和"让开!让开!"的凶恶吼叫声。路人惊恐躲避,紧接着,一支清军马队气势汹汹地鞭赶行人,踢翻小贩的担子开路,一队持枪的英军水兵傲气腾腾地列队而过……

〔报童跑上。

报　童　(高叫)快看新闻,快看新闻,英国兵舰开进马尾港,一条渔船被撞翻!快看新闻,快看新闻,三宝街鼎边店老板没钱缴税,被官府除店,游街示众!(奔跑着向路人兜售着报纸)

〔一阵铜锣声和"抗税罪徒,游街示众啰——"的吆喝声传来,一个敲锣、两个持棍棒的衙役押着一个体态佝偻、步履蹒跚,木枷锁铐的老年男人上。

〔老年男人体力不支,踉跄倒地。

衙　役　(吼叫)起来!起来!(用棍棒和皮鞭抽打老年男人,硬将其拖起,驱赶着下)

〔行人围观,或是木然,或是同情地摇摇头,众人均无语。

〔林觉民上。

林觉民　（见此景不由一愣，愤怒之情油然而生）

（唱）　别东瀛归故里心潮激荡，

国将破腥云卷满街犬狼。

因此我更应当多召勇士，

赴粤都蹈血火举义揭竿！

〔容貌粗犷，腰挂长剑，一身侠气的刘锋从酒楼中踉跄而出。

刘　锋　（恨恨地）呸！这些乌龟王八蛋！（从报童手中夺过报纸，呜咽出声）中国亡矣！（抛撒报纸，拔出长剑，且歌且舞）

（唱）　故国山河兮已沦落，

我辈无奈系涕泪多。

酒酣每总兮思燕赵，

何日刺秦兮效荆轲。

但觉热气兮胸中涌，

对天长啸兮如放歌！

（对天长啸）嗬嗬嗬——

〔行人围观，嬉笑指点。

刘　锋　（指众人）笑、笑、笑，国家都这样了，你们还笑，死都不知道倒啊！（醉倒在地）

报　童　（边捡报纸，边气恼地打刘锋）就你死会知道倒！

林觉民　（忙拦住报童）依弟，他喝醉了！

报　童　我的报纸都让他弄破了！

林觉民　我帮你捡吧！（俯身捡起报纸，抖落灰尘交给报童，还从身上掏出一些钱"补偿"给他）

报　童　（鞠躬）谢谢先生！（接过报纸，仍气恼地瞪了刘锋一眼，举起报纸高叫）快看新闻啊！（跑下）

〔行人散去。

林觉民　（走近刘锋察看）哎，这不是刘锋刘六符吗？（忙上前搀扶刘锋）六符兄,六符兄!

〔刘锋挣扎起身,又无力地倒地睡去了。林觉民看着鼾声如雷的刘锋只能苦笑。此时,依新喊叫着“依爹!”欢快地跑上,林孟瑜随上。

林觉民　依新,个子又长高了!

依　新　依爹(欲扑进林觉民怀中又停住,对林觉民一鞠躬)依爹,我给您请安!

林觉民　好了,好了!(一把抱起依新连亲了几下)

林孟瑜　依哥,你回来了?

林觉民　哎,瑜妹!

林孟瑜　依哥,看谁来接你了?

〔陈芳佩含笑轻柔地走上。

林觉民　(回头)意映!

陈芳佩　意洞!

依　新　依爹……

林觉民　依新这孩子又长高了。

林孟瑜　依哥,你很快就要做第二个孩子的依爹了!

林觉民　真的?

〔陈芳佩羞赧地点点头。林觉民欣喜走近妻子,情不自禁地端详妻子的腹部。

刘　锋　(梦呓)故国山河兮已沦落……

〔林觉民一惊,面色渐渐沉重地立起身来。

陈芳佩　怎么,你不欢喜?

林觉民　我……哦不不,欢喜,欢喜……

〔陈芳佩不无疑惑地看着林觉民分明有些勉强的笑脸……

林孟瑜　依哥,我们回家吧!

依　新　依爹,回家!

〔音乐起。林觉民背起刘锋与家人同下。

〔暗转。

〔当夜，林觉民和陈芳佩的“双栖之所”——由卧室和一个小厅构成的起居室内。

〔林孝颖坐在茶几旁抽水烟筒。林觉民和依新相互击拍着手掌在念福州童谣《砻砻谷》：“砻砻谷，谷砻砻，糠养猪，米养人，空谷养鸭姆，鸭姆生蛋还主人……”

依　新　你又拍错了，我不跟你玩了！

林觉民　再来一次，依爹疼你！

〔依新噘噘嘴，又和林觉民击掌念起来。

〔林孟瑜上。

林孝颖　觉民啊！芳佩这次没将有身孕的情况告诉你，是为了让你安心准备毕业考试，也是我同意的，你可千万不要见怪她啊！

林觉民　依爹，我没见怪她。（帮林孝颖填上一筒烟丝）

林孝颖　芳佩真是个难得的好媳妇啊，为了让你安心在日本读书，她尽心尽力匡家，再劳累也没声没气！

林孟瑜　（俏皮地）我看依哥你啊，这次回来要是见怪依嫂，不好好照顾她，就要取消你再做依爹的资格！

林觉民　（也俏皮地）好，取消、取消！（刮了一下林孟瑜的鼻子）

林孝颖　好了，天晚了，你早点儿歇息吧。依新，今晚跟依公一起睡！

依　新　不，我要跟依爹睡！我要跟依爹睡！

林觉民　就让他在这里睡吧，挤一点儿不要紧。

林孝颖　依新，你依爹今天累了，让他好好歇一下，明天晚上再跟他睡好吗？乖！

依　新　好吧！（恋恋不舍地随林孟瑜下）

林觉民　（送到厅门口）依爹走好！

〔月出云层，窗外一棵蜡梅树筛落下斑驳的月影……

林觉民　（唱）　皓月当空苍穹净，
窗前疏梅筛月影。
万籁俱寂夜已阑，

犹有我心难安宁。

广州举义克日事,

铁血南天召我行。

唯忧爱妻身有孕,

弃她而去怎忍心?

倘若她知我将舍身赴义,

柔弱体有孕身,怎禁得生离死别的噩梦缠萦?

〔陈芳佩手持一束新采摘的白色月季花上。

林觉民　意映,六符他现在怎么样了?

陈芳佩　他没事了,还在睡。(把花轻抚了一下,插入案上的空花瓶中)

林觉民　真是辛苦你了!(怜爱地搂住陈芳佩)

陈芳佩　(突然轻叫)哎哟!

林觉民　(忙松开陈芳佩)怎么了?

陈芳佩　(柔声含嗔地)你抱得太紧,把他(指腹中胎儿)都抱难受了,刚才踢了我一脚!

林觉民　是吗?这孩子还没出世怎么就这么调皮!(附耳倾听)

陈芳佩　他呀,以后也一定像你一样,是个不安分的人!

林觉民　那好啊,那人间又将多了一个意洞也!

陈芳佩　你别高兴太早。伯母说,她可能是个女孩!

林觉民　那也好,那人世上又将多了一个才貌不俗,人品亦佳之淑女也!

陈芳佩　看你,就爱耍贫嘴!(幸福地倚伏着林觉民)

(唱)　稚子绕膝似乳燕,

常倚夫肩在窗前。

漫借月色品梅韵,

紧依烛影赋诗联。

但遇风轻云淡日,

明山秀水多流连。

林觉民　是啊,我也希望能过上这样的生活。你看那窗外的梅花,月色多美啊!

我在东京住在“田野居”，那窗外正好有一棵樱花树，每当皓月当空之夜，那棵樱花树在我窗前洒下斑驳的月影时，我总会想起我们这“双栖之所”窗前的疏梅月影，想起我们俩在一起的情景。

〔陈芳佩温柔地凝视着丈夫，林觉民也深情地凝视着妻子……

〔画外音。青少年的朗读声：“回忆后街之屋，入门穿廊，过前后厅，又三四折有小厅，厅旁一室，为吾与汝双栖之所。初婚三四个月，适冬之望日前后，窗外疏梅筛月影，依稀掩映。吾与汝并肩携手，低低切切，何事不语？何情不诉？及今思之，空余泪痕。”

〔刘锋内声“好睡呀好睡！”伸展筋骨而上。

刘　锋　这是什么地方，我怎么到这里？

林觉民　六符兄！

刘　锋　意洞兄，你回来啦！

林觉民　你酒醉清醒了？

刘　锋　我酒醉了？

林觉民　你醉卧南后街，是我将你扶到我家，意映在照顾你。

刘　锋　（看了一眼陈芳佩，发现她有身孕）唉，怪我太贪杯，给你和嫂夫人添了不少麻烦，不好意思，不好意思！

陈芳佩　不要紧。

林觉民　请坐。

〔林觉民和刘锋坐下。

刘　锋　意洞兄，你留学在日本，知不知道，我们国家已经成什么模样？

〔陈芳佩为刘锋倒茶。

林觉民　（看了看陈芳佩）刘符兄啊，今天不谈这些。最近正是日本樱花开放的季节，学校放了樱花节的假，我的几位日本同学要到苏杭去游览，请我作陪，我也就借此机会转回家来看看！

刘　锋　（眉头一皱）意洞兄，你怎么……

林觉民　（又连忙地）那东京上野的樱花开的时候可真是漂亮啊！

刘　锋　（不耐烦地）意洞兄，你我分别这么久，好不容易才见上一面，你怎么想的尽是日本的樱花,我实在不爱听,莫非是你去东瀛留学,变了心性?

林觉民　这……意映,六符兄酒还未大清醒,你去泡一杯茉莉花茶给他解酒。

刘　锋　不用不用,还是醉着好,醉着好啊!

林觉民　意映,快去吧!

陈芳佩　嗯!(下)

林觉民　六符兄,你我本是同盟会兄弟,几年不见,怎么就生分起来了?

刘　锋　生分不生分倒没什么,我只知道国家快完蛋了,我等快成为亡国奴了,有些人还麻木不仁。我要是不醉在酒中,非活活憋死不可!

(唱)　自幼我便立志投笔着戎装,
扶铁血驱列强不负国恩。
好容易入新军谋个微职,
那军中也腐败令人心寒。
眼看着这国家日趋沦落,
欲拯救却无计苦闷难当。
慢说我借醉酒歌舞狂啸,
总强似朝对樱花夕游苏杭!

林觉民　六符兄!早知道你是一个有血性的男子汉,现在,我们拯救国家和民族的机会到了!

刘　锋　拯救国家民族的机会到了?

〔林觉民示意刘锋先别激动,将厅门掩上。

林觉民　我同盟会已决定在广州举义,尔后出师北伐,一举摧毁帝制,创立共和!

刘　锋　太好了!我就等着这一天了!

林觉民　我这次回来,就是受同盟会之命,召集一批最英勇无畏的同志前往广州,参加敢死队,在举义中率先发难!

刘　锋　(情不自禁,大声地)好,我一定随你前去广州!

〔陈芳佩端茶上。

陈芳佩　（见状一愣，不觉停住了脚步）去广州？

〔厅内刘锋谈得哈哈大笑，厅前陈芳佩犹疑敲门。

林觉民　谁？

陈芳佩　意洞，茉莉茶泡好了。

〔林觉民开门。陈芳佩捧茶进。

刘　锋　我心里痛快，头脑清醒，无须解酒，无须解酒！

林觉民　六符兄，这是意映特意为你泡的茶，还是喝了吧！

刘　锋　好好好，喝了，喝了！（一饮而尽）多谢嫂夫人！意洞兄，今日相逢痛快，痛快呀！告辞，告辞！（笑下）

〔陈芳佩疑惑地目送刘锋下，又探询地看了看林觉民，默默地坐在窗前。

林觉民　意映，你劳累了一天，早一点儿歇息。（见陈芳佩未理）你现在有了身孕，更要多保重。

陈芳佩　今晚你想和我说的话就是这些？

林觉民　（不由一愣）这……

〔陈芳佩哀怨地看了林觉民一眼。

林觉民　（不解地）你的意思是……意映？

陈芳佩　我想告诉你，我最近经常会做一个梦！

林觉民　梦？

陈芳佩　梦见你变成了一只丹顶鹤，飞得很高，飞得很远，一直飞到九重天外去了……（哀怨欲泣地）可是我想飞，飞不起来，想追也追不上……

林觉民　哦……（一把将陈芳佩搂紧）意映，你别担心，我即使真的变成了丹顶鹤，飞得再高再远，最终都会飞回你身边……

陈芳佩　（轻柔地）意洞，你这次回来，是去苏杭吗？

林觉民　是去苏杭。

陈芳佩　（更轻柔，小心地）那还去——其他地方吗？

林觉民　（不由一愣）啊？（又连忙地）不去其他地方了！

陈芳佩　真的？

林觉民　真的……

〔夫妻间一时对视无语，林觉民随即避开陈芳佩的眼光踱开步去。

陈芳佩　（含泪，轻唱）

本自天外生，
振翮入九层。
丹顶映日月，
雪羽照凡尘。
云间无觅处，
孤栖夜雨冷。

〔曲调凄绝，林觉民心如针扎。他步向爱妻拥抱相慰，可伸出的手却愧疚地收了回来……

〔收光。

〔画外音。青少年的朗读声："前十余日回家，即欲乘便以此行之事语汝，及与汝相对，又不能启口，且以汝有身也；更恐不胜悲……故惟日日呼酒买醉，嗟乎，当时余之心悲，盖不能以寸管形容之。"

〔两束如梦追光亮起，林觉民和陈芳佩的身影又出现在追光中。

林觉民　（心音）意映，我知道，其实那一天你并没有相信我的假话。

陈芳佩　（心音）是的，因为你太不会说假话掩饰自己。

林觉民　（心音）所以从那以后，我这个以往很少沾酒的人，每天从外面奔波忙碌回来都要饮得酩酊大醉。因为，我感到只有这样才能减轻将和你生离死别的痛苦，坦然地和你相互面对……

陈芳佩　（心音）可这一反常的行径就不单单是让我怀疑，而且是使我恐惧不安了，它使我更确信你这次是要去广州做什么……

林觉民　（心音）是啊，特别是那天，举义情势突然变化，我们准备去举义的人在仓山十锦祠聚会之后……

〔暗转。

〔福州仓山十锦祠内大厅里。桌上摆着酒坛、瓷碗，刘锋等一群准备赴广州的敢死队员正在舞刀练枪，气氛十分热烈。

一举义者　六符兄，你是经过新军训练的，给大家露一手吧！

众　人　是啊，六符兄，你就给大家露一手吧！

刘　锋　好！（做持枪射击操练表演）

众　人　（喝彩）好！

一举义者　六符兄，看我的！（也做持刀劈杀操练表演）

众　人　（喝彩）好！

〔又有几个举义者做或枪或刀战斗操练表演。

〔林觉民神情忧虑地疾上。

林觉民　兄弟们！

众　人　（停住操练，兴奋地叫起）意洞兄！

刘　锋　意洞兄，你怎么才来啊，大家都等着你呢！

一举义者　意洞兄，什么时候给我们也换把枪吧？

刘　锋　意洞兄，怎么了？举义情况如何？

林觉民　（从衣袋中掏出一电报）我刚去我们同盟会支部了，举义指挥部来电，叫我们尽快赶往香港待命，因为广州情势有变！

众　人　广州情势有变？

林觉民　初十那天，从南洋回来的我同盟会兄弟温生才，未与我举义指挥部联系，独自行动，把广州将军孚琦给刺杀了！

众　人　哦？！

林觉民　他孤胆刺敌，固然英勇可嘉，但此时行动，却会打草惊蛇啊！诸位兄弟——

（唱）　温生才刺孚琦惊破敌梦，
有内奸又透露了举义军情。
敌总督已调精兵严加防守，
还四处大搜捕我革命党人！

众　人　啊？

林觉民　还有，我们运动了很久，准备在举义中起主力作用的广东新军二标的枪械，都被他们收缴了！

众　人　哦!(一时面面相觑)

一举义者　意洞兄,既然情势如此严峻,指挥部会不会将举义改期,或暂时取消呢?

林觉民　改期?新军二标人员在下月初就要全部遣散!至于取消举义计划,是不可能的。我们这次举义全部经费都是孙中山先生向海外华侨募集的。许多华侨同志都是倾其所有来支持举义的。举义取消,岂不是失信于他们吗?

〔众人点头称是,议论纷纷。

林觉民　情势如此,我们这次参战就更要有牺牲的勇气,赴死的决心。大家可以慎重考虑一下,再做个决定,特别是家有困难的兄弟。就像六符兄,父母兄弟俱已过世,家中仅剩兄嫂和侄女,需要接济;就像雨苍兄,父亲还卧病在床,需要照顾。

刘　锋　意洞兄,我就不必考虑了,面对当今国势,我不战死,也会被活活憋死,或在酒中醉死!倒是你,嫂夫人已经身怀六甲,身体也很柔弱,更需要照顾……

一举义者　嫂夫人已身怀六甲?那意洞兄你倒真是要……

一举义者　是啊,意洞兄,我们没问题,还是你自己要考虑一下!

一举义者　还有,意洞兄啊,你留学日本四年,马上就要毕业了,家里正等着你回来当门户,国家也很需要你这样的人才,若要去拼死一搏,我这粗人死了无所谓,你可是要留下来!

一举义者　是啊,你是读书哥,是作文、不是练武的,这仗真要打,还是让我们这些做粗、做武的去打吧!

〔众人纷纷转劝林觉民不要去。

林觉民　(激动地)各位兄弟,大家的心意我领了,但只要这次举义不取消,我是一定要参加的,即使会失败,会牺牲,我也一定要参加!

众　人　意洞兄!

林觉民　各位兄弟啊!

(唱)　但看今日之国家,

已危如累卵欲坍塌；
列强瓜分步步紧，
山河血泪滴滴洒。
满清政府朽之极，
甘做洋奴卖中华。
还假借立宪推新政，
横征暴敛来相加。
亿万同胞遭蹂躏，
心却麻木未省察。
唯有举义来震醒，
铁血才能救国家！

不错，我是个留学生，没练过武、打过仗，家有父母妻儿需要照顾，可是我在日本的一大批学友，都有父母妻儿，也大都没练过武、打过仗，可他们都义无反顾地要参加这次举义，我能不参加吗？

（接唱）我愿以血荐轩辕，
催开民主共和花！

刘　锋　（激动地）好！

（唱）　仁兄既有此肝肠，
我也不再多阻拦。
唯愿与兄共生死，
翻江倒海干一场！

众　人　（议论纷纷）对，为了挽救国家民族，是成是败，我都要去干它一场！

还有我，为了驱逐鞑虏、恢复中华，是死是活，都要跟他们拼了！

还有我！这次去本来也就没有准备再回来了！

还有我！

还有我……

〔刀剑铿锵，群情激昂。

林觉民　酒来！

〔刘锋提起酒坛,飞快地往一个个瓷碗里斟上酒。

林觉民 (端起酒碗,慨然唱)

“风萧萧兮易水寒……”

众　人 (端起酒碗,齐声随唱)

“风萧萧兮易水寒,

壮士一去兮不复还!”

〔光渐收。

〔光复明。怡山西禅寺内。

〔钟磬鸣响,木鱼声动,一队和尚诵经文,鱼贯绕场而过。

〔一群烧香拜佛的善男信女也手持香火绕场而过。

〔林觉民挽着陈芳佩上。

林觉民 (唱) 携爱妻走进了西禅山门,

陈芳佩 (唱) 景致好却难舒我忧郁心情。

林觉民 (唱) 赴难前陪爱妻最后出游,

陈芳佩 (唱) 却让我更平添一层疑云。

林觉民 (唱) 我当要装轻松令她开怀,

陈芳佩 (唱) 我当要借话题探他心胸。

林觉民 意映,你看这明远阁周围种的荔枝真多吧?

陈芳佩 嗯,真多。

林觉民 此乃是西禅寺特点之一。每年荔枝成熟季节,寺里的住持都要请许多文人墨客到此来品尝荔枝,唱吟诗赋呢!

陈芳佩 那倒是一种雅趣!

林觉民 我们也不妨以荔枝为题来赋诗一两首如何?

陈芳佩 这……好吧!

林觉民 (唱) 深树繁叶绿离离,

五月硕果披霞衣。

华章千道流甜韵,

只因诗人啖荔枝。

陈芳佩 （唱） 浑似艳皮包甜蜜，
实为苦心含泪汁。
红颜佳果命最薄，
南风如令催离枝。

林觉民 （唱） 莫道佳果命不济，
风流千古堪称奇。
唐王为博杨妃笑，
送之入京动千骑。

陈芳佩 （唱） 佳果虽有风流时，
风流过后是悲凄。
不见杨妃笑未绝，
马嵬坡上生死离。

林觉民 这……意映，你这诗赋得未免太悲切一些了吧！据说那杨贵妃并未死去，而是东渡日本，活得自在！

陈芳佩 即使她真未死去，与唐明皇天各一方，还会活得自在吗？当是以泪洗面，怨天恨海！

林觉民 这……唉，不谈这悲悲切切的话题了！我们今日好不容易一起出来游玩，还是多谈趣事、舒心开怀的事！

陈芳佩 是啊，你回家这段时间每日不是早出晚归，就是醉酒酣睡，今日怎会突然想到跟我一起游山玩水，把禅林参拜？

林觉民 这……

陈芳佩 是不是……

林觉民 （急忙打断）不是不是！

陈芳佩 （警觉地）不是什么啊？

林觉民 （自觉失言）哦，我，我是说不是其他原因，是今天我刚好有空闲时间！

陈芳佩 哦，那……

林觉民 （岔开话题，故意逗趣）哦，意映，你看这荔枝的籽都结很大了，就像我们的孩子在你的肚子里已经长很大了。所以，古人喜欢用植物的结籽来形容人的添子增孙，是有其道理的，是吗？

陈芳佩　（苦笑）是啊，但只怕等到荔枝熟过，孩子出世的时候……意洞，你昨日给家里大大小小都买了一份礼物，就连未出世的孩子也买了两条肚兜，这是为什么啊？

林觉民　啊？不为什么！不为什么！是因为……是因为我这次从日本回来得匆忙，没给家里人带什么礼物，所以就补个意思。

陈芳佩　（直视林觉民）是补个意思？

林觉民　（忙将目光回避开，不甚自然地）是补个意思，补个意思！

（旁唱）意映她连连追问又逼视，

分明是对我言行有怀疑。

陈芳佩　（旁唱）意洞他闪烁其词眼回避，

分明是欲将真相来掩饰。

林觉民　（旁唱）我当要赶紧引开她思路，

不可在此多语多留滞。

陈芳佩　（旁唱）我但想把真相来探明，

心中却又不免存恐惧……

林觉民　哦，意映，这明远阁和荔枝林看过了，我们还是抓紧时间进到寺里去看一看吧！

陈芳佩　好吧！

〔音乐起。林觉民携陈芳佩走过石径，入佛殿观赏。

林觉民　意映，你看……

陈芳佩　（不由惊讶地）这寺院里种了这么多花！

林觉民　这也是西禅寺的一个美妙之处啊。寺内遍植花草，诸多假山盆景，颇有江南园林的风韵。

陈芳佩　月季、杜鹃、山茶、茉莉、美人蕉……（情不自禁走入花丛，观赏、爱抚着各种花卉的枝叶）

林觉民　（含笑地）意映，来。

陈芳佩　干什么啊？

林觉民　你闭上眼睛，闭上就知道了！

陈芳佩　这……好吧！（闭上了眼睛）

林觉民　闭紧了不许偷看啊！（看看四周无人，采了一朵花轻戴在陈芳佩的头上）

（唱）“美目盼兮，巧笑倩兮……”

陈芳佩　（有些羞涩地）瞧你！你给我戴的是什么花呀？

林觉民　你最喜爱的白色月季花！

陈芳佩　哎呀！（急忙把花扯下，丢于地上）

林觉民　（一愣）怎么了？

陈芳佩　（有些慌乱地）我不戴这白花，不戴这白花！

林觉民　为什么？你不是最喜爱白色的月季花吗？说它最纯洁、最优雅！

陈芳佩　（有些惊惧地看地上的白花）我现在不想戴它！不想戴它！

林觉民　（看看地上的花，又看看陈芳佩的神色，顿时明白）哦，你是说……

陈芳佩　（急忙阻止）别说了，我想去烧香！（急向大殿奔去）

林觉民　意映！

〔一和尚持香上，对陈芳佩合掌施一礼，将一束香递给她。

陈芳佩　（点燃香火，对如来像虔诚叩拜）佛祖在上，请受弟子叩拜，恳请佛祖保佑我夫此次出门能逢凶化吉，一路平安……（语音颤抖）

林觉民　意映！

陈芳佩　意洞！（精神再也把持不住了，突然腿一软，人瘫倒了）

林觉民　（一把搀住陈芳佩，惊叫）意映，意映！

〔紧张的乐曲声骤起，切光。

〔光复明。

〔深夜。林觉民和陈芳佩的“双栖之所”内外。

〔陈芳佩躺在卧室的床上，林孟瑜在床前守候。林孝颖则坐在卧室外的小厅上抽着水烟筒。林孟瑜见陈芳佩已睡去，便为她盖好被子，将案上油灯灯火拧小，轻轻走出卧室。

林孝颖　她这会儿怎么样了？

林孟瑜　睡着了。您先回去歇息吧，我等依哥熬好药再来看看！

林孝颖　好吧！（与林孟瑜下）

〔林觉民端药上。

林觉民　（见陈芳佩已沉睡，遂轻退至窗前）

（唱）　夜朦胧见意映已入梦乡，
凭轩窗对梅影我心绪彷徨。
心真想唤醒她相拥话别，
又不忍惊扰她一夜的安然。
情难已我只能捻亮油灯，
灯光下把爱妻再细细端详。
但见她有些许苍白的面容，
已失却昔日的盈润流光；
但见她曾经是乌亮的发髻，
也已是少泽韵散乱无章。
柳叶眉长睫毛轻掩明眸，
却难掩心宇间愁云弥漫。
数年来我留学漂洋过海，
她携子又持家何等艰难；
数年来我立志血荐轩辕，
她心中平添了多少不安？
她身心原本是何等康健，
都因为太操劳体弱神伤；
她性情原本是烂漫至纯，
都因我变成了忧郁惆怅；
她诗赋原本是清雅典丽，
都因为伤别离句句断肠。
明日里我又要别她而去，
蹈血火搏恶龙恐难回还。

双栖室只留下孤灯冷月，
长夜里怎堪渡哀痛难关？
不由我想把她紧搂怀中，
爱与怜都化作一腔柔肠……

（俯下身欲搂抱妻子，又怕惊动她，停住了。迟疑片刻，遂起身用托药碗的盘子盖住药碗，悄悄退下）

陈芳佩　（突然从睡梦中惊起）啊！（起身，看看四周，看到椅子上堆放的纸包礼物和一条打开的红肚兜，遂上前将红肚兜拿起端详、思索，身心不由被一阵巨大的惊悸攫住了，渐渐颤抖起来）

（唱）　意洞他分明是即将上战场，
且准备从此一去不复还。
给全家大小赠礼物，
是最后一表爱心肠。
西禅寺给我戴白花，
征兆也似不吉祥。
想到此，犹如身坠千尺崖，
阵阵心惊胆也颤；
又如人落冰雪窟，
凛凛寒气透骨凉……

〔林觉民复上。

林觉民　意映，你清醒啦！这就好，你今天真把我吓坏了！（疼爱地拥住妻子）

陈芳佩　（忧郁，轻声地）意洞，你准备什么时候走？

林觉民　啊？

陈芳佩　（略提高声调）你准备什么时候启程？

林觉民　（故作平静地）哦，我回来已经好多天，樱花假也结束了，明天该走了。

陈芳佩　明天就要走？

林觉民　嗯！

陈芳佩　那我就跟你一块儿走，好吗？

林觉民　什么?你跟我一块儿走?

陈芳佩　(很肯定地)嗯!

林觉民　你怎么,会说这种傻话呢?我这是回东京读书啊,又不是去……

陈芳佩　不管你去哪里,我都跟你一块儿去,和你在一起!

林觉民　这……

陈芳佩　(深挚柔情地)意洞啊!

(唱)　意映我今生真是有福分,
能遇上你这可意的人。
志向高远非俗辈,
对人仁厚有爱心。
自从和你结缡后,
我眼中的世界才别样新。
自从和你结缡后,
我薄命中才有了牢靠的根。
因此我心中唯一念,
和你生死不离分!

林觉民　(受感动,诚挚地唱)

只是世事难如愿,
夫妻同寿能几人?

陈芳佩　(唱)　不能同寿求同死,
反正我俩不离分!

意洞,你还记得吗?四五年前有一天,你曾经对我说过,如果我们两个人中谁要先死的话,那一定得我先死,因为如果你先死的话,你怕我的身心太柔弱,承受不了我们生离死别的痛苦,可你现在怎么能让我去承受呢?

林觉民　这……咳,意映,你看你,怎么说到生啊死啊的问题上去呢!下次我一定带你去!

陈芳佩　下一次?(凄切地摇摇头)意洞,你就让我这次去吧!

林觉民　这……（仍勉强笑地）意映，你带着“身子”，出门怎么方便呢？

陈芳佩　我会照顾好我自己的。只要能跟你在一起，我就什么也不怕了！

林觉民　这……意映，我也是真想能和你永远在一起，可是……（极温柔，疼爱地）可是这一次真不好带你去，请你谅解好吗？

陈芳佩　（因被疼爱而更执拗）不，我一定要去！意洞，我要去！

林觉民　（有些急躁）你……（尽量温和地）意映，你怎么耍起小孩子脾气来了呢？来，把这碗药喝了定定心……（端药给陈芳佩）

陈芳佩　我不要喝！（用力一推，药碗摔落于地）

林觉民　（不由气恼）你……你怎么这样？

陈芳佩　我……（泪水涌出）吃这药能定什么心？能定什么心？你别哄我了，我早知道你这回要去干什么，我一定要跟你去！你凭什么可以独自轰轰烈烈去赴死，留下我凄凄惨惨苟活着，凭什么？！

林觉民　你？

陈芳佩　我……

林觉民　（略一踌躇后决然地）好吧，意映，如果你真的都知道我这回要去干什么，也就该知道我是绝不可能带你去！我是不该忍心抛下你，可是我又岂能让一个带着身孕的弱女子随我去冲锋陷阵、赴汤蹈火，我也没这个权利！没有！

陈芳佩　（急了）你不带我去，我就让你也去不了！我拦不住你，可以叫依爹和家里人，还有你儿子依新，都来拦你！

林觉民　（惊诧地）你……你真会这样做？

陈芳佩　（心怯，但仍装强硬地）我，我就会这样做！

林觉民　（仍怀疑地）你不会的，不会的。

陈芳佩　（强撑地）就会，就会！

〔林孟瑜和林孝颖疾走上。

林孟瑜　（见屋内情景，不由惊异地）依嫂，你怎么了？

〔陈芳佩没回答，忙掏出手巾捂上眼睛，禁不住地抽泣。

林孟瑜　（急忙走到陈芳佩身边）依哥、依嫂，你们到底怎么了？出什么事了？

林觉民　这……

林孝颖　(不由严厉地)觉民,这到底是怎么回事啊?

林觉民　这……

陈芳佩　(又擦了一把眼泪,转过身来,轻柔地)依爹、瑜妹,夜很深了,你们快回去歇息吧,没出什么事,是我自己有些难受……你们回去休息吧!

〔林觉民不由松了一口气,感激地对陈芳佩深深一鞠躬。

〔收光。

〔画外音。青少年的朗读声:"吾牺牲百死而不辞,而使汝担忧,的的非吾所忍。吾爱汝至,所以为汝谋惟恐未尽。汝幸而偶我,又何不幸而生今日之中国!吾幸而得汝,又何不幸而生今日之中国!"

〔光复明。次日凌晨。

〔福州闽江边码头。

〔风雨欲来,江风呼啸,轮船的汽笛声此起彼伏。林觉民和一批敢死队员带着简单的行李上。

刘　锋　嗬——嗬——嗬——

(唱)"风萧萧兮易水寒,

壮士一去兮不复还!"

〔林觉民与众人随之豪壮起舞,边舞边唱,与风声、汽笛声交织一片,气冲云天,响遏行云……

〔突然,传来依新的喊叫声:"依爹——"

〔林觉民一看,惊住了。

〔随着内唱:"簪红花着红衣赶来江滨——"头簪红花,身着大红嫁衣,手提食盒的陈芳佩携依新上。依新也身穿一件红色的绸褂子。

依　新　依爹……

林觉民　意映、依新,你们怎么……

陈芳佩　(接唱)送一碗太平面为夫饯行。

依　新　(纯真地)依爹,依妈说,我们穿红红的衣服给你送行,可以保佑你出门大吉大利!

陈芳佩　意洞！

（唱）　你心已决赴国难，

为妻我也不再多阻拦，

只恨此身无双翼，

不能随你去飞翔。

且着红衣簪红花，

为你送行表心肠。

当年我纤指缝此衣，

与你拜堂把手牵，

一生薄命托付你，

只愿相依到百年；

今日我送行着此衣，

佑你平安与吉祥。

但愿功成早凯旋，

我仍着此衣携子倚门迎你还！

（打开食盒，捧出一碗太平面，接唱）

还有这碗太平面，

也是我母子心意传！

林觉民　（双手接过太平面）意映！

（唱）　多谢爱妻情意长，

还请爱妻多原谅。

纵是为夫到泉下，

也爱你到地老与天荒！

〔夫妻二人相拥，陈芳佩突然捂腹。

林觉民　你怎么了？

陈芳佩　孩子这会儿又在动了。意洞，再过不久孩子就出世了，你就，就先给孩子起个名字吧！

林觉民　这……好吧！如果这孩子生下来是个男的，他哥哥叫依新，那他就叫仲新吧。如果是个女的，一定像你，你叫芳佩，她就叫芳蕊吧！

陈芳佩　（轻抚着自己的腹部，喃喃地）仲新、芳蕊，你们听到了吗？这是你依爹给你起的名字，你依爹他就要……（泪涌出，忙用手捂住）

林觉民　（也一阵痛楚，泪流欲出，连忙转过脸去，但随即又转过来，殷切地）孩子出世后，一定要将那肚兜拿给他穿！

陈芳佩　一定！依新，你依爹他就要走了，你就跟他说几句吧！

依　新　我就要依爹快点儿回来，我还要跟依爹一起睡，和依爹玩"砻砻谷"！

林觉民　（一把抱住依新，颤声地）依新！

（唱）　妻儿道出这心音，
　　　　断我肝肠裂我心。
　　　　纵欲吞刀做铁汉，
　　　　也难禁双眼悲泪淋。

意映、依新，你们不要难过，我……

〔刘锋上。

刘　锋　（提醒地）意洞兄……

林觉民　好，我不说了。风太大，雨要下来了，你们快回去吧，我走了！（深情回望，毅然转身，下）

陈芳佩　（再也不能自已，追上前去，泣不成声地喊）意洞——你一定要多保重！

依　新　（也追上前去，哭喊）依爹——你要快点儿回来！

〔狂风夹着大雨飞泼而下。

〔幕后伴唱：

"一声嘱托断人肠，
天地有情也感伤。
问君何时乘归棹，
雨雾茫茫锁闽江。"

〔光渐收，唯留一束光照在陈芳佩和依新顶风冒雨翘首远望的身影上，片刻后收光。

〔海螺吹出的冲锋号划破长空,激烈的枪炮声和冲锋陷阵的呐喊声如暴风雨般卷起。硝烟滚滚,火光冲天,同盟会起义队伍在攻打两广总督署,与大批清军殊死搏战,不断有人伤亡倒下,尸横遍地,碧血四溅。

〔刘锋打完最后一颗子弹,扔出最后一枚手雷,抽出腰间的长剑勇猛劈杀,连续劈倒几个清兵后,被枪弹击中胸部,慨然倒下。

〔林觉民手持短枪英勇进攻射击,连续毙敌,但终被子弹击中腰部,踉跄欲倒,仍挣扎开枪,子弹打光后,被一批清兵涌上围捕。

〔收光。

〔随着阵阵痛泣声,林觉民的身影出现在如梦的光圈中,他正捶胸痛哭。像听到林觉民的痛哭声,陈芳佩也出现在光圈中,并向林觉民靠近,最后突入林觉民的光圈。

陈芳佩 (惊慌失措地)意洞,意洞!你怎么了?你怎么了?

林觉民 意映,我心里痛,心里痛啊!举义真的是失败了!失败得好惨,好惨啊!我从福建召集来的一批好兄弟,也大多战死了!刘六符、冯超骧、刘元栋,还有我在日本的一批好学友林文、林尹民、方声洞、陈更新……

陈芳佩 (泪流满面、哽咽地)意洞,意洞!你不要哭,不要哭!不要哭了啊!(如慈母般,温柔地把林觉民的头抱在怀里,轻轻地抚爱着)

〔林觉民在妻子的抚爱下渐渐安静下来了。

陈芳佩 (轻柔地)看你这一身的伤,你在被俘以后,也一定受尽了折磨!

林觉民 那是免不了的。可是……(把头从陈芳佩的怀中撑起,自豪地)可是在公堂上,我却也狠狠地灭了他们的威风,痛快地抒发了我的胸臆!那一大……

〔暗转。

〔众衙役内声:"广东水师提督李大人到!"

〔广东水师行台大堂上。李准和众衙役升堂。

〔林觉民被两个衙役押解上。他戴着手铐脚镣,伤痕累累,却仍显出一股儒雅俊秀之气。他立定堂上,冷冷地看着李准。

文　案　恭迎李大人！

众衙役　恭迎李大人！

文　案　大胆案犯，李军门在上，还不快快跪下！（示意衙役按林觉民跪下）

衙　役　跪下！

林觉民　（不跪且凛然地）李军门，我虽然因为战败被俘，但在人格上和你们是平等的，如果你们定要强迫我跪着受辱，我也将拒绝回答你们的任何问题！

〔李准和众衙役都不由一愣。李准狠狠地盯住林觉民看，林觉民也冷冷地与之对视，毫不畏惧。对峙片刻，李准的目光只好放松了。

李　准　好吧，如果您愿意如实回答本官的问话，可以赏你免跪。（挥手叫众衙役退下，语调温和地）叫什么名字啊？

林觉民　林觉民，表字意洞。

李　准　哪里人啊？看你眉目清秀，也颇有几分书卷之气，想必也是留日之学生吧？

林觉民　是的。东京庆应大学的留学生。

李　准　既是留学生，将来必是国家倚重之栋梁之材，如何却追随孙文乱党做出贻害国家之事啊？

林觉民　（一笑）李军门此言差矣！今日我中国已身处被列强瓜分之险境，我等追随孙中山先生从事国民革命，便是想通过改变腐朽落后之政体以达到强国富民，抵御外侮之目的。如何说是贻害国家呢？

李　准　（一愣）朝廷已准备立宪，并多有新政推出，便是为强国富民、抵御外侮，你们革命党作乱，不是破坏了这个进程吗？

林觉民　（又一笑）李军门此言又差矣！朝廷说是要立宪，但《钦定宪法大纲》却规定皇帝仍拥有统领军政司法的所有大权，这与专制政体有何两样？不过是用来愚弄国民，抵制革命与共和的欺骗伎俩罢了！

李　准　（一愣，随即又镇定）你们革命党鼓吹建立所谓民主共和之政体，无非就是拾西人之牙慧，而我中国素来是以祖宗之法，圣贤之教为立国之本，岂能乱用西人之法来胡作非为啊？

林觉民　(又一笑)李军门此言再差矣!民主共和政体固然为西人之首创,但民本思想在我中国却早有渊源。孔子说“大道之行,天下为公”。孟子说“民为贵君为轻”,明代大学者顾亭林则指出当“以天人之权,寄天下之人”,这其中便有民主的因素,岂能说我党之主张是背典离宗的胡作非为呢?

李　准　(更一愣,旁唱)

这个学生非寻常,
学识渊博口才强。
我若与之再争辩,
只怕脸上也无光。

(略一思索后,含笑地)林先生,本官看你口舌伶俐,能言善辩,但不知你是否能把你的想法写下来,让本官看看你能否自圆其说啊?

林觉民　纸笔拿来,打开手铐!

李　准　(把手一挥,示意文案、衙役)纸笔伺候!

文　案　是。

〔文案立即把自己用的笔墨纸张连同桌子搬至林觉民面前,一个衙役给林觉民打开了手铐。

林觉民　(略一思索,纵然运笔,边写边念)昔者,吾中国自黄帝中原逐鹿,嫘祖劝桑,仓颉造字以来,文明日昌,戎狄夷蛮自四方来朝,膜拜至极。春秋战国,有群雄并起,四处烽烟,亦有诸子迭出,学说灿烂。赵武灵王胡服骑射以致雄踞“三晋”,卫鞅变法遂使弱秦一跃而强,缔造始皇。延至汉代,武帝御匈奴于大漠且拓土开疆。三国两晋,五胡乱中原,然亦有魏武挥鞭,祖逖击楫,横槊中流,高歌浩荡。隋唐·代,四方俯首,众国使节,称臣长安。贞观开元,盛世无匹,李杜诗出,绝代华章。越两宋元明,不忍见金瓯裂破,关河沦落,李纲亮锏,天祥挥师,岳鹏举欲驾长车踏破贺兰山缺!活字印术,传及欧亚,远播教化,艨艟巨舰,纵横西洋,威震八方!

〔文案不由惊愕地张大了嘴。李准也拿着茶盏呆愣住了。众衙役皆露出惊异钦佩之色。

李　准　(回过神来,连忙地)写,继续写啊!

林觉民　(继续边写边念)数千年之华夏煌煌荡荡,时至今日,却元气尽丧,纵有炮舰,难拒列强,每战必败,割地赔款,列强视掠我土地如尸上窃物,肆无忌惮,瓜分之日,迫在近旁,吾四万万炎黄子孙,已濒临亡国灭种之险状!

〔文案不由浑身一颤。李准也不由显露出不安之神情。众衙役也有所感受地相互看看……

林觉民　李军门、各位啊!

(唱)　我本华夏一子民,
岂能坐看神州倾?
我本炎黄一后裔,
岂能把亡国的悲歌吟?
书生纵然百无用,
也不对泣在新亭;
文士纵然身羸弱,
也愿仗剑刺暴秦;
一腔热血唤同胞,
共把中华来复兴!

李　准　(一愣)这……

〔众衙役相互惊视,且显赞服之神色。

〔林觉民突然因中气上涌剧烈咳嗽起来,含了一口浓痰欲吐,又不习惯吐地上,便东张西望寻找痰盂。

李　准　(突然想到什么,遂起身将自己案旁放着的一个痰盂端至林觉民面前)林先生……

林觉民　(将痰吐入盂中,并礼貌地对李准鞠一躬)多谢!

李　准　(顿时一喜,即转对文案)上茶!

衙　役　哎!(连忙端上一杯茶,恭敬地)林先生,请用茶!

林觉民　（接过茶杯，一饮而尽，且亦礼貌地对衙役）多谢！

〔众衙役甚感惊异地交头接耳，有的还伸出拇指悄声赞叹林觉民……

李　准　（旁白）此人面貌如玉，肝肠如铁，心地如雪，真奇男子也！（转温和但仍不失矜持地）林先生，本官看你虽然言论偏激，多有谬误，但读书不少，颇有学识，是个难得的人才啊！所以，你如果愿意具结悔过的话，本官可以考虑呈报朝廷，对你从轻发落，你看如何啊？

文　案　（诚心地）林先生你就具结悔过了吧！你看，处决文书已拟好，李大人朱笔一挥就无可挽回了！

众衙役　（亦诚心地）是啊，林先生就具结悔过了吧！

林觉民　（一笑）多谢李军门和各位的好意，可是我无"过"好悔。倒真心希望李军门和各位能认清时势，反戈一击，共同参与颠覆满清政府，光复我中华，缔造民主国家，那才是李军门及各位的功德和光明前程之所在！

李　准　这……（少顷，转淡笑）林先生，本官很敬佩你这气节！（自语）唉，如此人才不能为朝廷所用，可惜……但也不能被乱党所用！（签下文书，欲走又回）林先生已有家室了吗？

〔林觉民点点头。

李　准　那，林先生固然能以舍命轻生而全名节，但可曾想到身后该如何安置你的家室，也就是你的妻子儿女？！

林觉民　（心弦不由一震）家室、妻儿……

〔揪人心弦的音乐声响起。

〔暗转。

〔林觉民的身影又渐渐出现在如梦的追光中。陈芳佩的身影也同时出现在追光中。

林觉民　意映，吾至爱汝，即此爱汝一念，使吾勇于就死也……

〔画外音。青少年加入林觉民的朗读："语云：仁者'老吾老以及人之老，幼吾幼以及人之幼'。吾充吾爱汝之心，助天下人爱其所爱，所以敢先汝而死，不顾汝也。汝体吾此心，于啼泣之余，亦以天下人为念当亦乐牺牲吾身与汝身之福利，为天下人谋永福也。”

林觉民 （唱） 意映啊，我的爱妻，

愿你体悟我心语。

陈芳佩 （唱） 体悟难禁我悲泪涌，

林觉民 （唱） 我九泉之下相和泣。

陈芳佩
林觉民 （唱） 你我灵魂傍依依！

〔两声沉闷的枪声过后，一声嘹亮的婴儿啼哭声划破长空！

〔字幕："林觉民牺牲不及一个月，陈芳佩因悲伤过度早产生下一子，两年之后抑郁而死。广州起义半年之后，武昌起义爆发了，腐朽的清王朝连同统治中国两千多年的封建帝制被推翻了！"

〔悲壮激越的音乐声骤然而起，灯光大变，如天地动容，天翻地覆……

〔幕后合唱：

"志士热血珠江流，

共和旗帜飘九州。

一封千言别妻书，

华夏史册传悠悠……"

〔歌声中，林觉民《与妻书》的手迹又渐渐出现在舞台上……

〔一群青少年手持书本涌上舞台，齐声朗读："意映卿卿如晤：吾今以此书与汝永别矣……"

——剧　终

（本剧原载《剧本》2009年第11期、曾由福州市闽剧院与福建省实验闽剧院演出）

越　剧

枫　落　寒　江

林纾与《茶花女》的故事

时　间：清末。

地　点：福州。

人　物：林　纾——45岁，字琴南，号畏庐，时任福州苍霞精舍国文总教习，中国近代文学大师与译界泰斗。

王寿昌——33岁，字子仁，福建船政学堂法文教习，林纾的好友。

魏　瀚——46岁，字季渚，福建船政局工程处制船总司，林纾的好友。

谢蝶仙——23岁，实名谢贞雯，谢蝶仙系艺名，歌妓。

林慧明——13岁，小名明弟，林纾的书童。

银　月——13岁，谢蝶仙的侍女。

小说《茶花女》主人公马克、亚猛等人物，群众角色若干。

〔幕前曲：

“大江悠悠苍山远，
丹枫飘零江水寒。
林纾曾译《茶花女》，
人间断肠书一卷。”

第 一 场

〔光起。

〔1897年春日的一个上午，福建船政局魏瀚住处——一座西式小楼的客厅。客厅布置与陈设是中西合璧，雅而不奢。陈列柜里，摆放着几个舰船模型。窗外，近处可见船来帆往的马江和船坞上正建造的轮船，远处可见葱茏的马限山和巍立的罗星塔。此时，客厅里坐着船政局中外员工十数人，边喝茶聊天，边等待一场伬艺演唱的开始。

〔林纾在王寿昌陪同下从内走出。

林　纾　（惊异地）你们魏总司今天请了这么多客人，要做什么啊？

王寿昌　（笑）陪林兄听曲啊！

林　纾　陪我听曲？

王寿昌　是啊，魏总司为欢迎林兄的到来，今天特地从城里请了伬唱名伶谢蝶仙来此演唱。

林　纾　他倒是会待客，可我现在哪有心情听什么伬唱啊！（转身即走）

王寿昌　（急忙拦住林纾）哎，人家谢蝶仙都来了，你怎么……

林　纾　子仁兄，我实在是没有这心情啊！（推开王寿昌，又要走）

〔魏瀚从客厅内走出。

魏　瀚　琴南兄，你难道连我的面子也不给了吗？

林　纾　这——季渚兄，你是不知道啊！

（唱）　自从爱妻生别离，

留下我孤单魂魄无所依。

陋室灯影透心寒，

夕照竹轩更冷凄。

唯有她寄在门上的针与线，

伴我长夜泪湿衣。

魏　瀚　所以嘛，你就要出来会会友、听听曲，换个心情才好！

王寿昌　是啊，尤其是这谢蝶仙唱得实在好，你一听就会喜欢的。

林　纾　可是我……

魏　瀚　这样吧，琴南兄你先听听看，如果真听不下去，尽管先走好了，如何？

林　纾　这——（无奈地）好吧，好吧！

魏　瀚　那好，我们就开始吧！（对王寿昌示意）

王寿昌　（走至客厅中央）各位女士先生，大家好！曲坛名伶谢蝶仙小姐的演唱会现在开始，有请谢小姐登场！

〔在众人热烈掌声中，谢蝶仙笑颜灿烂地从内款款走出。她容颜姣美、气质清丽，身着绣有蝴蝶图案的华贵衣裙，手抱琵琶。

〔众人被谢蝶仙容颜、气质所吸引，有人还发出惊叹声。林纾眼中也不由自主地闪出惊异的光芒。

谢蝶仙　（羞涩、温婉地）各位先生、夫人，奴家今天要给大家献唱一首新曲，曲名叫《茶花女》，唱的是一个法国风尘女子的不幸命运。它的唱词是王寿昌先生根据一部法国小说改编的。

〔众人惊异，议论纷纷。

林　纾　（也惊异地看着王寿昌）哦，这谢蝶仙要唱法国小说的故事，还是你编写的！

王寿昌　见笑见笑！（与魏瀚相视一笑，做了个逗趣的神情）

谢蝶仙　那奴家就献丑了！

（弹唱）法国曾有一名妓，

容貌倾城众人迷。

芳名简译为马克，

“茶花女”别名传巴黎。

王公贵族空折腰，

多情的亚猛被心仪。

〔谢蝶仙唱得珠圆玉润，婉转凄切，众人都被深深吸引住。

魏　瀚　（旁唱）林纾丧偶陷悲凄，

邀其散心把苦情移。

为他尽快脱困境，

且和寿昌作计议。

王寿昌　（旁唱）先请佳人唱伬艺，

《茶花女》故事启心扉。

再请共译全小说，

展用其才将忧思弃。

谢蝶仙　（弹唱）亚猛之父斥马克，

毁其爱子家声废。

又借弱女善心肠，

逼她负痛自别离。

为断亚猛相思念，

马克再度坠污泥。

宁愿红颜伴耄耋，

羞忍至爱辱与讥。

林　纾　（旁唱）心痛本无听曲意，

听其演唱情难已。

清音袅袅韵无穷，

宛若那，幽泉兰香入心底……

谢蝶仙　（弹唱）但等亚猛明真相，

一缕香魂归去兮……

〔谢蝶仙弹唱戛然而止，谢蝶仙掏出手绢擦泪。

〔众人热烈鼓掌，叫好，林纾也情不自禁跟着鼓掌。魏瀚和王寿昌边鼓掌边相视而笑了。众人纷纷告辞而去。

王寿昌　（递给谢蝶仙一杯茶）谢小姐，你唱得太好了！

谢蝶仙　谢谢！谢谢王先生捧场，谢谢魏总司抬爱！

王寿昌　不，谢小姐，我要告诉你，其实今天最给你捧场的听众不是我等，而是他——（指林纾）不信你问魏总司。

魏　瀚　（笑）是啊，是啊！

谢蝶仙　噢，敢问这位先生的大名？

王寿昌　（逗趣地）林纾，字琴南，乃举人出身，府城名士，苍霞精舍国文总教习也！

谢蝶仙　哎哟，您就是林琴南先生呀，久仰久仰，奴家读过先生写的不少好诗文，没想到今天能有幸见到先生，奴家有礼了！（施礼）

林　纾　（忙还礼）不客气，不客气！

王寿昌　哎哟，谢小姐原来早就是林兄的崇拜者了，那林兄觉得谢小姐唱得如何？

林　纾　（由衷地）唱得太好了，太好了！声情并茂，韵味无穷啊！

王寿昌　那她唱的《茶花女》的故事怎样？

林　纾　也颇为动人，与吾国小说中青楼女子与公子书生之情爱及团圆结局大不一样。

王寿昌　这仅是故事梗概，原小说有细腻的心理描写，新鲜独特的叙述方式，比这要动人的多！

魏　瀚　是啊，我在法国留学时就读过这本小说，都被感动得流泪了！

林　纾　是吗？可惜在下不懂法文，是无缘亲领该书之妙处了！

王寿昌　不，林兄非但可以亲领该书之妙处，还可借林兄之妙笔，让国人都能领略该书之妙处!

林　纾　此话怎讲?

王寿昌　可由在下口述该书之内容,请林兄执笔意译,将此书翻译成国文,印刷发行。

魏　瀚　二位译成后,还像《闽中新乐府》一样,由我出资,刻版印刷。

林　纾　这……只怕在下难以胜任此事。

王寿昌　林兄,依我和魏老师之见,林兄非但能胜任此事,而且定会义不容辞担当此事的!

林　纾　此话怎讲?

王寿昌　林兄啊——

（唱）甲午年,黄海之战酿国耻,

你曾顿首来痛泣——

大清国,已如将沉一破船,

我船厂,再造兵舰有何益?

唯有变法与维新,

革除弊政挽危机;

唯有移风与易俗,

改良社会来奋起!

魏　瀚　（接唱）你还说,如此便要训蒙童,

自幼聪慧多学识;

如此便要倡西学,

更新民德开民智。

待到国人齐觉醒,

方能够,抗御列强来雪耻!

林　纾　是啊,是啊!这也是我近来创作《闽中新乐府》之初衷啊!

王寿昌　翻译西人小说,将其文学艺术与社会风情介绍给国人,不正是倡西学、开民智、新民德之举吗?

林　纾　这……

魏　瀚　（与王寿昌交换一眼色，有意激励林纾）仁兄啊，告知你一消息，我那同窗严复，现已在翻译英人的一部著作，名为《天演论》，欲借此呼唤国人强国保种。治西学，开民智，他已立于潮头，一马当先了！

林　纾　这……

（唱）他二人，巧言游说劝译书，
言辞恳切情义露；
译书果能开民智，
自当从命把笔舞。
只是啊……

王寿昌　只是什么？

林　纾　（接唱）只是始作《新乐府》，
冷嘲热讽便相污；
说什么古文方家染俗趣，
义理雅净全不顾。
情爱小说再翻译，
更会被人来亵渎。
会说我，坠入小道失体统，
沦为下流悲呜呼！

王寿昌　（唱）这些人真太迂腐，
见解偏狭又谬误！
那小说，西人文学里属正统，
写爱情，高尚严肃非轻浮！

魏　瀚　是啊，琴南兄无须对之多理会！

林　纾　我自然是不会对之多理会的，只是……

谢蝶仙　（笑盈盈地）先生所创作的《闽中新乐府》虽文字俗白，却是一部意蕴深长的救世、维新之大作，奴家很是喜欢！先生如把《茶花女》全书翻译出来，奴家愿意全部编曲演唱。

林　纾　（不由惊喜）哦?!

王寿昌　你看你看，琴南兄啊，还是谢小姐理解你啊！

林　纾　多谢小姐如此抬爱！

谢蝶仙　先生客气了，能演唱先生的大作才是奴家的莫大幸运！

〔林纾、谢蝶仙不由相视一笑。

王寿昌　（狡黠一笑）琴南兄，如此，还有何言啊？

林　纾　这……既是如此，夫复何言？寿昌兄，那我们就一起翻译吧！

魏　瀚
王寿昌　太好了！

谢蝶仙　琴南先生，奴家还有个不情之请……

林　纾　谢小姐尽管直言。

谢蝶仙　先生的译文，奴家想先睹为快，好作编唱准备。

林　纾　呀！

（旁唱）曲坛风尘一女伶，

竟有这般不俗情。

恍如高山遇流水，

我又岂能不答应？

谢小姐，林纾定将翻译好的稿子先送与小姐指教！

谢蝶仙　那奴家就先谢过先生了！

林　纾　不客气、不客气！

〔林纾、谢蝶仙又相视而笑。在相视中谢蝶仙的眼神显露出几许情愫，林纾似乎感受到了，连忙把目光移开……

王寿昌　（发现了谢蝶仙与林纾异样的神色，不由一笑，旁唱）

二人相逢似天意，

或可助其写传奇？

（微笑点头）

〔光渐收。

第二场

〔幕后唱：

"泛舟马江开译篇，

凄红冷艳漫心田。

文思但随江流涌，

章章节节动心弦……"

〔光起。

〔在游弋于马江与鼓山间的一艘游艇上，林纾和王寿昌一个捧书口述，一个执笔书写，正在翻译《茶花女》。老艄公轻轻为之摆舵划桨。随着他们专注的翻译，小说中的主人公马克、亚猛、亚猛父亲等人的形象一个个似乎都在他们身边出现了，随着他们在江流上漂荡。

〔暗转。

〔福州闽江边的苍霞洲上，苍霞精舍后轩，林纾住处。这是一座具有新式学堂特点的讲舍，白墙瓦舍，竹轩廊庑，"苍霞精舍"四字书于墙上。四周秀竹掩映绿影婆娑，一棵大枫树傍江而立，枝繁叶茂。放眼江天，但见船帆争流，苍山染翠，环境十分清雅秀丽。林纾居处，屋内陈设简单，书香浓郁，案上摆着林纾亡妻的遗照、灵位和香烛供果。旁边柱子上挂一把青霜长剑，门框上插着一枚带线的缝衣针。屋外院子里，摆着竹制的桌椅。

〔林纾与王寿昌在竹制桌椅旁翻译《茶花女》。

林　纾　（边写边念）"余心骇极，疾趋视之，见房中漆黑，烛光荧荧，马克就长凳而卧，左手拊胸，右手垂下，案上置杯水，水面红纹萦带，丝丝均血缕。二目若瞑，樱口微张，肺气郁勃，借呼吸以宣泄之……"

〔舞台另一侧表演区光起，呈现出《茶花女》小说描写的情景：马克捂住胸口剧烈咳嗽后，用餐巾擦拭了一下嘴唇，发现有血，连忙从餐厅跑进更衣室，从案上取一杯水漱口，而后无力地躺靠在沙发上，亚猛忙跟进更衣室察看，见状不由惊呆了……

王寿昌　（兴奋地一拍桌子）好，太好了！林兄啊，难怪谢蝶仙小姐夸你的译文既简洁洗练又朴茂隽永，生动曲折，承袭了《左传》《史记》之笔风，又兼容了班固、韩愈之文韵。

林　纾　过奖了、过奖了！不过，这谢小姐能说出这番话，看来真是读书不少，颇有才情啊！

王寿昌　是啊，所以她那天送你一锅番鸭虫草汤，你回她一幅班昭抚琴的扇面，把她比作才女班昭，她是非常的高兴啊！

林　纾　高兴就好，高兴就好！

王寿昌　（笑）林兄啊，我可听说，从那以后她经常会让婢女给你送珍肴美味啊！

林　纾　这……我已再三交代明弟，不能再收人家东西了！好了，不说这些了！你看现在太阳有点儿晒了，我们还是进屋去翻译吧！（拿起译稿、笔墨进屋）

〔王寿昌只好收住话头，跟随林纾进屋了。

〔银月提一篮子上。林慧明从室内走出。

林慧明　（一眼看见银月）咦，你又来啦？又是你家小姐让你还书稿送吃的东西来了吧？

银　月　（调皮地）是又怎样？

林慧明　（一跺脚）哎呀依妹，求你不要再送了好不好！

银　月　什么依妹，你还依弟呢！为什么不让送？这是我家小姐为感谢你家先生让她看书稿犒劳他的，关你什么事呀？

林慧明　怎么不关我的事？你知道吗

（唱）　我先生脾气非寻常，
助人从不图报偿。
因你上次送黄鱼，
我曾被骂好冤枉。

银　月　（唱）　那是因为你傻笨，
不会应对才遭殃。

林慧明 （唱） 二次收你煲猪肚，
我屁股差点挨竹棒。
银 月 （唱） 三次我又送卤味，
林慧明 （唱） 我就只得——
银 月 你只得怎么了？
林慧明 （接唱）只得收下……变花样！
银 月 （笑唱）只要收下就好办，
变啥花样你自主张！
林慧明 书稿我收回，这吃的东西我真不敢再收了！
银 月 （撒娇地）收吧，你要收了，我宁可叫你依哥好吧？
林慧明 不行不行，依妹，你还是拿回去吧！
银 月 （更撒娇）你一定要收！（将篮子放在桌上）
林慧明 （把篮子塞还给银月）不能收！
银 月 （脸一沉）你真不收？
林慧明 不收！
银 月 那我直接去找你先生！（欲往屋里闯）
林慧明 哎哎！（急拦住）他在译书，要被你打断了，说不定会把你的东西给扔出来的！
银 月 啊？那，那我就在这里等他吧！
林慧明 这……要等你就等吧，我要读书了！
〔此时，一阵秋风吹来，两片枯叶在银月面前飘然而下。
银 月 （一把抓住一片枯叶，但也顿感凉意，一缩身子）好凉快，那是什么树啊，都落叶了！
林慧明 那是枫树，真正落叶还早呢！
（唱） 待到天寒风霜冻，
满树叶片红彤彤。
风吹犹如红蝴蝶，
飞舞飘落江流中。

此时我先生立树下，

总把一唐诗来吟咏。

银　月　什么唐诗？

林慧明　（做林纾感慨状）“枫落吴江冷，”

（唱）　枫落吴江冷啊……

〔银月见状悄悄把篮子放到桌上，笑着溜下。

林慧明　哎，人呢？这该死的依妹！（掀开篮子上蒙的一块绸布，取出一个用粉红色缎带扎的精美纸盒）这么漂亮的盒子，里面装的什么啊？（解开缎带，打开盒子，从中取出一包用丝帕包裹的东西，打开丝帕）嘿，一只纸蝴蝶，两块月饼，哎？这一块怎么被咬了一口，上面好像还有牙齿和口红的痕迹……哦，这可能是那依妹咬的，那就更不能再拿给先生了。哎！我也咬一口尝尝……（看看四周没人，拿起月饼也咬了一口）

〔正在此时，房门打开，王寿昌从里面走出。

王寿昌　明弟，做什么呢？

林慧明　啊？（忙将月饼放回盒子，捂住嘴巴）没，没做什么！我，我是怕被我先生打屁股，才偷吃的！你，你可不要告诉我先生啊！

王寿昌　怕被先生打屁股才偷吃，这话我不明白！

〔林慧明对王寿昌耳语。

王寿昌　原来如此！那你如何知道，这月饼一定是被那依妹偷咬过呢？

林慧明　这上面有口红的痕迹，只有女的才涂口红的呀！

王寿昌　这……哎，这盒子里除了月饼，还有什么？

林慧明　这只纸蝴蝶呀！

王寿昌　（拿起纸蝴蝶看，兴奋地）快快，快叫你先生出来！我去叫，我去叫！（急奔至房间门口）琴南兄，快出来，快出来，有好事！天降艳福了！

林　纾　（从内室走出）什么天降艳福啊？

王寿昌　琴南兄啊！

（唱）　闽水之滨一佳人，

色艺双绝名芳芬，

愿将柔情付兄台，

天降艳福情意真！

林　纾　你所说的可是——谢蝶仙？

王寿昌　正是！

林　纾　（唱）笑谈风月本虚景，

自非齐人枉多情。

才貌倾城名歌妓，

怎对寒儒动芳心？

王寿昌　（唱）兄台莫要太歉谨，

也莫掩耳以盗铃。

且问马江画扇后，

她是否礼物赠频频？

林　纾　（唱）礼物委实多番赠，

乃是感我译文情。

王寿昌　（唱）但看今日之礼物，

岂是只有译文情？

林　纾　怎么，她又送东西来了？这个明弟怎么又——

王寿昌　先别责怪明弟，且看人家送的是什么吧！

林　纾　两块月饼，好像还被咬过……

王寿昌　有口红印迹的这一口应是谢蝶仙咬的，另一口嘛，唉，（看了一眼林慧明）还待查究！

林　纾　这是何意啊，在下不明白？！

王寿昌　仁兄天聪过人，这会儿连这点儿意思都不明白？再看看这只蝴蝶上所题的诗吧！

（吟唱）“中秋朗月照云海，

素面嫦娥倚妆台。

孤身最惧冰轮冷，

但望暖风伴君来。”

王寿昌　仁兄这下该明白了吧？她分明是邀你去她的仙妆阁幽会啊！

林　纾　（不禁也有些惊喜）这……

王寿昌　小弟早就看出她对你有情，快给她个回复吧，别辜负了美人芳心啊！

林　纾　这……（略一踌躇）唉，子仁兄啊，在下是个迂讷木强之人，哪像你这留学法兰西的风流才子，解得那么多风情浪漫，况且啊——

（唱）　先妻过世方半载，

我悲云锁心未曾开。

哪有逸情上仙阁，

别抱琵琶把风月裁！

王寿昌　（唱）　逝者驾鹤云天外，

生者岂能总伤怀？

沧海孤舟难为渡，

琴断续弦也应该！

林　纾　（一愣）续弦？你让我娶谢小姐为妻？

王寿昌　有何不可？

林　纾　这……

王寿昌　小弟且问仁兄，你究竟觉得谢蝶仙如何，真像班昭吗？

林　纾　这譬喻虽有些夸张，但她身上确有些美姬兼才女的风韵。

王寿昌　小弟以为，她还颇有维新强国的襟怀与见识，否则怎么会喜爱《闽中新乐府》，钟情《茶花女》呢？

林　纾　可我也听说她常与官家商人混迹一堂，陪酒唱曲，追欢卖笑。还曾被一个茶商所包养，是个风尘女啊！

王寿昌　那也是因为她自幼父母双亡，孤身无依，为生计所逼，才沦落风尘的。再说，那马克在爱上亚猛之前，不也是追欢卖笑，靠那公爵和伯爵养活的吗？

林　纾　这……唉，此事容日后再说吧，子仁兄，你知道吗？近来因她多次来访，又常给我送东西，外面已有流言蜚语……

王寿昌　什么流言蜚语？

林　纾　（唱）　说林纾，儒林雅士名在外，

却与那铜臭商贾争拥歌妓美人怀，

举子体面皆不顾，

学人清誉也败毁！

王寿昌　（唱）　一派胡言与乱语，

仁兄何必多理睬！

林　纾　可是……唉，暂不说这些了，还是先译书吧！（下）

王寿昌　这……这个迂老夫子！（再拿起纸蝴蝶看看）唉，如此好姻缘，会被他错过的！我得想办法玉成此姻缘……对，就这样！（拿起桌上的纸笔，疾书）

（吟唱）仙阁秋意无限好，

江洲月色更抒怀。

若肯倩影移陋室，

但守柴门为伊开。

（写罢叠好，放入纸盒，另将已被咬过的月饼用绸帕包好，也放入盒中，用缎带再扎好，放回篮子，唤）明弟——

〔林慧明上。

林慧明　王先生！

王寿昌　先生让你将此盒速速送与谢蝶仙小姐！

林慧明　好！（接过篮子，下）

王寿昌　（唱）　且看王某巧安排，

引得蝴蝶翩翩来！

（得意地笑）

〔收光。

第 三 场

〔幕后唱：

“悠然之间到中秋，
月上苍穹照江洲。
伊人倩影临精舍，
欲惊还喜面含羞……”

〔光起。

〔圆月当空，屋宇朦胧，江波闪烁，枫叶摇影，如梦如幻。“苍霞精舍”后轩林纾住处内透出灯光人影。

〔谢蝶仙内唱：“轻踏月色赴佳期，”身着披风斗篷，提一篮子，柔步轻上。

谢蝶仙　（接唱）羞颜半遮惊亦喜。
本以为风尘女子身份贱，
不曾想他将我与班昭相并提。
本以为读书人者多迂讷，
不曾想他解风情知心意。
回赠情诗约幽会，
也以唇齿透心扉。
自荐姻缘虽羞赧，
想到马克心有依。
那女子敢为真爱弃一切，
我为何不学她，为求真爱抛俗礼？

〔谢蝶仙欲举手敲门，门却先开了，王寿昌出现在门口。

王寿昌　（笑盈盈）谢小姐！

谢蝶仙　（一愣）是你，王先生？

王寿昌　容寿昌先向小姐赔罪了！（深鞠一躬）

谢蝶仙　赔罪？先生为何要向奴家赔罪？

王寿昌　今夜约请小姐前来，实属是寿昌我越俎代庖之举！

谢蝶仙　先生的意思是……

王寿昌　那首诗乃是我寿昌代笔的。

谢蝶仙　啊?那、那月饼上的唇齿印呢?

王寿昌　也并非琴南兄所留!

谢蝶仙　(顿觉羞愤)什么?你、你怎能如此戏弄奴家?

王寿昌　谢小姐呀,苍天明月可鉴,寿昌绝非要戏弄小姐,实在是要促成小姐与我琴南兄的好事!

谢蝶仙　岂有此理!林先生若有诚意何须他人桃代李僵!他现在何处?

王寿昌　他被我几个朋友请去过节了,一会儿就回来。

谢蝶仙　这也是你的安排?

王寿昌　是呀!这样安排是要……

谢蝶仙　(打断)原来都是你设好圈套,来哄我上当的,这、这真真气死人了!羞死人了!(转身欲下)

王寿昌　小姐请留步,请留步!容我把话说完,你便会明白寿昌的一片苦心与诚意了!

谢蝶仙　(停步)你还有什么话?

王寿昌　小姐啊!

(唱)　你能把琴南兄真心相仪,
情致雅品不俗兰心蕙质。
只因他尚未解亡妻之痛,
因此上暂未能接纳于你。
为让你真挚情爱感化他,
才贸然施下这番"代庖"计!

谢蝶仙　(唱)　落花不能挽流水,
春树无情藤何依?

王寿昌　(唱)　他对你才貌赞赏早有情,
你只需月下花开把真心递。

谢蝶仙　(唱)　今夜并非他邀约,
我岂可夤夜自行逾门篱!

王寿昌　小姐,你若对我兄台真有情意,又何必拘此礼节呢?今夜正逢花好月圆、良辰美景,岂可错过呀!

谢蝶仙　可这……

王寿昌　小姐呀,寿昌今日所为,既是为促成一个好姻缘,也是为借小姐之力将我兄台从痛苦中解救出来!

谢蝶仙　借我之力,救你兄台?

王寿昌　正是。琴南兄丧妻已半载有余,却总深陷于痛苦之中。因见小姐才艺出众、品貌俱佳,又与琴南兄有唱作诗文之缘,若能与琴南兄结成伉俪——

（唱）　当如那春风雨露杨柳依,
　　滋润他心田焕生机。
　　使得他脱出苦海重抖擞,
　　纵横文坛显英姿。
　　因此我求你援手来相助,
　　拜揖再三施大礼!

（拱手俯身对谢蝶仙再三深拜）

谢蝶仙　这……

（唱）　三拜揖,施大礼,
　　王先生真心助我与他成伉俪。
　　看起来今夜之事虽羞恼,
　　我却难以再退避。
　　倒不如将错就错入林门,
　　良辰美景表真意。
　　若赢得琴南爱我苦情移,
　　我蝶仙纵受些委屈也心怡。
　　何况那《茶花女》中那马克,
　　不也为爱情受辱讥?

王寿昌　谢小姐,你看……

谢蝶仙　这……好吧,我试试看吧,但不知我俩是否有这缘分了!

王寿昌　太好了！时间不早了，琴南兄快要回来了，我去接他一下，先告辞！

〔谢蝶仙苦笑，进屋，脱下披风，露出一身簇新的红绸外套。她先打量一下里外房间，看到林妻的遗像，似乎想到什么，神情又不由得紧张起来，双手紧攥在房间里徘徊，最后还是令自己定下心来。她从提来的篮子中取出一瓶酒几碟菜，在餐桌上摆好，接着便从随身带的一个小手提包里取出一个化妆盒，对着小镜子整理了一下鬓发，补了一下妆。准备停当后，她走至门口，手扶门框欲观察外面，蓦然间发现门框上插的那枚带线的缝衣针。

谢蝶仙　缝衣针，怎么会插在这里？

〔正在此时，幕内响起一阵喧闹声，喝得微醉的林纾在王寿昌、魏瀚等几个朋友的簇拥下上。谢蝶仙连忙折回房间。

王寿昌　好了，琴南兄，你快到家了，我们也就此告辞了！（对众人示意）

众　人　（会意地）告辞！告辞！

王寿昌　（含笑地）琴南兄啊，今宵良辰美景、花好月圆，你可千万不要错过啊！

众　人　（欢笑地）是啊，琴南兄，千万不要错过啊！

林　纾　多、多谢各位！多谢各位！（晃悠地走向家门）

魏　瀚　（将王寿昌拉到一边，不无担忧地）寿昌啊，我总觉得这事是不是有点儿……

王寿昌　放心吧，魏老师，这事一定会成功的！（示意众人下）

〔魏瀚还欲说什么，想想，笑笑跟众人一起下。

林　纾　（走至家门口，见有灯光人影）明弟，我回来了！

谢蝶仙　（迎出门，温婉含笑地）林先生回来啦，奴家有礼了！

林　纾　（一愣）谢、谢小姐，你如何到、到寒舍来了？

谢蝶仙　（伸手将林纾扶进屋，且虚掩上房门，柔婉地）先生啊——

（唱）　今夜是团圆佳节万家喜，
奴家却独栖寒室心孤凄。
来找先生做陪伴，
但不知先生可愿意？

林　纾　小姐……

谢蝶仙　（斟上两杯酒）先生，今夜正逢花好月圆、良辰美景，奴家与先生先喝上一杯团圆酒吧。来，先生请！（递上酒杯）

（唱）　先生文才可盖世，

画艺武功也称奇。

林　纾　承蒙谢小姐错爱，林纾我就陪小姐喝了这杯吧！（喝酒）

谢蝶仙　（再倒酒）先生，奴家再敬先生一杯！

（唱）　敬的是，先生儒林大名士，

却不鄙薄奴家身份低……

林　纾　哎，谢小姐！

（唱）　你犹如班昭才貌具，

林纾我钦敬在心底！

谢蝶仙　（一喜）先生此话当真！

林　纾　当真，当真！

谢蝶仙　若是当真，奴家这第三杯酒呀——

（唱）　权当是班昭躬身敬曹寿，

不知先生可受礼？

（以夫妇之礼敬林纾）

林　纾　（一愣）曹寿礼？

谢蝶仙　（唱）　先生啊，你学识渊博通天地，

怎不知曹寿班昭深情义？

林　纾　（唱）　你说得可是东汉曹世叔，

他与班昭结伉俪。

谢蝶仙　（唱）　先生所言不差池，

不知可愿受我蝶仙行此礼？

（向林纾投去深情娇媚的一瞥）

林　纾　（怦然心动，顿感紧张，人也更清醒些）这……小姐啊！

（唱）　林纾我多谢小姐存美意，

只是我酒力难支要失礼!

谢蝶仙　(娇媚进逼,唱)

杜康阮籍且不论,

蝶仙我要与先生醉情迷!

林　纾　(推开)小姐!林纾实在不胜酒力,我看还是免了吧!

谢蝶仙　(略显失落)如此说,先生是不愿接受奴家的一片心意了?

林　纾　小姐的一片心意……

谢蝶仙　奴家的心意,难道先生还不明白吗?

林　纾　这……

谢蝶仙　先生啊!奴家自认识先生以来,就觉得先生就是奴家想托附终身的意中人,奴家我我……愿做先生的续弦,不知先生肯否接纳?

林　纾　这……

(旁唱)未曾料今夜竟遇此局面,

谢蝶仙果真要做我续弦。

她确非俗辈才貌具,

待我情意又深绵。

她若添香在寒室,

书斋之梦应甘甜。

想到此,但觉心弦在颤动,

欲将她手来执牵……

(亲切地)谢小姐!

谢蝶仙　(深情地)先生!

林　纾　谢小姐当真肯屈就寒门,甘做贫妇吗?

谢蝶仙　奴家乐为先生柴门荆妻!

林　纾　这……

(旁唱)听得她,口中道出此一言,

不由我,又来端详妻容颜。

(看妻子遗照,接唱)

她赴幽冥未为远，

我怎纳新妇在眼前？

谢蝶仙 （见林纾沉吟不语，不禁有些忧急）先生、您……

林　纾 我、我，林纾我因先妻去世不久，心中伤痛未愈，再娶之事，还待从长计议啊！

谢蝶仙 先生若有此意，奴家愿意等候。

林　纾 林纾只怕耽误了谢小姐的花样年华呀！

谢蝶仙 奴家若能与先生白头偕老，又何惜几时似水流年？

林　纾 这……

（旁唱）难得她爱我之情执且坚，

不由人心中踌躇亦甘甜。

究竟是拒还是纳，

顿觉五内在沸煎……

猛然间想起那流言与蜚语，

如同寒流袭心田。

我林纾儒林名士声在外，

怎能娶风尘女子做续弦？

她曾追欢与买笑，

怎与先妻比慧贤？

她曾灯红与酒绿，

怎安陋室度时艰？

想班昭虽曾续修大《汉书》，

也曾撰下《女诫》篇。

女有才貌德不齐，

怎为妻室偕百年！

谢蝶仙 （急切地）先生……

林　纾 这……哦，以谢小姐之青春才貌，定然会有许多青年才俊仰慕的啊！

谢蝶仙 （断然地）可我就只愿意侍奉先生！

林　纾　可、可林纾只怕无福消受啊！

谢蝶仙　这……（泪顿涌出，一时不知说什么好）

林　纾　哦，谢小姐，夜已经深了，还是先请回府歇息吧！

谢蝶仙　（身心又一颤抖）先生这是……要赶我走？

林　纾　不是要赶你走，不是要赶你走啊！实在是……夜已深沉……夜已深沉……

谢蝶仙　先生——

（唱）　一句所谓"夜深沉"，

犹如冷水泼我身。

浑身冰凉心颤抖，

羞愧委屈热泪奔。

不由取出"班昭"扇，

试问眼前赠画人！

（取出一把折扇）奴家且问先生，当初先生将这"班昭抚琴"的扇面赠予奴家，真是把奴家当做班昭来看吗？

林　纾　（一愣）这……

谢蝶仙　（凄然地）只怕在先生的心目中，奴家只是有班昭的才貌，而没有班昭的德行，因此不配做先生的妻子吧？

林　纾　谢小姐……

谢蝶仙　既然如此，先生也不必为难了，这是奴家的命！奴家这就走、走、走——（掩着眼泪奔至门口，手扶门框欲转回身再说些什么，突然感觉手被刺痛一下，定神一看，见是插在门框上的那根带线的缝衣针，即拔出欲丢）

林　纾　慢！（急上前接过缝衣针，小心插回原位，深挚地）这根针是先妻留下的！

谢蝶仙　（再看一眼缝衣针，顿时像更明白了什么，一擦眼泪，收起扇子欲奔下，又突然止步回头，凄然深挚地）先生哪——

（唱）　妾身我幼失双亲早无家，

零落风尘如落花。
看多了灯红酒绿生死醉，
看多了高官显贵德行差。
命薄心却崇高洁，
不慕富贵慕文华。
自与先生来相识，
胸涌甘泉梦绮霞。
又看你译书待人情义重，
怜爱的泪水为“茶花”洒。
便以为妾身也有此幸运，
有参天情树可攀爬。
不曾料一腔真情付流水，
人断肠、心破碎，从此离开伤心地，一别走天涯！

（撕坏扇子，丢在地上，转身下）

林　纾　（浑身一震，追到门口，急喊）谢小姐，谢小姐——

〔强烈的音乐起，切光。

第四场

〔幕后唱：

“伊人一去不复返，
林纾黯然情思泛。
伴随长卷译将尽，
其心更是起波澜……”

〔光起。

〔距前场三个月后的一天上午，“苍霞精舍”后轩林纾住处。其余景致未多变，唯有傍江而立的那棵大枫树已经身披红叶，格外耀眼，林慧明在庭院的桌子前读书。

林慧明　(摇头晃脑地吟唱)

　　昔我往矣,
　　杨柳依依;
　　今我来兮,
　　雨雪霏霏……

〔一阵风吹过,几片红叶飘落。

林慧明　这红叶又开始飘落,先生又该念那句唐诗了!可惜那依妹不能来了,谢小姐嫁给广东的一个茶商,她也跟着去了。(对观众)别看我先生没有娶谢小姐,可每时每刻却在苦苦地思念着她,不然他怎么会常常站在枫树下,拿着谢小姐撕破的那把扇子发呆,或者一个人在江边拼老命地舞剑呢?哼,他们大人总以为我们小孩什么都不懂,其实,我们也不傻!

〔林纾持剑上。

林　纾　明弟,你一个人在叨叨咕咕什么啊?

林慧明　啊?没、没叨咕什么!(对观众一伸舌头,做一鬼脸,又忙恭敬地)先生练剑练好啦?

林　纾　嗯。(把剑一丢,让林慧明接住)备纸墨,请王先生,我们要接着译书了!

林慧明　唉!(持剑下)

林　纾　(踱步枫树下,眺望江流,接住一叶飘落的红叶,满怀伤感地)枫落吴江冷,吴江冷啊……

(唱)　秋风卷枫叶落烟笼寒江,
　　忆往事思伊人心绪彷徨。
　　想当初船政局初识伊人,
　　那一曲《茶花女》断我柔肠。
　　人如玉声如磬倾倒四座,
　　情深深韵袅袅如幽泉兰香。
　　更难得她貌姣美亦有才学,

览群书妙评点文笔辞章。
一页页品译文励我成稿，
一回回赠佳肴暖我心房。
中秋夜临寒舍吐露心曲，
“三杯酒”是何等情深意长。
我竟然下狠心拒之门外，
撕裂了班昭扇她心也痛伤！
边译书边回想这桩桩件件，
不由我越觉得愧悔难当！
蝶仙啊，
不知你眼下可安好，
不知你此时在何方？
思念但如川流水，
长剑飞劈仍泱泱。
愁绪但如丹枫叶，
飘飘荡荡逐大江……

〔林慧明捧纸墨笔砚，王寿昌持《茶花女》小说随上。

王寿昌　（打开书）昨夜我们翻到马克写日记这一段，该段的意思是：马克告诉亚猛，在我为你做出牺牲和你回到巴黎的这段时间里，我为使自己不因痛苦而发疯。所以，沉溺在一切晚会、舞会和酒宴中，希望借此加剧病情，尽快死去……

林　纾　（边写边念）方我绝君，方君去我，此人生至痛之事，积郁在中，将生狂病。吾故常以外物遏制，凡茶会及跳舞，余无不至，亦欲早早戕贼其身，以求速死……

〔舞台另一表演区光起。光影下呈现出在狂欢的酒宴上，已喝得入醉，且不断痛苦咳嗽的马克仍高举酒杯，狂乱地周旋在宴席间，与人碰杯、对饮，以致踉跄倒地……

王寿昌　接下来，马克又对亚猛说，我不想再给你提那天夜晚的事了，不提那天夜晚在我最后一次向你证明我对你的爱情时,你是怎样报答我,用什么样的侮辱把我赶出巴黎的事了……

林　纾　余今亦不再提此夜之事……(心情难受地搁下笔,摇摇头)

王寿昌　哦!琴南兄是想起那天晚上把谢蝶仙赶出门外的事吧?

林　纾　子仁兄啊!

（唱）　自从她撕扇人去音茫茫,
我心也如裂痛迷惘。
此之后边译书稿边忖度,
更觉我所为不应当。
茶花女其情其爱确真挚,
被见弃其痛其苦确深长,
应将其心灵多体恤,
不该以旧德来衡量!

王寿昌　（唱）　听兄此言弟欢畅,
看来译书识亦长。
兄本就力倡维新与变革,
怎还让陈旧观念困一方?

林　纾　(点点头)只是现在悔之已晚,悔之已晚啊!

王寿昌　哦,看起来林兄现在倒真对谢蝶仙动情了啊?

林　纾　那又能如何呢?她已嫁为人妇,远去广州了!

王寿昌　不,只要林兄对谢蝶仙确有真情,我看还是尚有作为的!

林　纾　有何作为?

王寿昌　这其一嘛——

（唱）　可去一信把她访,
言辞恳切情意长。
仁兄多致歉疚意,
抚她心灵之创伤。

林　纾　这……其二呢?

王寿昌　（唱）　查询其婚后之状况，
　　　　　　　　看她是否得吉祥。
　　　　　　　　若是困苦不幸福，
　　　　　　　　当助其——

林　纾　当助其如何？

王寿昌　（唱）　解除婚约莫彷徨！

林　纾　瞎说！毁人婚姻，续己前情，这怎么可以？

王寿昌　有何不可？《茶花女》中就蕴含有此等爱情与婚姻观念：婚姻不应受世俗观念束缚，当以两情相悦为基础。

林　纾　这……
　　　　（唱）　自从与蝶仙有交往，
　　　　　　　　流言蜚语便绕耳旁。
　　　　　　　　近来翻译《茶花女》，
　　　　　　　　讥声笑语更飞扬。
　　　　　　　　倘若我再做此事，
　　　　　　　　只怕是闽都舆海风浪狂！

王寿昌　（唱）　纵然舆海风浪狂，
　　　　　　　　也要踏浪起帆樯。
　　　　　　　　仁兄你欲新民德开民智，
　　　　　　　　怎不能身体力行做榜样？

林　纾　（唱）　听他陈词慨与慷，
　　　　　　　　不由我血脉也贲张，
　　　　　　　　可蹈海弄潮谈何易？
　　　　　　　　林纾我毕竟不是王寿昌！
　　　　　　　　他海外留学达六载，
　　　　　　　　我半生把诗书礼义做食粮！

王寿昌　林兄啊……

林　纾　此事容后再议，我们还是先译书，先译书吧！（又提笔）余今亦不再提

此夜之事，须知此夜之不能拒君……（又难受得写不下去了）

王寿昌　林兄啊，还是先看看能否把你的爱情挽救一下吧，否则译到后面你会更难受的，因为马克的命运更悲惨，亚猛的痛疚也更深长！

林　纾　那……那我就……暂且搁笔不译了！（烦躁地将笔一搁）

王寿昌　暂且不译了，那何时再译？

林　纾　有心情时再说！

王寿昌　哎呀林兄啊，我们这很快就要译完了，你怎么？还……还是译吧，译吧！

林　纾　（摇摇头）没心情，没心情……

王寿昌　（有些急躁）没心情也要译，我从马尾来一趟不容易！

林　纾　抱歉！抱歉！（拂袖走开）

王寿昌　这……

〔林慧明上。

林慧明　（对观众）用福州话讲，这就叫：锯夹在柴上了，浆做（怎么办）？

〔"浆做？米拿去磨！"随着一声福州话答语，魏瀚拎一包礼物上。

林慧明　（惊喜地）魏伯伯！

魏　瀚　哎！琴南兄、寿昌！

王寿昌　哎哟，魏老师回来了！

林　纾　季渚兄，你去广东水师考察兵舰回来啦？

魏　瀚　回来了，这是广味的香肠，带点儿给你尝尝！

林　纾　多谢了！（接过礼包）怎么样，你主持设计的那新式兵舰运行得还好吧？

魏　瀚　还好。此事容后慢说，且先问二位那《茶花女》翻译得如何了？有人正苦苦念叨这部书呢！

王寿昌
林　纾　谁啊？

魏　瀚　谢蝶仙！

王寿昌
林　纾　谢蝶仙？

林　纾　(急切地)这么说,你在广州见到她了?

魏　瀚　人没有见到,但我广东水师里的一个朋友,竟然就是她夫家的内亲,所以有关谢蝶仙的情况我倒是听了不少!

林　纾　快说来听听!

魏　瀚　(笑)琴南兄如此急切,看来对她还是……啊?

王寿昌　琴南兄正为此事痛苦、纠结呢!

魏　瀚　是吗?不过琴南兄啊,她嫁到广州给那茶商做偏房后,情况不太好啊!

(唱)　僻居深院心不畅,
未经几日染病恙。
时常流泪叹命苦,
把那“茶花”来吟唱。
李家人疑她遭梦魇,
恶语相加来中伤!

林　纾　(急切地)这、这可如何是好?

王寿昌　琴南兄啊,可这都是你造的孽啊!

(唱)　若非你那夜断人肠,
她怎会自弃嫁茶商?
若非你把她真情负,
她怎会心痛染病恙?
犹如那马克若非被弃辱,
又怎会泣血成病入膏肓?

林　纾　(诚挚地唱)

贤弟所言无冤枉,
蝶仙本是我所伤。
我要赴粤去探视,
助她疗病复安康!

王寿昌　快去快去,这正是你应该做的!

魏　瀚　不用去广州了,听我那朋友说,近日,她向李家要求回福州将养一段时间,李家人也讨厌整天看她那生病的模样,就同意送她回来了。

林　纾　是吗?那她现在住在哪里?

魏　瀚　我那朋友也不知道。

林　纾　我这就去找!我这就去找!明弟,把我的青霜长剑拿来!

〔林慧明应声从屋内取出青霜长剑递给林纾。

林　纾　(把剑佩于腰上,决然地)我一定要找到她!我一定要找到她!(下)

〔王寿昌与魏瀚相视一眼,也跟下。

〔音乐起,收光。

第五场

〔幕后唱:

“名士身怀一腔情,
大街小巷苦觅寻。
怎知就在咫尺处,
苦花正盼甘露淋。”

〔光起。

〔距前场两天后。

〔闽江边“苍霞精舍”旁边的一间房子里,已病入膏肓,面容枯槁的谢蝶仙正侧卧床上不时咳嗽着,银月在旁照顾她。

谢蝶仙　(孱弱。断续地)银月,这、这两天怎么都,都没看到他,他在学堂,莫不是他因为翻译《茶花女》,心里流了太多血泪也生病了?你再扶我到、到窗户边,看看!(挣扎欲起)

银　月　(欲扶,见谢蝶仙又无力倒下)小姐,看你都这样了,还……还是歇着吧!

谢蝶仙　(又欲挣扎坐起)我、我能起来,你、你再扶我一把。

银　月　(勉强再扶谢蝶仙,仍扶不起,哽咽地)小姐,你还是好好歇着吧!

谢蝶仙　可是,两天看不到他,我这心里真是放不下啊!(大声咳嗽)

银　月　小姐呀,你对他真是太痴心了呀!

（唱）　想当初,因他绝情你远嫁,
一路把多少泪水洒。
哪知道,海天难隔情痴梦,
你思念比当初更不差。
心痛成病医难治,
重返福州又卖旧家,
倾囊再买这间屋,
就为能每日从窗里看见他。
小姐啊,许是我年少不更事,
真不知你为何会这样傻?

谢蝶仙　银月啊——

（唱）　人世茫茫……苍穹大,
知音未觅……心无家。
数载风尘……飘浮过,
孤蝶最恋……真情花……

银　月　你对他有真情,可他呢?怕早把你给忘得一干二净了!

谢蝶仙　这……(受刺激,又剧烈咳嗽,忙用手巾捂住)

银　月　哎呀,又吐血了!都怪我,不该说这些!(忙扶住谢蝶仙)

谢蝶仙　银月,我、我真想,最、最后去见他一面啊……(自觉生命无多,突然急切地挣扎坐起)对,我要去见他,去见他!银月,你把我头梳、镜子拿来!

银　月　小姐你……

谢蝶仙　去拿呀!

银　月　好吧!(从旁边梳妆台上取来头梳和镜子)

谢蝶仙　(照镜子,不由惊叫起)啊?天哪,我、我怎么成、成这个模样了?

(旁唱)想当初,我的容颜多姣好,
曾把观众来倾倒。

现如今，面无血色神憔悴，
他见了定会把泪抛。
眼看我，薄命将如残灯灭，
依稀已见奈何桥。
还不如，给他留下旧日影，
红尘落花依然娇。

〔屋外，林纾急匆匆上，王寿昌与魏瀚随上。

林　纾　（唱）三日来，踏遍榕城把蝶仙查，
心急如焚汗水洒。
不曾料，她就紧邻学堂住，
伴我朝晖与落霞。
应该就是这里了！

（敲门）

银　月　谁呀？

林　纾　好像是银月的声音！（大声地）银月吗，我是林纾啊！

银　月　林纾？（惊喜地）小姐，是林纾！

谢蝶仙　（顿也激动）林纾？！

银　月　我去开门！

谢蝶仙　（一把扯住银月）别、别开门，我不能见他，不能见！

银　月　小姐你……

谢蝶仙　去告诉他，我不见，不见！

银　月　这……

谢蝶仙　（急切地）去啊！

银　月　好吧！（打开一条门缝）对不起林先生，小姐她……不愿见你。

林　纾　为什么？

银　月　不知道！

林　纾　谢小姐是不是还在生我的气？

银　月　不知道，请回吧！（忙关门，插上门栓）

林　纾　银月、银月，你等等！（急敲门）银月、银月啊——

（唱）　恳请你把门打开，

林纾痛悔已难挨。

满城寻觅心憔悴，

就只为向她致歉诉心怀！

银　月　（犹豫了一下，转身跑回屋里，含泪）小姐啊——

（唱）　你日日盼他身影在，

一日不见苦哀哀。

待他上门又不见，

究竟这是为何哉？

谢蝶仙　这……（心刺痛，又剧烈咳嗽，大口吐血，晕厥过去）

银　月　（惊慌）小姐、小姐！快来人啊，小姐不行了！快来人啊！

林　纾　（一惊）啊？谢小姐出事了！

魏　瀚
王寿昌　谢小姐出事了！

林　纾　（猛力推门，推不开，遂拔出剑，伸入门缝，使劲一撬，推开门，奔到谢蝶仙身边，扶住她，急切地）谢小姐！谢小姐！

〔魏瀚、王寿昌也跟随奔到谢蝶仙身边，急切呼唤。

魏　瀚　赶快送医院抢救！

王寿昌　对，赶快送！

林　纾　谢小姐，你醒醒，林纾我来了，我来了，你醒醒吧！

银　月　小姐你快醒醒，林先生来看你了，小姐……

谢蝶仙　（睁开眼，微弱地）先生……你，还是来了……

林　纾　是的谢小姐，我来了！

谢蝶仙　我是不是，很难看，把你……吓着了吧？

林　纾　不，不难看！不难看！

谢蝶仙　《茶花女》……翻译得……怎样了？

林　纾　快翻完了！等你病好了，我马上拿来给你看！

谢蝶仙　我真想看，也真想编成曲来唱……但此生怕是……不行了！等书印出后，烧一本……给我吧，我在阴间看……

林　纾　谢小姐，你千万别这么说，你一定会好起来的！

谢蝶仙　银月——

银　月　小姐！

谢蝶仙　我，我还有……最后一事拜托你，请你务必帮我做……

银　月　小姐尽管吩咐，银月一定帮你做！

谢蝶仙　（唱）　等我死后入黄泉，

把我琵琶带在身，

棺材壁上插一物，

一枚带线的缝衣针。

银　月　这是为什么？

谢蝶仙　（唱）　但愿此去有来世，

能做林纾陪伴人。

唱做相和度时日，

缝衣做饭守家门。

（头一歪，闭上了眼）

林　纾　（凄切地）谢小姐、谢小姐、谢小姐——

〔银月和魏瀚、王寿昌也凄切呼喊。

林　纾　（热泪奔涌）谢小姐，林纾我负你，负你啊！

（唱）　小姐啊，

听罢你临终这番话，

我心胸如被刀刃扎。

原以为我平生最重情和义，

却不料薄幸之极真该杀；

你本是遗世灿灿一明珠，

却被我视为石头渣；

你本是濯水亭亭一芙蓉，

却被我视为落尘花；
倡导维新新民德，
却以旧德把你察；
泪许欧西“茶花女”，
却对你冷眼来相加；
自以为儒林名士人高尚，
娶妻当应德无瑕；
其实是酸腐书生旧观念，
把至性真情来抑压；
你忍辱负屈临寒门，
被我冷漠来打发；
上天赐我神仙侣，
被我生生赶出家！
若非因为我之过，
你怎会自暴自弃去远嫁；
若非因为我之过，
你怎会心痛成病玉体垮；
若非因为我之过，
你怎会香消玉殒在这年华！

我有眼无珠、虚伪冷酷、暴殄天物、罪孽深重，应受苍天惩与罚！

王寿昌　（痛心疾首地）你是该受天谴、天谴啊！

林　纾　（痛切恍惚地）在下愿受苍天惩罚、愿受苍天惩罚，在下愿受苍天惩罚啊！（拔剑出鞘，欲自裁）

众　人　（急忙制止）先生，不可啊！

魏　瀚　琴南兄也不必太自责了，还是看看我等能为这不幸女子做些什么吧！

林　纾　（痛楚茫然地）我能为谢小姐做什么呢？

魏　瀚　我们先帮忙把她收殓了吧！

王寿昌　再帮她办个体面的葬礼！

林　纾　我去准备棺木……(欲走)

银　月　(泣声)不必了林先生,这事李家会来办的。我家小姐就希望你把《茶花女》翻译出来,烧给她看,你就快翻译吧!

林　纾　对对,快翻译,快翻译!

(唱)　我当要满腔血泪纸上洒,
既写马克也写她。
重新彻改原译稿,
译出奇书传天下!

子仁兄,我们马上就接着翻吧!

王寿昌　我现在哪有这心情,不翻!

林　纾　(恳切地)翻吧、翻吧,子仁兄!

王寿昌　不想翻就是不想翻!

林　纾　(哽咽地)子仁兄,看在你我多年至交的分上,你就翻吧,我给你作揖了!(深深地作了一个揖)

〔王寿昌仍摇摇头不予理会。

林　纾　(暴怒地一拍桌子)王寿昌,你到底翻不翻,要不翻,我们立马绝交!

王寿昌　(一惊)这……好吧、好吧,翻、翻!

〔强烈悲怆的音乐骤起,小说《茶花女》中的人物又悠然登场。

〔收光。

尾　声

〔幕后唱:

“译作惊世大传扬,
千墉万户叹情殇。
洛阳纸贵景重现,
诗家争笔赋华章。”

〔光起。

〔舞台前区展现出《巴黎茶花女遗事》刊印发行，众人在街市上争相抢购，在茶肆酒楼谈论评说，淑女唏嘘落泪，诗人提笔赋诗……

〔众人场景隐去。舞台后区光亮，又呈现出"苍霞精舍"后轩的情景。

〔林纾忧戚地独立于江枫之下，面前摆着谢蝶仙的灵牌，一本《巴黎茶花女遗事》正在灵牌前燃烧。谢蝶仙演唱《茶花女》的歌声隐隐传来，不时有枫叶飘落……

〔幕后唱：

"西风轻把伊人唤，
一卷泪书寄黄泉。
枫叶有情萧萧落，
闽水更比吴江寒……"

〔阵阵西风吹来，枫叶萧萧落下。

〔字幕起："《巴黎茶花女遗事》是西方文学作品翻译到中国的第一部有影响的著作。在其翻译过程中，林纾认识到了引进西方文学作品对于开民智、新民德，维新变革、富国强兵的意义，从此走上了大量翻译的道路，一生翻译了一百八十多种西方文学著作，加上他还创作了许多小说诗文与绘画作品，成就辉煌，为中国近现代文学发展，中西文化交流作出了卓越贡献。"

〔光暗。

——剧　终

（本剧原载《福建艺术》2012年第2期、曾由福建省芳华越剧院演出）

闽 剧

银 筝 断

沈鹊应与林旭的故事

时　间：清末。

地　点：福州、北京、南京。

人　物：沈鹊应——字孟雅，号崦楼，晚清名臣沈葆桢之孙女，民族英雄林则徐之外曾孙女，出场时24岁。

林　旭——字暾谷，号晚翠，沈鹊应之夫，"戊戌六君子"之一，出场时20岁。

沈瑜庆——字志雨，号爱苍，别号涛园，沈鹊应之父。时任江南水师学堂总办、两江总督署总文案兼总筹防局营务处总办等职，出场时37岁。

沈夫人——沈鹊应之母，出场时38岁。

紫　英——沈鹊应侍女，出场时16岁。

依　贵——沈家老仆，后为林旭随身仆人，出场时40多岁。

杨永霖——林旭的塾师，沈瑜庆的文友，出场时38岁。

陈祖昆——林旭的私塾同学，出场时20岁。

衙役、太监、报童、尼姑、乡头、士绅、村民、旗人等。

序　幕

〔1899年,即“戊戌变法”失败后第二年的除夕之夜。

〔福州“三坊七巷”之郎官巷沈鹊应与林旭的宅第内。

〔爆竹鸣响,焰火腾空,舞台光渐亮,一座幽深静谧的宅院和一个素面缁衣的女人——沈鹊应独自呆坐在一架古筝旁的身影也渐渐在舞台上呈现出来。屋外,辞旧迎新的爆竹与焰火响彻、照亮了古老坊巷的上空,也不时照亮她的身影,她却似毫无感觉,只是凝视着古筝前的一张祭桌。祭桌上摆放着林旭的灵牌、影像和一叠诗文遗稿,蜡烛和香火在徐徐燃烧、摇曳……

〔沈鹊应深情凄切的幕外吟诵心音:

“空房奠除夕,
对影倍凄然。
守岁犹今夜,
浮生非去年。
心随爆竹裂……”

〔屋外,爆竹再度震天鸣响,更多焰火飞跃夜空。

沈鹊应　暾谷,晚翠,我的夫君,自从你命赴黄泉,为妻便如坠深渊。心已碎,泪已干,魂已散,不知是人还是鬼了!今夜除夕,咱三坊七巷家家户户都在放炮仗,可为妻没有放,怕惊动了你回家的魂灵。想起当年你乡试中解元那一日,为妻是备了个一千响的大炮仗为你贺喜啊!

〔光暗。

第一场

〔光起。

〔幕后有人高喊:"喜报!喜报!福州府侯官人林旭高中大清光绪癸巳恩科福建乡试第一名,为解元啊!"顿时锣鼓喧天,鞭炮齐鸣,热烈欢快的十番音乐响起,送喜报的衙役队伍在众人的簇拥下走过街头。

〔幕后伴唱:

"金桂飘香瑞气盈,
乡闱喜讯天降临。
闽都英才魁星照,
锣鼓喧天爆竹鸣!"

〔沈家宅第。张灯结彩,宾客盈门,庭院里种植的一棵桂花绽放飘香。紫英在门外点燃了一挂长鞭炮,林旭、沈鹊应和沈瑜庆夫妇都兴奋地与前来祝贺的宾客邻人寒暄,向其致谢,请他们入内喝茶。紫英放完炮仗也兴奋麻利、口齿伶俐地在人群中穿梭,帮助接待、招呼客人……

紫　英　哎呀伯公,你这好命人快请到里面坐!快请里面坐!……哎呀依叔,看你这福相,儿孙也是会读书的才,快请里面喝茶!喝茶!……哎呀婶婆,人说看到新娘眼睛会闪光,我看你今天看到解元,眼睛更是漾漾(方言音)光,快请里面喝茶!快请里面喝茶……

沈鹊应　(唱)　嘉树奇茂吐芬芳,
夺艳秋园成华章。
唯愿君心更凌云,
煌煌社稷做栋梁!

〔杨永霖携陈祖坤等几个学生上。

杨永霖　沈公、夫人,恭喜恭喜啊!

沈瑜庆
沈夫人　同喜同喜!

杨永霖　解元公、解元公啊！

林　旭　哎呀，先生来了，学生拜见先生！

沈鹊应　拜见先生！

杨永霖　嗳，今日应当是敝人拜见解元公啊！

林　旭　不敢不敢，如果不是当初先生的教诲，学生哪有今日？

沈瑜庆　是啊，没有当年先生的授业解惑，就不会有小婿今日的考绩啊！

杨永霖　嗳，不能这样说，若不是沈公近年带他到江宁悉心栽培，光靠我这个乡村野老，是万万教不出三试连冠的秀才，更教不出解元公的！

沈瑜庆　先生过谦了！旭儿、鹊应，快请先生进去喝茶！（又与沈夫人转身接待另一拨客人，并陪同他们入内院）

林　旭
沈鹊英　先生请！

杨永霖　（对学生）来来，你们先都来参拜一下你们解元公师兄，当以他为楷模，也争取鱼跃龙门！

众学生　（诚挚虔敬地）解元公师兄在上，请受师弟一拜！

陈祖坤　（酸妒地）拜见了，拜见了！师兄有才，又承门庭显赫，吾当以你为楷模，也争取——（讥刺地）"鱼入龙门"啊！

杨永霖　（听出话外之音）陈祖坤，你……你又不服气了是吧？你也是宦门子弟，尊父还在京为官，为何学业总逊林旭一筹啊？

陈祖坤　那跟人家还是不能比的呀，人家可是原福建船政大臣，两江总督沈葆桢的孙女婿，大名鼎鼎的林则徐的外曾孙女婿，岳父现也在两江总督署身任要职，是福州首屈一指的名门大户啊！

杨永霖　大胆！怎敢如此直呼沈文肃公与林文忠公之名讳！再者，林解元夺魁之文章现已传遍府城，无人不赞服，岂是靠门庭之显赫科场夺魁的？

陈祖坤　这……（词穷，仍酸恶地）沈家门庭再显赫，他毕竟也只是入赘为婿的嘛！

〔众人不由一惊，林旭更不由得被刺激，神情顿转，沈鹊应内心一紧，忙看林旭……

杨永霖　如何结缡有何要紧?要紧的是夫妻恩爱,比翼双飞!(以神情威逼陈祖坤不要再讲此事了)

陈祖坤　(不依不饶地)可夫妻再恩爱,也难免被世人看轻,所育子女也要随母家姓氏噢!俗话说:“好铁不打炉,好儿不做上门奴!”

杨永霖　(怒不可遏地)放肆!

(唱)　酸妒偏狭口出恶语,

仁德不修枉读诗书。

我的弟子难容此辈,

请你出门另就高师!

陈祖坤　(一惊)这……

杨永霖　你给我走,我教不了你这样的学生!

陈祖坤　这……(见众人也都愤怒鄙夷地看着自己)哼,走就走!我陈某也非池中之物,总有一日也会让你等俯首参拜的!

杨永霖　气死我了!我怎么会有这样的学生?太对不住你们了!(向林旭、沈鹊应作揖致歉)

沈鹊应　不、不,是我们让先生为难了!请先生不要生气,到里面喝茶!

林　旭　(勉强地笑)是啊,请先生不要生气,到里面喝茶,喝茶!

紫　英　(满脸含笑,逗趣地)喝茶喝茶,大家喝茶,喝酒人醉,喝茶气消啊!

〔众人不由得被逗笑了,簇拥杨永霖而下。

紫　英　这陈子坤真不是人,人烧香,他泼粪。好好的日子,他这样打彩头!这叫姑爷他……唉!(摇头,下)

〔沈鹊应复上。

沈鹊应　陈祖坤无德无行,夫君他真受委屈了!

(唱)　夫君他幼失怙家境凄凉,

但不辍青云志自尊自强。

今科场能夺魁凌云折桂,

全赖他熬寒窗才溢芬芳。

那宵小胡乱语当庭攻讦,

他受辱我也是痛彻心肠。
为妻室我理应将他惜护，
如惜护和氏璧曜曜之光。

〔林旭神色略显沉郁地上。

沈鹊应 （见林旭神情，温婉一笑）暾谷，说来也巧啊，庭院里你栽种的这棵桂花树，好像知道你会科场折桂似的，这两天全开了，满院清香，沁人心脾啊！

林 旭 是啊，清香四溢。

沈鹊应 此乃花解人意，君心自知也。

林 旭 花解人意，君心自知？

沈鹊应 暾谷——

（唱） 桂树流芳气韵雅，
看似朴茂实奇葩。
君心从来远俗念，
志趣高邈在天涯。

林 旭 （唱） 生性确是恋桂花，
树品清雅香韵佳。
幸蒙贵人多抬爱，
迁植华堂绽新芽！

沈鹊应 （亲柔地）暾谷，为妻知道，你本无意攀附豪门贵第，依爹当初的确是看中你的人品才学，才借以招赘之名让你到家，望你日后能成家国栋梁！那些胡言乱语自不必予以理会！

林 旭 为夫不会理会的，燕雀安知鸿鹄之志哉！

〔紫英喜盈盈地上。

紫 英 少夫人，刚才亲戚们都说家里出了这么大个喜事，应当到沈家祠堂祭拜一下，告知一下沈家的列祖列宗！

沈鹊应 不。先要到林家祠堂祭拜，因为姑爷是林家的后代，我是林家的媳妇！

林 旭 （感动地）孟雅！

沈鹊应 （深情地）暾谷，夫君——

（唱） 我俩结缡天意定，

相依江宁缘分深。

唱酬秦淮烟云柳，

执手栖霞丹枫林。

君怀犹若扬子水，

浩浩荡荡感妾心。

不论此生何境遇，

与君共作白头吟。

林　旭 （更感动地）孟雅——

（唱） 闻妻肺腑吐深情，

如同心田降甘霖。

翌年入京赴春闱，

金桂再绽传佳音。

沈鹊应 （唱） 世事难测宦海深，

科场常负才子心。

倘遇春闱未如意，

从容应对莫伤神。

林　旭 （唱） 爱妻嘱咐情义真，

不必为此多忧心。

自信鲲鹏能展翅，

桂庭春阑候佳音！

沈鹊应
林　旭 （唱） 候佳音，在桂庭，

两情缱绻如诗吟。

桂花香里诉衷肠，

字字，温存……

句句，知心……

（二人相偎）

〔光暗。

第二场

〔光起。

〔音乐、灯光突变。舰炮的轰鸣声与海水中掀起的爆炸声骤然而起，接着枪炮齐鸣，刀剑铿锵，杀声连连，烈焰腾空……其间夹杂街头报贩的奔跑喊叫声："看报看报，中日两国黄海交战，我方兵舰损失惨重！""看报看报，日军攻陷威海卫，我北洋水师全军覆没！""看报看报，中日马关签订和约，我大清国割地赔款！""看报看报，乙未会试，昨日揭榜！"……

〔一个醉汉的身影——林旭从火光和报贩穿梭奔跑的背景中踉跄走来。

林　旭　（惨痛地喊叫）败了，败了，都败了！大清国战场败了，我林旭科场也败了！苍天无眼，苍天无眼……（跌倒在地，又挣扎站起）苍天无眼哪！

依　贵　姑爷呀，你可不能再这样天天喝得烂醉了，太伤身了。

林　旭　喝，喝、怎么不喝，不喝能……能做什么？做什么？

（唱）　科场厄运击鲲鹏，
凌云梦断坠泥尘。
欲挽国难力不从，
归去无颜对家人！

依　贵　姑爷啊，还是回去吧，少夫人在家都等得心焦了！

〔沈鹊应出现在舞台另一空间。

沈鹊应　（唱）　夫君入京两年整，
科场失利未回程。
传言街头醉蹒跚，
使我昼夜难安宁。

林　旭　"征鸿飞尽，苒苒无音信，独隔天涯。多少思亲恨！"——她寄来的那些

词,写得好凄切、好伤感啊……可是我不能回去,回不去啊……(半梦半醒)

依　贵　少爷,小姐又来信了!

林　旭　(唱)　爱妻催回诗信频,

痛难提笔作回音。

唯有醉酒解愁绪,

梦里归舟江月清。

韶光任虚掷,寂寞天涯隔。孟雅,我知道,你一定是为我牵肠挂肚,寝食难安啊!

沈鹊应　暾谷,万不可一身颓气醉酒沉沦啊!

(唱)　怕闻良俦悲鸿鸣,

更惧家国栋梁倾。

林　旭　(唱)　梦中思妻千百叹,

醉眼迷离泪难禁。

沈鹊应　(断然地)紫英,我们去京城找姑爷!

〔紫英内应:"嗳"上,为沈鹊应穿上披风,自己带上古筝。

〔音乐起。二人圆场作赶路状。

沈鹊应　(唱)　春花飞尽别江南,

千里来京夜阑珊。

紫　英　(唱)　穿街越巷觅亲人,

匆匆赶到闽会馆。

〔暗转。

〔京城闽会馆林旭住处。依贵上。

依　贵　哎!这不是少夫人吗?你们怎么进京来了?

紫　英　找姑爷算账来了!姑爷真不像话,会试落选也不回家,害得我们少夫人日夜牵挂!哎呀,酒气好重,姑爷他果然又喝醉酒了!

林　旭　(翻身,半睡半醒地)醉了好,醉了好啊!"酒醒作痛……何情绪,梦见吴淞……十里江啊……"

沈鹊应　（苦笑）你是在醉梦里回到江南，回到家吗？

林　旭　“征鸿飞尽，苒苒无音信……独隔天涯……多少思亲恨！”

紫　英　记得还真清楚，还有呢？

林　旭　宗庙神灵……三百春……即今将相……未无人。言战言守……言迁都。三十六计……他则无……

依　贵　（苦笑）姑爷他醉梦中也是念念不忘国家社稷啊！

紫　英　说的梦话也都是夫人和他自己写的诗啊！

林　旭　书生不自……有科第，能为国家……做么计？

沈鹊应　（唱）　听夫君似睡似醒把诗词咏，
倒叫我心中得从容。
看起来，他未忘妾身与社稷，
折翅摧羽人沉沦。
只是肺腑存郁结，
还需柔手来疏通。
拨他心弦多激励，
唤他壮志再凌云！

紫　英　只有夫人出手才能拨动他的心弦哪！（架起古筝）

沈鹊应　（坐下拨弦弹唱）
野塘春水连天碧，
化作烟波色。
忽听何处弄鸣筝，
又是东风卷入碧云声，
迢迢直上干霄汉。
儿女争呼唤，
从容不傍逆风飞，
何事竹竿难上笑男儿。

林　旭　（唱）　适才间梦中似见爱妻临，
相与应答把诗句吟。

忽又闻她银筝轻拨唱诗词，
亲切柔美沁我心。
宛若蓝天舒白云，
又若清泉漫绿茵。
顿教人心旷神怡胸襟展，
振翅欲飞超凡尘……

（情不自禁举手做欲飞状）

紫　英　（不由一笑）哟，姑爷，你这是要飞上月宫会嫦娥了吧？

林　旭　从容不傍逆风飞，何事竹竿难上笑男儿，笑男儿……（狂笑转而苦笑）

紫　英　姑爷，嫦娥不在月宫，在你面前呢！

林　旭　（一愣，似醒非醒地）是你，鹊应，孟雅？

沈鹊应　（亲切地微笑）暾谷，你当上酒仙，真乐不思蜀了啊！

林　旭　这……（焦躁悲哀地）科场败北，齐家无力，报国无门，还能怎样？又能怎样？迢迢直上干霄汉，儿女争呼唤！争呼唤！哈哈……笑男儿……笑男儿……（从大笑到痛哭）

紫　英　少夫人，看来姑爷醉得厉害啊！

沈鹊应　是醉得厉害，须让他清醒啊！（厉声地）暾谷，林旭！

（唱）想当初乡野村塾读君文，
才识非凡志凌云。
依爹他，携你江宁多栽培，
你童生夺冠又领解元之尊。
妾身也庆幸得佳偶，
林家祠堂来感恩。
虽也望你科场再告捷，
更望你成败能从容。
未曾想，你科场失意便自弃，
醉混京都人沉沦。
全不念家中有亲眷，

望断秋水伤吟落枫。
也不念社稷已危难,
割地赔款水师断魂。
难道说,鸿鹄折翅成燕雀?
我此生错托此郎君!

紫　英　(气恼地)是啊,少夫人是才貌双全的名门闺秀,怎能配一个腰都拔不直,走路会当啷(摇晃)的酒徒呢?

依　贵　少夫人误会了,你看姑爷昨日刚写下的这首诗。

沈鹊应　(念)　鼯鼠飞殿草生庭,
朝野犹拜利与名。
擎天志士慷慨起,
引臂疾呼寐者醒。

依　贵　姑爷他其实是心高志远,想慷慨报国的啊!

紫　英　这还差不多!

沈鹊应　真男儿本该如此,但你自身沉于醉梦之中,又如何唤得世人觉醒呢?

林　旭　孟雅,为夫不才,但岂是甘于沉沦之人?看,这些都是我写的关于如何富国强兵,挽救国难的策论,既不能上达天听,也不能付诸实施,有何用?有何用啊?一介书生不能身列朝堂、进言献策,又能有何作为?

沈鹊应　这……暾谷,还是依爹知你!他已在吏部给你捐了个内阁中书的职位,这样你便可先进入朝堂,有用武之地了。

林　旭　哦?

紫　英　少夫人为此把自己的全部私房钱都捐出来了!

林　旭　(感动地)孟雅!(随即又连连摆手)不、不,我还是要自己通过科考,进入朝堂!

沈鹊应　你可以先进入朝堂有所作为,伺机再考呀!

紫　英　少夫人这次来京就不走了,要留下来好好照顾姑爷你,这也是老爷、夫人的意思,他们还想尽快抱上外孙、外孙女呢!他们连名字都起好了,如果是外孙,就叫林——林什么来着……

依　贵　子随父姓,叫什么都好啊!

林　旭　子随父姓?(感动至深地)孟雅!

（唱）　苍天厚爱我林旭,
能赐我如此贤德的妻,
肺腑感念言难表,
唯有躬身施一礼!(深鞠躬)

沈鹊应　（唱）　夫君不必折贵体,
妾身关爱已延挨(方言音,意为迟缓)。
当助鸿鹄凌霄汉,
俯仰神州与天齐。

紫　英　（对观众）人说老婆讨对了,还赢吃补药。做男界的能讨到这样的老婆,我看不但要感谢鞠躬,头要放在地上磕逼(福州方言音,意为"裂")了才是!

依　贵　紫英,嘴巴也不要太利!

林　旭　孟雅,你之忧国襟怀与见识不逊须眉,依你之见,眼下我当如何作为呢?

沈鹊应　我在家看报纸,也听依爹说,眼下那康有为、梁启超等人正在大力宣扬变法维新,倡导借鉴日本和西人治国之经验,革除旧弊,实行新政。

林　旭　是啊,我写的这些救国策论,与康、梁之主张也是相呼应的呀!

沈鹊应　这和依公当年搞洋务,办船政,"师夷之长技以制夷",实则一脉相承,都是在寻找救国、强国之路啊!

林　旭　是啊……(突然,激动地)对了,我要联络福建同乡学人,成立一个倡导新政的闽学会,和康、梁及各省维新志士一道,共同推动变法维新!

沈鹊应　（赞许地点点头）不过朝野上下,陈腐守旧者甚多,推动变法,也不可操之过急,欲速则不达呀!

林　旭　嗯!

〔幕后伴唱:

"银筝清泉相和鸣,

唤得鲲鹏醉梦醒。

凌空振翅惊风云，

紫禁城里响钟磬。”

〔光暗。

第 三 场

〔光起。

〔钟磬鸣响，朝乐辉煌。三声“静鞭”过后，响起“圣旨下——”的威严喊叫声，在灯光打出的恍若紫禁城的背景中，一太监捧旨宣读：“奉天承运，大清帝国皇帝诏曰：‘数年以来，中外臣工，讲求时务，多主变法自强……’”

一太监紧接着在另一束灯光下宣旨：“赐工部主事康有为即日晋见，陈述变法事宜……”

一太监宣旨：“筹办京师大学堂，所有书院、祠庙、义学及社学，均应改为兼习中西学之学堂……废除八股文、乡试、会试及童生考试，改试策论……”

一太监宣旨：“设铁路矿务、农工商总局及各省分局……”

一太监宣旨：“裁减冗官……准许地方官与士民上书……”

一太监宣旨：“命八旗学习士农工商，自谋生计……”

一太监宣旨：“改用西洋之法练兵……”

一太监宣旨：“察怀塔布等礼部尚书、左右侍郎六人阻挠上书，即行革职，主事王照，不畏强阻，赏给三品顶戴……”

一太监宣旨：“赏杨锐、刘光第、林旭、谭嗣同四品卿衔，在军机章京上行走，参与新政事宜……”

一太监宣旨：“着军机章京林旭太和殿面圣候旨！”

〔光大亮。

〔1898年9月间的一个夜晚。北京林旭住处。

〔林旭内唱:“沐圣恩,喜出宫阙感苍天——”上。

林　旭　(接唱)步匆匆,心潮澎湃到家门前。

(兴奋地高呼)孟雅、孟雅!

沈鹊应　暾谷!

紫　英
依　贵　姑爷回来啦?

林　旭　回来了,回来了!

沈鹊应　见过皇上了?

林　旭　见过了,见过了!

(唱)　太和殿上见龙颜,

心中感慨有万千!

紫　英　(唱)　那皇上究竟何模样,

是否魁伟又庄严?

林　旭　(唱)　龙颜俊秀且英武,

气度不凡神翩翩!

紫　英　(唱)　皇上跟姑爷说什么,

那可是金口吐玉言。

依　贵　紫英你话多了啊,皇上跟姑爷说的必定是军机大事,哪能随便告诉他人的!

林　旭　皇上主要是问我对眼下变法局势的看法。

依　贵　凭姑爷的见识和口才,姑爷一定是对答如流的!

紫　英　那还用说?

林　旭　惭愧,惭愧啊!

(唱)　因我福建口音重,

皇上不明我所言。

沈鹊应
依　贵
紫　英　啊?那怎么办?

林　旭　（唱）　让我把话写纸上，

问答全靠太监传！

沈鹊应
依　贵　哦——
紫　英

紫　英　（边比画边说）皇上问一句，你写一句，太监把你写的送给皇上看，然后皇上再问一句，你再写一句，太监再送给皇上……这就像唱一出哑巴戏嘛，太有趣了！

林　旭　（不无得意地）不过，虽然我的官话讲不好，但皇上对我的变法见解和文笔却很欣赏，说我以往起草的变法诏书很好，对反对变法者的批驳也犀利有力。所以，今后凡是重要的变法诏书，都要我来起草！

依　贵　太好了！姑爷这回可要宏图大展、光耀门庭了！老奴今天要好好煮几碗福州菜，再热一壶青红酒犒赏一下姑爷！

紫　英　我来帮厨！要煮荔枝肉、醉排骨、南尖肝、糟鸡、卤鸭，焊鱼，焊豆干，还要灯一鼎热热的素烩汤，都是姑爷爱吃的！

林　旭　（兴奋难抑地）是要庆贺一下！这变法一旦成功啊——

（唱）　九州四海去疮痍，

生机盎然可赋诗。

物阜粮丰天下富，

兵强马壮震四夷。

甲午之耻尽都雪，

驱逐列强复失地。

千年古国重抖擞，

昂首东方谁敢欺？

沈鹊应　暾谷，变法果能成功，当是国之大幸，民之大幸。但为妻读近日变法《邸报》，却不免心生忧虑……

林　旭　有何忧虑？

沈鹊应　暾谷啊！

（唱） 风摧层林啸声烈，

激流裂岸恶浪腾。

新政迭出来急行，

招来的抵御也狠凶！

林　旭　这……

沈鹊应　依爹忧虑更甚！

林　旭　依爹忧虑更甚？

沈鹊应　这是刚才收到的他的一份急信，你看看！

〔林旭接信阅。台侧一束追光下，出现了沈瑜庆的身影。

沈瑜庆　旭儿并鹊应如晤：此番朝廷立志变法图强，可喜可贺，但未免行事过急，措施过烈，新政之诏纷纷而下，未及三月，便愈百个，如何实行？骤然取消八股科考及八旗世袭特权，裁汰众多衙门冗官一类新政，亦已引发朝野震荡，必然招致激烈反扑。旭儿当警醒于心，沉稳应对，若有可能，当助纠偏局，千万千万，否则危矣！

林　旭　依爹与你的忧虑都不无道理，好在皇上英明天纵，当可驭控大局，抵御反扑。

沈鹊应　可太后真能放手让皇上驭控全局，笃行新政吗？

林　旭　这……应该会吧，他们毕竟是母子啊！再说，这变法也是太后赞同的呀！

沈鹊应　事情怕没那么简单。所以，依爹说得对，还当警醒于心，沉稳应对。如有可能，当助纠偏局，不应急于求成。

林　旭　可我千年故国，沉疴累累，已危在旦夕，若不尽快借新政脱胎换骨，又如何转危为安？

沈鹊应　正因其沉疴累累，才应循序渐进，慢慢调养，方能康复健壮，用药过猛，可能适得其反呀！

林　旭　这……

〔正在此时，一仆役持一信件上。

依　贵　老爷、夫人，刚才有一仆役给您送来的信函。

林　旭　噢。（拆封取出一信和一条陈，阅信）

〔舞台另一处追光下，出现了陈祖坤的身影。

陈祖坤　窗兄在上，不才学弟拜揖了！窗兄因倡言变法为皇上赏识，弟钦服艳羡也。家父本于都察院任职，勤勉尽责，然因变法新政，裁减冗员，遭人暗算。恳望窗兄援手相助，使其留任，弟也愿助窗兄化险为夷。窗兄可知现朝野有多少吏民对变法新政心存怨恨，视你等为奸佞仇敌，必欲剪除而后快吗？但请窗兄一览广东举人的条陈抄本，便可知之。（阴险一笑，隐去）

林　旭　广东举人的条陈？（匆匆阅罢，不由愤怒）无耻之尤！孟雅，你看！（把条陈递给沈鹊应）

沈鹊应　《请诛逆贼康有为疏》！（一惊，匆匆阅罢）暾谷，这条陈真是险恶！

林　旭　非但危言耸听，歪曲康有为所提重开懋勤殿，专务变法的主张，说他图谋入主中枢，篡夺朝政。还断章取义，罗列他以往批评时弊的言论，说他早有反清逆乱之居心。

沈鹊应　若是康有为被贬，变法便要受挫。这条陈如何会到他手里呢？

林　旭　这种条陈一般都是先呈交都察院，再由都察院转送军机处拟签上奏。应是其父抄录的。他先拿来给我过目，那无非是想告知我，若我肯帮他，他也会帮助撤掉这条陈。若不肯帮，这条陈他已知晓，休想掩盖！

沈鹊应　真乃费尽心机！对此，你待如何处置？

林　旭　想压我就范那是做梦！那条陈一旦送到军机处——

（唱）　我条条质疑加批注，
层层驳斥无完肤。
为免恶语蒙圣慧，
先以犀利笔墨诛！

沈鹊应　（唱）　太后不是等闲人，
谁能参透其心术？
更何况你是康门一弟子，
为师辩解怎清楚？

林　旭　（唱）　那就径直呈皇上，

请他辨析与评估。
推新政,圣心最重康有为,
不致让他被蒙污!

沈鹊应 （唱） 太后已然有懿旨,
条陈须由她先睹。
你若直接呈皇上,
你违旨,皇上御笔也难书!

林　旭 说得是啊!
（唱） 皇上待我恩荣重,
岂能给他添苦楚?
看起来,此事唯有自己办,
私下了结把祸根除!

沈鹊应 如何了结?

林　旭 我可用此条陈题目与署名,另作一条陈,胡诌些反对康有为与变法的空泛言论,将真条陈替换下,让军机处皆知有此条陈上奏,太后看了却兴味索然!

沈鹊应 但这事若被发现和追查,后果甚是严重啊!皇上为倡导广开言路,把阻挠上书的六部堂官都革职了,再器重你,怕也难网开一面。太后对你们几个军机章京本就心存芥蒂,更不会饶过你的。

林　旭 这愚夫明白,但眼下为圣上分忧,保变法大局,只能冒此风险了。

沈鹊应 暾谷啊,你敢于为国担当为妻甚为敬佩!记得那一年,我随侬爹公干,舟过洪泽湖,恰遇狂风暴雨,也曾写下一诗——
（唱） 鸥鸟惊啼避浪涌,
洪泽湖遥欲渡难。
夜雨漏舟湿无睡,
狂风曳缆泊难安。
谁知贱子风波惯,
却笑舟人肝胆寒。

他日与君重过此，

云烟应作镜中看。

林　旭　孟雅！（一把搂住了沈鹊应的肩膀）

沈鹊应　暾谷！（握住林旭的手）

〔光暗。

第四场

〔幕后骤然而起的古筝弹奏曲，光渐亮。筝声压抑、沉重、彷徨、焦灼。

〔光起。

〔紫英上。

紫　英　（对观众）我看我家少夫人这两天吃不知味，困不落眠，古筝弹得也不是声（方言，意为“特异”），就像有石头母压在胸间，又像在腹佬底（肚子里）煎带鱼，烙光饼，她一心想的就是变法，看样子这变法的势况有点儿不妙啊！

沈鹊应　（抚筝弹唱）

近日来，《阅邸》报察宫情心绪彷徨，

眼见得，变法已遇强阻深陷危乡。

险境中我必须觅一良策，

助变法与夫君转危为安。

张之洞督湖广名重朝野，

与祖父和爹亲交谊非常。

若求他出援手从中转圜，

或还能挽局面不致成殇。

〔林旭一脸沉郁，急匆匆上。

林　旭　唉！不幸被依爹和孟雅言中了！言中了！

（唱）　变法局势陷逆境，

紫禁城内阴雾腾。

守旧臣僚大反扑，

太后干预更凶狠。

皇上自感位难保，

急筹对策作抗争。

先召杨锐授密诏，

今又传我到内廷，

命我转告康有为，

速离京都莫延停。

原以为，扣留条陈能保他，

却不料，续来的暗箭更阴冷。

还闻太后已知此事，

已命军机来查明。

紫　英　姑爷回来啦？

林　旭　夫人呢？

紫　英　正在给老爷写信呢！

〔依贵持一函件上。

依　贵　姑爷，这是老爷刚发来的密电！

林　旭　噢？（忙接过函件拆阅）

〔台侧一束追光下，出现了沈瑜庆的身影。

沈瑜庆　旭儿如晤：为父观近日变法局势已甚为险恶，议请日本退相伊藤博文参与新政更是犯下大忌，皇上或已难控局面，新政亦有夭折之虞，千万小心，且应备有善后之策！

林　旭　（情不自禁地）依爹，您对局势真乃洞若观火啊！

（唱）　皇上倘若銮驾欹，

覆巢之下卵何依？

变法新政付东流，

富国强兵遥无期。

为救皇上保新政，

当有力举挽危机。
纵然此举会惹祸，
我也慨然不避趋。
只是鹊应须遣走，
以免她无辜被伤及！

对，得叫她赶快回她父亲那里去！孟雅，你来一下！

〔沈鹊应上。

沈鹊应　暾谷，你回来了！

林　旭　回来了！

沈鹊应　（看林旭神情不对）怎么了，是不是出什么事了？

林　旭　啊？没有啊？没出什么事。

沈鹊应　那你……

林　旭　哦，可能是、是我办了一天的差，没停没歇的太累了！

沈鹊应　那你先歇一会儿，喝杯茶，洗个澡，我去给你拿换洗的衣服吧！

林　旭　不急！孟雅，来京这么久了，你就没想回去看看依爹依妈吗？

沈鹊应　这……（笑）我现在还不能回去。

林　旭　孟雅！

（唱）　你来京已时日长，
伴我雨雪与风霜。
理当归去探父母，
也莫负江南好山川。

沈鹊应　（唱）　未能尽孝自惆怅，
无奈关山路茫茫。
唯谢双亲多谅解，
让我守候你身旁。

林　旭　（唱）　我尚年轻身矫健，
无须你总守身旁。
还有依贵好帮手，

更不致锅冷饭菜凉。

沈鹊应　（唱）　依贵毕竟人粗放，

做家务哪有女人强？

若你作诗与填词，

也不能提笔相酬唱。

林　旭　（唱）　家务粗些有何妨，

只要不缺柴与粮。

眼下新政事务紧，

我也无暇写诗章。

沈鹊应　（唱）　京城严冬风雪狂，

深宫值夜冷非常。

我已裁下寒衣料，

还须帮你缝成裳。

林　旭　（唱）　深宫寒夜虽漫长，

多加炭火能驱凉。

寒衣你可回去缝，

寄来一样暖心肠！

沈鹊应　这……你别说了，反正我现在不会回去！

林　旭　（恳切地）为什么！

沈鹊应　（执着地）不为什么，不想回去！

林　旭　不想回去？可你前两几日填的《鹧鸪天》那首词是怎么写的？"秋寂寂，梦依依。风流林下寄人思。凭高不见江南路，玄鸟归时人未归。"那分明是望断江南路，满腔思归情啊！

沈鹊应　这……不管怎么说，我现在就是不能走！

林　旭　（有些急了）孟雅，你为什么这么拗呢？

沈鹊应　身为你的妻子，此时不能不拗！暾谷啊——

（唱）　你投身变法意气扬，

重整乾坤把狂浪挽。

眼下身已入险境，
为妻能不守身旁？
倘遇惊涛卷舟楫，
也能助你划几桨！

林　旭　（旁唱）爱妻不归道因缘，
不由我热泪欲盈眶！
上天赐我神仙侣，
岂能让她搭危樯？
我当另谋一良策，
将她送离此险洋！

（四处打量思索，目光触到手中电报和沈鹊应在案上刚写的书信，不由灵机一动，故作郑重地）孟雅，我其实不光是要你回去探望一下依爹依妈，更是要让你给依爹带一封事关变法大局的急信！

沈鹊应　事关变法大局的急信？

林　旭　是啊，现在朝中变法局势甚为严峻，急需依爹帮忙，请张总督支持，他是能影响朝野的忠正大臣。当年和依公交谊深厚，依爹又曾是他信赖的幕僚。若能得到他的支持，或能挽扶危局！所以需要你亲自回江宁，让依爹带你去找他帮忙！

沈鹊应　真是为此事？

林　旭　真是！

沈鹊应　请张总督斡旋也正是我的想法。如此，我速去速回！

林　旭　太好了！何时动身？

沈鹊应　事情紧急，你去写信吧，我收拾一下行装就走！（欲下）

林　旭　（一阵酸楚，突然地）慢！

沈鹊应　怎么了？

林　旭　（从案上书箧中取出一叠文稿，郑重地）孟雅，这些诗文稿是为夫在京几年的墨迹，你也带回去吧！

沈鹊应　（惊异地）为什么？

林　旭　不为什么，我，我只是想让依爹也看看，请他指教。

沈鹊应　好吧，我带走。（接过文稿又欲下）

林　旭　（又连忙地）再等等！

沈鹊应　（止步）……

林　旭　见了依爹、依妈，一定代我跪拜请安，说我未能膝前尽孝，十分愧疚！

沈鹊应　嗯！（又欲下）

林　旭　还有——

沈鹊应　（又止步）……

林　旭　家里那棵桂花树，你代我给它松一松土，浇个水吧！来年金秋，它又该满树绽放，清香醉人了！

沈鹊应　好的！

林　旭　（极深情地）孟雅啊——

（唱）　此去江南路坎坷，
切莫途中太辛劳。
归鸟噪林应投宿，
晓星未沉身不挪。
阴云蔽日少赶路，
雨后水涨慎过河。
若遇惊雷劈天地，
神闲气定勿心躁！
妻能安然入家门，
为夫心里乐陶陶！

沈鹊应　（也极深情地）暾谷啊——

（唱）　你莫为妻多烦恼，
但把自身照料好。
一日三餐休延误，
也勿透夜赶文稿。
秋风萧瑟天已凉，

出门增衣应记牢。
变法局势虽险恶,
沉稳应对是略韬。
为妻速去也速回,
与你共桨对险涛!

林　旭　孟雅!(一把搂住沈鹊应)

沈鹊应　暾谷!(扑到林旭怀中)

〔光暗。

第五场

〔光起。

〔秋风呼啸,落叶飘飞,成群大雁鸣叫着飞过天空……

〔沈鹊应携紫英乘一马车上。虚拟的舞蹈身段表现她俩与车夫驾乘马车在原野上奔驰的情景……

沈鹊应　(唱)　驾秋风逐飞雁直趋江宁,
越平野跨江河一路急行。
车辚辚马萧萧归心似箭,
岂能顾晨昏替风卷雨侵?

〔傍晚时分。江宁(南京)沈瑜庆官邸。

〔沈鹊应与紫英风尘仆仆地上。

沈鹊应　(欢快地叫)依爹!依妈!

〔沈瑜庆与沈夫人闻声上。

沈瑜庆
沈夫人　(惊喜地)哎哟,女儿,你、你怎么回来了?

沈鹊应　依妈、依爹,不孝女儿,也代姑爷给你俩请安了!(扑地跪拜)

紫　英　(也跪拜)紫英也给老爷、夫人请安!

沈夫人　快起来、快起来!鹊应啊,依妈都快急死了,以为你,你也跟旭儿他

……(擦眼泪)

沈鹊应　(一惊)他怎么了?

沈夫人　你还不知道啊?朝廷出大事了!

沈鹊应　出什么大事?

沈夫人　你,你听你依爹讲吧!

沈鹊应　依爹这……

沈瑜庆　(极沉重地)孩子——

(唱)　京城风云突飞卷,

太后重把朝纲掌。

康、梁二人遁海外,

变法新政一日亡!

沈鹊应　啊?

(唱)　那暾谷境况是怎样,

依爹可知其端详?

沈瑜庆　(唱)　维新党人被缉捕,

旭儿也不幸遭此殃!

沈鹊应　什么?暾谷他,他也被缉捕了?

沈瑜庆　唉,他和谭嗣同、杨锐、刘光第、杨深秀几个新任的军机章京,以及康广仁等一批维新党人都被缉捕了!

沈鹊应　这,这是为什么啊?

沈瑜庆　只因太后与皇上在变法新政上的矛盾愈演愈烈,危及皇上,也危及康有为等维新党人,他们就想串联工部右侍郎袁世凯,剪除直隶总督荣禄,兵围颐和园,劫持皇太后,结果反被出卖了!

沈鹊应　可暾谷本还想请依爹您帮忙,让张总督从中斡旋,这是他给您写的信!

沈瑜庆　为此事他已经发电报给我了呀,怎么又——(接信看)嘿呀,你看他写的是什么?

〔沈鹊应接信看,舞台一侧光亮,现出林旭的身影。

林　旭　（慷慨吟诵）

大风幡然起，

长桅势忽倾。

劈涛挽明月，

来酬国士恩。

沈鹊应　（顿然）我明白了，他这是自己要赴汤蹈火，却将我哄骗回家，以脱离险境！我要马上去京城牢狱探视他！

沈瑜庆　不可，现在情况未明，你要去也要等情况明了后再去！

沈鹊应　可，可我怕再也见不到他了！（掩泣）

沈瑜庆　那不至于，该案涉及皇上，主谋者康有为又在逃，不是可以简单定夺的。况且，按大清律，朝廷大臣定罪，也需经三法司的审理。依爹现也已恳请各方全力营救！

沈夫人　你依爹说得对，还是等情况明了了再行事吧！

沈鹊应　那……（仍焦灼不安）依爹，您说暾谷他们真的一时还不会被怎样？

沈瑜庆　我想是的，况且，我还听说外国一些公使也准备干预此事了，在此情况下，太后应该不会贸然行事的。

沈鹊应　（稍安地）那……

〔一家仆持一笺匆匆上。

家　仆　老爷，这是总督署送来的急电！

沈瑜庆　（拆笺阅毕，不由浑身颤抖）这这这，怎么会这样？怎么会这样？！

沈鹊应　依爹，出了什么事？是不是暾谷他……

沈瑜庆　儿啊，依爹愚蠢，太相信大清律法了；依爹无能，没能救下旭儿啊！（热泪涌出）

沈鹊应　这么说——暾谷他，他……

沈瑜庆　就在今天午时三刻，旭儿他、他和谭嗣同等另五个军机章京、维新志士未经任何审理，即在、在京城菜市口，被、被、被……杀害了！

沈鹊应　（浑身一颤）您，您说什么？

沈瑜庆　暾谷他、他、他已经被杀害了？

沈鹊应　天哪!(一阵晕眩,险欲摔倒)

〔秋风惊啸,群雁凄啼……

〔幕后伴唱:

“秋风惊啸雁凄啼,
乾坤欲倒天地欹。”

沈鹊应　(接唱)夫君忠心扶社稷,
竟然刀下命无遗。
蔽罪我朝行无典,
滥杀臣工法何依?
一介老妪呈凶残,
国魂尽丧士冤死。
强忍悲恨上京城,
要为夫君去收尸!

沈瑜庆　儿啊,你不要去了,依爹马上发电报交代你表兄和依贵,他们会办好的!

沈鹊应　不!我要把缝好的寒衣亲自给他穿上,我要扶棺送他回福州!

沈夫人　(老泪纵横地搂住沈鹊应)女儿!来不及了,到时候,他们肯定已经扶棺上路了!

沈鹊应　那——(断然地)那我马上赶回福州,我要为他接棺,招魂,超度亡灵!

第六场

〔在钟鼓木鱼鸣响和尼姑超度亡灵的诵经声中光渐起。

〔福州东郊地藏寺内。在林旭的灵柩与牌位前,数名尼姑正在诵经作法事超度亡灵。沈鹊应一身缟素跪在灵柩灵牌前,泣血吟唱——

沈鹊应　(唱)　报国志难酬。
碧血谁收?
箧中遗稿自千秋。
肠断招魂魂不到,

云暗江头。

绣佛旧妆楼，

我已君休。

万千悔恨更何尤？

拼得眼中无尽泪，共水长流！

〔幕后伴唱：

“拼得眼中无尽泪，共水长流！”

沈鹊应　（凄楚呼唤）暾谷，我的夫君——

〔仿佛回应沈鹊应的呼唤，林旭的灵魂在舞台另一空间出现。

林　旭　（悲怆地）君子死，正义尽，变法亡，国难兴！哀哉！哀哉！

沈鹊应　暾谷，你为何要死？为何要离开我，离开你的妻，你本可以不死的呀！我们的同乡举人黄乃裳不是要带你前往外国使馆躲避吗？你为何拒绝了？

林　旭　爱妻呀！

（唱）　变法惨败天地覆，

我如坠断崖千般苦。

故国强盛成梦语，

社稷中兴废半途。

甲午之耻雪无日，

列强环伺更增辱。

补天壮志付东流，

报国夙愿化尘土。

又闻圣上也被囚，

心更滴血增痛楚。

慷慨已难酬国士恩，

又岂能避祸求安人远徙？

沈鹊应　为妻知道，这就是我的暾谷，我的林旭，我的夫君！早已身许社稷，欲慷慨补天，九霄搏云，青史流芳，又何谓刀起头落，血溅苍穹！

林　旭　爱妻知我，爱妻知我啊！

沈鹊应　（吟）　人生谁事免无常，

离合悲欢梦一场。

何事为荣何事辱？

只求到死得流芳。

林　旭　爱妻好诗，爱妻好诗啊！但为夫虽可为国捐躯，不能与爱妻白头偕老，却恳望爱妻忍辱负重，珍重贵体，代为夫为二老尽孝啊！

沈鹊应　夫君！

林　旭　爱妻！

沈鹊应
林　旭　但愿三生有幸，再结来世姻缘！（相拥而泣）

〔正在此时，一群村民、书生和士绅、旗人模样的人在陈祖坤的带领下，高喊着"林旭棺材在哪里？"冲上。林旭灵魂消失，沈鹊应和紫英被这突如其来的情况惊呆了。

陈祖坤　看，那就是林旭的棺材！那是林旭的老婆！

乡　头　林夫人，得罪了，林旭乃是被朝廷斩决的乱臣贼子，祸乱朝纲，罪孽深重，岂可在此停棺存尸？

一士绅　林旭和康有为一伙结党篡权，假借变法新政，导致朝野大乱，国将不国，罪大恶极！罪大恶极啊！

一书生　林旭才疏学浅，会试名落孙山，因而蛊惑皇上废除科举以八股取士，断送了万千读书人的前程，真是其罪当诛，其罪当诛啊！

一旗人　我旗人祖先开国有功，才世受朝廷恩禄。所谓新政竟要废我旗人世受恩禄，这才是罪该万死啊！罪该万死啊！

陈祖坤　众多官员在朝为官，勤政尽职，林旭和康有为一伙为排斥异己，篡政夺权，假借新政胡乱将他们裁汰，妄图毁我朝廷，毁我大清，罪恶滔天，罪恶滔天哪！

一村民　可恶的还有，我们族里的祠堂竟被强令去办学洋文的学堂，整天叽里呱啦，搞得祖宗都不得安宁！真是罪过啊，罪过啊！

一士绅　我泱泱中国，历来是以农为本，新政居然要大兴工商，动摇国之根本，真乃祸国殃民！罪有应得！

乡　头　对这等乱臣贼子，非但不能让其在此停棺存尸，还当驱散阴魂，不让其危害一方！

众　人　（高喊）戳棺戮尸，驱散阴魂！

驱散阴魂！

沈鹊应　（毫无惧色）哼，何为阴魂？何为乱臣贼子？扶大厦以将倾，觅良策以纾国难。我夫君乃磊落君子，堂堂国士！他若是祸国殃民之徒，谁又是忠君报国之士？你、你、你们，你等虽饱读诗书，世受皇恩，国临危亡，明君被困，又有谁挺身而出，慷慨赴难？于国、于君、于乡、于民，你等又有何作为呢！

〔一众人被镇住，不由得面面相觑。

乡　头　（勉强反驳）林夫人，你也无须巧言令色为钦犯辩护，林旭总因罪不可赦，才会被朝廷斩决。在此停棺存尸，阴魂淤积于此，势必游荡作祟，贻害我四乡八邻，毁我千年风水宝地，坏我淳厚民风民德，所以必须戳棺戮尸，驱走邪气，护乡护民！

陈祖坤　是啊是啊，邪气不驱，纲纪不张，国受其害，乡受其毒啊！

众　人　（跟随鼓噪）驱邪气，维纲纪，护国护乡！

沈鹊应　你、你、你们——

（唱）　颠倒黑白掀恶浪，

乱将秽水污忠良。

苍天有眼辨贤愚，

不可仗势逞凶狂。

若要戳棺戮我夫，

先将我躯体来戳穿！

一乡绅　林夫人，你要为夫殉节其志可嘉，但为我乡土平安，乡民无虞尽责，我等只有得罪了！

一士绅　是啊，我等维护纲纪，也是为国家社稷尽责！

陈祖坤　也是为天下读书人尽责！

乡　头　来呀！不管她，戳！

〔依贵携杨永霖急上。

依　贵
杨永霖　不能戳！不能戳！

杨永霖　各位士绅乡邻，常言说，死者为大，你们就给死者一个安宁吧！作为林旭当年的塾师，我恳求你们了！（深深对众人作揖）

依　贵　是啊，放过我家姑爷吧！老奴我给你们下跪磕头了！（跪下磕头）

紫　英　（也下跪磕头）是啊，千万不能戳，不能戳啊！我家姑爷他真是个好人，真是个好人哪！

陈祖坤　哼哼，好人？好人还会被朝廷杀头？你们可不要袒护朝廷钦犯！（示意乡头不要理睬）

乡　头　（对众人）对啊，不能袒护朝廷钦犯！别理他们，戳！

众　人　戳！戳！戳！

狠狠地戳！

〔钢钎猛力向棺材戳去，顿见一阵烟雾腾起……

〔幕后伴唱：

“钢钎岂止戳灵柩，

也戳我肺腑与肝肠！”

沈鹊应　（唱）　夫君啊！你好悲，好惨，好苦，好凄凉！

你一身残躯还被戮，

你一缕英魂无安详；

你一腔碧血被污秽，

你一心报国却遭殃！

（直指乡头、乡绅与众人）你们，你们啊——

（接唱）说什么为乡为国为天下，

分明是被私利愚昧把眼障。

可知道，林旭他才是尽忠报国真君子，

心系苍生的好儿郎！
纵然是变法新政行太烈，
也因为千年故国已危亡；
纵然是祛除旧制太急切，
也为的早日兴邦御列强；
围园劫后纵不妥，
也为挽圣驾垂危新政殇！
纵然今日被冤杀，
青史留名永芬芳
你们今日戮其尸，
炎黄祖先也哀伤；
你们今日辱其魂，
子孙后代将愧难当！
英灵煌煌耀苍穹，
尔等但随朽木殇！

〔幕后伴唱：

“日没天昏地黯然，
悲云惨雾覆苍黄。
长歌当哭护英灵，
轩辕有知也断肠！”

〔在沈鹊应扑向灵柩，以身护卫中，紫英、杨永霖、依贵等也以身制止众人戳戮，护卫灵柩，但他们都被施暴者凶蛮地推开了。

〔悲怆至极，催人肺腑的音乐推向高潮……

〔切光。

尾　声

〔光渐起，又呈现出沈鹊应呆坐在林旭灵位和古筝前的情景。窗外依然是爆竹鸣响，焰火腾空，沈鹊应的身心也随之不断震颤。

沈鹊应　嗷谷，晚翠，夫君，今夜福州城的炮仗好响，天地被照得好亮啊！（边弹边唱）

心随爆竹裂，
眼厌灯花妍。
况是无家客，
银筝悲断弦！

（猛然拨断琴弦，凄楚地）夫君，为妻随你来了……

〔幕后伴唱：

“啊……
华夏沧桑多痛史，
碧血诗魂写传奇。
千秋晚翠孤忠草，
一卷崦楼绝命词。”

〔唱声中，舞台高处一束光下，呈现出沈瑜庆悲戚伫立的身影。

〔字幕：“越年，沈瑜庆告假回乡，于福州北郊修一坟墓，将沈鹊应与林旭合葬，并在墓前题写一联：千秋晚翠孤忠草，一卷崦楼绝命词。”

〔幕后伴唱：

“千秋晚翠孤忠草，
一卷崦楼绝命词。”

〔光渐暗。

——剧　终

（2017年7月13日第8稿、2019年9月1日根据演出稿补充整理）

（本剧原载《剧本》2009年第11期）

闽　剧

黄乃裳

时　间：清末。

地　点：福州、沙捞越。

人　物：黄乃裳——字绂臣，举人，沙捞越“新福州垦场公司”港主，出场时52岁。

黄　妻——黄乃裳之妻，出场时40多岁。

黄育东——字景岱，黄乃裳的长子，出场时23岁。

黄淑琼——黄乃裳的次女，出场时16岁。

李　羌——字雨成，举人，“新福州垦场公司”帮办，出场时29岁。

谢永康——黄妻族亲，垦农，出场时40多岁。

谢溪妹——谢永康之女，出场时16岁。

刘铁桂——垦农，出场时30多岁。

查理士·布鲁克——沙捞越国王二世，英国人，出场时60多岁。

玛格丽艾尼——布鲁克夫人，英国人，出场时30多岁。

约瑟夫——国王近侍，英国人。

清兵、刽子手、垦农、伊班族男女、国王侍从、侍卫、警察等。

第 一 场

〔一八九八年十月的一天傍晚。

〔福州府城黄乃裳家,室内摆设中式传统的家具,墙上悬挂着一尊耶稣受难的十字架雕像。

〔幕启。

〔电闪雷鸣,风狂雨暴。

〔舞台后区,冷色光切出阴晦、朦胧的空间。六个刽子手站在高台上举起屠刀一齐向下砍去。一声炸雷,强烈的红光迸然射出,舞台上一片“血雨”。

〔切光。

〔幕后唱:

“戊戌变法风云卷,
维新志士挽国魂。
太后翻脸举屠刀,
志士碧血染京城。”

〔光起。

〔黄乃裳家。黄妻站在耶稣像前祈祷。

黄　妻　主啊,求你一定保佑我的丈夫和孩子从京城平安回来,一定保佑……

〔黄淑琼神情哀戚地上。

黄淑琼　妈!

黄　妻　（急切地）淑琼，打听到你爹和你哥的情况了吗？

黄淑琼　没有，但依爹的朋友说，现在朝廷正在查办所有参与变法的人，说我爹曾多次给皇帝上书，提出变法的主张，所以只怕也会被查办。

黄　妻　那，那他也会被，被朝廷抓去杀头？（腿一软，欲倒地）

黄淑琼　（忙搀扶，惊叫）妈！妈！

〔黄乃裳上，黄育东肩背包袱随上。

黄乃裳　（唱）　维新强国成梦语，

前程何在路茫茫……

黄淑琼　（惊喜地）依爹回来了！（连忙开门）依爹、依哥！

黄　妻　育东，乃裳，真是你们回来啦。

黄淑琼　依爹，朝廷真的会查办你吗？

黄乃裳　这——（看看妻子，欲言又止）

黄育东　朝廷列出的两百多人的查办名单中，依爹列在第十一位。

黄　妻
黄淑琼　啊？

〔李羌提一包东西上。他看看门牌，举手敲门。

黄　妻　（紧张地）这是生人。你们前脚回来，他后脚就到，会不会是朝廷叫福州官府来抓你的？

黄淑琼　（紧张地）那你赶紧先躲一下！

黄　妻　对对，还是先躲一下！

黄乃裳　这往哪儿躲？要抓就让他们抓吧！（大步走上前去开门）

李　羌　（笑盈盈地）绂臣兄！

黄乃裳　哦，是雨成兄啊！从南洋回来啦？快请进、快请进！（向家人介绍）这是永福的李羌先生，与我同是甲午科的举人。（又向李羌介绍家人）

〔李羌与黄家人相互寒暄，黄妻给李羌奉茶让座。

李　羌　绂臣兄，北京的事我都知道了，你在新加坡的女儿、女婿让我带信给你，让你一定要去新加坡避避风。

黄淑琼　我姐和姐夫让我爹去新加坡避风？哎，这个主意倒不错，那里天高皇帝远，朝廷就是想查办也查不到！妈，你说呢？

黄　妻　我看可以，要去就早去。

黄乃裳　这——

〔谢永康拉着满脸悲戚，怀里抱着包袱的谢溪妹上，敲门。

黄　妻　（紧张地）又有人来了！

黄淑琼　谁呀？

谢永康　我是从闽清来的，找谢桂云！

黄淑琼　妈，是找你的！（打开门）

谢永康　表姐！

黄　妻　哦，是永康啊！（对黄乃裳）这是我娘家族里的人，我表舅的外甥。

黄乃裳　噢、噢，快进来吧！

谢永康　来，溪妹，叫姑母、姑爹，给他们跪下！

谢溪妹　（低着头，怯生生地）姑母、姑爹。

谢永康　跪下啊！

〔谢溪妹只得跪下，随即泪流涌出，泣出声来。

黄乃裳　快起来、快起来！（赶忙扶起谢溪妹）

黄　妻　永康，你这是做什么啊？

谢永康　求你们把溪妹收留下！

黄乃裳
黄　妻　（一愣）啊？

黄乃裳　你这是为什么？

黄　妻　是啊，这是为什么？

谢永康　唉，因为我要去南洋做劳工、挖金矿，没法带她走啊！

黄乃裳　去南洋挖金矿，谁让你去的？

谢永康　永福会馆那里正在招工。

李　羌　我知道，那是一个英国人在马来西亚办的金矿招的工，十足的卖“猪仔”。在南洋时，我见过许多华人被卖到那里当“猪仔”，干的是牛马活，吃的住的猪狗不如，被打死和累死病死的不知有多少，哪能去的?!

黄乃裳　是啊,当初我办的《福报》上就揭露过外国人在中国招收所谓契约劳工,就是卖“猪仔”的罪恶内幕,这是不能去的!

〔众人纷纷都劝说谢永康不要去。

谢溪妹　(哭泣,拽着谢永康)爹,你就不要去,不要去啊,我不让你去!

谢永康　(抹了一把眼泪)唉,我何曾没听说过这卖“猪仔”的苦情呢,但我现在是无路可走,只有走这一条路了!

众　人　为什么?

谢永康　本来一家人就靠两亩田讨生活,七捐八税还交不平直(清楚)。年初她(指谢溪妹)妈又得肺痨病,田都卖掉给她治病还没治好,现在没田种没饭吃,不去南洋搏一搏怎么过?

谢溪妹　爹!(扑到谢永康怀中抽泣)

〔黄乃裳和众人不禁摇头叹息,黄妻和黄淑琼同情地落了泪,忙用手绢擦眼圈。

李　羌　在我们这里一两亩地都金贵得不得了,可我见那马来西亚和周边一些国家,地却多得没人种,当地政府还制定了许多鼓励开垦和种植的法令,欢迎外面的人,尤其是华人去那里开垦种植。

黄乃裳　(眼睛一亮)这是真的?

李　羌　千真万确!

黄乃裳　哦,是这样……

(唱)　听李羌道此讯我心头一亮,
有一念冲破我胸中迷惘。
维新梦既已在神州破灭,
何不到那海外作为一番?

雨成兄,如果我到南洋去办一个垦场,在国内招募一批穷苦无助的同胞去那里开垦种植,为他们谋一条生路,你看如何?

〔李羌和众人都不由得一愣。

李　羌　很好啊,以兄的能力和才干,还有贵女婿在南洋的地位和影响,兄一定能够办好这垦场的。绂臣兄如果真想去办这垦场,小弟愿意与你合作。

黄乃裳　(喜出望外)艾生兄愿意同我合作办垦场?

李　羌　是的。不瞒绂臣兄,小弟在南洋时,也曾动过经营垦场的念头,只因怕自己势单力薄,而不敢动手,现在有兄领头,小弟肯定干了!

黄乃裳　好啊,艾生兄对南洋的情况已经很熟悉,有兄合作,这事更容易做成了!

谢永康　姐夫,如果你去南洋办垦场,那我就不去卖"猪仔",挖金矿了,跟你一起去开荒种地,好吗?

黄乃裳　当然好,不光你去,还要带上你女儿一块儿去,我们全家也都去!遍巡南洋各地,去寻找到一块最理想的开垦地,建一个人间乐土,海外桃源!

〔众人兴奋。

〔切光。

第二场

〔光起。

〔距前场九个多月后的一天上午。

〔沙捞越首府古晋王宫。在王宫前的草坪上,查理斯·布鲁克正和夫人玛格丽尼坐在一张小圆桌旁边,边饮酒边观赏一群伊班族男女青年跳土风舞。个子矮小、扮相滑稽的约瑟夫手持一文件夹侍立在旁。布鲁克虽在观赏却有些心不在焉。

〔一曲终了,伊班族男女青年退下。

约瑟夫　陛下,下面要不要再看看马兰偌人跳的土风舞?

布鲁克　(摆摆手,起身)我们沙捞越王国现在最需要的不是这些土著人的歌舞,而是中国农人的耕作技术和吃苦耐劳的品质,那才能从根本上促进王国经济的繁荣与发展!

马格丽尼　是的陛下，如果那黄乃裳真能招募大批中国农人在我王国办垦场，对我王国真是一个福音。

布鲁克　可是这黄乃裳……约瑟夫——

约瑟夫　陛下有何吩咐？

布鲁克　你再把昨天晚上英国驻中国福州领事馆转来的黄乃裳的材料读一下！

约瑟夫　好的陛下！（打开随身携带的文件夹，以独特有趣的声调朗读）"黄乃裳，中国福建省福州府闽清县人，现年五十一岁，举人出身，基督徒，与美国传教士Wilcox hx和Nathansites合作翻译过《大美国史略》《天文图说》《圣经图说》等英文著作，并曾参与创办福州英华书院、培元书院和福音书院等教会学校，在教会和学界都颇有声望。曾创办福建近代第一张报纸《福报》，宣传鼓吹维新变法，改良中国政治，后直接参与康有为等中国改良政治家策动的维新变法，失败后被中国朝廷列为追缉对象"。

布鲁克　难怪黄乃裳在昨天的谈判中那么难对付！这种华人无疑就像一匹烈马……

玛格丽尼　陛下是不是担心会出现石隆门金矿华工叛乱之类的恶性事件？

布鲁克　那次叛乱给我留下的印象太深了，就像做过一场噩梦。

玛格丽尼　是的陛下，那真是一个悲剧性的事件。但只要黄乃裳还没有明显的迹象会对王国的安全构成威胁，便可利用他为实现陛下的伟大理想服务。

布鲁克　这也正是今天我愿意继续和他谈判的前提。

玛格丽尼　好极了！陛下在和他谈判时，我在旁观察，当我觉得该做些让步时，我就叫约瑟夫给陛下斟上一杯香槟酒，觉得该坚持时，我就叫约瑟夫给陛下斟上一杯威士忌。

布鲁克　好吧。

〔侍者甲上。

侍者甲　陛下，黄乃裳到了！

布鲁克　嗯，就请他到这里来，我就在这里见他！

侍者甲　好的陛下。(下)

〔黄乃裳夹一皮包，神情坦然、步履沉稳地携李羌上。

黄乃裳　(唱)　挺身躯迈稳步又进沙王宫，
心自警不卑伉神态更从容。
昨日里谈判中沙王拂去，
都因为我强调自由归垦农。
今日里我还要据理力争，
以取得此谈判全面成功！

黄乃裳　(与李羌一起拱手作揖)拜会国王和王后陛下！

布鲁克　黄先生仍然是要在垦约中强调垦农的自由权利吗？

黄乃裳　是的陛下，这是我们垦场和那些靠契约劳工经营的种植园的重要区别所在。

布鲁克　可是如果我对此仍持有异议呢？

黄乃裳　那我们是一定要坚持的！

布鲁克　嗯？

〔布鲁克与黄乃裳对视不语，场上气氛顿时尴尬。

玛格丽尼　(连忙地)约瑟夫，给陛下斟上一杯香槟酒！

约瑟夫　好的！(以有趣的动作给布鲁克斟上一杯香槟酒)陛下，请！

布鲁克　(把酒一饮而尽)好吧，这问题我们暂时不再谈了。现在谈谈这第十三条。约瑟夫，你再把这一条读一下！

约瑟夫　好的陛下！(打开文件夹，读)“第十三条：政府不准任何人在垦场内开赌，或与移民赌博，也不准任何人在垦场内售卖鸦片。”

布鲁克　黄先生，这条与垦殖无关，是否可以删掉。

黄乃裳　不！陛下，赌博和抽鸦片会严重影响垦农的身心健康，与垦殖关系重大，这条不能没有。

布鲁克　黄先生难道不明白吗？根据《鼓励种植法》的规定，今后垦场内烟酒和赌业都将归黄先生经营管理，这可是一条很大的财路啊！

黄乃裳　(淡然一笑)这我知道，但我们办垦场的目的并不是为了发财。

布鲁克　哦?不可理解。不过,我希望你们还是要考虑经营这桩生意。

黄乃裳　为什么?

布鲁克　黄先生难道不明白吗?赌业和鸦片的经营税,在我王国政府的财政收入中,是占了重要位置的。

黄乃裳　陛下,我们在贵国办垦场,便已经能够促进贵国经济的发展了,如果还要以损害垦农的身心健康为代价来为贵国增加税收,那是绝对不可以的!

布鲁克　嗯?

〔众人又一惊,场上气氛又紧张了起来。

〔约瑟夫不由地看了看玛格丽尼,以表情征询她是否还要给布鲁克斟香槟酒。

玛格丽尼　(站起,含笑地对李羌)李先生,您作为合作者是不是也认为这第十三条一定要原样保留,而没有任何修改的余地了呢?

李　羌　这——(略沉思)绂臣兄,既然这问题双方很难谈下去,僵着也不是个办法,要不我们就对这一条略做些修改吧。

黄乃裳　做些修改?怎么个修改?

李　羌　(略思索)条文的内容可以包容双方的意见,是否可以这样改:政府不准任何人在垦场内开赌,如政府和包工人斟酌认为可以举行时,亦以移民之间为限,但仍需经其领袖监视。不准外人在场内售卖鸦片,必要时政府得以与鸦片包商人商定,只准由移民领袖在垦场内售卖。

黄乃裳　这……

布鲁克　嗯?

玛格丽尼　(先一愣,但很快就反应过来)唔,我看李先生这样改可以的。(以眼神示意布鲁克接受,又对黄乃裳)只是黄先生……您同意这样改吗?

黄乃裳　这个——

(旁唱)李羌他怎会想如此改文,

和稀泥将原意改得难分。

布鲁克　(旁唱)玛格丽尼这一招倒是聪明,

玛格丽尼　（旁唱）都因我借助了他的合作人。

李　羌　（旁唱）绂臣他也未免迂阔太甚，

办垦场岂能对效益不问？

黄乃裳　（旁唱）顾大局我只能先认可改文，

实行中再严格把握分寸。

但也要借此机会以退为进，

来争取此谈判尽快取胜！

陛下，既然我的合作者雨成先生，提出将条文作这样的修改，我也没有异议。但不知陛下是否要以此为先例，对合约上其他条文都要进行一番以牺牲垦农的利益，来换取贵国利益的修改呢？

布鲁克
玛格丽尼　这……

黄乃裳　陛下，我们是因为看到贵国政府发布了一系列鼓励开垦和种植的法令，才决定要来贵国办垦场的，我们所拟垦约的每一条都充分考虑到垦农和贵国政府双方的平等互利，陛下却对垦约采取如此的态度，这就不能不使我们怀疑到贵国政府的诚意了！

布鲁克　这……

黄乃裳　陛下，现在这婆罗洲岛和整个南洋群岛上多的是等待开垦种植的荒地，许多国家和地区的政府都欢迎有人去垦殖，如果贵国政府不太欢迎我们在此办垦场的话，我们完全可以另找个地方去办的！

布鲁克　这……

黄乃裳　我们中国有句俗话叫着“此地不留人，自有留人处”。雨成兄，我看我们还是走吧，何必在这棵树上吊死呢！（对李羌示意，并将文件装入皮包，做欲走状）

玛格丽尼　（连忙阻拦）黄先生，请等一等！约瑟夫，再给陛下斟一杯香槟酒！

约瑟夫　好的！（给布鲁克斟了一杯香槟酒）陛下，请！

布鲁克　（将酒一饮而尽，态度和蔼地）黄先生，请不要误会，我们王国政府还是很欢迎你们在这里办垦场的。至于这份垦约，除了黄先生和李先生已经同意修改的一条外,其他的我也并无异议了。

黄乃裳　噢,那你是同意签署这份垦约了?

布鲁克　是的,我同意。

黄乃裳　也同意把诗巫那让江两岸的土地划拨给我们开垦,创办新福州垦场公司了?

布鲁克　是的,我同意。我还同意正式任命你为新福州垦场的港主!

黄乃裳　(兴奋地一拱手)谢谢陛下!

〔光暗。

第三场

〔光起。

〔诗巫新珠山垦地。这是一片正在辟荒开垦中的荒地。不远处可见有垦农居住的亚答厝——一种离地三四尺搭建、以亚答叶(一种植物叶子)盖顶,木板为壁盖成的简陋住屋。

〔幕后,热烈悲壮的伴唱:

“别家去国到南洋,
胼手胝足垦荒忙。
遍地荆榛带血除,
满目野树挥汗砍。
人犁翻出好田地,
白手建起新家乡。”

〔音乐声中,众垦农以舞蹈性的动作表现出他们在丛林中艰苦垦荒的情景:劈除荆棘、砍伐树木、驱赶野兽,以肩拉犁翻地等。

〔黄淑琼和谢溪妹各挑一担茶水上。

黄淑琼　哎,大家歇一下,来喝一点儿药茶!

垦农甲　什么药茶啊,黄小姐?

黄淑琼　是我爹特地从伊班人那里讨来的草药熬的药茶,喝了能去湿热,治疗水土不服的!

〔众垦农连忙停住手中的活儿,围上前,争先恐后地抢喝药茶。

谢溪妹　(端了一碗药茶给黄育东,小声轻柔地)表哥,你也喝一碗药茶吧!

黄育东　好的!(接过药茶大口喝掉,欲用袖子擦嘴)

谢溪妹　等等!(忙从身上掏出一手绢,含嗔地)给你!

黄育东　(不好意思地)这——

谢溪妹　(柔情地)拿去呀!

黄育东　好好!(接过手绢,擦嘴)

〔旁边垦农甲把这情景看在眼里,忙示意旁边的垦农乙注意。

垦农丙　黄小姐,下回最好给我们送点心来,就送我们闽清的糟菜泥鳅煮粉干,怎么样?

垦农甲　有咸橄榄配稀饭也可以啊!(唱福州民谣)

“一粒橄榄扔过溪,
对面依妹是奴妻……”

垦农乙　这曲要叫溪妹来唱才会好听。

垦农丙　那我们就叫溪妹给我们唱一曲吧!

众　人　(纷纷地)对对,溪妹给我们唱一曲!

谢溪妹　(捂着脸)我不唱!我不唱!

垦农甲　看样子我们都没有福气听溪妹唱这曲,只有伊(指黄育东)才有福气听!

〔众人理解了话意,更是哄堂大笑。

〔谢溪妹和黄育东对视了-眼,更加羞涩难当。

〔黄乃裳风尘仆仆上,李光和谢永康随上。

黄乃裳　什么事情这么乐啊?

垦农甲　噢,黄港主来了!

众　人　(忙止住笑,纷纷尊敬地)黄港主!黄港主!

黄乃裳　嗳!

黄淑琼　依爹,我和溪妹刚把依妈熬的药茶送来给大家喝了,你也喝一碗吧!

黄乃裳　好。(对众人)这里的气候水土和我们福州不一样,比较湿热,所以大家除了喝点儿药茶以外,每天还要冲三四次凉水,并且要先用一点儿水将全身上下搓两三遍以后再冲,这样才不会全身酸软无力。另外,中午还是不要午睡,以免得热病。

〔众人点头称是。

黄乃裳　这里野兽和老蛇、毒蝎也很多,所以大家一定要注意安全。晚上睡觉要关好门,放好蚊帐。养的畜生和鸡鸭都要关好,以免被野兽和蟒蛇吃掉。

垦农乙　是啊,前天晚上有一条毒蛇,竟然爬到我的床铺底下!

垦农甲　昨天晚上看到蚊帐里挂着一只大蝎子,起码有六七寸长,吓得我尿都出来了!

〔众人哄笑。

李　羌　面对此景我有诗一首记之:

(念)　瘴气如烟锁丛林,
虫兽似主入门庭。
夜半忽起见蛇蝎,
人颜月色两惊心。

〔众人听了面面相觑。

黄乃裳　(笑)李帮办的诗也触发了我的诗兴,我也赋诗一首!

(念)　伐木声中瘴气尽,
田歌起处虫兽遁。
晨起但把新苑看,
露润南天桃源景。

谢溪妹　姑爹,你这诗里说的桃源是不是古书里讲的桃花源?

黄乃裳　是啊,这你也知道?

谢溪妹　我听私塾先生说过,那真是一个好地方啊!

黄乃裳　我们就是要用我们的双手把这一片荒野,建设成人间最美的桃花源!

〔众人不由得兴奋起来了。

〔正在此时，刘铁桂带着一群垦农气冲冲地奔上。

刘铁桂　姓黄的，你老实交代，到底是不是把我们卖“猪仔”了？

〔垦农们也纷纷责问。

黄乃裳　（猝不及防，不由得愣住了）嗯？

〔原在场的众垦农也都愣住了，尔后互相悄声询问究竟是怎么回事。

刘铁桂　姓黄的，你快快给我老实交代，要不然我刘铁桂是不会放过你的！

〔众人不由面面相觑。

〔谢永康和黄育东、黄淑琼、谢溪妹都欲走上前与刘铁桂论理，却被黄乃裳止住。

黄乃裳　铁桂兄弟，还有各位农友，你们怎么会说我黄某人把大家卖了“猪仔”呢？

刘铁桂　你就别诡辩了！今天早上有两个也是福建来的华侨到我们黄师来做生意，看到我们住的是草房，睡的是通铺，吃的是粗饭粗菜，干的是苦力活，跟他们在其他种植园看到的“猪仔”的情况差不多，就说我们肯定也是被卖“猪仔”了！

黄乃裳　（一笑）就凭这句话，你们就相信被卖“猪仔”了？

刘铁桂　为什么不相信？他们也是我们福建人，还会骗我们？

黄乃裳　不一定是骗你们，但很可能是因为不了解内情才误会的。现在垦场初创，生活和劳动是比较艰苦，在这一点上或许跟那些“猪仔”的情况有点类似。但这只是暂时的，以后就会好起来的，因为你们在性质上和“猪仔”是完全不同的。铁桂兄弟啊——

（唱）　你可知那“猪仔”是契约劳工，
而你们则是移民垦农，
他们是饱受欺凌遭压榨，
人身自由被剥夺。
你们是自家生产、自主经营，
生活在自由的空气中。
非但不会遭欺压，

还享优惠有种种——
南来的船票场里买，
无偿分地来耕耘。
每人还能得贷款，
安家立业作费用。

唯一对你们的要求是你们的农产品在出售时，每十块钱抽一块给场里作管理费用和办公益事业，这是“猪仔”能够得到的吗？

刘铁桂　（唱）人说这骗局是一定，
只有蠢猪才会相信。
如像这样办垦场，
老板哪里有钱赚？

部分垦农　是啊，天下哪有这样的老板？
没钱赚还办垦场的？

〔众垦农也悄声议论起来。

谢永康　（站出来，唱）
黄港主就是此老板，
一心意为乡亲来谋生。

刘铁桂　（唱）你与他老婆是族亲，
讲话怎能作证明？

谢永康　这……

李　羌　（站出来）你们还是应该相信黄港主，相信我嘛！

刘铁桂　（恼火地打断）狗屁！
（唱）此次从福州来垦场，
你这带队人怎么当？
新加坡游玩误船期，
全队人都急出一身汗。
今日还敢叫人相信你，
这话是不是像狗屁臭泱泱（烘烘）？！

刘　羌　这,这……唉!

黄乃裳　(诚挚,和蔼地)铁桂兄弟、各位农友,大家刚来不久,对我和垦场的有关情况还不太了解,所以难免会产生一些误解,等过一些时候就会明白了。反正我和我一家人都在这里,到时候如果发现真的是上当受骗了,尽可拿我是问,好不好?

中年垦农　可是你一家人都住在诗巫,离黄师来还有几十里路,什么时候卷铺盖走了我们还不知道呢,怎么找你啊?

刘铁桂　是啊,除非你也住到我们黄师来!

〔众垦农都附和。

青年垦农甲　那不行噢,黄港主住到黄师来去,我们新珠山谁来管?

〔两边垦农争执起来。

谢永康　你们都不要争了!我们垦场场部设在诗巫,黄港主要管全场的事,怎么能住在新珠山或者黄师来呢?

黄乃裳　各位农友,因为场里的工作需要,我目前只能住在诗巫,还请大家谅解。

中年垦农　那就叫李帮办去!

刘铁桂　对,就叫这姓李的待在我们黄师来,看他这次还会不会把我们给扔了?

〔随刘铁桂来的垦农也附和。

李　羌　各、各位农友,我已经习惯了住在诗巫,换一个地方住怕不习惯,也会影响到我为垦场办事啊?

刘铁桂　你们这个不去,那个也不去,到底安的是什么心?

〔众垦农跟着不满地喧嚷起来。黄乃裳欲劝不能,一时也不知该如何是好,与黄育东着急地对视。

黄乃裳　各位乡亲,我让育东作为我和公司的代表去黄师来可以吗?

〔众人不由得一愣。

黄育东　对,就让我代表我依爹去黄师来吧!各位乡亲——

(唱)　我依爹管全场事务纷繁,

若只守一垦地委实不当。

请允许我略尽一些孝道，

代爹亲分忧愁，把责任承担！

黄淑琼　(急)不行不行，我哥他既不会煮饭，也不会洗衣服，一个人住那边怎么行啊？

谢溪妹　(涨红脸)表哥，我跟你去……照顾你！

黄育东　(感激地)溪妹！

谢溪妹　(含情羞涩地)表哥！

黄乃裳　永康，你看这样可以吗？

谢永康　可，可以啊！

黄乃裳　那好，那我就正式委派黄育东为垦场公司驻黄师来的代表，明天就住到黄师来去！(对刘铁桂)这样行吗？

刘铁桂　行啊，那我们回去吧！(对众垦农一挥手，下)

〔众垦农随下。

黄乃裳　大家走好！(慈爱地)育东、溪妹……

黄育东　依爹！

谢溪妹　姑爹！(与黄育东含情对视了一眼，不禁害羞地低下了头)

〔收光。

第四场

〔光起。

〔距前场数月后的一天傍晚。

〔诗巫，黄乃裳的住处。不远处可见风光秀丽的拉让江和对岸的丛林。

〔黄妻在耶稣像前喃喃祈祷。

黄　妻　主啊，请一定要保佑我儿在黄师来平安无事！

黄淑琼　依妈，你只念着依哥，你看天又要黑了，依爹还没有回来呢！

(唱)　依爹他晨起便往垦地走，

归来总是夜阑珊。

辛苦万分人憔悴，

白发丛生两鬓斑。

依妈是日日为他做祈祷，

我则是夜夜盼他早回返。

〔黄乃裳背一布包，拖着疲乏的身子，一手捂着胃部，上。

黄淑琼　依爹，你回来啦？（见黄乃裳脸色不好）依爹，你怎么了？

黄乃裳　哦，没什么，就是胃又有点儿不舒服。

黄淑琼　你呀，一天累到晚，又从来不按时回家吃饭，胃怎么能不出毛病！

黄　妻　（从药瓶中倒出几片药递给黄乃裳）先把这药吃了，歇一下，我去热饭菜。

黄乃裳　哎，永康回来吃晚饭了没有？

黄淑琼　很早就回来了，他说今天不知为什么特别想女儿，所以连晚饭也顾不得吃，就赶到黄师来去看女儿了。

黄乃裳　哦……他那女儿倒真是个好女儿啊！

黄　妻　是啊，这女孩人样俊、脾气好，手脚也很利落。

黄乃裳　虽然没读过什么书，却很明理，兰心蕙质啊！

黄淑琼　依爹依妈既然这么喜欢她，我倒有个主意——干脆就把溪妹娶来做我们家媳妇好了！

黄乃裳
黄　妻　嗯？

黄　妻　好是好，可就是不知道人家溪妹愿不愿意？

黄淑琼　肯定愿意的，我看他们两个早就有这个意思了。

黄乃裳　其实，我那天也就是看出他们两个有点儿这意思，才同意他们一齐去黄师来的。

黄　妻　好啊，原来你们父女俩早就打这个算盘了，就是瞒着我这老依姆啊？

〔黄乃裳和黄淑琼相视而笑。

黄　妻　那还得看永康同意不同意哩，人家就这么一个宝贝女儿啊！这事要你跟他去讲。

黄乃裳　好啊，等他明天从黄师来回来我就跟他讲。

黄淑琼　（高兴地一拍掌）太好了！

黄　妻　哎呀，光顾着跟你说话了，我去给你热饭菜。（下）

黄淑琼　哎哟，我差一点儿也忘了，刚才诗巫省公署给你送来了一封信。（从旁边柜子上拿过一信函递给黄乃裳）

〔黄乃裳拆信看。

〔李光上。

李　光　（唱）　新加坡归来我心惆怅，

恍惚间还在温柔乡；

弹琴赋诗两缱绻，

秦淮风月我尽览。

董小苑对我吐心曲，

欲随我游历走四方。

我何尝不愿与她圆此梦，

犹如当年的冒辟疆。

只是此行花费大，

我手头拮据作了难。

我还得想点儿变通的办法来打开财路。（走至黄家门口，叫）绂臣兄！

黄乃裳　噢，是雨成兄啊，从新加坡回来啦？快请进，快请进！我正有两件重要的事要跟你商量一下呢！

李　光　什么事啊？

黄乃裳　一件是，我想从垦农中选出数名代表，和公司的办事人员一起组成一个场议会，你看如何？

李　光　组成一个场议会？绂臣兄，你莫不是想把在国内未能实现的维新变法、改良政治的主张用于垦场的管理吧？

黄乃裳　是有此意。

李　光　可是……我们现在毕竟是办垦场，不是搞政治改良啊！

黄乃裳　是办垦场，但借助一些政治改良的方法来办又有何妨？

李　羌　这——好吧，既然绂臣兄执意要做此尝试，那就做个尝试吧！还有一件事呢？

黄乃裳　根据我们和沙国政府签订的合约，我们要在今年六月底之前再从国内招收四五百名垦农到垦场，我正准备再向沙国政府申请一万元贷款用于招农，只是回国招农恐怕得劳驾仁兄了，不知仁兄意下如何？

李　羌　这……回国招农我可以尽力去办，只是这一万元的贷款怕是不那么容易申请到吧？

黄乃裳　政府应贷款给来沙国的垦农每一成人三十元，小孩六元，这是合约上所规定的。

李　羌　嗨，合约上也规定了他们应该为垦场修路建码头，但他们不是一拖再拖，让你跑了好多趟，才勉强答应建的吗？

黄乃裳　是啊，他们是想借此逼迫我们答应开赌场和卖鸦片。（拿过信函）你看，刚才省公署又来函了，又叫我明天去和他们商谈这件事。雨成兄啊，你当初在谈判中真不应该提出改条文，现在人家正是以此作把柄，来逼迫我们就范的啊！

李　羌　这、这我当初也是为了谈判不至于卡壳在那里，才不得不为之嘛！不过我现在倒是有"三全其美"的策略，就不知道绂臣兄肯不肯采纳。

黄乃裳　我正求之不得呢！

李　羌　绂臣兄，你见过伊班族人的一种娱乐活动吗？

（唱）　足舞钢刀杀气腾，
　　　　高飞低扑卷沙尘。
　　　　荆轲威影今安在，
　　　　且看雄冠跃龙门。

黄乃裳　雨成兄，你这描写的是什么啊，我怎么没听明白？

黄淑琼　我听明白了，这写的是伊班人的斗鸡，是吧？

李　羌　嘿呀，绂臣兄，你这千金真是聪明啊，在下所状写的正是伊班人斗鸡之景况。

黄乃裳　这怎么说？

黄淑琼　伊班人的斗鸡我看过，两只相斗的公鸡的脚上都绑着很利的钢刀，斗起来好恶（凶）噢。你飞过来，我扑过去，用脚上的钢刀你戳我一下，我刺你一下，拼个你死我活。那样子，就像当年带着匕首去刺杀秦王的荆轲一样，所以才说"荆轲威影今安在，且看雄冠跃龙门"，是这样吗，李叔叔？

李　羌　是这样，是这样！

黄乃裳　雨成兄，你是说要把这伊班人的斗鸡引到场里来？

李　羌　这斗鸡是很刺激，很有趣的娱乐活动。

黄乃裳　据我所知，伊班人的斗鸡虽是一种民俗活动，却也常常被作为一种赌博的手段。

李　羌　我们将它把握在娱乐活动的范围内，也可以适当地征收和上缴一些税费，这样，既可以应付政府，又可以给垦农以娱乐，还可以增加公司的收入，这不是"三全其美"吗？

黄乃裳　这——雨成兄，既是涉及赌博，此事就不可为。

（唱）　防赌应是如防川，
切不可对之疏一网。

李　羌　（唱）　筑堤结网话好讲，
沙政府的压力怎抵挡？

黄乃裳　（唱）　水来土掩，兵来将挡，
软磨硬拖我承担。

李　羌　（唱）　白手起家建垦场，
公司无钱怎运转？

黄乃裳　（唱）　不是已辟三间店，
利润便可作补偿。

李　羌　（唱）　利润太薄还多赊账，
只怕本钱还难回返。

黄乃裳　（唱）　还有约定的"十一"捐，
收来也可派用场。

李　羌　（唱）　农产品本来价就贱，
　　　　　　　　十抽一又能收多少元？
　　　　　　　　加上你心慈手又软，
　　　　　　　　能否收到还要问天！

黄乃裳　雨成兄今天是怎么了，是不是觉得公司所发的薪水不够花销，手头太紧了？如是这样，以后可以把我的薪水调一部分给你。

李　羌　嗨，多那几个钱又有什么用？

黄乃裳　噢，雨成兄最近是否因为要办什么大事，需要用大钱啊？

李　羌　啊？（连忙掩饰）没有没有，没办什么大事！

黄乃裳　那——（谨慎地）雨成兄，有一事我不知当问不当问？

李　羌　（心虚地）有、有何事你尽管问吧！

黄乃裳　（示意黄淑琼退下，小声地）有人说你和新加坡一个名妓叫董小苑常有来往，有这回事吗？

李　羌　（顿时发窘）没，没有啊！

黄乃裳　没有就好。

〔一垦农举着火把大声叫着“黄港主！黄港主！”急跑上。

黄乃裳　（忙迎上）什么事情？

垦　农　（上气不接下气地）我们、我们黄师来那边、那边出事了！

黄乃裳　（一惊）啊？出什么事了？

垦　农　今、今天下午，有好几个人突然都病倒了，你那亲戚谢溪妹也病倒了，个个都上吐下泻，发高烧，很严重！

众　人　啊？

黄乃裳　我马上去叫场里的两个医师带上药，即刻就赶到黄师来去！

黄淑琼　那我跟你一起去！

〔黄乃裳即向屋外走去，突觉得一阵胃痛，忙用手捂住了胃。

黄淑琼　依爹，你怎么了？

黄乃裳　（强撑起）不要紧，走吧！（下）

〔黄淑琼和垦农忙跟下，黄妻跟至门口。

李　羌　（自语）天哪，又是蛇蝎惊心，又是瘟疫流行，还有那迂阔透顶的黄乃裳，这垦场还能待的？还是带小苑游历四海去吧！可钱呢？……（突然想到）哦，对了……不过，这好像也太缺德了一点儿是不是？……哎，我本来就有三千元的投资，也为办场出过不少力，就算收回投资，再拿他几千块红利，也不为过吧？

〔一束光射在李羌自得的脸上。

〔收光。

〔强烈紧张的音乐起。

第 五 场

〔光起。

〔次日上午，黄师来垦地谢溪妹的住处——一间“亚答厝”内简陋的房间里。

〔谢溪妹昏沉沉地躺在竹床上，额头上放着湿毛巾。

黄育东　（站在窗前，焦灼万分，唱）

溪妹病倒我心急如焚，
只恨自己不是郎中，
但愿医师即刻赶到，
救我爱妹脱离险境！

〔黄淑琼急上。

黄育东　琼妹，医师来了没有？

黄淑琼　今天又病倒了好几个人，医师和药都不够用了，依爹让医师先给其他病人看，叫溪妹再忍耐一下。

黄育东　可是溪妹烧得太厉害了，已经很难忍耐了！你看，额头是这么烫！

黄淑琼　（伸手摸谢溪妹的前额）哎呀，真是的！（把黄育东拉至一边）依哥，这样不行，我刚才听说昨天晚上发病的两个人已经死了，溪妹再这样拖下去，只怕……

黄育东　啊?那……

〔谢永康急匆匆上。

谢永康　溪妹、溪妹,快来吃药,快来吃药!(打开手中纸包)

黄淑琼　(惊异地)永康叔,这是什么东西呀?

谢永康　啊……一种药嘛!

黄淑琼　什么药?

谢永康　能止吐泻的药。

黄淑琼　这药叫什么名字?哪儿买的?

谢永康　这……反正人都说吃了这东西能止吐泻,人也会好受一些,其他你就不必多问了!

黄淑琼　(一愣)这……

黄育东　(拿过谢永康手里的东西,看了看又闻了闻,惊异地)这是鸦片吧?

谢永康　这……唉!是鸦片就是鸦片吧!溪妹都病成这个样子,既没医师又没药,怎么办?也只有拿这试一试了!

黄淑琼　这……(不知该如何是好)

谢永康　来,溪妹,把这东西吃下去。(欲将谢溪妹搀起)

谢溪妹　(摇摇头)依爹,我不吃鸦片。

谢永康　为什么不吃?这是给你治病救命的啊!

谢溪妹　(强撑起,声音微弱)依爹——

(唱)　育东的依爹早就讲,
鸦片不能进垦场。
我若吃了这鸦片,
难免会叫他为难。

谢永康　这……(焦急,无奈地)那我找你爹去,问他为什么要叫医师先给别人看,不给溪妹看!(下)

黄淑琼　我也去找一下依爹!(下)

谢溪妹　育东,你将我……扶坐起来一下。

黄育东　好。

谢溪妹　你抱着我。

黄育东　好。(将谢溪妹拥入怀中)

谢溪妹　抱紧一点儿。

黄育东　嗳。(将谢溪妹抱紧)

谢溪妹　(深情地)育东,你还记得吗,那一天在新珠山垦地上,人家都说只有你才有福气听我唱那首福州曲——“一粒橄榄扔过溪”,我当时没好意思……唱给你听,现在……就唱给你听,好吗?

黄育东　(泪水涌出)嗯嗯!

谢溪妹　(轻柔断续地唱)

一粒橄榄扔过溪,
对面依妹是奴妻。
京鼓花轿定下了,
是奴无钱放着挨(拖延着)。

〔灯光变幻,歌声也变得深远、流畅、响亮,变成了谢溪妹和黄育东的对唱、重唱,最后变成了众多男女声的合唱。

〔歌声停住,谢溪妹头一歪,靠在黄育东的身上去世了。

黄育东　溪妹,溪妹,(心痛欲裂地)溪妹,溪妹啊——

〔谢永康与黄乃裳、医生以及黄淑琼急上。

谢永康　(凄惨地)溪妹啊,儿啊,你不能走,不能走啊……天啊!

(唱)　天啊,你难道没目睭(没长眼),
要将我永康一家休;
前已夺走我妻的命,
今又折我女儿的寿!
从此后我孤身一人留世上,
怎度冬夏与春秋?
不如我也死干脆,
与妻儿同去地府住!

(见旁边桌子上放的针线箩里有一把剪刀,即抓起往自己胸口刺)

众　人　永康！

永康叔！（一齐将剪刀夺下）

黄乃裳　永康兄弟，你不可这样啊，难道我们能忍心丢下孩子的后事不管，一走了之吗？

谢永康　（愤怒地）黄乃裳，你为什么不让医师早一点儿来救溪妹啊！你要知道溪妹是为了照顾你儿子才来这黄师来，才会得这病的呀！我谢永康这两年也都是紧跟在你鞍前马后跑的呀！你是不是还觉得我和你不够亲，我人穷女儿命也贱，所以早救迟救不要紧，如果是你很亲的人，是你女儿、儿媳妇，早就来救了！

〔黄乃裳眼含热泪，无言地听着谢永康的责骂，见黄淑琼欲作辩解，还示意她不要辩。

谢永康　黄乃裳啊黄乃裳，看你平常讲得很好听，都是说对人要平等啊、博爱啊，原来都是假话，屁话！我今天总算是看透你了！

黄淑琼　（再也忍不住）永康叔你说的什么呀？你知道吗？就是昨天晚上，我爹和我妈都商量好了，准备向你提亲，让溪妹做我依嫂的呀！他正是把溪妹看作自己的媳妇，才要叫医师先去救别人的呀！

谢永康　（一愣）这……

黄乃裳　（一把拽住谢永康的手，悲怆深挚地）永康兄弟——

（唱）　溪妹真是好孩子，

兰心蕙质相表里。

只怪我德行太薄没福气，

未能得她做儿媳。

我将以儿媳的名义为她送葬立墓碑，

但愿兄弟你能同意。

也能认育东做女婿，

侍奉你左右慰孤寂。

黄乃裳　育东，你跪下，对你岳父行叩拜礼！

黄育东　（双膝跪地，泣声叩拜）岳父大人！

〔谢永康和黄育东相拥而泣。

黄乃裳　(严厉地)从今以后,你就要对你岳父恪尽女婿之责,生者奉养,老者送终,否则便是忤逆!

〔黄育东含泪点头,又与谢永康紧紧相拥。

黄乃裳　(含泪,喃喃对天)主啊,敢是乃裳仁德不修,敬心不足,以至于垦业如此艰辛,垦农遭如此劫难,乃裳罪愆深重啊!乃裳唯有更鞠躬尽瘁,办好垦场,为你的子民造出一方真乐土,以赎罪愆啊!

〔切光。

第六场

〔光起。

〔次年水稻收成季节的一天上午。

〔新福州垦场内。拉让江边的田野上稻浪流金,菜地、胡椒和甘蜜园里滴苍浮翠,远处还可以见到学校、教堂,均是以亚答叶盖顶的简陋建筑。

〔锣鼓声中众多垦农簇拥着以舞狮、大头娃娃舞和福州特有的"钱剑舞"等歌舞庆祝丰收。一群伊班族男女青年表演土风舞助兴。布鲁克夫妇兴致勃勃地观看着,并不时与众人一道热烈鼓掌。

布鲁克　黄先生,我对你们垦场不到两年便取得如此辉煌的成就很满意。你们中国农人真是世界上最善于耕作的、第一流的农人!

玛格丽尼　是啊,黄先生领导的垦场,短短的时间便使这那让江边的丛林发生了奇迹般的变化,真是了不起啊!

黄乃裳　过奖,过奖!这还靠政府的支持和全体垦农的努力,还有我们场议会同仁的协商。

布鲁克　黄先生,我想问一下,你前不久又向我王国政府贷款一万元,用于到中国招收第三批垦农,这些垦农何时才能到达啊?

黄乃裳　我已经叫李帮办回国去办这件事,已经去了近两个月,估计很快就会带人来了。

布鲁克　这很好。那黄先生准备什么时候开始偿还第一次所借的三万元贷款啊?

黄乃裳　真是对不起陛下,垦农因为所种的农作物不值钱,生活还很困难,所以目前一时还偿还不了,还请陛下宽限一下还贷的日期。

布鲁克　(不悦地)黄先生,我王国政府要大力发展经济,需要很多钱,你们的贷款不能按期偿还,却还继续得到贷款,也应该要考虑为增加政府的财政收入尽一点儿义务了吧!

黄乃裳　这……

玛格丽尼　是啊黄先生,根据我们签订的垦约的第十三条的规定,我们应该来商量一下有关在你们垦场开办赌业和售卖鸦片的问题了。

黄乃裳　这……(含笑地)陛下,敝人对陛下大力发展沙捞越经济的宏伟抱负深表敬佩,但目前垦场还处于草创阶段,垦农的生活确实还很困难,即使开了赌场也没钱赌,售卖鸦片也没钱食,也就无税可收,所以此事还是从长计议为好。

布鲁克　(冷笑地)我看黄先生每次谈到这个问题时,总会有许多理由来推辞,而这些理由恐怕大多是出自黄先生自己的想象吧!

黄乃裳　这不是我的想象,而是实际情况,不信可以问问这些垦农!大家说说看,你们现在的生活是不是还很困难,不可能有钱上赌场、食鸦片……

众垦农　(七嘴八舌地)现在生活还很困难。

不可能上赌场食鸦片。

刘铁桂　我们现在连买一点儿盐和咸鱼都要赊账,哪里还有钱去赌博、去食鸦片?

垦农甲　嗨,连买草纸都要赊账哦,有钱食鸦片,还不如多买一点儿草纸!

〔众垦农纷纷跟着指责赌博和食鸦片的害处。

黄乃裳　(微笑地)陛下,你看这……

布鲁克　(尴尬地)这……(与玛格丽尼对视难言)

〔约瑟夫带着文件包在两个王宫侍卫的护送下疾步上。

约瑟夫　陛下,紧急函件!

布鲁克　嗯?

〔约瑟夫看了一眼旁边的黄乃裳和众垦农。

黄乃裳　(会意地对众人挥挥手)陛下有重要公事要办,大家先退下!

〔众垦农随黄乃裳退下,几个持枪的侍卫连忙奔上,进行警戒。

约瑟夫　陛下,英国驻新加坡总督署给我们发来一个情报,说近日中国革命党兴中会的头目孙文到新加坡活动,黄乃裳女婿林文庆与之过从甚密,黄乃裳也在前几天到新加坡与孙文会见密谈,所谈的内容不详。

布鲁克　嗯?(急接过函件,匆匆地看了一下,不由得皱起了眉头)

玛格丽尼　这可是个不好的消息。

布鲁克　是的,那孙文是个激进分子,黄乃裳要是追随了他,对我们可就危险了。(沉吟)还有他刚才有意煽动垦农反对开设赌场和售卖鸦片的情景,使我又想到当年石隆门金矿华工因抗缴捐税而导致叛乱的情景……

玛格丽尼　陛下的意思是我们现在就应该对黄乃裳采取措施?

布鲁克　这——夫人的意思呢?

玛格丽尼　(摇摇头)现在似还不宜这样做。这黄乃裳确实是个很能干的人,我们还需要他带动华人建好垦场,并带动更多的华人从中国来到我们沙捞越开垦丛林,发展种植业,以实现陛下的伟大抱负。

布鲁克　是的。但我们也需要加强对他和垦场的监视,同时还要继续逼迫他开赌场售鸦片!

约瑟夫　可是如果他仍然拒绝和我们合作呢?

布鲁克　(阴沉地)那我们就在适当的时候对他采取必要的措施!

〔收光。

第七场

〔光起。

〔距前场几天以后的一个上午。

〔黄师来垦区原谢溪妹的住处。一切基本都保持原样,但床铺上只剩下空床板,桌子上摆着谢溪妹的遗像,遗像前的花瓶里插着一束鲜花。黄育东独自一人呆坐在桌子前,凝视着遗像。

〔黄乃裳急上。

黄乃裳　育东!

黄育东　依爹!

黄乃裳　公司已经决定将这排亚答厝拆掉重盖,迎接新来的垦农,你怎么还迟迟不动手啊?

黄育东　这……依爹,这好好的厝一定要拆掉重盖吗?

黄乃裳　拆吧,这是场议会中大多数人的意见。

黄育东　什么意见啊?无非就是说这排厝曾经有几个人感染瘟疫死了,住了不吉利。

黄乃裳　但场议会的意见毕竟是代表了相当部分垦农的心情,我们还是采纳了吧!

黄育东　可是这一拆一盖要多花费我们公司不少钱啊!

黄乃裳　可尊重场议会的意见,巩固场议会的制度比多花一点儿钱更要紧啊!

黄育东　这……

黄乃裳　好了,废话少说,你马上执行公司的决议拆房吧!

黄育东　依爹,这房今天能不能暂时不拆,等到……

黄乃裳　(恼怒地)不行,马上拆!今天就全部拆掉!

黄育东　这……(恼怒地)依爹,你、你也太武断、太绝情了!

黄乃裳　浑蛋!(打了黄育东一巴掌)

黄育东　(捂着脸,含屈地)依爹你,你知道吗,这是溪妹生前住过的房子,今天是她去世一周年啊!

黄乃裳　嗯?真快,这孩子已经走了一年了……育东,依爹懂得你的心情了,依爹不该——(慈爱地搂住黄育东的肩膀,用手抚摸其被打过的脸颊)

黄育东　(哽咽地)依爹!

黄乃裳　心里很苦是吗?

黄育东　嗯。

黄乃裳　依爹理解。其实依爹心里也经常是很苦的。我们当初选择走的这条路,就是很苦的路。所以那天依爹在新加坡见到孙中山时,他才赠给我那句话——

黄育东　什么话?

黄乃裳　“凡人欲为社会国家谋幸福喜乐者,须志愿从始至终负悲哀痛苦之责。”

黄育东　“凡人欲为社会国家谋幸福喜乐者,须志愿从始至终负悲哀痛苦之责。”

黄乃裳　你可以把这句话写下来,做个座右铭。

黄育东　好的。

黄乃裳　(感慨,深挚地)孙中山先生真是个贤者伟人啊,与他一席谈,可以说是指明了这些年我思想上的一个迷津啊!

黄育东　这怎么说?

黄乃裳　育东啊!

(唱)　爹自幼家贫寒心却高远,
读诗书最爱做救世文章。
原以为得贤君便能振兴华夏,
因此我屡上书提救国主张。
孙中山纵论天下大势,
顿使我心胸中豁然开朗:
救中国唯有那推翻帝制,
得民主建共和才是方向。

孙先生说得何等好啊,我创办此垦场只能为几千几万人谋生路,可是推翻帝制建立共和,却能为四万万同胞谋生路啊!

黄育东　(理解地点点头)嗯!

〔黄淑琼和黄妻、谢永康上。

黄淑琼　依爹、依哥！

黄育东　哎，琼妹，你怎么也来了？依妈和岳父也来了！

黄淑琼　今天不是溪妹去世一周年的忌日吗？我们都来墓上看看她！依爹，你看我还给你带来了什么？

黄乃裳　信！

黄淑琼　李叔叔的信！

黄乃裳　噢，总算来信了！（忙兴奋地接过信，拆开，念）

秦淮董冒旧情长，
得便金风走江南。
知君慈怀容天地，
不因无别杨柳伤。

（突然悟出诗意，双手颤抖地）啊？这、这……

（旁唱）读此诗人抖颤浑身透寒，
心绪乱神志昏如坠深潭。
盼李羌招农归望断秋水，
却未料他竟然携名妓、卷巨款，逍遥一去不回返。
还自诩是当年的冒皋和董小宛！
此一来再次的招农无着落，
垦场如何能发展？
垦农尚要知此事，
全场上下必心惶。
沙王尚要知此事，
后果更是最不堪！
面对此景怎么办，
真是乱了、乱了我黄乃裳！

不，不能乱，越是此时越需沉着镇定！

黄淑琼　（发现黄乃裳神色不对）依爹，你怎么了？出什么事了？

黄乃裳　（沉痛地）李羌他带着一万块的贷款和新加坡的一个名妓走了！

谢永康
黄　妻　啊?走了,不回来了?
黄育东

黄乃裳　(摇摇头)这真是作愆啊!

谢永康　(连连跺脚)作愆,作愆,愆作满惯(罪孽深重)了!对了,他老婆不是还在这里吗?回头我们去找他老婆啊!

黄乃裳　出了这种事,对他老婆的打击已经够大了,我们不能再给人家雪上加霜,还得找个适当的时候去劝慰一下。

黄淑琼　怎么劝啊,纸是包不住火的。

黄乃裳　这事对外只能说因为李羌在国内得了重病,所以不能来了。

谢永康　为什么?

黄乃裳　不能因此影响垦农的情绪和公司的信誉,更不能因此而在沙国政府面前,丢我们中国人的脸面和给他们留下话柄。

黄育东　那招农的事……

黄乃裳　我准备亲自回国去办!

众　人　(不约而同)那钱呢?

黄乃裳　这钱吗——

(唱)　场内先倾其所有,
余者告贷找亲友,
还赖家人节衣食,
同舟共济泛中流!

〔切光。

第八场

〔光起。

〔距前场两年多后,即1904年7月的一天傍晚。

〔兼作新福州垦场公司的黄乃裳住处。

黄　妻　（唱）　自从李羌事发生，

乃裳他办场又难几分。

加上胃病常发作，

他的身体大受损。

几次晕倒在垦地上，

幸好身边有永康。

女儿女婿很孝顺，

寄来燕窝鱼翅和人参，

今日正好他早回，

我赶紧去炖一点补他身！

（打开木柜发现）哎呀，这东西怎么没有了？依琼，你姐寄来的那些燕窝和人参呢？

黄淑琼　（从内室走出）就放在这柜子里面呀！（看柜子）哎，怎么没有了？

黄乃裳　（从内室走出，笑笑）噢，会不会被猫叼走了，或者被老鼠偷吃了？

黄　妻　七讲八痛（胡乱讲）！放在这柜子里猫仔怎么会衔？老鼠偷吃也不会偷吃得这么干净啊！（对黄淑琼）再找找看！

黄淑琼　不要找了依妈。依爹，你老实说，这东西被你拿到哪里去了？

黄乃裳　我……好吧，我就实说了吧，那些东西啊，今天早上我已经叫永康拿到外面去卖了。

黄　妻
黄淑琼　（惊叫）啊？为什么拿去卖？

黄乃裳　这个月公司办事人员的薪水发不出去了，吴氏中西药房又催讨垦农的医药费，所以我就……

黄　妻　你这人怎么会出这主意啊！你没看你这身体都成什么样子了，风吹都会倒啊，不吃一点儿补品怎么行啊？需要卖东西发薪水，还药账，我这些东西——（从手腕上取下金手镯，从耳朵上取下金玉耳坠，放在桌上）你可以先拿去卖呀！

黄淑琼　（也从手上摘下一个钻戒）依姐送给我的这个也可以先拿去卖的！

黄乃裳　(深受感动)桂云、依琼!

〔随着一阵喧嚷声,刘铁桂带着一大批垦农,推搡着黄育东上。

刘铁桂　(大声嚷叫)黄港主,你快出来说话!

〔黄乃裳和妻女都不由一愣,连忙从屋内走出。

刘铁桂　为什么突然让你儿子强令我们交"十一捐"和归还贷款,难道你还不知道我们吃穿都做没平直,口袋底都是空的吗?

一垦农　种的东西没人要,一担番薯只值几角钱,一担谷子只值块把钱,哪里还有钱交捐还贷款啊?

〔众垦农纷纷质问,一时喧嚷不断。

黄乃裳　各位农友,我知道大家确实还很困难,做出这个决定也是迫不得已,实话对大家说,公司这个月已经没有钱给办事人员发薪水了!

刘铁桂　哼,你现在富的连燕窝鱼翅和人参都吃不完,要拿去送人了,还敢说这话?

黄乃裳　(一愣)这、这话从何说起?

刘铁桂　你就别装蒜了!这是你的那位亲戚谢永康亲口说的!

黄乃裳　他亲口说的?

刘铁桂　不错。今天早上他带着一大包的燕窝鱼翅和人参在码头上船时,被船一摇,丢出来了,他就说是你让他拿到外面送人的。

黄乃裳　这……(与妻女尴尬对视,一时难言)

〔黄淑琼欲站出解释,但被黄乃裳摇摇头制止住。

刘铁桂　(以为黄乃裳心虚,便越发粗莽)黄乃裳!

(唱)　你燕窝鱼翅吃不完,
也该让咱咸菜饭粥填饥肠。
今日实话告诉你,
这捐咱不交、贷款也无法还,
你要怎样就怎样!

〔众垦农也纷纷跟着嚷叫,不交捐、不还款了……

黄乃裳　(不由得怒起)胡说!借钱不还,那我们不成了不守信义的无赖了吗?

还有，不交捐，难道你们希望我们的垦场垮掉，大家都卷铺盖回家吗？

〔谢永康急奔上。

谢永康　（怒指闹事者）你们，你们啊！

（唱）　黄港主为给我们讨生活，

千辛万苦办垦场，

几万钱财都耗尽，

命剩半条脸比纸黄，

他女儿女婿心疼他，

寄来些补品做营养。

他命我将补品拿去变卖，

给公司员工发薪水，

给你们各位抵药账。

你们拍拍胸坎看一看，

这样闹，是不是忘恩负义没天良！

〔众人不由得呆愣住，面面相觑。

刘铁桂　你不是跟人家说，那些补品是他（指黄乃裳）叫你拿去送人的吗？

谢永康　黄港主原来有交代，这件事跟谁都不要说，哪里想到上船时，东西丢出来让人看见了，我只得说是拿去送人的。

〔众人又一时沉默了。

中年垦农　你前面讲一式（一种），后面又讲一式，又是他的亲戚，叫我们怎么能相信？

众垦农　是啊，这谁会相信啊？

谢永康　这、这……（突然想到）好，你们来看！你们来看！你们来看看黄港主是不是很富！

〔众人涌进屋看。

谢永康　你们看看，这就是黄港主一家吃的饭菜：一碗咸鱼、一碗青菜、一碗豆腐汤。这咸鱼还是吃了好几餐的，只剩下鱼头鱼骨了，还舍不得倒掉！

〔众人不由得惊异地互相看了看。

黄淑琼　（从橱柜中取出一副宣纸写的挽联）这是我依爹前一段时间胃病很重，身体很弱，以为自己会、会去了，特地为自己写下的生挽。（展开挽联，带泣声地读）“天若有心，期尽藐躬分内事，我虽撒手，仍留余地后来人。”

刘铁桂　这讲得是什么意思啊？

谢永康　这就是说老天如果有心，就让他活着为大家把垦场办好，万一他撒手走去，也有地留下来给大家种！

〔众人面面相觑了，场上一时无声。

〔约瑟夫在两位持枪警察的护卫下，上。

约瑟夫　（威风凛凛）诸位，我现在要宣布一项由国王陛下签发的沙捞越王国政府令！

〔众人不由惊异地骚动起来。黄乃裳也惊异地与妻女对视一眼。

约瑟夫　（拿起一文件念）“鉴于新福州垦场公司港主黄乃裳，拖欠王国政府的四万元贷款和吴氏中西药房的医药费不还，并滥收捐款引起垦农不满，造成垦场骚乱，特令其立即还清政府的贷款和他人的医药费。否则，立即离开沙捞越，并不得向垦农收款！”

〔众人哄然。

谢永康　（气急地对众垦农）你们闹！你们闹！现在要把黄港主闹走了你们就够了吧！

刘铁桂　（像突然被惊醒，大叫）黄港主不能走！

不能走啊！

众垦农　是啊，黄港主不能走，不能走啊！

刘铁桂　（狠命地砸自己脑袋）黄港主，我错怪你了！我怎么这么蠢，这么蠢啊！

〔众垦农纷纷向黄乃裳忏悔。

刘铁桂　黄港主欠的债其实都是我们欠的债，这债我们要还，倾家荡产也要还，决不能让黄港主被政府逼走！

中年垦农　是啊，这债我们变卖所有家当也要还，一定要把黄港主留下来！

垦农甲　我要将家里养的一头猪、几只鸡鸭全都卖了来还债，一定要让黄港主留下来!

垦农乙　我也要将家里养的几只鹅全都卖了还债!

〔众垦农纷纷表示要竭尽全力,倾其所有还债,恳请黄乃裳留下。

黄乃裳　(眼含热泪)各位农友,其实我何曾舍得离开垦场,离开你们啊!

(唱)　自当初勘遍南洋建垦场,
至今悠悠五年长,
耗尽心血灌沃土。
历尽艰辛辟莽荒,
苍天不负有心人。
五载躬耕得报偿,
千顷稻浪笼碧野,
万亩果蔬溢芳香;
条条大路连阡陌,
泱泱水上架桥梁。
学童早课声琅琅,
教堂晚钟音悠扬。
牧人短笛弄椰风,
棕林夕照归牛羊。
眼看着人间乐土将建成,
我身已入桃花源,
却令我别它而去不复见,
叫我怎能割舍无悲伤?

刘铁柱　(含热泪)所以你千万不能走,我们也舍不得你走啊!

众垦农　你不能走,我们舍不得你走啊!

黄乃裳　可是大家要知道,沙国政府要赶我走分明是蓄谋已久的,是我一次次抗拒沙王意旨的必然结果。且不说大家不可能一下还清那么多债,即使还清了我能留下来,我同样还是会抗拒沙王的意旨的,因为我不可能允许赌博这种恶习在垦场存在,更不可能让鸦片这种毒害过千千万万中国人，导致中国国贫民弱、割地赔款的毒品再来毒害垦场同胞。所以，沙王迟早还要赶我走，迟走不如早走，况且我回国后也正好还有更大的事好做，大家就让我走吧！

刘铁桂　可是黄港主你走了我们怎么办啊？

众垦农　是啊，黄港主，你走了我们怎么办啊？

黄乃裳　大家放心吧，我走之前会把一切都安排好的。现在虽然还比较困难，但我相信很快就会好起来的，将来你们一定会发达的，但发达了也不要忘了自己的祖国，自己的故乡！（轻柔深情地唱）

　　故国山川要勤勤走动，

　　父母之邦要殷殷探望……

众　人　（齐刷刷跪下，热泪盈眶）黄港主！

〔收光。

尾　声

〔光起。

〔炮火连天，烈焰熊熊，辛亥革命的战斗正在激烈进行。黄乃裳高举一面大旗，带领一支由各界人士组成的队伍前进。

〔幕后唱：

　　“才抛别泪回福州，

　　又擎大旗逐铁流；

　　推翻帝制建殊勋，

　　创立共和写春秋……”

〔收光。

——剧　终

（本剧原载《福建艺术》2002年第2期，曾由福州闽剧院演出）

闽 剧

闽都游子

时　间：明朝嘉靖年间。

地　点：北京、山西。

人　物：郑玉山——23岁，福州才子。

雁　心——18岁，御史王杍之义女。

岫　云——16岁，雁心之侍女。

黄仲禾——55岁，郎中。

黄　妻——52岁，黄钟禾之妻。

汤文埕——24岁，先为王杍府专司文案之幕僚，后为锦衣卫经历。

严世藩——40多岁，工部侍郎。

严　年——50多岁，严府管家。

依　福——30多岁，郑玉山的家人。

吴　成——21岁，郑玉山的表弟。

文武官员、士绅、鸨母、妓女、侍女、士卒家丁等。

第一场

〔光起。

〔明嘉靖年间。北京城。

〔一青楼“荷香别院”内,院内环境陈设颇为清幽雅致,还有一池荷花盛开。

〔鸨母兴冲冲上。

鸨　母　(对内)姑娘们,快来呀!

〔内应:“来了!”一群年轻妖娆的女子涌上。

众女子　妈妈,何事?

鸨　母　好事!好事!适才一位我们院的老客汤先生差人告诉我,今日将有一个福建福州府的有钱才子会光顾我院。这才子啊——

(唱)　相貌俊雅性风流,
水墨丹青是高手。
为拥秀色助画兴,
会不惜重金作报酬。

众女子　哦——

鸨　母　不过,汤先生说,这人最喜欢的是清纯可人,又有个性的女子,所以你等如想让他看中,装扮举止就要如此表现,明白了吗?

众女子　明白了!

〔鸨母挥挥手,与众女子一起退下。

〔郑玉山内唱："游京畿觅秀色来到青楼，"上。

郑玉山　（接唱）恣情怀纵意欲不辞风流。

　　　　　　　　这世道既已是一片昏暗，

　　　　　　　　拥秀色弄丹青又有何缪！

〔鸨母上。

鸨　母　哎哟，看这位公子风流倜傥，一表人才，想必就是福州才子吧。

郑玉山　噢，你何以知道？

鸨　母　老身不但知道公子的来历，还知道公子最喜欢何样的女子相陪，（对内）姑娘们，你们来呀！

〔众姑娘内应："来了！"重新化妆打扮过的众姑娘拥上。

鸨　母　（指点）本院这些姑娘个个都像出水芙蓉，清纯可人，又各有个性，公子看中哪一个就让哪一个相陪！

〔众姑娘将郑玉山团团围住，争相撒娇献媚，故作清纯状。

众女子　公子，你看奴家清纯可人吗？就让奴家来陪你吧！

　　　　公子，人都说奴家就像带露荷花，最为清丽，奴家来陪你好吗？

　　　　公子，人都说奴家就像青青荷叶，意趣天然，让奴家来陪你吧！

　　　　公子，人都说奴家身上有淡淡荷香，能沁人心脾，公子你闻闻看，闻闻看！……

郑玉山　（挽住两个女子腰肩，饶有兴味地打量观赏着，放浪地拍拍这个肩膀，摸摸那个脸蛋，闻闻那个体香，后未见可心者且被纠缠烦了）哎呀！

　　　　（旁唱）原以为沐荷风女当清凌，

　　　　　　　　却原来也都是凡花俗影。

　　　　　　　　挟妖艳扮清纯只令人生厌，

　　　　　　　　装娇容做媚态更坏我心情。

〔汤文埕引雁心扮公子上。身后跟着也扮成男家丁的侍女岫云。岫云佩剑，手提一包袱。

雁　心　（唱）　女扮男装到青楼，

　　　　　　　　但为义父解忧愁。

汤文埕　（暗指）小姐，那就是郑玉山！

雁　心　噢，就是他！

汤文埕　在下不便与他见面，暂且回避了！（下）

雁　心　好，我自己找他！（走向郑玉山，行一礼）请问：这位可是福建福州府来的丹青高手郑公子？

郑玉山　在下郑玉山。请问这位公子……

雁　心　（不甚自然地）在，在下王雁心，就住京城，今仰慕公子大名，有一事来请公子帮忙。

郑玉山　噢，何事啊？

雁　心　这——（看了一眼鸨母和众女子）

〔郑玉山也看了一眼鸨母和众女子。

鸨　母　（会意）大家先退下去吧，两位公子有事商谈，等谈完后再一起找你们玩！我叫丫头送酒来！（率众女子下）

〔一丫鬟送上酒和酒盏，斟上后即退下。

郑玉山　王公子何事请讲！

雁　心　（从包袱中取出一檀木盒，从盒中取出一画轴）先请郑公子看看这幅画！

郑玉山　（惊喜）啊，元人画马大家赵子昂的《八骏图》！

雁　心　郑公子真有眼力，此是我义父的传家之宝！

郑玉山　敢问公子，你义父他是——

雁　心　御史王杼。

郑玉山　噢，听说他倒是一个好官。我的一个文友汤文埕当初来京应试落榜，病倒街头，就是被他收入府中将养的。

雁　心　是的。

郑玉山　当今这世道做个好官不易啊！但不知王公子让我看此画是何用意？

雁　心　听汤先生讲，郑公子不但自己的画画得好，还能临摹古人字画，所以想请公子临摹一幅，自有重金酬谢。（自包袱中取出一包银子往桌上一放）

郑玉山　你义父已有此图的真迹，又何必再临摹一幅呢？

雁　心　（愤懑地）不瞒公子说，是为应付严世藩！

郑玉山　严世藩？

雁　心　就是那个与他老爹严嵩把持当今朝政，逞凶霸道的严世藩！

郑玉山　（一愣）啊？这、这所为何来？

雁　心　郑公子！

（唱）　昨日我义父过生辰，
　　　严府送酒传话音，
　　　说要借图去观赏，
　　　我义父当场就气晕。

郑玉山　何故气晕？

雁　心　（接唱）借看分明是借口，
　　　乘机霸占才是真。
　　　送酒便是作暗示，
　　　敬酒不吃罚酒临。

郑玉山　岂有此理！

雁　心　（接唱）图是义父的传家宝，
　　　怎能将它送奸人，
　　　但如违命拒不送，
　　　严贼必定起害心。

郑玉山　巧取豪夺，顺其者昌，逆其者亡，是其一贯所为！

雁　心　（接唱）幸听汤先生说到你，
　　　使我心中一念生。
　　　请你将图临一幅，
　　　以假当真应付奸人！

郑玉山　原来如此。可是王公子，君不见如今连整个大明朝的江山社稷都已落入严家父子手中，你如何还在乎一幅画呢？

雁　心　郑公子怎能这样说话？如果谁都听任严贼巧取豪夺，大明朝的江山社稷又有何救？

郑玉山　这……可是此事如让严贼识破，那将会给你们带来更大的灾祸，甚至连我也难逃干系啊！

雁　心　所以我要将实情告诉你呀，一是请你将这图临摹的更逼真一点儿；二是不该让你既担风险又不知内情。

郑玉山　王公子倒是诚挚之人。只是……只是王公子如何就认为我会愿意帮你做此事呢？

雁　心　我听汤先生说，公子的爹爹原是余姚知府，是个好官，三年前就因为反对严贼抢夺一个已有婚约的美貌才女做小妾，遭严贼报复而罢官的。

郑玉山　噢，可是他难道没告诉你自此以后，本公子的行状了吗？

雁　心　公子，什么行状？

郑玉山　（笑唱）揖别仕途锁书屋，

辞亲远游荡江湖。

只问丹青与秀色，

不管世事沉与浮。

雁　心　汤文埕倒是有讲你闯荡江湖，游山玩水，三年多了都不回家，是吗？

郑玉山　（一挥袖子，洒脱地）浪迹江湖之上，方能识透人生况味，纵情山水之间，方能悟出画道渊源，以致物我两忘，无拘无束，优哉游哉，何乐而不为呢？

雁　心　但我义父经常说，是读书人，就理当不忘修身齐家匡世济民的呀！

郑玉山　泱泱朝堂，济济百官，皇上只管修仙炼道，官员只想保住乌纱，肉食者不谋，我一介素食书生谋之何？

雁　心　听公子话意，我这件事公子也是不愿意帮忙的了？

郑玉山　在下，在下只怕是心有余而力不足啊！

雁　心　（直爽地）公子是担心受牵连吧！公子尽可放心，这事万一被奸贼识破，一切责任由我承担，决不连累公子！

郑玉山　（不悦地）在下是否担心受牵连姑且不论，但在下与王公子素昧平生，怎知王公子所言是实是虚呢?

雁　心　你不相信我说的话?

郑玉山　如何让我相信呢?

雁　心　这——也罢!(对岫云一招手)剑来!

〔岫云送上宝剑。

雁　心　(抽剑毅然在自己手腕上一划,滴血入酒盏)我请郑公子临摹《八骏图》应付奸贼,一切责任由我承担,决不连累郑公子。否则,甘受天惩!(将酒杯捧过头顶敬天后一饮而尽)郑公子这下该相信了吧?

郑玉山　(不由感动)哦,看王公子人样清秀,却是个豪爽、诚挚之人!好吧,此事容我再斟酌一下。

雁　心　请公子不要再斟酌了,严贼正追着要这幅画呢。

岫　云　是啊,我家公子都给你准备好了!(从包袱中取出纸笔墨砚、印石刻刀,置于案上)

郑玉山　这……此处也不是作这画的地方啊!

雁　心　(对岫云)你到门外看住,不让任何人进来!

岫　云　嗯!(下)

雁　心　公子这下该放心画了吧!

郑玉山　这……(看看纸墨,又看看图,仍心有梗阻)实对王公子说,在下今日此时真是难提起画兴。

雁　心　为什么?

郑玉山　这——王公子莫要见笑,在下有一癖好,作画时需有一个清纯可人的女子陪伴身边,斟酒磨墨,方能提起画兴。今日到此,就是想找一个此等女子,结果未见,也就画兴索然了!(玩笑地)如果王公子能帮忙找到一个,我马上就画,如何啊?

雁　心　这……人是有,只是没有花容月貌,公子未必看得上眼……

郑玉山　并非都要花容月貌,只要品性清纯,眉目清秀便可。

雁　心　郑公子此话当真?

郑玉山　当真!

雁　心　那好，先请公子转过身去！

郑玉山　这——好吧！（转身背对雁心）

雁　心　（摘掉帽子，脱掉长衫，显出面容姣美、气质不俗的女子原形，且露出几分女子的娇羞之态）郑公子……

郑玉山　（转身）啊，你，你是……

雁　心　（一笑）郑公子没想到吧？公子如果不嫌弃，我可以为公子斟酒磨墨……

郑玉山　这——

（唱）　这情景真叫人既喜且惊，
王公子变成了玉女娉婷。
虽豪爽也难掩几分娇态，
诚挚里亦显露禀性纯真。
衣装素雅超俗韵，
气质不凡见冰清。

雁　心　（见郑玉山凝神盯视自己，不由更加羞涩）郑公子，你这是怎么啦，我可以吧？

郑玉山　啊？这——（旁白）话已出口，又有如此不殊之秀色相伴，叫我不画也难呀。也罢，画就画，也借此戏弄一下那严贼世藩！（对雁心）好吧，斟酒磨墨！

雁　心　（欣喜地）哎！

〔音乐声中，雁心斟酒磨墨，郑玉山边饮酒边参看原作挥毫泼墨，很快就将画做好，又取石刻印，盖上印章。

〔汤文埕悄然上，隔着窗户偷看屋内情景，脸上露出几丝诡笑。

郑玉山　（将盖过的印石洒脱地往旁一掷）小姐，且看如何？

雁　心　哎呀，太像了！（甚为钦敬地）公子你，你真是丹青奇才！

郑玉山　过奖过奖！小姐，你才是女中人杰呀！（以热忱且带醉意的目光盯视着雁心）

雁　心　（有些慌乱）噢，这，这画我拿走了！（速将画卷起，把银包一推）这二百两银子请公子收下！

郑玉山　不不，银子免了、免了！只要能得到小姐你的垂爱，小生便是三生有幸了呀！小姐——（借着醉意，热忱亦是轻佻地捏住雁心拿银包的手）

雁　心　（一把推开郑玉山的手，正色地）郑公子，本小姐可不是青楼女子，这银子你还是收下吧。告辞了！（将画装进包袱，转身即走）

郑玉山　（不由一愣）这、这……

雁　心　（走至门口，回过头，感情复杂地）郑公子，保重！（下）

郑玉山　小姐，你……

〔收光。

〔只留一束光照在郑玉山怅然若失的脸上，顷刻光暗。

第二场

〔光起。

〔次日下午。严世藩府第花厅内。

〔室内雕金镂彩、富丽堂皇，架上摆满奇珍异宝，壁上多挂名人字画。透过窗户和走廊，可见亭台错落，园林似锦。

〔严世藩在一群官绅的簇拥下，正在观赏郑玉山临摹的《八骏图》。旁边堆放着官绅贿送的各种礼品。

严世藩　（兴奋地）好画，好画！果然是好画！匹匹骏马骨肉丰满、气势雄健，形态逼真又十分传神，真乃大家手笔，画马极品！

众官绅　（附和地）是啊，真乃大家手笔，画马极品！

严世藩　本人收藏的数百幅历代名家字画中，此画堪称第一！

众官绅　恭喜严大人！

严世藩　哈哈哈……

（唱）　好画应有好诗题，

　　　　严某对画赋一诗。

众官绅　严大人要对画赋诗？

太好了，我等洗耳恭听！

严世藩　（吟唱）引项飞鬃跃绿原。

雄风烈烈慢坡旋。

千峰万仞轻飞过，

啸傲青山溅玉泉。

官员甲　好诗，真是好诗！气势磅礴又逼真传神，严大人真是才诗横溢啊！

众官绅　严大人真是才诗横溢！

士绅甲　这一诗一画可谓珠联璧合，互为表里，均可流芳百世啊！

众官绅　是啊，珠联璧合，互为表里，流芳百世啊！

严世藩　（兴奋地）来啊，吩咐下去，大开盛宴，庆贺此事！

〔幕后喊声："老爷有令，今日大开盛宴啰！"喊叫声此起彼落。喜庆的鼓乐响起，备宴的家人忙碌过场。

〔严年急上。

严　年　禀老爷，王杼的一个家人求见！

严世藩　是来讨画的吧？不见不见！

严　年　他说是来告诉老爷有关这画的一个奥妙的。

严世藩　他这是为讨画找借口，不见！

严　年　他说如老爷不见他，便会蒙受奇耻大辱，且落下千古笑柄。

严世藩　噢？那——那就叫他来吧！

严　年　是。（对内喊）王杼的家人听着：我老爷恩准你来见，快快上来！

〔幕后汤文埕应声"来了！"上。

汤文埕　（唱）　斗胆来见严东楼，

只为文埕要出头。

现如今寒窗苦读难及第，

严府方有仕途走。

审时度势施一计，

良禽择木将新枝投。

莫道此举负恩主，

情势相逼我何羞?

拜见严大人!

严世藩　(倨傲)你姓甚名谁,在王府何干啊?

汤文埕　小的汤文埕,本是读书之人,现暂栖王府协办一些文案之事。

严世藩　那我问你,此画究竟有何奥妙啊?

汤文埕　这奥妙嘛——(看看众官绅和严年,欲语又止)

严世藩　(挥挥手让众人退下)说——

汤文埕　它并非元人赵子昂之真迹,乃是今人临摹之赝品!

严世藩　(一震)你道怎说?

汤文埕　它并非真品,乃是赝品!

严世藩　嗯?(稍愣片刻,继而爆发大笑)

汤文埕　(不知其意,一时呆愣)大人,这……

严世藩　(转冷笑)汤先生!

(唱)　你想为家主讨回画,

一番苦心也堪夸……

汤文埕　可、可是严大人,小的若有半句假话,任凭大人处置!

严世藩　噢?那——那你何以知道此乃赝品呢?

汤文埕　这画虽然临摹和裱褙的可以乱真,但仍有破绽,它实是取一幅无名元人的画轴揭去原作的一层画纸,再将所临摹的画粘贴上去的,大人再细细一看,便可看出粘贴痕迹!

严世藩　(细看画轴)嗯,果然有粘贴痕迹,看来真有赝品之嫌!

严世藩　不过,能将赵子昂之作临摹得如此逼真者倒真是一个人才,此人姓甚名谁,现在何处啊?

汤文埕　这——(旁白)郑玉山若是被他找来,提到我和他的关系,那不是坏了;即使不坏,他若赏识郑玉山,我不也是没戏了!(对严世藩)禀大人,在下不知。

严世藩　哦——(盯着汤文埕,严峻地)汤文埕,我且问你,你与王杼有仇?

汤文埕　(不解其意)没、没仇。

严世藩　有冤?

汤文埕　没、没冤。

严世藩　他未能善待你,不给你饭吃,不给你房住?

汤文埕　没、没。

严世藩　(勃然大怒)那你何以告他密状,背后刺他一刀啊?

汤文埕　这……

严世藩　来人啊!

〔两个凶恶的家丁上。

严世藩　将这忘恩背主,鲜廉寡耻的东西以乱棍打出家门!

家　丁　是!(将汤文埕拖下)

汤文埕　(急叫)严大人,小的还有话要说!还有话要说啊!

〔严世藩扬手示意家丁等一下。

汤文埕　(连跪带爬地窜至严世藩面前)严大人,小的还有话说啊!

严世藩　还有什么话,快讲!

汤文埕　严大人!

(唱)　你德高望重如泰山,
小的对你太崇仰,
才不顾自身毁和誉,
挺身而出道真相!

严世藩　如此说,你还是舍身护我,仗义执言的了?

汤文埕　是的。再者大人对《八骏图》的垂爱,若赵子昂地下有知,也会愿意奉送的。小的知其所在,正可为物归其主尽绵薄之力。

严世藩　(点点头)嗯……那对于王杅以假画骗我之事,你以为该如何处置啊?

汤文埕　这——(不知严世藩心内之意,不敢妄言)

严世藩　(进逼)你说,该如何处置?

汤文埕　(谨慎、结巴地)在、在下以、以为,大人或可上奏朝廷,免、免他的职。

严世藩　胡说!

(唱)　我严某怎会如此没气量,

以公挟私报仇冤？

我非但不会免他职，

还要保荐他升官！

（呼）严年！

〔严年上。

严　年　老爷！

严世藩　你昨日不是禀报说俺答部进犯边城，山西总督王瑞率军御敌负伤吗？

严　年　是的，老爷。

严世藩　我看王御史颇有胆识与韬略，可以请老太爷上奏朝廷，擢拔他顶替王瑞的总督之位嘛！至于汤先生，你——

汤文垾　（急忙）小的愿意追随大人身边，效犬马之劳！

严世藩　我自有安排！

汤文垾　（又惊又喜地）谢、谢大人！

严世藩　（挥手让汤文垾退下，又招手让严年近前）临摹此画者是谁，你也叫人查一查！

严　年　遵命！

严世藩　你昨日不是说朝中仍有邹应龙等人对我和老太爷存有不敬之心吗？也借此让他们看一看，啊，嘿嘿嘿……

〔收光。

〔一束冷光打在严世藩渐笑渐冷的脸上，顷刻光暗。

第 三 场

〔距前场一个多月后。

〔山西太原王杼府第后院。

〔光起。

〔雁心正在舞剑，剑法刚烈凌厉，似在宣泄一腔怒气怨绪。

〔两个锦衣卫的探子从院墙上探出头来往里偷窥，被雁心发现，气得一剑遥刺，两个探子忙缩回头去。

〔岫云急上。

岫　云　小姐、小姐！

雁　心　（收住剑）怎么，是老爷征战有消息了？

岫　云　不是！

雁　心　那又是锦衣卫的人来监视我们家了？我已经看见了！

岫　云　也不是，是那个郑公子……来了！

雁　心　郑公子？

岫　云　就是那个帮我们作画的丹青高手啊！

雁　心　啊，他怎么来了？

岫　云　他说他是从京城来太原游玩，顺便拿一幅画来请教你！

雁　心　哦？

岫　云　（笑）小姐，我看他呀，一定是看上你了，找个借口来见你。

雁　心　不要瞎说！（脸上闪过一丝欣喜的笑容）

岫　云　真的，那天在荷香院，我就看出来了！你要不要见他？

雁　心　这——不能见。

岫　云　为什么？

雁　心　这时候他就不该来，我也不该见他！

岫　云　那——

雁　心　（果断地）你去对他说，我不想见他，叫他快走！

岫　云　这……好吧！（下，随即又上）小姐，郑公子不肯走，说非要请你看看那幅画不可！

雁　心　唉！这个浪子！

（唱）　惯醉青楼作丹青，

一见秀色便多情，

乱逐花心来太原，

怎知身已入险境。

你就跟他说，本小姐与他早已没瓜葛，不想见他，也不想看他的画，叫他快走！

岫　云　这……

雁　心　你去说，去说呀！

岫　云　好吧！（下，随即上）他已经走了！

雁　心　走了就好！

岫　云　小姐，我觉得你这样对待他，也未免……

雁　心　（烦躁地）你别多说了，我只能这样！

岫　云　那，那我就不说了！（下）

雁　心　（又顿觉失落，自语）这个浪子，怎么这时候来呢？

郑玉山　（持一画轴突然从树后闪出，轻声地）小姐！

雁　心　（一愣）你，你怎么还没走！

郑玉山　（作一揖）不瞒小姐说，小生来太原是专为请小姐亲览小生这幅画作的。

雁　心　你这人，什么画作非要我看啊？

郑玉山　（打开画）小姐，请看！

雁　心　（观画）啊？这，这画的不是我吗？

郑玉山　画的正是小姐你的芳容！

雁　心　（不由得羞赧地）你，你为什么要画我呀？

郑玉山　（热忱地）小姐！

（唱）　荷香院里识芳容，
别后我终日萦在心。
夜半凭窗观月色，
月下总见你倩影。
日临荷塘赏荷花，
花中总见你娉婷。
因此我万般念想聚笔端，
倾心描下你芳容。

雁　心　这——

（旁唱）这浪子还真似对我有情，
　　一幅图一番话让人动心。
　　荷香院虽厌他浪荡轻佻，
　　其才华还真是叫我钦敬。
　　我或许不应该拒他于门外，
　　还应当备酒菜为他洗尘。

郑玉山　（激情难抑地逼视）小姐——

雁　心　（慌乱羞怯地）郑，郑公子——

郑玉山　（旁唱）但见她羞目脉脉显柔情，
　　不由我心弦颤抖难止停。

雁　心　（旁唱）但见他热忱双眼来逼视，
　　不由我身心慌乱欲晕眩。

郑玉山　（旁唱）倘若她能接受我的情分，
　　从此我将终止青楼浪行。

雁　心　（旁唱）倘若他不是个浪荡公子，
　　我或许难拒绝他的钟情。

郑玉山　（唱）　我斗胆再将她玉手执——（抓住雁心手）

雁　心　（一惊，急忙甩开，唱）
　　这不由将我又惊醒！
　　（正色地）郑公子，你怎么又……

郑玉山　（尴尬）我……

雁　心　好了，你这画画得不错，但你还是快离开这里，离开太原，不要再来我家了！

郑玉山　这……

雁　心　快走快走，不要再停留了！再停留，就、就休怪我不客气了！（把剑一横）

郑玉山　（一惊）这、这……

〔岫云持一布包惊叫着跑上。

岫　云　小姐,不好了!小姐,不好了!

雁　心　怎么了?

秀　云　老爷身边的一个亲兵刚回来报说,老爷他、他在边城被朝廷派人抓去了!

雁　心
郑玉山　啊?!

雁　心　朝廷为什么抓他?

岫　云　朝廷派人来传圣旨,说老爷心存异志、纵敌入境,致使边城被毁,疆土沦失,犯下死罪!

雁　心
郑玉山　这……

雁　心　(愤恨地)这严贼下的圈套果然毒辣!

郑玉山　啊?此话怎讲?

岫　云　(心急)是你临摹的《八骏图》可能被他识破引起的!

郑玉山　我临摹的《八骏图》可能被他识破引起的?

雁　心　事已至此,我就告诉你吧,郑公子——

(唱)　严世藩阴险又狡诈,
可能已识破那图是假,
举荐我义父督山西,
其实是将圈套下!

郑玉山　这又怎么讲?

雁　心　(唱)　我义父上任才两日,
俺答部便大军来犯将边境压。
我军兵少粮缺难御敌,
我义父急求朝廷来增拨。
奏章连连上几道,
却不见朝廷作应答。

郑玉山　这可能是把持朝政的严贼父子故意压下奏折不报!

雁　心　是的！

（唱）　因此故，几个边镇陷敌手，

我义父只好亲自带兵去搏杀。

以三千兵马战数万敌酋，

纵拼死又怎能将失城来救下？

郑玉山　严贼便借此捏造罪名，诬陷你义父心存异志，纵敌入境，致使边城被毁，疆土沦失，犯下通敌失城大罪！

岫　云　正是这样！（递布包给雁心）这是那个亲兵带回来的，是老爷给朝廷奏章的抄本和他军中几个将领的证词。老爷叫你收藏好，到时候可用来参劾严贼，为他辩冤的！

雁　心　（接过布包，眼含热泪）爹爹……

郑玉山　小姐……

雁　心　（一把擦掉眼泪）好了，事已至此，你还是赶紧离开这里吧，免得受牵连！

郑玉山　这……

（唱）　本以为雁心她拒见我是怨我孟浪，

却原来是防严贼保我平安。

小姐，你对小生如此呵护，真让小生感激在心！

雁　心　我不已经对天发誓了吗，一切责任由我承担，决不连累公子！

郑玉山　小姐真有一副侠肝义胆！

雁　心　这没什么，在我家乡许多女子都是这个脾性。

郑玉山　敢问小姐家乡何处？

雁　心　河北于蓟。

郑玉山　哦，于蓟乃古之燕都。自古燕赵多慷慨悲歌之士，有侠肝义胆、浩然之气者甚多啊！

雁　心　好了，现在情势已危，你还是快快走吧，我们也要走。岫云，老爷临出征时交代，如果他有不测，叫我们马上带《八骏图》回于蓟老家交给义母，不能落入奸贼手中！（从袖中取出一把钥匙）你快到老爷卧房把那图取出!

岫　云　好的!(下)

雁　心　(恳挚而柔情地)郑公子,你是个难得的人才,要多保重,还是快走,快走吧!

郑玉山　这……

〔岫云背包袱持画匣上。

岫　云　小姐,东西拿来了!

雁　心　(断然地)好,郑公子,不要再犹豫了,快走!我们也走了!(将布包塞好转身欲走)

〔幕内声:"慢!"汤文埕手执一令书,带两个执剑的锦衣卫士卒闯上。雁心等三人都愣住了。

汤文埕　小姐少安毋躁,在下奉朝廷之命前来传令:你义父王杼,因心存异志,纵敌入境,现已被拘捕,递解京城,交刑部审理。你等家眷全部羁押,家产财物一律封存,等候处置。所以,你们都不能走了,家里的东西——(盯住岫云手里的画匣)包括这《八骏图》真迹都要留下!(向锦衣卫示意)

〔一个锦衣卫冲上,将岫云手里的画匣凶狠地夺过。

雁　心　你……

岫　云　你这是干什么?

郑玉山　文埕,你怎么?

汤文埕　噢,是你啊?

郑玉山　你怎么会奉朝廷之命?

汤文埕　(自得地)不瞒诸位说,在下现已是朝廷命官锦衣卫经历了!

郑玉山　嗯?你,你怎么会成为锦衣卫经历?

汤文埕　这……

雁　心　(突然醒悟)这么说,《八骏图》的事是你向严世藩告密的?

汤文埕　(一愣)我……

雁　心　汤文埕,我原先真不敢怀疑你会干出这没良心的事。当初要不是我义父收留你,你早就病死在街头了!

汤文埕　可他不是收留我白吃饭,是给他做家奴的。我汤文埕十年寒窗,难道就只配给他做一个掌笔墨的家奴吗?

雁　心　你……

汤文埕　燕雀安知鸿鹄之志哉!废话少说,你等老实待着,待我先将此图交朝廷处置!

雁　心　(气急)且慢!

(旁唱)万不料灾祸引自自家门,

万不料汤文埕如此丧天良。

情势已危不容等,

我唯有舍命拼一场,

杀贼夺图奔家乡!

汤文埕——

汤文埕　怎么样?

雁　心　你真要把图拿走?

汤文埕　(讪笑)嘿嘿,奉命行事,不能不拿!

雁　心　是吗?可它不答应——(腾身一跃,抽剑出鞘)

汤文埕　(一惊)你,你想干什么?

雁　心　看剑!(直向汤文埕刺去)

〔两个锦衣卫士卒忙拔剑护卫。雁心与之相斗,一个被她刺死,一个被她刺伤逃下。

雁　心　(以剑锋直逼汤文埕前胸,咬牙切齿地)你这忘恩负义,害我义父的狗奴才,我代义父送你见鬼去!(一剑刺向汤文埕)

汤文埕　啊!(一个腾跃,倒地)

雁　心　(急从地上拾起画匣,从身上掏出布包对郑玉山)大批的锦衣卫马上会冲进来,我和岫云只怕难以带着图和这包东西走掉,只有托付给你了,我和雁心从前门杀出去,把他们引开,你乘机从后门走掉,如我们遇难了,就请你把图和这包东西送到河北于蓟王家庄,交给我义母,好吗?

郑玉山　这……

雁　心　怎么,你不愿意?

郑玉山　不,不是不愿意,是……

雁　心　是什么?

郑玉山　是,是怕小生完成不了如此重托,对,对不起小姐。

岫　云　哼,我看你还是怕受牵连吧?!

郑玉山　不,不是怕受牵连,是……

雁　心　是什么吗?

郑玉山　是……

雁　心　(急切地)你这人,怎么犹犹豫豫的,你就干脆说,愿不愿意吧,要不就来不及了!

郑玉山　(仍犹豫)我……

〔此时一大群锦衣卫士卒冲上,将雁心、郑玉山等人团团围住。

锦衣卫头目　全部抓起来!

雁　心　(怨怒地瞪了郑玉山一眼)你看!(转身急将布包塞回身上,又大义凛然地)慢,人是我杀的,拿假画骗你们主子的事也是我干的,你们抓我好了!

锦衣卫头目　(目光落在郑玉山身上)你是什么人?

郑玉山　(一惊)我……

雁　心　(连忙地)他,他是我们家今天刚请来的文案,这事与他无关!

锦衣卫头目　无关?(狐疑地盯住郑玉山)你是会作画的吧?

郑玉山　(一惊)这……

雁　心　(又连忙地)他只会写字作文章,哪里会作画!

锦衣卫头目　严大人正要寻找一个会作画的人,带回去问问!

雁　心　慢!(把剑架在画匣上)你们若要乱抓无辜,我就把这《八骏图》剁了,让你们回去交不了差!

锦衣卫头目　这……

〔一锦衣卫士卒忙对头目耳语了几句。

锦衣卫头目　好吧，我们不抓他，你带上图跟我们走！

〔雁心仍把剑架在画匣上往外走。锦衣卫头目指挥示意众士卒跟上。

岫　云　（凄切地）小姐！（又怨怒地对郑玉山）都是你，好色浪荡又胆小如鼠！

郑玉山　啊！

〔收光。

〔一束追光照在郑玉山又惊又愧的脸上，即刻光暗。

第四场

〔光起。

〔距前场数日后，傍晚。

〔京城"复春堂"药铺内。壁上挂有多面病家赠送的"妙手回春""华佗再世"之类的匾额。黄仲禾正在堂上为一病人诊病，郑玉山一身疲惫，神情恍惚地上。

郑玉山　（唱）　山西行好似那噩梦一场，
回京城人恍惚步履仓皇。
奸佞贼行实可恶，
燕女血性非寻常。
岫云一句斥责语，
犹如尖刀剜心肠。

黄仲禾　（惊喜地）玉山，你回来啦？

〔黄妻和依福连忙迎上。

黄　妻　玉山，你回来得正好，看谁来了？

依　福　（作揖）依福给公子请安！

郑玉山　（惊异地）依福？你何时来的？

依　福　中午才到！

郑玉山　你这么远跑来，有什么事吗？

依　福　老爷叫我来请公子马上回家！

郑玉山　嗯？家里出什么事了吗？

依　福　（对观众）没事儿，我会那么远跑来吗？腿毛都走掉了几担，脚骨都快走散了！（转对郑玉山）公子出来游历三年多了，老爷和夫人十分想念。老爷前不久就得病卧床……

郑玉山　啊？我爹爹得病卧床？

依　福　所以望你早点儿回家，成家立业，了他一桩心事。

郑玉山　这……

黄　妻　玉山，既是这样，你就快回去吧。

黄仲禾　是啊，你爹这一辈子不容易啊，你要多尽一点儿孝心。

依　福　哦，夫人还特意叫我带一把扇子给你，扇子上有她亲手画的我们家乡的图。（取出一折扇）

郑玉山　（接扇打开）哦，《闽都山川图》，还有题诗！

黄　妻
黄仲禾　什么题诗？

郑玉山　（吟）　三山两塔落霞飞，
　　　　　　　　鼓岭西禅入翠微。
　　　　　　　　碧海清江福佑地，
　　　　　　　　古榕总盼游子归。

黄仲禾　好诗！（接过扇子看）玉山，说实在话，看这图、这诗，连我都想关店回家——还是我们福州好啊！

依　福　人都说了嘛，七遛八遛不如福州。公子，快回去吧！

郑玉山　这……

黄仲禾　玉山，看你这样子，好像有什么心事？

黄　妻　是啊，是不是遇到什么事情了？

郑玉山　叔父、婶母，不瞒你们说，我这回去太原真是遇到一件大事情了！

黄仲禾
黄　妻　（一惊）什么大事情？

〔音乐起。郑玉山比画着将在山西总督府内发生的事情告知黄仲禾夫妻和依福。

黄仲禾　(气愤地)这严家父子实在狠毒!不知残害过多少忠良和无辜!

依　福　那汤文埕也是该杀的!

黄　妻　只是可怜了王总督和她的义女。

郑玉山　雁心现在被带进严府,严贼究竟会如何处置她呢?

黄仲禾　看以往他们的做法,凡忠良之妻女,岁数大,姿色一般者逼为奴婢;年岁轻,稍有姿色者,糟蹋后卖入娼寮妓院!

郑玉山　(又一惊)年岁轻,稍有姿色者,糟蹋后卖入娼寮妓院?

黄仲禾　正是!

郑玉山　这这这……

(唱)　听这话不由我浑身战兢,
就好似落冰窟又利箭穿心。
雁心她人与图都因我被拘,
怎忍看她再被糟践成泥泞!

(急切地)叔父，你在京城十数年,又是名医,亲朋好友,各方关系甚多,能否托人救一救她?

黄仲禾　救一救她?难啊,其他且不论,就因她年轻美貌,严贼怕也难以放过她!

郑玉山　那,那难道就看她被严贼糟践吗?不不,要想办法救她!要想办法!

黄　妻　你这傻孩子,怎么救她?其他不说,就说那严府,你进都进不去啊!

郑玉山　这这……

依　福　(对观众)看样子,那“尚方宝剑”要请出来了。公子,老爷还叫我带一件东西来,我本来不想拿出来,现在只好得罪了啊。(打开旁边案上放的一个包袱,取出一条铁鞭)

众　人　铁鞭?!

依　福　公子你应该知道,这是你府里祖传的家法。老爷这次又专门将它放在你祖宗牌位前烧香祭过……

众　人　啊？

依　福　老爷交代说……

众　人　交代说什么？

依　福　如果公子你不遵父命马上回家，就请郑医师代他行使家法，将公子狠狠打二十三鞭！

众　人　啊？！

黄　妻　为什么要打二十三鞭？

依　福　这是郑家祖传的规矩：十六岁之上，人几岁打几鞭。公子今年二十三岁，所以打二十三鞭。

黄　妻　天哪，这二十三鞭打下来不死也去半条命了！

依　福　所以这家法就叫着"铁鞭断命打"，打过以后生死随他，就当郑家没有养过这孩子了！

郑玉山　（一震）这……

黄仲禾　你祖上有这家法我也曾听说，但轻易不用。看样子，你爹这回是真急了。

依　福　还不是！当初老爷因为得罪严世藩卸任回家后，觉得朝政太黑暗，做官没意思，所以才同意你外出游历，学画谋生。没想到你一走就是三年多，写信总说游历不够，画艺未深，不想回去。但老爷却听人说你在外面——（一时不好说）

郑玉山　听说我在外面如何？

依　福　放浪形骸，经常出入青楼楚馆，挟妓女画画作乐，有这事吗？

郑玉山　这……

依　福　所以老爷就认为你是因为沉迷酒色，自甘堕落，才不思父母家乡的。所以他这回派我来，还叫我立下"军令状"！

郑玉山　立下什么"军令状"？

依　福　不能将你带回家，就一定要用家法将你"命"打"断"，否则，连我也不要回去了！

郑玉山　（又一震）啊？这……

依　福　(从身上掏出信)老爷的话都写在这信上了,你看是不是这样说的?

郑玉山　(接信,拆看)这、这、这——

(旁唱)爹气急催我回千里送铁鞭,

“断命打”严示我其意不可迁。

遵父命尽孝道我当返故里,

但怎能将雁心不顾抛一边?

如此难局怎处置,

叫我一时也失主见……

〔严府两个家丁上。

家丁甲　黄医师在吗?

黄仲禾　在。二位是……

家丁甲　我们是严侍郎府上的。严大人听说你老家来了一个亲戚,(指郑玉山)就是你吧?画画得很好,邀请你去府上作画!(递上请柬)

郑玉山　(不由一愣)啊?

〔黄仲禾、依福等人也愣住了。

家丁乙　(见郑玉山未接请柬)接啊,我们严大人能请你作画可是你天大的荣幸啊!

黄仲禾　(忙将请柬代接下)如此先请二位到外面稍等,待我这亲戚梳洗一下,换身衣服即随二位前往!(从柜台上拿了些碎银子递给二家丁)

家丁甲　那好吧,要快一点儿!(接过银子示意家丁乙同下)

黄仲禾　糟糕,严贼可能已经盯上你了!

依　福　公子,我们马上走,有没有后门?

黄　妻　有,我去开!

郑玉山　可,可我走了,那家丁找你们要人怎么办?

黄仲禾　那不要紧,顶多再塞一些钱,把他们的嘴堵住就是了!

郑玉山　那,那雁心怎么办?

依　福　嗨呀,你现在是泥菩萨过江,自身难保,还顾得了她?

郑玉山　不,不能这样,她的遭难毕竟是跟我有关系的!

依　福　有关系又怎样?刚才说想救她是怕那严府进不去,现在倒是门开得大大的,请你进去,可你能进去,敢进去吗?

郑玉山　这……

（唱）　依福他问这话直刺我心,
不由我心潮涌起伏难平。
又想起在太原岫云的责骂,
羞痛感更把我肺腑翻腾。
真感佩雁心她身为女子,
临危难无所惧,将责任都揽于自身。
我如果真还是犹豫胆怯,
也难怪连家仆都把我看轻。
何况我进严府也未必难返,
经周旋或许还有险无惊。
或还能寻机会把雁心搭救,
怎能够先退缩不敢前行!

（慨然地）叔父、婶母、依福,我要去严府!

黄仲乐
黄　妻
依　福
（惊异地）你要去严府?

郑玉山　（坚定地）是的,我要去严府!

〔切光。

第五场

〔距前场几天后的一个晚上。

〔光起。

〔严府内院的一个楼上的房间内。

〔月明星稀，透过窗棂，可以看见严府内楼宇幢幢、花木扶疏的影子。楼下庭院内有怪石嶙峋的假山。雁心正疲惫地倚靠在床沿，旁边放着一盆未用过的洗脸水和几碗未吃过的饭菜。门外，有一家丁在看守。

雁　心　（迷糊中喃喃地）义父、义父、义父——（凄楚地哭叫一声，醒来）

家　丁　（把锁着的门往里推开一些）小娘子，不要再哭了，老爷能看上你，是你的福气，好生伺候，说不定他会封你做少夫人，那你就一世享福了！

雁　心　呸！闭上你的狗嘴！（愤怒地端起洗脸水往门外泼）

家　丁　（跳起）哎哟！你，这、这……我这是好心遭雷打，不管你了，不管你了！（讪讪地抖掉衣服上的水，走开）

〔郑玉山悄上。

郑玉山　（唱）　乘夜色潜西院来救雁心，

虽斗胆却难免有些心惊。

几天来在严府挥墨作画，

那严贼都未提“八骏”赝品。

还对我书画艺大加赞赏，

欲让我绘《神龙游仙境》。

因此我今夜里铤而走险，

盗令牌屏声气来到西庭。

家　丁　什么人？

郑玉山　哦，这、这位兄弟不认识我啦？我是严大人请到府里作画的郑画师啊！

家　丁　噢，认识认识！但不知画师深夜到此何事？

郑玉山　严大人在东楼喝酒，命在下作画，一定要这小娘子陪他，命我过来说服一下这小娘子，带她过去！这是令牌！（出示令牌，给家丁看）你将门钥匙给我，先回去歇息吧，一切由我负责！

家　丁　（狐疑地）这……

郑玉山　怎么？你不相信？

家　丁　这……（想到什么，突然地）噢，相信相信，你辛苦，我先回去歇息了！（把钥匙交给郑玉山，下）

郑玉山　(急切地打开房门)雁心小姐!

雁　心　你是——

郑玉山　我是玉山啊!

雁　心　(惊异)玉山?郑公子?

郑玉山　正是!我是来救你的!

雁　心　来救我的?

郑玉山　是啊,救你逃出严府。

雁　心　救我逃出严府?这——(不相信地摇摇头)

郑玉山　(急切地)这是真的!你要不相信,我也可以歃血向天发誓!(欲割腕又找不到器物,干脆用牙咬)

雁　心　(忙制止)好,好,我相信!可这严府你怎能进得来,又怎能拿到令牌?

郑玉山　严世藩请我来府中作画,我趁机盗了他的令牌。

雁　心　他没怀疑那假《八骏图》是你所画?

郑玉山　好像没有。

雁　心　那他叫你作什么画?

郑玉山　先是叫我画山水试笔,现叫我画一大幅的《神龙游仙境图》,准备献给皇上。

雁　心　哼,这分明是想让皇上更沉迷于修仙炼道,好让他父子继续独霸朝政!

郑玉山　是的,所以我今夜要和你一起逃走,我们快走!

雁　心　(欲走又停)哎呀,我不能走!

郑玉山　为什么?

雁　心　严世藩太奸诈了,能让你这么容易来救我,只怕其中有诈。再说,我们即使能逃出严府,只怕也难逃他的追捕。如果再被他抓住,我死活已无所谓,你可要跟着遭殃了!

郑玉山　这……

雁　心　(从身上掏出布包)只要你能把我义父这申冤的凭证带给我义母,我就感激不尽了!

郑玉山 (接过布包)可是……

雁 心 公子!

(唱) 能承你如此怜爱来相救,

小女我感激泪欲流。

但你才华横溢非俗辈,

怎能为此把命丢?

郑玉山 小姐!

(唱) 你临危还为他人忧,

兰心蕙质世难求。

我倘为自保弃你去,

世人不笑我自羞!

小姐,其他你不用多虑了,还是快跟我走吧!(将布包塞进怀里)

雁 心 不,我不能连累你!

郑玉山 休论这些,快走!

雁 心 我不能走,还是你快离开!

郑玉山 (真挚地)小姐,你怎么还不能理解小生对你的一片心呢?(一把抓住雁心的手)

雁 心 (眼含热泪)公子,我,我能理解!

郑玉山 小姐!

(唱) 莫道我郑玉山以往太孟浪,

爱小姐此番真是入肝肠。

雁 心 公子!

(唱) 蒙公子志诚心如此来怜爱,

雁心我已不枉身为女子一场。

郑玉山 (唱) 倘若你对小生真是不嫌弃,

此番我便与你结侣回家乡。

雁 心 (唱) 不论是小女我有无此福气,

化鸿雁都情愿伴你去飞翔!

郑玉山　小姐！

雁　心　公子！

〔郑玉山与雁心相拥。汤文埕像幽灵般地从旁边闪出。

汤文埕　好一对有情有义之人啊！

郑玉山
雁　心　（大吃一惊）啊，你、你是……

汤文埕　不认识了？我是郑公子你的文友，雁心小姐你府上的文案汤文埕啊！

郑玉山　你，你是人，还是鬼？

汤文埕　当然是人，怎会是鬼？

雁　心　（愤怒）汤文埕，你怎么还没死？！

汤文埕　嘿嘿，知道你会舞刀弄剑，脾气暴烈，早有防备，身内已穿了甲胄，那剑不过伤我一点儿皮肉罢了！

雁　心　（气恼地）你，你真是个流氓、无赖！

郑玉山　（气愤地）汤文埕，你为求官位，竟不惜出卖恩主，投靠权奸，你啊——

（唱）　读书人的操守何曾有，

我真耻与你为文友！

汤文埕　嘿嘿，读书人操守？据汤谋所知，读书人的操守乃是要修身齐家，匡世济民，可你郑玉山整日放浪形骸，买醉青楼，狎妓弄画……

（唱）　视民生国事如敝帚，

还奢谈读书人之操守？

郑玉山　我这都是因为奸臣当道，朝政黑暗，不愿与之同流合污，才不得不为之的！

汤文埕　算了吧，说白了，这不过是你胆小懦弱，逃避现实的遁词罢了！

郑玉山　这——（一时语塞）

汤文埕　好了，废话少讲，随我一同去见严大人吧！

郑玉山　你、你还想再出卖我等吗？

汤文埕　我现在是食人之禄，为人办事！

郑玉山　可是，你难道不怕我揭露你的嘴脸，道出正是你怂恿雁心去找我临摹

《八骏图》的真相吗?

汤文埕　哼,你空口无凭他岂能相信!我倒可道出你的真实身份,他该会相信,你是为报乃父丢官之仇,故与王杼勾结以假画欺辱他的吧!

郑玉山　(气得浑身欲发抖)你、你怎会如此卑鄙无耻!

汤文埕　(讪笑)嘿嘿,形势所迫,只能如此!

雁　心　你……

(旁唱)这讪笑似尖刀直戳我心,

立想起在太原那日的情景。

我当要再送他去见阎王,

以告慰我义父被害之身!

(沉稳地)汤文埕,你真是要带我们去见严世藩?

汤文埕　哼哼!

雁　心　(一指后面)那严世藩不是来了吗?(乘汤文埕回头,旋身一跃,飞起一脚把汤文埕踢倒在地,端起一个花盆对其脑门儿狠狠砸下)

〔汤文埕惨叫一声毙命。

〔郑玉山惊愕。

雁　心　(推一把郑玉山)公子,快走!

郑玉山　(惊愕未定)走,我们走!

〔幕内传出一声吆喝:"不许走!"在众家丁和丫鬟提灯簇拥下,严世藩上,严年同上。

严世藩　嗯,不愧是郑瑞麟的公子,有胆量!

郑玉山　你……

严世藩　郑公子是奇怪我严某人何以知道你的身份?严年,你告诉他!

严　年　实话告诉你吧郑公子,自从看到那幅临摹的《八骏图》,严大人就命我查找你了。把你请进府中作画先也是为查实你的身份、画艺,以及与她(指雁心)之关系。

严世藩　但我严某人并不为此就点破和责罚你,还想重用你,你却非但不领我的情,还想拆我的台。而我也就为你大开方便之门啊——(示意家丁

甲）

家丁甲　我家老爷交代，如发现有人盗取老爷令牌，不必声张，只需及时禀报！

家丁乙　我家老爷交代，如发现人来探望、接近这案犯之女，不必阻拦，只需及时禀报！

严世藩　所以你才能顺利地从我案上盗走令牌，救出这案犯之女！

郑玉山　（尴尬地）这……

严世藩　（得意地）哈哈哈……郑公子啊——

（唱）严某我若无这点心机，
岂能在朝堂呼风唤雨，
你一介书生竟来斗法，
是否可谓不自量力？！

郑玉山　（一时语塞）……

家丁甲　（察看被砸倒在地的汤文埕，急忙地）禀大人，汤、汤经历他、他被砸死了！

严世藩　嗯？（对郑玉山）这事也是你做的？

雁　心　（毫不犹豫地）是我做的！汤文埕这个狗奴才早就该死了！

严世藩　好啊，你这个案犯之女，我本想善待你，你不领情，现在竟然再次行凶杀人，（对家丁）拉下去，以乱棍处死！

家丁甲乙　遵命。（欲将雁心拉下）

郑玉山　（阻挡）不、不，你们不能这样！她杀死汤文埕事出有因！

严世藩　有何因？

郑玉山　是汤文埕为卖主求荣，先怂恿她叫我临摹《八骏图》当真迹应付你，又向你告发，致使她一家遭难，才有此下场的！

严世藩　嗯？（旁白）这个混蛋！（奸笑）哼哼，汤文埕的勾当我严某人早已洞察，但王杼及其家人获罪也是咎由自取。拉下去！

〔二家丁又动手拉雁心。

郑玉山　（不顾一切地冲上去阻拦）你们不能这样！

严世藩　嗬嗬，看来郑公子也颇具怜香惜玉之心啊！想当年乃父因怜惜柳眉被我收为姬妾，宁可丢官也要反对，今日你是否也要为保这小姐的性命，宁可自己也做出牺牲啊？

郑玉山　这……

严世藩　好吧，看在你是个难得的丹青人才的分儿上，我严某人今日成全你，只要你比你爹聪明一些，肯跪下向我求情，保证好好为我效力，把《神龙游仙境图》画好，我可以对她从轻发落。你看如何啊？

郑玉山　这……

（旁唱）严世藩好奸诈，

出此难题将我压！

我若向他来下跪，

男儿的尊严便扫地，

读书人的操守更坍塌，

若不向他来下跪，

心爱的女子将赴死，

一腔冤血棍下洒。

两边的负载都比山重，

叫我如何把决心下？

严世藩　（冷笑）郑公子，你跪还是不跪啊？

郑玉山　这、这……

严　年　郑公子，快快下跪！

众家丁　快快下跪！

郑玉山　这、这……

严世藩　好吧，郑公子既然不肯下跪求情，那就休怪我无情了！（凶狠地）拉下去！

家丁甲乙　遵命！（又拉雁心）

郑玉山　（急切地）慢！

（旁唱）或许我该先受屈，

以把雁心来救下！

（浑身颤抖，摇摇欲坠地）我、我……

雁　心　（厉声地）郑公子！（猛力挣脱家丁）

（唱）　你可千万把腰挺，

不能向奸贼跪求情。

别忘了书生真应有节操，

男儿膝下有黄金！

雁心我宁可自己死，

也绝不向奸贼求怜悯。

侠肝义胆你若有，

便为我一家把冤申。

浩然之气你若有，

便为天下人除奸臣！

（以头猛撞假山石，倒地而死）

郑玉山　（痛切万分）雁心、雁心、雁心——

〔幕后唱：

“乾坤乱转天地顷，

呜呼哀哉我雁心……”

〔郑玉山一阵天旋地转，腾身一跃，昏倒在地。

〔收光。

第六场

〔次日傍晚。“复春堂”药铺。

〔光起。

〔黄妻和依福焦急地在门口张望，盼待着黄仲禾救郑玉山归来。

黄　妻　哎呀，都去老半天了，还不见回来？如果救不出，怎么办啊？

依　福　不急不急,我们公子福相很好,这一次又是我依福来接他回家,都是福,不会有事情的,不会!(对观众)实际上我这也是嘴巴硬屁股软——话是这样讲,心里还发抖!

黄　妻　(惊喜地)哎,回来了,回来了!

依　福　你看我说得没错吧!(对观众)这下我屁股也硬了!

〔黄仲禾搀扶着神情呆滞戚然,衣冠不整的郑玉山上。一药铺伙计提着那画匣随上。黄妻和依福忙迎上。众人将郑玉山搀扶进屋子,在堂上坐下。郑玉山始终神情呆滞,一言不发。

黄　妻　仲禾,这孩子怎么啦?一句话都不说,从来没见过他这样啊?

黄仲禾　是啊,自从严府出来他就这样,没有说过一句话。

黄　妻　那……

黄仲禾　(慈爱地)玉山,这里没有别人,我和你爹从小玩到大,亲如兄弟。你八岁那年得了伤寒,差点儿没命,也是我把你救活的。我和你婶都当你是自己亲亲的侄儿,你有气就发,有话就说吧!

黄　妻　是啊玉山,你心里有什么难受就说出来吧,叔父、婶母会给你做主!

依　福　公子,你有话是要说给你叔父、婶母听啊,你知道他们这次是怎么救你的吗?他们变卖了家中所有值钱的东西,通过好友王太医打通一个教皇上修仙炼道的人,叫什么……

黄仲禾　蓝道行。他是当今皇上最宠信的一个方士。

依　福　让这蓝道行跟严贼打招呼,严贼才肯放你出来的。真不容易啊!你怎么能一句话都不跟他们说呢?

郑玉山　(一愣,幽幽地)我要去告他。

黄仲禾　(未听清)你说什么?

郑玉山　(轻声地)我要去告他!

黄仲禾　告谁?

郑玉山　(霍然站起)告严贼!

黄仲禾
黄　妻
依　福　告严贼?

郑玉山　正是！（从身上掏出布包）我要去求见皇上，状告严贼，为王杼一家和所有遭严贼父子迫害的人报仇申冤！

黄仲禾
黄　妻
依　福　啊？！

郑玉山　叔父、婶母、依福哥啊！

（唱）　昨夜起我身心便一刻难宁，
总仿佛在噩梦中挣扎浮沉。
屡看见雁心她血染的面容，
屡听见她临终前凄切的声音；
那王杼提头颅向我走来，
其妻子也悲号与我相迎。
还总见岫云她把我责骂，
汤文埕道我是懦弱之人。
严贼他更把我耻笑，
笑我是无用的一介书生。
我愧悔啊，
我生是一个七尺男儿，
可血性却不及燕赵女人！
我羞惭啊，
我自诩尚持有读书人操守，
怎能够忘却了匡世济民？
因此我下决心提肝胆激荡起浩然之气，
告严贼为死者报仇把冤申！

黄仲禾　贤侄啊！

（唱）　愚叔我能体谅你的心情，
也赞赏你挺身匡世济民。
但如今朝野中大势险恶，

那严贼掌权柄党羽如林。

此一状如不能告倒严贼，

定然是有大祸从天降临！

黄　妻　（接唱）那时候不但你性命难保，

还可能牵涉到你的家庭！

依　福　是啊公子，鸡蛋碰石头，草蜢逗公鸡的事是不能做的！

郑玉山　这些我都想过了。告，虽然是凶多吉少，但总有些许希望，因为我想，皇上他纵然被严贼蒙蔽，但总不至于糊涂到不要江山社稷了吧！当我将亲身经历的这桩惊天血案，亲眼所见严贼的腐败邪恶向他泣血奏告，让他知道，严贼的为非作歹已危及大明的江山社稷之时，他该是会有所警醒的吧。不告，我郑玉山之心将终生不得安宁，将鄙视自己，鄙视自己不是一个有血性的男子汉；鄙视自己不是一个有良知的读书人！

黄仲禾
黄　妻　这……
依　福

黄仲禾　你说的道理不错，但宫禁森严，你一介书生怎能见到皇上呢？

黄　妻
依　福　是啊，我们平头百姓怎能见到皇帝啊！

郑玉山　刚才王太医不是偷偷跟我们说，御史邹应龙等正直的官员，近日仍想弹劾严贼吗，我想去拜见邹应龙，与之共谋弹劾之策，把王杼的奏章抄本和众将官的证词当面交给皇上，揭穿严贼制造冤狱的内幕！

黄仲禾　这倒是一个门路，可我顾虑的是……

郑玉山　我唯一顾虑的就是怕连累我的双亲，连累叔父、婶母。所以，请依福哥你马上赶回家乡，叫老爷、夫人先到乡下避一避，也请叔父、婶母先避一避。

依　福　避有什么用？老爷、夫人就只有你一个男孩，你要出了事，他们怎么受得了？

郑玉山　这……

〔吴成背着包袱骑马急上。

吴　成　（下马，喊）请问一下，黄医师家是不是在这里啊？

郑玉山　（惊异）阿成，你怎么也跑到这儿来了？

吴　成　（悲切地）表兄，姑爹他，他过（死）了！

郑玉山　（浑身一震）你道怎说？

吴　成　姑爹他，过了！

郑玉山　（颤抖地）啊？我，我爹爹他，他……爹爹啊！（泪如泉涌）

〔众人皆惊，愣住。

吴　成　姑妈怕依福路上走得慢，又叫我骑马日夜赶来了！叫你马上赶回去吊孝！

郑玉山　这、这……

依　福　公子，既是这样，其他都不用说了，你就马上赶回去吧！

黄　妻　是啊玉山，快快赶回去。你妈肯定是等你回去才能将你爹下葬的。

郑玉山　这……

黄仲禾　（深切地）玉山，既是如此，你还是先回去吧！也代我送你爹一程。他这一走，我……（难过地抹了抹眼圈）

郑玉山　可是……

依　福　（急切地）公子，没有什么好"可是"的，你这时候要不赶回去扶你爹棺材下葬，只怕老天都不容啊！

郑玉山　（浑身又一颤）这……

吴　成　是这样，姑爹临走的时候，眼睛都不肯闭，最后念的一句话是……

郑玉山　是什么？

吴　成　是……

郑玉山　是什么你快说啊！

吴　成　国贼可恶，竖子不肖！

众　人　国贼可恶，竖子不肖！

吴　成　说白了，姑爹他其实是被严贼迫害，（指郑玉山）也是被你的堕落和不争气气病、气死的啊!

郑玉山　哎呀!(跌坐椅上)

依　福　(连气带急)所以,你怎能不回去最后尽孝,给你爹赔罪啊?!你不回去我也要回去啊,我跟你爹十八年,你爹对我恩重如山,但你爹话已经说死,除非用铁鞭将你“命”“打断”,不然,你要不回去,我也回不去啊!

郑玉山　(又一颤)这、这——爹爹呀!

(唱)　听表弟传爹爹临终之言,
不由我心颤抖愧恨满腔;
恨严贼太奸恶我咬牙切齿,
愧自身太不肖我痛断肝肠!
驱铁鞭断我命真太应该,
摧旧魂铸新魄好上战场!

(猛然地)依福,请出铁鞭来!

依　福　啊?你讲什么?

郑玉山　(提高声调地)请出铁鞭来!

依　福　这……

郑玉山　(不容犹豫)请出铁鞭来!

依　福　噢,好好,我请,我请!(捧出铁鞭)

郑玉山　(双手捧鞭,向黄仲禾跪下)叔父,你就代行父责打我二十三鞭吧!

黄仲禾　啊?这这……

郑玉山　叔父啊!

(唱)　恳请你执铁鞭将我重挞,
心莫慈手莫软一鞭不差。
打断我二十三岁不肖的命,
打折我忤逆的筋骨把亡父谢。
打消我悲苦之念绞肝肠,
打碎我愧疚之心如刀扎;

打醒我沉迷色艺的悠游梦，

衔家仇国恨济天下；

打掉我缠绕周身的懦弱气，

满腔热血敢挥洒；

打得我侠肝义胆肋边生，

打得我浩然之气胸中发！

黄仲禾　贤侄啊！

（唱）愚叔听你这番话，

惊心动魄泪欲洒。

愚叔能体谅你心情，

你奋起济世也堪夸。

只是这铁鞭太伤人，

我怎能举起将你打？

郑玉山　（唱）你定要举鞭将我打，

小侄叩首求你啦！

（连连叩首，接唱）

你若不肯成全我，

我心陷苦海将无涯！

叔父，你打、你打吧！

黄仲和　（连连推却）不不不……

郑玉山　（诚挚，急切地）叔父，难道你就忍心让小侄陷入不孝不义，愧疚不堪的苦海中不得解脱吗?!

黄仲禾　（一震）这……

郑玉山　难道你就不愿接受我爹爹——你亲如兄弟的老朋友，临终前对你的最后嘱托吗？

黄仲禾　（又一震）这……

郑玉山　叔父啊，当年你救过我的命，今日再救救我的魂吧！

黄仲禾　（终于下决心地）好吧，愚叔我成全你，看鞭！（抽打一鞭）

郑玉山　（浑身痛苦一颤，随即大声地）打得好！

（唱）　这一鞭，打得我魂魄欲出窍，

正可惩处我不肖！

（喊）打，继续打！

〔黄仲禾又抽打一鞭。

郑玉山　（唱）　这一鞭，打得我筋骨痛欲裂，

正可修挽我操守！

（喊）打，再打！

〔黄仲禾再抽打一鞭。

郑玉山　（唱）　这一鞭，打得我热血冲冠涌，

正可把我的豪气抖！

（喊）打、打，狠狠地打！

〔黄钟禾只得再举鞭抽打。在激烈的音乐锣鼓声中，郑玉山翻腾滚扑，一边忍着剧烈的痛苦，一边大声凄切地祈叫着“打、打、打啊”，激励黄仲禾也忍痛不断地举鞭一下下抽打。鞭笞声响，撼人心魄，催人泪下。

郑玉山　（挣扎而起，拼尽全力，唱）

这一鞭哪，打、打、打得我恍恍惚惚、悠悠渺渺欲断魂，正可助我脱胎换骨、焕发新命，慷慨悲歌，义无反顾，惩奸除恶，匡世济民，为天地立心、生民立命写春秋！

（晕倒在地）

黄仲禾　（把铁鞭一丢，抱起郑玉山，泪流满面）贤侄、贤侄！

〔黄妻、依福等人也拥上，急切地呼唤郑玉山。

郑玉山　（清醒过来，声音微弱地）叔、叔父，你、你打，二十三下了吗？

黄仲禾　（含泪点头）打二十三下了。

郑玉山　那，那我可以去、去告状了！

黄仲禾　贤侄，看来你是铁定要告这个状了？

郑玉山　铁定要告！（挣扎而起）

黄仲禾　好吧，既然你铁定要告，愚叔我就陪你告！

郑玉山　（感动地一把拽住黄仲禾）叔父！

黄仲禾　嫩妹啊，你将依福带来的家乡土产都搬出来煮，我们好好吃一顿，吃完就去见邹应龙！

黄　妻　好、好啊！

〔收光。

尾　声

〔幕内欢叫声："严贼父子倒台啰！"

〔光起。

〔锣鼓喧天、鞭炮齐鸣，众多人拥上街头，欢呼雀跃，奔走相告。

〔郑玉山上。

郑玉山　（眼含热泪，兴奋不迭地）告赢了，告赢了！邹应龙告赢了，我们告赢了！严贼倒台了，严贼倒台了！

〔幕内喊声："圣旨下！"一太监手拿圣旨出现在高台上。众人都跪下。

太　监　（宣旨）"奉天承运，皇帝诏曰：查原山西总督王杼本能忠心体国，恪尽职守，兹因佞臣构陷，陷于冤狱，死于非命，现予以平反昭雪。其所藏元人赵孟頫所作《八骏图》系稀世国宝，为防盗失毁损，特收存国库，予以保护。钦此！"

众　人　谢主隆恩！

〔黄钟禾急上。

黄仲禾　讲什么收存国库，予以保护？我才听王太医说，皇上是将那古画赐给教他修仙炼道的方士蓝道行了！

郑玉山　（大吃一惊）啊？赐给方士蓝道行了？这……

黄仲禾　（无奈地摇摇头）没话说，贤侄，我们回家去吧，回福州老家去！

郑玉山　（悲凉地）回家去、是要回家去了！（突然高喊）我要回家画一幅全新的《八骏图》！

众　人　全新的《八骏图》？

郑玉山　大明嘉靖，从杨继盛、沈炼到邹应龙，前后有多位义士不畏强暴、不惧牺牲、前赴后继弹劾严贼，终于得胜。我要把他们的精气神化为八骏，驰骋青史！

众　人　太好了，我们就等着看你的新《八骏图》！

〔幕后唱：

“三山两塔落霞飞，

鼓岭西禅入翠微。

碧海清江福佑地，

古榕总盼游子归。”

〔歌声中，郑玉山偕黄仲禾夫妻以及依福、阿成，牵马挑担、踏上了回乡的道路……

〔收光。

——剧　终

（本剧原载《福建艺术》2005年第3期）

话　剧

哦，梨花洲

时　间：当代。

地　点：南方某沿海城市。

人　物：高梦虹——40岁，醉心于健美事业的女人。

黄玉霖——42岁，某社会科学研究院助理研究员。

廖修娴——40岁，某小学教师，黄玉霖之妻。

方海杰——42岁，海达贸易公司总经理，高梦虹之夫。

推销香水的大学生，化缘的“尼姑”，夜总会的陪酒女甲、乙，兵团男女知青等。

序　幕

〔光起。

〔九十年代一个春天的下午。

〔方海杰与高梦虹家。

〔这是一套装修考究、陈设豪华高雅的公寓。

〔哀怨凄清的乐曲声中，高梦虹左手提着旅行袋，右手牵着一个装有轮子的大皮箱从里屋走出，看了看表，神情忧戚地在沙发上坐下，留恋地巡视着屋里的一切。突然，她起身把窗帘拉上，接着按动沙发旁的一排按钮，只见五颜六色的灯光从吊顶上投注下来。一盏精致的大吊灯也闪烁出不同色彩和光芒，并缓缓转动起来。房间里形成一种梦幻般的情调和氛围。接着她又从音响柜里取出一盒录音带放进音响，打开旋钮，一支深情优美的女声独唱曲似从遥远的地方飘送而来：

“美丽的梨花洲，神奇的地方，
春来千树梨花放。
好似大雪从天落，
装点沙洲白茫茫。
茶园梯田层层绿，
满山翠竹百鸟唱。
更有一溪梨花水，
清清悠悠在流淌。

美丽的梨花洲,我的家乡,
伴我青春写诗章。
梨树林中抒心曲,
梨花溪畔歌声扬。
茅棚土屋迎日出,
荷锄扛枪送霞光。
兵团战友同甘苦,
情谊更比流水长。

哦,梨花洲、梨花洲,
我把你深情呼唤,深情呼唤,
你永远在我的心上。

〔高梦虹坐在沙发上凝神倾听,浮想联翩。突然,由远而近传来一阵砍伐树木和树木倒地的声响。这声音撞击在高梦虹的心上,使之痛苦地缩起了肩,捂住了脸……少顷,她霍然起身,抹去泪水,取下音乐带放进旅行袋,带上行李,大步走出了房门。

一

〔傍晚,夜幕降临,华灯初上时。
〔光起。
〔某社会科学研究院宿舍,黄玉霖家中。
〔这是两间旧平房。房内空间狭小拥挤,家具和电器也不时兴。最突出的是到处堆放着书刊,家具电器都披上了雪白的纱罩,显得清新脱俗,别有一番韵致。
〔房子临近大街,街市的喧闹声和汽车驶过的声不绝于耳。

〔黄玉霖拎着一个手提包神色忧郁地快步上。

黄玉霖　(往窗户上看了一眼,见屋内灯未亮,不悦地)还没有回来!(取出钥匙开门进屋,拉亮电灯,把手提包往沙发上一丢,靠坐在另一沙发上,从提包取出一个大牛皮纸信封,拿出厚厚一大沓装订好的稿子,翻了翻,苦笑地摇了摇头,又将稿子放在茶几上,两手抱着后脑勺仰靠在沙发背上,发愣)

〔一个大学生模样的推销员肩背一个挎包,手持两瓶香水上,敲门。

黄玉霖　谁啊?

推销员　先生,请开开门!

黄玉霖　(打开门)你是……

推销员　先生,您的太太她——(张望屋内)

黄玉霖　她还没有下班。你是——

推销员　哦,先生,我向您介绍一款我们公司最近刚研制成功的新型香水,它的品质特别优良,香味特别纯正,价格却特别便宜……

黄玉霖　唉!我太太从来不用什么香水!(欲关门)

推销员　那,那……打搅您了!(悻悻然,下)

〔黄玉霖不置可否地点点头。关上门,又回到沙发前拿起稿子,思虑。

〔一个化缘的尼姑手持一小讲义夹上,敲门。

黄玉霖　又谁来了?(打开门,见是尼姑,疑惑地)你……

尼　姑　阿弥陀佛!(打开讲义夹,给黄玉霖看里面夹的证明)师傅,我是来给修建寺庙募捐的。这是做善事,菩萨会保佑你和你家人的!

黄玉霖　这……好吧!(取出一元钱递给尼姑)

尼　姑　(笑着)师傅,能不能多给一点儿!

黄玉霖　(无奈地又取出一元钱)拿去吧!

尼　姑　(接过钱)谢谢师傅!(下)

黄玉霖　(关上门,苦笑地)我这本写宗教信仰的书还不知道去哪儿拉赞助出版,宗教界倒要我掏钱赞助修寺庙了!

〔窗外传来几声刺耳的喇叭声和大型载重汽车轰轰驶过的声响。

黄玉霖　吵死了！（关上窗，拉上帘，哀怨地）什么时候才能有个安静的地方让我待一待！（感慨地）梨花洲、梨花洲，你才是我应当待的地方啊！

〔廖修娴一手提着装满学生作业本的提包，一手拎着一棵大白菜和几块豆腐上。

廖修娴　（轻叫）玉霖！

黄玉霖　（忙开门）回来了？

廖修娴　哎，快接着！（把白菜、豆腐递给黄玉霖）

黄玉霖　（皱眉）怎么又是白菜豆腐？

廖修娴　（笑）这是健康食品呀！

黄玉霖　嗨！（漫不经心地去接白菜豆腐，不留神，豆腐落到了地上）

廖修娴　哎呀！（忙放下提包，小心拾起摔烂的豆腐，拂掉上面的尘土）

黄玉霖　唉，脏了就扔掉算了！

廖修娴　（嗔怪地）那么大方，洗洗就好了嘛！（尽力将豆腐捡起，装进塑料袋）摔烂了正好做豆腐汤！

黄玉霖　（无奈地摇摇头）你这人！（将白菜提进屋）

廖修娴　（发现茶几上的书稿）哎，你今天没去出版社？

黄玉霖　去了！

廖修娴　那出书的事情怎么样了？

黄玉霖　嗨，别提了！说来说去，至少还得赞助一万五千块钱，这书才能出！

廖修娴　噢——（稍沉默，下决心地）如果实在不行，这钱我们就先去借吧，克服两三年，顶多三四年也就还掉了！

黄玉霖　克服两三年？嗨，我们这已经过得够清贫了！加上我母亲又生病开刀，想装一部电话，三千多块钱都拿不出来！

廖修娴　（笑）那有什么关系？能过就行了呗！我们又不做生意，暂时没有电话也不要紧嘛！

黄玉霖　（心绪烦乱地）唉！

廖修娴　好了，这事我们晚上再商量，你还是先去接孩子回来吧！

〔黄玉霖把书稿装好，放在写字台上，准备出门。

〔幕内传出摩托车声，方海杰和高梦虹上。二人都拎着摩托车头盔，方海杰还拿着“大哥大”。高梦虹则提着一塑料袋的礼品。

〔黄玉霖打开房门走出，恰好迎面碰上高梦虹。

黄玉霖　(感觉很面熟，但一时又没有想起)你是……

高梦虹　(笑着)怎么，认不出了？

黄玉霖　你是……

方海杰　(未等黄玉霖叫出口，便大声地)黄玉霖，你真把哥们儿给忘啦，我是方海杰，她是高梦虹！

黄玉霖　(惊喜地)哎哟，是你们！你们怎么——(忙不迭地)快请进，快请进！(大声招呼)修娴，快来，是我建设兵团的老战友——这是方海杰，这是高梦虹！

廖修娴　(迎向门口，亲切地)快进来！快进来！

黄玉霖　这是我爱人廖修娴！

方海杰　(对廖修娴点头)噢。

高梦虹　您好！(大方地伸手与廖修娴相握，并很留意地打量了她一下)

黄玉霖　来来，请坐！请坐！

廖修娴　(给客人沏上茶，温婉地)请喝茶！

方海杰　(打量着房内，不在意地)嗯嗯。

高梦虹　(看着廖修娴，微笑地)谢谢！

黄玉霖　哎哟，真没想到会是你们，我们都有十几年没见了吧？我差点儿都认不出你们了！

方海杰　(从身上掏出烟，点上)可我一下子就认出了你！

〔廖修娴忙从茶几底层拿出一个烟灰缸置于茶几上。

黄玉霖　(不愿多提地一摆手)嗨！你们现在都在干什么？我听说你们到深圳去做生意了，是吗？

高梦虹　我才不跟他去做什么生意呢？(见方海杰往地上掸烟灰，即碰了他一下，示意将烟灰掸入缸中)我有我自己的事做，我在深圳的一个健美馆当教练。哎，玉霖，你怎么也不问问，我们今天怎么会到你家来？

黄玉霖　(醒悟)是啊,你们是怎么知道我家地址的?

高梦虹　(笑)是你的大作透露的信息!

黄玉霖　我的大作?(下意识地看看写字台上的书稿)

高梦虹　是啊,前两天《文艺生活报》上,登了你写的一篇散文叫……

方海杰　(抢接上)《哦,梨花洲》。

高梦虹　我读了以后好激动,马上就给编辑部挂电话,询问了你的住址。

黄玉霖　噢,是这样啊!你呀,还是像当初在梨花洲那样——爱激动、开朗活泼!

高梦虹　是吗?也许人的天性注定就很难改了,你不也是这样嘛!那时就喜欢读书、写作,到现在也没有改。哎,你还有什么大作,也拿出来给我们欣赏欣赏嘛!

黄玉霖　嗨,别提了,现在文章不值钱啊,不但不值钱,有的写得半死,要出版还得自己赔钱!(从桌上拿起书稿往茶几上一放)这就是证明!

高梦虹　(捧起书稿,看题目)《宗教、民间信仰和现代人的生存》,你写这么一大本书,花费了不少时间和精力吧。

黄玉霖　可以说是两番寒暑,耗尽肝肠!可是到头来呢,不但拿不到一分钱的稿酬,还得自己掏一万五千块钱才能出版。这一万五千块,对于你们做生意的人来说或许不算什么,可它相当于我两年多的工资啊!

方海杰　这生意怎么能做的?

高梦虹　(瞪了方海杰一眼)你怎么把什么都往生意上扯!

廖修娴　(递给黄玉霖一杯水,用眼神示意他不要太急躁,轻婉地)他们出版社也有难处,现在出这种学术书买的人少,要没有上面专门拨款,没有赞助,他们出这种书是要赔钱的。

方海杰　是啊,现在干什么事能不讲经济效益?(瞥一眼高梦虹)

高梦虹　(不理睬方海杰,又看看书稿,关切地)玉霖,这么说,你如果不出那一万五千块钱,这书肯定就不能出版了?

黄玉霖　那可不是!

高梦虹　(对方海杰)哎,我看我们——(向方海杰示意)

方海杰　(假装困惑)嗯?

高梦虹　(气恼地)哎,你是装糊涂还是真糊涂?给你面子呢!你要舍不得出,我可出了!

方海杰　哦,对了!(走到黄玉霖面前,拍拍他的肩膀,十分洒脱地)这事你怎么不早说呢?没问题,我赞助你,不就一万五千块钱吗,小意思!

黄玉霖　(惊喜地)嗯?不、不,这不行,这钱怎么能由你赞助呢?

廖修娴　(感激但不安地)是啊,这钱怎么好让你们出呢,还是我们自己想办法吧!

高梦虹　这你们就不要客气了!他这钱拿来赞助出书,算是用在正道上了。你没看到他把那些钱大把大把地撒在酒宴上、歌舞厅里,还有那些——唉,我都不愿说他了!

方海杰　话也不能这么讲,花那些钱往往也是业务上的需要嘛!

黄玉霖　(不安地)不、不,我怎么能白白要你们这一大笔钱呢?

方海杰　唉,你们文人就是太爱面子了,有钱给你收下就是,还有什么白要黑要的?说真的,我们哥们儿中间能出个你这会写书的大文人,我的脸上也有光啊!当然,如果能顺便在书的封面上印上我那公司的名字,帮我做做业务宣传,那也是很好的!(从口袋中取出一张名片递给黄玉霖)

黄玉霖　(看名片,不解地)在封面上印上你公司的名字?你的意思是说……

高梦虹　(瞪了方海杰一眼)嘿,你打的是什么鬼主意?这种学术书是很严肃的,哪能随便在上面做生意广告?

方海杰　噢——哎,不好做就不要做,我也是随便说说的!

〔方海杰手机铃响。

方海杰　(接电话)喂,我就是……哎呀,我现在正在一个老战友家做客,改天再去吧!好、好,我现在就去!(对黄玉霖)有人找我有急事,我要先走了,过两天我把钱给你送来时,再请你出去玩玩,和你好好的再聊聊!(对高梦虹)咱们走吧!

高梦虹　(不情愿地)你这人,走就走吧!(伸手与廖修娴相握)那我们先走了,

以后我会再来的，也欢迎你们到我家做客！我家的住址那名片上有！（也提醒地看了一眼黄玉霖）

廖修娴　好的，欢迎你们以后常来！玉霖，快送送人家！

高梦虹　（转身欲走，又突然回身）对了，玉霖，你还记得你当年写的也叫《哦，梨花洲》的那首歌吗？

黄玉霖　记得啊，我这篇散文的名字和一些内容就是从那首歌来的。

高梦虹　那首歌……

方海杰　（抢接上）那首歌已经制成录音带了，是梦虹在深圳花了好几千块钱叫人录制的！

黄玉霖　（惊喜地）是吗？那什么时候我要听听！

高梦虹　（意味深长地）你是应该听听！哪天你去我家，我放给你听！

黄玉霖　好啊！

〔高梦虹点点头。黄玉霖与廖修娴将客人送出门，与之握手道别。高梦虹跟黄玉霖握手道别时，她的眼神中很明显地透露一种异样的情感，黄玉霖也有所察觉，忙把眼睛转开，并先抽回了手。

〔光暗。

二

〔两天以后的夜晚。某夜总会。

〔光起。

〔在闪烁迷离的灯光和狂歌劲舞的喧嚣声中，方海杰带着黄玉霖上。方海杰显出一副熟门熟路的样子，神情自然而随便，而黄玉霖则以新奇诧异的眼神四处张望。

方海杰　（注意到黄玉霖的神情）这种地方你很少来吧。

黄玉霖　从来没有来过！

黄玉霖　你老兄真是的！那好，今天我就请你在这儿好好地玩一玩，让你开开眼界！

〔一女招待向方海杰、黄玉霖迎上。

女招待　方老板，您又来了！

方海杰　哎，来了来了！

女招待　（笑容可掬地）今天您要什么？

方海杰　给我开一间包厢，要高档一些的！

女招待　好，请跟我来！

〔方海杰、黄玉霖跟着女招待往里走。

〔舞台一侧表演区光起，显出一间包厢内的情景。

女招待　（恭敬地）请！

〔方海杰进了包厢，一下子靠坐在沙发上，跷起二郎腿。黄玉霖则站着，打量包厢内的陈设。

女招待　您需要什么？

方海杰　先给我来一瓶人头马XO，那种圆形大瓶的，再弄些下酒的小菜，好一点儿的！

女招待　好。（下）

黄玉霖　（坐到沙发上）这种包厢一个晚上得多少钱？

方海杰　大约也就四五百块吧！

黄玉霖　（惊讶地）哦，得四五百块？

〔女招待端着酒、酒杯及几碟小菜上，在茶几上摆好，打开酒瓶盖，往两个精巧的高脚杯里各斟了小半杯酒。

女招待　（微笑，轻柔地）要小姐吗？

黄玉霖　（困惑地）嗯？

方海杰　（洒脱地一挥手）叫两个来，漂亮一点儿的。

女招待　好的！（下）

黄玉霖　你叫那小姐来干什么？

方海杰　陪我们喝酒，陪我们玩啊，这你都不知道？

黄玉霖　这我早就听说过，就是搞“三陪”吧，可是我们……还是不要了吧！

方海杰　你啊，真是个书呆子！叫女孩子陪我们喝喝酒，玩一玩有什么？你是怕你老婆知道了会骂你,是不是?你不说,她怎么知道?

黄玉霖　嗨,不是这个意思。我是说,这“三陪”……

方海杰　噢,你是怕会有人来抓是吧?你放心好了,没有等到上面来抓的人出动,这里的老板就知道了,会通知我们的,要不他们这种生意还能做得成?

黄玉霖　(愕然)这……

〔两个装扮时髦的年轻女子上,进门,并反手将门关上。

陪酒女甲　(媚笑地)老板,请我们喝酒啊?(径直走至方海杰身旁,紧挨着他坐下)

〔陪酒女乙也媚笑着走至黄玉霖身旁,靠着他坐下,黄玉霖连忙往旁闪开一些。

方海杰　我看看!(伸手揽过陪酒女甲的脸蛋,端详了一下,又看看她身材,再看看陪酒女乙,对陪酒女甲)还是你更漂亮些嘛。好,你去陪那位先生!

陪酒女甲　(故作不悦,噘着嘴)那你就不喜欢我啊?

方海杰　(拍拍陪酒女甲的脸蛋)叫你去你就去嘛!(轻声地)告诉你,他才是真正的大老板,陪好了,有你的好处!

陪酒女甲　是吗?那好吧!(扭着腰走到黄玉霖身边坐下)

黄玉霖　(忙退避)这……

陪酒女乙　(不悦地走近方海杰,娇媚地)老板,你刚才说我不漂亮啊?

方海杰　没有啊,你也很漂亮嘛,你们俩是各有千秋啊!

〔陪酒女乙嬉笑着就势倚靠在方海杰的身上。

陪酒女甲　(向黄玉霖靠拢些)老板……

黄玉霖　这……(急忙避开)

〔方海杰有意恶作剧,笑着示意陪酒女甲向黄玉霖进攻。

黄玉霖　(愤然起身)海杰,你怎么……要不我先走了!(欲出门)

方海杰　(连忙起身)等一下!(掏出两张一百元的钞票,塞给两个陪酒女,对其挥挥手)你们走吧!

〔两个陪酒女接过钱，跑出门。

方海杰　（一把搂住黄玉霖的肩膀，带着敬意）行，老兄，你真不愧是个文人，跟一般人不一样！

黄玉霖　（责怪地）海杰，你现在怎么会这样！

方海杰　（递一杯酒给黄玉霖，自己也拿起酒一饮而尽）你老兄啊，真是少见多怪！你到其他包厢去看看，多得是这种风景！我玩儿这个是自己出血，可人家呢，公款消费，你怎么说？

黄玉霖　别人怎么样我不管，可你这样对得起梦虹吗？

方海杰　什么对得起，对不起？这不过是逢场做戏，消遣消遣，那么当真干吗！现在还有什么玩意儿是真的？人家不是说了吗？这年头，除了骗子是真的以外，其他都有可能是假的！

黄玉霖　那可不能这么说，生活中真善美的东西还是很多的。比如说，你和梦虹那么慷慨大方地出一万五千块钱帮助我出书，这不是出自一片真情吗？

方海杰　那是因为你我是当年在一块儿同甘共苦过的哥们儿，这种哥们儿有几个？好吧，我们唱唱歌吧！（打开卡拉OK机，拿过一个歌本）看你要唱哪一首？

黄玉霖　（接过歌本扫了一眼，苦笑地）现在的流行歌曲我是一首也不会唱。

方海杰　那就唱老歌也行啊！对了，就唱你当年写的那首《哦，梨花洲》吧，蛮好听的。

黄玉霖　（兴奋地）好啊！可我现在唱，这儿也没有那伴奏带啊！

方海杰　那就干唱也行啊！（将麦克风打开递给黄玉霖）

黄玉霖　好，那我就唱唱看吧！（酝酿了一下情绪，深情地唱了起来）

〔方海杰先是倾听，尔后也情不自禁地着跟着哼唱，越唱越起劲，渐渐地眼圈潮湿了。

方海杰　妈的，跟你一齐唱这首歌，真让我想起梨花洲，想起我们一帮哥们儿在一块儿生活劳动的情景！

黄玉霖　是啊，想起我们在一块住茅草棚。

方海杰　一块儿吃萝卜干。

黄玉霖　一块儿吃没有油煮的空心菜，

方海杰　下烂泥田。

黄玉霖
方海杰　一块儿看押劳改犯！

黄玉霖　一切都好像是发生在昨天！

方海杰　哎，你还记得刘东平吗？

黄玉霖　刘东平？就是跟你一起冒着暴雨，过梨花溪追捕逃犯，被洪水淹死的那个！

方海杰　对！你还记得当时我们全连战友都争着为他抬棺材上山的情景吗？

黄玉霖　怎么会不记得？那情景是让人终生难忘……

〔舞台另一侧表演区光起。

〔一群兵团战士和知青正团团围住身穿现役军人装的姚峰，争先恐后地要求参加抬棺材。

男知青　指导员，你让我去吧，我身体壮，抬得动！

青年黄玉霖　指导员，我跟刘东平是一个班的，首先应该让我去！

青年高梦虹　指导员，我们女的也要去！我们虽然力气小些，但我们可以几个人合抬一杠！

〔众知青越争越激烈，姚峰一时不知该如何是好。

〔此时，一个剃了光头的男知青——当年的方海杰奔上。

青年方海杰　我看你们都不要争了，谁要去，就跟我一齐剃头宣誓，保证把刘东平安安稳稳地送上山！

〔众知青先是一愣，接着男知青们纷纷响应，都表示愿意剃头宣誓。

高梦虹　（急了）你们男的可以剃头宣誓，我们女的也可剪短发宣誓！

众女知青　（赞同）对，我们可以剪短发宣誓！

姚　峰　（兴奋地）好，大家有这种决心，这很好！原先我听说老百姓中间有一种迷信的观念，认为没有结过婚的年轻人不能抬棺材，那会倒霉的。我还怕有些同志会受这种观念的影响，不敢接受这个任务，正准备让劳改犯去抬。现在大家都争着抬，这既说明大家对刘东平同志有着深厚的阶级感情，也说明大家敢于向旧风俗、旧思想挑战，说明我们连队的思想革命化建设已经达到了一个新的高度！

〔众人群情振奋。

姚　峰　现在大家先回去做好准备，我们连党支部再研究一下，抽选一批同志，组成抬棺队，明天就把刘东平同志送上山，好不好？

众青们　好。

〔光影变换，悲凉的乐曲和低沉的哭泣声中，一群剃了光头，剪了短发，身穿白衬衫的男女知青以虚拟动作抬着、扶着棺材上，一步步向山上走去，场面悲壮动人。

〔暗转。舞台另一侧“包厢区”光亮。

方海杰　要说刘东平可真够惨的，才二十岁，老婆还没找，孩子还没生，就那么死了。原先说我们这些人都要在那儿扎根，到头来真正在那儿扎根的就他一个。

黄玉霖　是啊，孤零零地埋在那遥远的山沟里，原先我们那帮人在的时候还能经常去看看他，给他扫扫墓。现在，他的坟头上恐怕已经长满荒草了吧！

方海杰　玉霖，我突然有个想法，我想去趟梨花洲！

黄玉霖　去给刘东平修墓？

方海杰　对。除此之外，我还要把当初我们住过的那些房子和地皮买下来。外表上保持当年的模样，里面可以搞些装修，弄一些现代化的设备。这样，哥们儿每年春天都可以一齐回去住住，你说怎么样？

黄玉霖　（兴奋地）那当然好。不过，怎么能让你花那么多钱去办这件事呢？

方海杰　这你就不懂了，这买卖要能做成，我也亏不了，说不定还会赚上一把。那儿的地皮和那些破房子现在肯定是很便宜的，可那儿的风景那么好，新修的南横铁路也要从附近经过，将来那儿很可能成为旅游区。一旦成为旅游区，我买下的那些地皮就会大大地升值，那我不是赚了！

黄玉霖　嘿,海杰,你在商海大潮中游泳,还真游出点儿水平来啊!

方海杰　(自忖地)对,这事我得抓紧办,不能错过时机。只要能把这次的大生意做成,我就可以去办了!

〔方海杰电话铃响。

方海杰　(接电话)谁啊?你现在在哪里……哈哈,我也在这里啊?哎呀,我现在跟一个哥们儿聊天,聊得正高兴,等会儿再跟你谈吧!(挂断电话)哎,你知道跟我说话的人是谁吗?

黄玉霖　不知道,是谁呢?

方海杰　(笑)说出来你可能会吓一跳,就是当年我和刘东平追捕的那个逃犯——王金炎!

黄玉霖　(惊诧地)什么,是他?你怎么会跟他搅在一起了?

方海杰　这可能也是缘分吧!更有意思的是,给我们拉上关系的还是我们连的指导员——姚峰!

黄玉霖　(更惊异)是吗,这是怎么回事?

方海杰　那姚峰在兵团撤销后转到水产局当副书记,前几年也"下海"做生意了,做了闽海经济开发总公司的总经理,那王金炎是他专门聘请的顾问。

黄玉霖　这可真没有想到,姚峰怎么会请他当顾问呢?

方海杰　这有什么奇怪的?当初王金炎就是因为搞投机倒把被判刑的,做生意的路子很熟,姚峰正是看上他这一点!

黄玉霖　哎呀!(难以接受地摇摇头)

方海杰　不过,这家伙做生意真是有两下子。不知道他这几年赚了多少?光说他家那座房子,那规模、那装修,少说也值它一百来万。讨的老婆也是又年轻、又漂亮。他现在就在隔壁包厢,说不定他老婆也来了。走,我带你去看看!

黄玉霖　哎,你别忘了,当初刘东平可就是因为抓他才淹死的!

方海杰　是啊,可这怎么说呢?都那么多年的事了,再说刘东平毕竟是自己淹死的,又不是他打死的,那账也不能都算在他身上嘛!

黄玉霖　可就算不提这笔老账，后来他躲在山上也是被你抓住的。你把他揍个半死，还使他被加了两年刑，他不会记恨吗？你跟他搅在一起做生意，不怕他什么时候搞你一下？

方海杰　（自信地）哼，那我也不是吃素的，在生意场上我也算得上是条混江龙了，还怕他那小土鳖！其实，生意场上也无所谓亲人仇人的。人家不是说了吗，生意场上无父子，都他妈讲的是钱！所以啊，还是咱们这些哥们儿待在一块儿有意思，还讲点真情。走吧，去见识见识他！

黄玉霖　我还是不去了吧！

方海杰　走吧，走吧，见见又怎么样？总算是老相识了嘛！（欲拉黄玉霖走）

黄玉霖　（挣脱）我不想去，跟这号人有什么好交往的！

方海杰　哎，我说老兄，你就是太认真了！现在都不搞阶级斗争了，你还立场坚定啊！走走走（又拉黄玉霖）

黄玉霖　（再次挣脱）不是什么立场坚定，是……是我真不想和这号人多交往！你最好也少跟他搅在一起！

方海杰　唉！算了，你不去就在这儿待着，我去一下就来！（喝了一大口酒，转身出门）

黄玉霖　唉——（失望地摇了摇头）

〔收光。

三

〔两天后的下午。

〔高梦虹与方海杰家。

〔光起。

〔高梦虹正在整理房间和自己的衣装，而后看看表，坐在沙发上，顺手拿过一张报纸，阅读。伸手按动沙发旁的按钮，那盏精致的大吊灯闪烁出不同色彩的光芒，一束束五颜六色的灯光又从吊顶上投射下来，掩映着她，使之宛如进入了梦幻境界。

〔推销员上，摁响门铃。

高梦虹　（惊醒）唉，来了！（整整鬓发，去开门，见是陌生人，有些扫兴地）你找谁？

推销员　（出示香水）阿姨，请允许我向您介绍我们公司新研制的一款新型香水，它的品质特别优良，香味特别纯正，可以与风靡世界的法国巴黎香水媲美……

高梦虹　（不悦地打断）我这倒有几瓶真正的法国巴黎香水，你想拿来比较一下吗？

推销员　这——（知趣地）那，那就不麻烦了！（下）

〔黄玉霖一手提着塑料袋，一手拿着名片寻找门号上，按门铃。高梦虹忙又整整容装来开门。

高梦虹　（见是黄玉霖，高兴地）唉，玉霖，我就想你该来了，你可真准时！快请进！

黄玉霖　（打量了一下屋内）哎，海杰呢？

高梦虹　（不悦地）谁知道他到哪儿去了？昨晚上就没有回来！他是把家当旅社的，高兴时回来住一下，不高兴时三五天都不回来！

黄玉霖　（宽慰地）他做生意总是比较忙的。

高梦虹　忙个鬼！还不是——（不愿说下去，转换口气）今天是我专门请你来的，想跟你好好聊聊，（含嗔地）不行吗？

黄玉霖　哎，怎么不行？我们是老战友了嘛！

高梦虹　那就请进吧！

黄玉霖　（进屋，惊异地）嗬，你家这装修，还有这灯光……

高梦虹　怎么样？

黄玉霖　有一种七彩梦幻般的情调！

高梦虹　这你就说对了，我就喜欢这种情调，特地让我爸给设计的。

黄玉霖　你呀，难怪叫高梦虹！我现在可是喜欢现实哟！

高梦虹　噢，那就还你现实吧！（关掉了彩灯）请坐，你想喝点儿什么？是茶、咖啡，还是果汁？

黄玉霖　还是茶吧！

高梦虹　好。我可是爱喝咖啡，这可能是我爸的遗传。当年我在梨花洲种茶、采茶时，也没有喝过几次茶！（沏了一杯茶，放在黄玉霖面前的茶几上）

黄玉霖　那正好！（从塑料袋中拿出咖啡）这是修娴让我带给你的咖啡！

高梦虹　哟.那我就不客气了！（接过咖啡，放好）

黄玉霖　哎，最近你都在忙些什么？

高梦虹　我正在筹划搞一个女子健美中心！

黄玉霖　哦，怎么搞？

高梦虹　我准备引进目前国际上最先进的技术设备，聘请一流的健美教练和美容师，打破传统的局部健美和美容的观念，集健美操、器械健身、美容美发、按摩推拿、心理咨询等多种健美健身项目为一体，对女性进行全面的健美健身服务，提高女性的身心素质！

黄玉霖　（惊讶地）你这设想真是够宏大的，这需要投入不少资金吧？

高梦虹　我粗略估算了一下，至少也得有两百万元。不过资金的问题不是太大，我姑父姑母会帮助我的。

黄玉霖　你姑父姑母，他们……

高梦虹　我姑父在加拿大温哥华，是个不小的企业主，我姑母是女子学院的教授，他们已经表示如果我确实想干，他们会投资的，只是他们更希望我能到加拿大去干，因为他们身边没有孩子，老人感到很孤独。

黄玉霖　那你会去吗？

高梦虹　目前我还没这个打算，毕竟是异国他乡啊！咱不谈这个了。哎，你这篇散文写得可真是好，这几天我反复读了好多遍，有时·个人读着读着，就好像又回到了当年，回到了梨花洲。尤其是那段写得特别精彩——

〔轻柔的音乐声起。

高梦虹　（深情地朗诵）“我们连队的驻地就坐落在一个青山环抱，茶园层叠，浓绿得会使人沉醉，幽静得能听鸟鸣的山坳里。驻地旁边，那清碧见底的梨花溪，悠悠流淌过的岸边沙洲上，有着大片的梨树林。早春二月，一阵飘飘洒洒的细雨过后，在明丽的春阳中，梨花开放了。近前看，一簇簇灵秀的小花朵在叶芽未发的枝条上绽开洁白的五个花瓣，显露出恬淡优雅又有几分娇羞的笑脸；稍远看，满树繁花，满枝缀白，满眼晶亮；而眺望成片的梨树林，只觉得白茫茫一片，宛如在千枝万桠间落满了皑皑的白雪，又如栖息着无数的白蝴蝶。或许也因阳光照耀吧，那林梢上分明地闪烁、流荡着一层既晶莹透亮，又迷离恍惚的光芒。这情景，好似造物主有意凝聚起天地间洁白的精华，创构出一幅极清新、极淡雅、又极宁静的世界……”

〔在音乐和灯光的配合渲染下，使人仿佛看到了那遥远的梨花洲，看到了那千万树梨花在春阳下盛开怒放的景色。

黄玉霖　哎呀，你的记性真好，这么一大段都被你背诵下来了！

高梦虹　（不无含情地瞥了一眼黄玉霖）喜爱的东西总是让人忘不了的。（陷入回忆）你还记得吧，那也是梨花开放的春天的一个傍晚，我们俩在梨花溪边，我在上游洗衣服，你在下游一块石头上呆坐着，好像在思考着什么。那时，橘红色的晚霞正映照在梨树林和溪面上，景色美极了……

〔暗转。

〔潺潺的水流声。在橘红色的晚霞映照和明净清纯的音乐声中，身着兵团战士装的黄玉霖坐在溪边石头上，左手手肘靠在屈起的左腿上托住腮，正思考着什么。突然，他发现溪面上飘来的脸盆，又看看上游，连忙卷起裤管，从溪水里捞起脸盆，递给同样也是穿着兵团战士装，卷着裤管向他走来的高梦虹。高梦虹双手接过脸盆，含情脉脉地看了看脸盆中的梨花，示意黄玉霖收取。黄玉霖突然神情紧张、激动起来，伸手欲取，又停住了。高梦虹再次更大胆也示意他收取，黄玉霖手又挪动了一下，但还是没有接，突然，黄玉霖把脸盆一推，转身走掉了。高梦虹想喊住他但终未喊出口，悲伤地转过头，一只手蒙住了自己的眼睛……

〔回到现实。

高梦虹　玉霖,你现在能告诉我你当初为什么不接受我送给你的梨花?你是看不上我?

黄玉霖　不是。

高梦虹　那就是你心中已经另有意中人?

黄玉霖　没有啊!

高梦虹　那也就是你也认为谈恋爱是所谓“资产阶级思想情调”,怕被连里知道了会受处分?

黄玉霖　唉,这……

高梦虹　(伤感地)现在我们都是过来人了,你还不肯跟我说一句真话?

黄玉霖　这都是过去的事了,还提它干什么?

高梦虹　可是,你知道吗,你当初那样的拒绝是多大地伤害了一个女孩子的心,并且整个改变了她的命运,可你至今却连一句真话也不肯跟人家讲!

黄玉霖　(打动)好,我告诉你,当时我看到那梨花就明白你的意思,心里也很激动,也想收下它。后来没有收,一方面的确也有点儿怕被连里知道了会受处分,但更主要的是,我认为自己是个有理想、有抱负,干大事、成大器的人,不是平庸之辈!哪能那么早就跟女孩子拉拉扯扯,谈情说爱呢?所以也就……现在想来,当然很可笑!

高梦虹　就为了这?

黄玉霖　(自嘲地)唉,往事已矣,流水已去,过眼烟云啊!

高梦虹　(苦笑)是啊,这种事对于你们男人来说也许不算什么,过去就过去了。可是,你知道那初恋对于女孩子意味着什么吗?有人说爱情几乎就是一个女人生命的全部,这话是挺有道理的。一个女人只要在她的一生中还没有得到过真正的爱情,那她的爱情梦就会永远做下去,这你知道吗?(目光灼灼,含着幽怨地看着黄玉霖)

黄玉霖　(怦然心动,但克制地)这我……(勉强地笑)不过,不过像你这样不同寻常的女性,总是会超越一般的生命规律,超越自我的!

高梦虹　算了,你别拿好话搪塞我。其实我也没有太多的奢望,只有一个小小的愿望,不知你肯不肯帮我实现?

黄玉霖　什么愿望?只要我能做到的,我一定帮你实现。

高梦虹　那好,现在已经是春天了,梨花马上就要开了,我很想再回到梨花洲去看一看,看看我们当年生活和劳动过的地方,看看那片美丽的梨树林和那条清清的梨花溪……你能陪我去吗?

黄玉霖　(没想到,有些为难地)这……

高梦虹　(黯然神伤)难道就这么一点儿小小的愿望,你都不愿帮我实现?它占不了你多少时间吧,三四天也就够了,至于费用,当然全都由我负责。

黄玉霖　时间和费用倒不成问题,只是……哎,对了,方海杰说他也准备去梨花洲看看,还想把我们当年住过的那些房子买下来,请我们老战友们一块儿去住住玩玩,重温一下当年的生活。到时候我们一块儿去不是很好嘛!

高梦虹　哼,他那个整天钻在钱窟窿里的人还会有这种雅兴,做这种善事?说着玩玩罢了!

黄玉霖　不、不,我看他真会这么干。他还说只要把这次的一个大生意做成,他就要去办这事。

高梦虹　就算他真会这么干,我也不想跟他一块儿去梨花洲。因为……因为那只会使我更伤感。我就希望能跟你一块儿去。(柔情地)你就答应跟我去一趟好吗?

黄玉霖　(为难地)这……

〔化缘尼姑上,揿门铃。

黄玉霖　(连忙地)有人来了!

高梦虹　(只好前去开门,见是尼姑,愣住了)你是……

尼　姑　阿弥陀佛,小姐,我是来给修庙募捐的,这是我的证明。

高梦虹　唉,你修庙募捐,可我又不信佛,这——(突然想到什么)好吧!(从门后挂的小包里取出一张五十元的钞票)这五十块钱都捐给你吧!

尼　姑　(惊喜地)谢谢小姐!谢谢小姐!(将钱塞入化缘袋,下)

〔高梦虹苦笑,又回到沙发前,坐下。

黄玉霖　（笑）你可真大方，这尼姑前几天也到我家化缘，我只给她两块钱。不过我听说有些尼姑是假的。

高梦虹　这尼姑我一看就知道是假的！

黄玉霖　你怎么知道她是假的？

高梦虹　你想吧，尼姑是看破红尘，遁入空门的出家人，对金钱怎么还会看得那么重？即使是化缘，化多化少也是随缘而已，无所谓的。可这人我多给了她几块钱，你瞧她那高兴劲儿，也没开个收据，这种尼姑即使不是假冒，也肯定不是潜心修行的！

黄玉霖　那你为什么还要捐那么多钱给她呢？

高梦虹　那是因为，我突然想到，或许哪一天，我自己也会出家去当尼姑的！

黄玉霖　（惊讶地）为什么？

高梦虹　为什么？你难道就没听说许多女人就是因为在爱情婚姻上遭到挫折，才看破红尘，出家去当尼姑的吗？

黄玉霖　嗨！

高梦虹　（气恼地）你别“嗨”，我刚才就说，你们男人是不懂得爱情对于一个女人生命的意义，你也不懂！

黄玉霖　我……（不敢看高梦虹的目光）

高梦虹　（柔情地）你还没有回答我的话呢，你到底愿不愿意陪人家去梨花洲一趟呢？嗯？

黄玉霖　（有些迷醉，但仍自制地）这个嘛……

高梦虹　（神伤地）哼，我就知道你不愿意。你是认为像我这种年岁的女人还做当年那种十八九岁姑娘的梦，很荒唐是吗？

黄玉霖　（连忙）不、不，我不是这个意思，其实你还显得很年轻、很有活力，你的心情我也是能理解的。

高梦虹　（双目放光）真能理解吗？

黄玉霖　（勉强地）能，能理解。

高梦虹　那好。你知道这二十多年我是怎么过来的吗？知道我始终没有得到过真正的幸福。在心灵和情感上，始终都是感到空虚而寂寞的吗？

黄玉霖　(抬起眼,颤抖地)梦虹,你……

高梦虹　(深挚、柔情地)你还懂得,就在这几天,当我从报上读到你写的那篇散文,又看到你以后,心里又翻腾起什么样的情感,品尝到什么滋味吗?(激动,不能自抑地)我发现我仍然忘不了过去,忘不了你啊!(双手掩面,抽泣起来)

黄玉霖　(颤抖地)梦虹,我、我真感谢你这么多年还这样记着我,感谢你对我的一片真情,可现在我们都是有家庭的人了,而且不管怎么说,方海杰还是和你,也是和我从梨花洲同甘共苦出来的。

高梦虹　(气恼地)别提他!我本来就不是属于他而是属于你的;他是在我被你拒绝,心灵痛苦时乘虚而入的。可是我心里很明白,我真正爱的是你,不是他!你知道吗?(一把抓住黄玉霖的手)

〔方海杰戴着摩托车头盔,拎着"大哥大"急上,猛地打开门。

〔黄玉霖连忙挣开高梦虹的手。

方海杰　(瞥见屋内的情景,愣了一下)嗯?(停顿,惊异地)黄玉霖,你怎么……(又看看高梦虹,明白了,顿时火起)你们这是……干什么?

黄玉霖　(尴尬地)我,我们是……

高梦虹　我们是在谈一些当年在兵团的事,是我邀他来谈的。怎么,不行吗?

方海杰　(显然不相信)是吗?(逼视着黄玉霖)是这样吗?黄玉霖!

黄玉霖　是,是这样!

方海杰　(冷笑)可是……

高梦虹　可是什么?你在外面跟那些臭女人混够了,在那些见不得人的地方待够了,还有脸回来发威是吗?

方海杰　(被镇住)这……(无奈但气恼地)哼!(走进里间,拎着一个密码箱出来,冷冷地对黄玉霖)那你就在这儿跟她好好谈吧,我有一笔大生意要做,不奉陪了!(向门口走几步,突然又回身,明显地带着失望与悲伤)黄玉霖——(想说什么但没说出,尔后转身大步出门,重重地关上了门)

〔黄玉霖的内心被猛烈一击,呆立着,脸上显现出痛苦、难堪的表情。

高梦虹　（走近黄玉霖，轻柔地）玉霖！

〔黄玉霖没有应声。

高梦虹　玉霖！

黄玉霖　（反应过来）嗯！

高梦虹　玉霖，你……

黄玉霖　（心绪烦乱地）噢，那、那我也回家吧！（欲走）

高梦虹　玉霖！

黄玉霖　以后我们再谈吧！（仍欲走）

高梦虹　等等！你还没有听歌呢？（急速打开音响）

〔优美深情的女声独唱《哦，梨花洲》的曲调从远方飘来，在屋里回荡。

〔黄玉霖被歌声所吸引，停步不走了，凝神倾听着。高梦虹也不再对他说什么，只与他一齐倾听。少顷，高梦虹胸中又涌起一股伤感的潮水，使之掩面抽泣起来

黄玉霖　（惶惑地）梦虹你，你怎么了？

〔高梦虹抽泣得更伤心了。

黄玉霖　（不知所措）梦虹，你……（犹疑地上前掏出手绢塞到高梦虹手上，怜惜地）别哭，别哭，这样不好！

高梦虹　（猛地打掉黄玉霖的手绢）不要你管，你这没良心的家伙！

黄玉霖　（尴尬地）这……

高梦虹　（边抽泣，边自语地）梨花洲梨花洲，该死的梨花洲。我当初为什么会到你那儿去啊，要是没有到你那儿去，我的命运哪里会像今天这么可怜；梨花溪梨花溪，无情的梨花溪，那天傍晚我为什么会把一个少女最纯洁美好的初恋抛弃在你的水中啊！为什么不干脆连我的身躯一齐抛进你的水中，那不是一切都了结，什么痛苦也没有了吗？还能梨花一样质本洁来还洁去……

黄玉霖　（心灵被震撼）梦虹！

高梦虹　黄玉霖，你这没良心的家伙，你这浑蛋，我这辈子为什么要遇上你啊？我恨死你了！恨死你了！（握住右拳，死命捶着黄玉霖的胸脯）

黄玉霖　（再也不能自持，一把抓住高梦虹的手，颤声地）梦虹！

高梦虹　玉霖！（扑到黄玉霖的胸前）

〔黄玉霖也伸手搂住了高梦虹。

〔光渐收。

四

〔紧接前场。

〔翠湖公园湖滨。

〔光起。

〔湖滨有垂柳，一条小路通向不远处的翠湖新村。

〔随着几声自行车铃声，廖修娴骑自行车上，恰好遇见方海杰拎着密码箱，拿着"大哥大"站在路旁等人。

廖修娴　（一眼看到方海杰，停车，热情地）哎，这不是海杰吗？

方海杰　（先愣了一下，尔后粗声粗气地）噢，是你——黄玉霖的老……（原想说"老婆"，话到嘴边又改口）夫人！

廖修娴　（笑）是啊。你这是——哦，你家就住在那翠湖新村是吗？

方海杰　（仍粗气地）是啊，你干吗？

廖修娴　我有个学生也住在那里，他得了腮腺炎，几天没去学校上课。我去给他补补课！你爱人梦虹她最近好吗？

方海杰　她啊？哼！（突然想起什么，带着讽刺的神情）她这会儿正好在家，正陪着一个人在叙旧情，你想去看看她吗？

廖修娴　嗯？（仍微笑柔婉地）有空我一定去，但今天只怕去不了了。我给那学生补完课还要回家做晚饭。

方海杰　（冷笑）我看你现在还是去看看吧，高梦虹她会很欢迎你去的！

廖修娴　（没在意方的神情）是啊，你那梦虹待人很真诚、很豪爽，我以前听玉霖谈起过她，就有这种印象，这回见了，真是那样！

方海杰　（冷笑）这么说，黄玉霖以前就跟你说过她的好了？

廖修娴　是呀,有一次玉霖谈起你们连里发生的一件事,说因为当时你们粮食定量不够吃,有一个女孩子有胃病,饿了胃就疼。有一天她疼得受不了了,就偷吃了别人的一块猪油糕,结果你们那指导员把它上纲上线,非要查出来批斗不可。这时,就是你那梦虹挺身站出来,说那猪油糕是她吃的,要批斗就批斗她。结果感动了你们全连战友,大家都把自己仅有的一点儿吃的东西都捐献给了那有胃病的女孩,是这样吗?

方海杰　是有这回事。可是她这人……(难言地摆摆手)

廖修娴　像梦虹这样肯牺牲自己,帮助别人,很难得呀!(笑着)你有这么个爱人,可是个福分呀!(看表)哟,我该走了,咱们改天再聊吧!

方海杰　(敷衍地点点头)嗯嗯。(看着廖修娴背影,冷笑地)还福分?哼,等着看好戏吧!

〔方海杰的“大哥大”铃响,忙拿起接听。

方海杰　喂……哎呀,你怎么还不来?我在这儿等你老半天了……车进不来?那你叫他开到公司路口吧,我这就过去……东西带来了!(急下)

〔少顷,天略黑,黄玉霖推着自行车在高梦虹的陪同下上。高梦虹亲密地挽着黄玉霖的手臂,并将头倚靠在他身上。

黄玉霖　(停步,心虚地四处环望)你回去吧,不要送了,让人看见了不好!

高梦虹　(头仍倚着黄玉霖的肩,娇态)怕什么?谁爱看就看呗!

黄玉霖　那总是不好嘛!(轻轻地把高梦虹的头扶正,将挽住的手脱开)

高梦虹　有什么不好?要不是你已经有了你的那位,我会马上跟方海杰离婚,永远跟你在一起的!那我就太幸福了,二十几年的梦也算没有白做!

黄玉霖　可你也别把我想得太好。我是个穷书生,口袋里没有几块钱,方海杰可是腰缠万贯的大款!

高梦虹　那又怎么样?真正的爱情从来是不能用金钱来衡量的!

黄玉霖　(苦笑)这于当今社会好像已经是一种很古老,也很空洞的说法了。现在社会中,要是没有钱……(摇摇头)

高梦虹　(警觉地)这么说,你对钱也很在意?

黄玉霖　怎么说呢?现实生存环境使得你不想在意也得在意呀!你看我这次出

书……还有,看看你居住和生活的条件,再看看我的,其中的差别不都是由金钱造成的吗?

高梦虹　(更警觉地)这么说,你也想摇身一变成个大款?

黄玉霖　(苦笑)可我这蹲书斋爬格子的人能成什么大款哟!怕是一辈子跟大款都无缘的,除非咱也下海经商!

高梦虹　那你,也想过下海经商吗?

黄玉霖　经商哪有那么容易,首先得有本钱,还得有其他一些条件啊!

高梦虹　(小心翼翼地)如果说有人不要你出本钱,并给了你很好的条件,那你会下海经商吗?比如说,等我那女子健美中心搞起来以后,我聘请你当副总经理,每月给你两千块工资,还有奖金,你愿意干吗?

黄玉霖　这——你是开玩笑吧?

高梦虹　不,我是认真的。你愿意干吗?

黄玉霖　这……

高梦虹　可以考虑,是吗?

〔黄玉霖点点头。

高梦虹　(有些失落)噢——可这样一来,你不怕把自己的专业给丢掉了?

黄玉霖　那我可以考虑兼职嘛!现在多少人都在搞兼职。

高梦虹　可兼职总是要占掉你不少时间和精力,影响到你出研究成果,出作品的呀!

黄玉霖　嗨,影响一点儿有什么?反正出了研究成果没有钱也不能出版,那文学作品发表一篇也得不了几个稿费。你没看到,这几年有多少比我有才能、有名气的文人作家都下海了,我这算什么呢?

高梦虹　可想在写作上取得一番成就,是你在梨花洲时就有的理想和抱负啊!

黄玉霖　嗳,此一时彼一时!

高梦虹　你——真是这样想的?

黄玉霖　是啊!

高梦虹　骗人吧?

黄玉霖　骗你干吗?

高梦虹　那你，你的那篇散文怎么还会写得那么脱俗，那么美呢？

黄玉霖　嗨，散文是散文，现实是现实嘛！

高梦虹　（失落地）噢——（呆愣了片刻，突然）玉霖，你知道当年在梨花洲，我是因为什么才爱上你的吗？

黄玉霖　不知道啊！因为什么呢？

高梦虹　你去那边石凳上，面向湖水坐下。

黄玉霖　（不解地）这……

高梦虹　去啊！

〔黄玉霖只得走到石凳旁面向湖坐下。

高梦虹　好。现在你把左手按在左腿膝盖上。

黄玉霖　这……

高梦虹　按啊！

〔黄玉霖只得把左手按在左腿膝盖上。

高梦虹　对。现在你把右手手肘靠在左腿上，屈起来托住腮帮！

〔黄玉霖照做，但一时做不来。

高梦虹　（走过去帮黄玉霖做）就这样，这样，对了！现在你思考一些问题！

黄玉霖　思考什么问题呢？

高梦虹　随便。就是不要思考如何下海经商！

〔黄玉霖只好照办。

高梦虹　对了，就是这样。（柔声地）玉霖，你知道吗，当初你就是经常独自一人坐在梨花溪边的一块石头上思考，你这种姿势打动了我。那天傍晚，你的这种姿势在晚霞的映照下又显得特别动人，才激励我下决心，把我那少女最纯洁的初恋寄托在那两朵洁白的梨花上，让清澈的溪水传递给你的！

黄玉霖　这——这种姿势有什么好动人的呢？

高梦虹　它使我想起了我爸从法国带回来的一尊青铜塑像——《思想者》。

黄玉霖　《思想者》？法国大雕塑家罗丹的作品。

高梦虹　对呀！当然喽，使我爱上你的不光是这种姿势。其实，从我们到梨花洲后不久,我就发现你与众不同。比如,大多数的男孩子休息时间不是在球场上打篮球,就是在宿舍里打扑克、下棋,或者聊天,而你却往往是独自一个坐在梨花溪边或是读书写东西,或是思考问题。又比如,在开会和学习发言时,你从不讲那些人云亦云的套话,说出来的话往往都有自己的观点,自己的想法。

黄玉霖　嗨,那时……

高梦虹　你别轻慢自己的那时。我妈常说,真正有魅力的男人永远是那些有思想、有人格而不是有金钱的男人,我是很赞同这种观点的。但是,恕我直言,我刚刚发现,你现在似乎是挺想做一个有钱的男人,而不是有思想、有人格的男人,是吗?

黄玉霖　(尴尬地)这,这怎么说呢?现实生活的困境逼得你不得不考虑金钱的问题.可是我也并没有想放弃自己的思想追求啊!我想,哪怕是我下海经商,我也会保持我作为一个文化人的思想品性,不会像一般的商人那样的!

高梦虹　(淡笑)不少下海经商的文人好像都这么说,有的或许也真是这么想的。可你扪心自问,你真的会相信这些话吗?你能相信一个整天泡在海水中的人,身上不会沾有一股咸腥味吗?

黄玉霖　这……

高梦虹　告诉你吧,我就是越来越烦透了方海杰身上的那种咸腥味,也就是商人味,我才特别留念当初的你。那天在报上看到你的那篇散文,认为你现在还保持着当初那种不同凡俗的品格和追求,可没想到你已经……

黄玉霖　这——嗨,我,我这真是被现实生活环境逼出来的,其实我心里也是矛盾得很、烦躁得很!

高梦虹　是啊,也许我是饱汉不知饿汉饥,也许是我这种女人的想法太离谱、太浪漫,而现在一般女人的想法都是很实在,很现实的,你的那位是不是也这样?

黄玉霖　这——差不多吧!

高梦虹　噢！那她是不是也同意你放弃专业下海经商？

黄玉霖　那倒没有。她倒是劝我不要随大流凑热闹，劝我还是要安心搞自己的专业。

高梦虹　噢——那她是不是也会抱怨你工资太低，分的房子太差，经常在你面前叨咕说，某某人做一笔生意就赚了几千几万，某某人又买了新家具，某某人又买了一套高级时装，某某人又打了一副金手镯，使你感觉到自己身为男人，愧对妻儿，所以也想下海经商，改变处境呢。我看不少男人就是因为这样才下海经商的！

黄玉霖　那也没有。说实在的，她对目前社会上这种生活时尚是很淡然的。经常跟我叨咕的倒是，这年头为人处世还是要注重修身养性，淡泊明志。

高梦虹　噢——看起来她挺有涵养，性情也挺温顺的，是吗？

黄玉霖　一般情况下是这样，但有时也很拗、很固执，想做的事情就一定要做，被她认准的东西，你是很难改变她的，就跟她父亲一样！

高梦虹　是吗？那她的父亲……

黄玉霖　她父亲是我们院哲学研究所的研究员，在研究中国古代哲学思想史方面，很有些名气的学者。

高梦虹　噢，是这样……（突然，心绪烦乱）那，那以后咱们再谈吧。我、我回去了！再见（转身即走）

〔黄玉霖愣了一下，欲言又止，看着高梦虹走远，欲往回走，又心绪烦乱地停下，望着湖面出神，走到石凳旁坐下，下意识地摆出“思想者”的姿势，但又觉得很别扭，不自然。

〔廖修娴推着自行车上，发现了黄玉霖。

廖修娴　（亲切地）玉霖！

黄玉霖　（见是廖修娴，不由得紧张）修娴、你……

廖修娴　你怎么一个人待在这儿？

黄玉霖　我、我在这儿散散步！你怎么也到这儿来了？

廖修娴　我到那边的翠湖新村去了！

黄玉霖　(更紧张地)你到翠湖新村去?

廖修娴　对呀,我一个学生的家住在那儿,我去给他补补课,怎么了?

黄玉霖　噢……是这样,没什么、没什么!

廖修娴　你还没有吃晚饭吧?

黄玉霖　我……吃过了,刚才在街头小摊上随便吃了一碗面。

廖修娴　(嗔怪地)哎呀,你干吗要到街边小摊上去吃,那多不卫生!这也怪我,到现在还没有回家煮饭,是饿得受不了了吧。

黄玉霖　还好,你吃过了吗?

廖修娴　刚才送晓岳到我家时吃了几块饼干,不过现在不太饿。(欲走,又把车架起)你看我一天到晚忙,也好久没有陪你和晓岳来公园逛一逛了,这会儿刚好陪你待一会儿吧!

黄玉霖　(勉强地)嗯、嗯。

廖修娴　你怎么了,好像有什么心事?

黄玉霖　没有!(忙把脸转向湖面)

廖修娴　(略一思忖,更关切地)是不是你那本书的出版还有什么问题?

黄玉霖　一万五千块钱都拿去了,还有什么问题?现在不就讲个钱嘛!

廖修娴　(忧虑地摇摇头)主要是该讲和不该讲的都分不清了。刚才那位家长看我上门去给孩子补了两次课,要塞给我一百块钱,我怎么能收呢?这本来就是做教师的责任嘛!

黄玉霖　(心中另有所思地)是啊,责任,责任……

廖修娴　(困惑地)玉霖,你这是怎么了?

黄玉霖　(发现自己失言)噢,没什么,我这是随便说说的!

廖修娴　(温婉含嗔地)你呀!对了,我刚才碰到你那战友方海杰了,他家也住在那新村里。

黄玉霖　(紧张地)啊?那他跟你说什么了?

廖修娴　他叫我上他家坐坐。

黄玉霖　那你去了吗?

廖修娴　我不是要去给学生补课吗?哎,要不我们现在一齐去坐坐,好吗?

黄玉霖　这……改天再去吧，现在太迟了！

廖修娴　（看看手表）现在才七点多呀，怎么会迟？平时我也不一定有空，今天刚好到这里了，我们就去一下吧！

黄玉霖　这……我们也不能空手去啊！

廖修娴　新村里有商店，我们可以到那儿买点东西带去嘛！

黄玉霖　哎呀，这……

廖修娴　去吧去吧，人家对我们那么好，我们是应该去看看人家呀！（拉起黄玉霖的胳膊）

黄玉霖　（挣脱廖修娴的手）我，我今天不想去！

廖修娴　（惊异地）你怎么了？

黄玉霖　没怎么，就是有点儿不舒服！

廖修娴　哪儿不舒服？（伸手摸黄玉霖的额头）

黄玉霖　也不知道，反正不舒服！

廖修娴　噢，那咱们回家休息吧！

黄玉霖　好吧，回家！（伸手爱怜地揽住了廖修娴的腰）

〔收光。

五

〔距前场三天后的傍晚，天上飘洒着小雨。

〔光起。

〔黄玉霖家中。黄玉霖正心绪惆怅地待在家里，想读书又读不下，想写东西也写不成。

〔高梦虹戴着头盔，披着雨衣，提着一个塑料袋上，敲门。

黄玉霖　（打开门见是高梦虹，惊异地）哦，梦虹，是你！你怎么来了？

高梦虹　不欢迎吗？

黄玉霖　哪里？快请进！（不免心虚地看看门外，将门关上）

高梦虹　（将雨衣头盔取下，从塑料袋里取出一只精致的盒子）我送给你一件东西！

黄玉霖　什么东西?

高梦虹　(打开盒子，取出一尊“思想者”的青铜小雕像)喏！

黄玉霖　“思想者”！(忙接过观赏)真不错，谢谢你！我……

高梦虹　怎么了?

黄玉霖　哦，没什么，就是心里有点儿乱！

高梦虹　是不是因为我那天对你说的话太刺伤你了?

黄玉霖　(苦笑)怎么说呢?你讲的也是实情！

高梦虹　不过，后来我冷静想想，觉得你现在这种心境也是可以理解的，谁不想做个有钱人，能过上富裕的生活呢。尤其是我们这帮人，已经过够了当年那种既艰苦又贫困的生活。现在遇上了改革开放的好时机，还不需要彻底改变一下吗?所以，当初方海杰辞职去深圳经商，我也跟他去了，看到买股票能赚钱，我也买了，还赚了一笔。连现在想搞健美中心，虽然不光是为了赚钱，但还是希望能赚到钱的，况且做个正正经经的商人，也不见得人格就低下嘛！所以我就想，我干吗要那么苛求你呢，我这人是不是太不实在、太虚幻了，真的就像我的名字——梦中的彩虹！

黄玉霖　可是……

高梦虹　可是我又想，难道我们真的已经到了这样时代，什么都要讲现实功利，都要讲经济效益，人的心中不应再有什么梦想，不应再有什么追求，也不要再留有一道彩虹和一片净土了吗?

黄玉霖　我也不是这么想的，所以我才写了那篇散文。

高梦虹　是啊，这我知道，所以我读到那篇散文才会那么激动。可是，我今天来却想告诉你，或许你说得对，我们的关系可能还是应当保持在原先老战友的关系上……

黄玉霖　(惊讶地)梦虹，你……

高梦虹　(苦笑)你可能会认为我是个在感情上忽冷忽热，反复无常的人！

黄玉霖　(迷惑地)我只是有点儿不明白……

高梦虹　坦率地说吧，这主要的因为我发现，现在的你已经不是当年的你了，还发现她不是个平常的女性。

黄玉霖　你是说修娴？

高梦虹　是啊，虽然我对她了解还不多，但可以看出她是个很有品位的女人，也是很合适做你妻子的女人。

黄玉霖　（有所领悟地点点头）哦，是这样……

高梦虹　玉霖，这件事是我挑起的，现在又是我变卦的，你不会责怪我吧？

黄玉霖　（摇摇头）我怎么会责怪你呢？其实，这几天我自己也是心乱如麻，要不尽快做出个抉择，我的精神也会受不了的！

高梦虹　嗯，那就好。

〔黄玉霖突然摇摇头，又苦笑几声。

高梦虹　（惊异地）你笑什么？

黄玉霖　（深挚又似与自己内心对话）我笑自己啊，我笑自己的精神怎么会那么脆弱，怎么就经不起一点儿社会思潮的冲击和现实环境的挤压；我也笑自己的心理承受力怎么会那么差劲，稍多一点儿负载便难以恢复平静。这究竟是中国文人先天的缺陷，还是我自身性格上的弱点呢？

〔高梦虹理解地点点头。

〔方海杰急匆匆上。头发蓬乱湿漉漉的，一副失魂落魄的模样。

方海杰　（敲门）玉霖！

黄玉霖　（紧张地）是方海杰？

高梦虹　好像是吧。

方海杰　（敲门，高喊）玉霖！

黄玉霖　（紧张地）真是他。他是不是知道你来这儿，跟踪来的？

高梦虹　不会吧，他那天走后就没有回过家！

黄玉霖　那，那怎么办？他对我们已经有怀疑了，如果再看我们在一起，肯定会——你还是先去里间躲一下吧！

高梦虹　（执拗地）我不躲，看他能把我怎样？

方海杰　(又敲门,高叫)玉霖!玉霖!

黄玉霖　(更紧张地一把拉住高梦虹)你还是先躲一下吧,要不闹起来,左邻右舍都是我同单位里的人——我求你了!

高梦虹　(嗔怨地)你呀,躲就躲呗!(进入里间)

黄玉霖　(欲将里间屋门关上,看到沙发上的头盔、雨衣和塑像,忙拿起送到里间并叮嘱高梦虹)你在里面千万别出声,我没有叫你出来之前也千万别出来啊!(轻轻关上里间门,独自留在外间看门外动静,盘算着是否去开门)

方海杰　这小子怎么不在家呢?

〔方海杰欲走又不甘心,欲从窗户往里探视,因窗帘遮住看不见房内,便攀上窗台,想从未被窗帘遮蔽的窗户上部往里看。

黄玉霖　(看到了方海杰攀上窗台的头影,连忙叫起)哎,谁呀?(打开门)

方海杰　(从窗台上跳下)嘿,我就想你会在嘛,怎么叫了半天门都没有应啊?

黄玉霖　(紧张地)唉,因为我在里间睡觉,没有听见!

方海杰　大白天睡觉,你可真舒服啊!(径自走进屋)你老婆也在里面睡觉吗?

黄玉霖　没有,她上班去了!(走至方海杰跟前,挡住他的视线)

〔方海杰用袖子擦了擦淋湿的头发,在沙发上坐下。

黄玉霖　(试探地)你是刚从外地回来的?

方海杰　(委顿地)嗯。

黄玉霖　找我有事吗?

方海杰　(抽了口烟,惨淡一笑)老子这次算是栽了!

黄玉霖　怎么了?

方海杰　王金炎那狗娘养的,他把老子给坑了!

黄玉霖　(惊异地)是吗?

方海杰　坑得我要倾家荡产了!

黄玉霖　(急切地)怎么回事呢?

方海杰　(苦笑)你知道我这次去平潭做什么生意吗?

黄玉霖　不知道,做什么生意?

方海杰　想搞一批走私空调和摩托车，直接去海上搞，是王金炎搭的线，说要和我合伙干，我出八十万，他出一百万。没想到他和一个自称是台湾走私老板的代理人串通起来，诈了我的钱就偷渡出国了！

黄玉霖　啊？这家伙！（摇摇头）那天在夜总会我就提醒你，跟他搅在一块儿做生意一定要小心，可你……

方海杰　唉，我原来也不想和他合伙做这桩大生意，要做也不会把老本都押上，后来经不住他一再劝说和打保票，说绝对不会出事，还特地立了个字据。（从口袋里掏出一张揉皱的纸递给黄玉霖）字据上写，万一出了事可以拿他的那座房子做赔偿。另外，运输和销路问题也都解决了，全部由姚峰的公司负责。你说，这么好的条件和机会，我能放过吗？

黄玉霖　（摇摇头，看了看纸条）对啊，他既然在这里写你受损失可以用他的房子做赔偿，那现在……

方海杰　别提了！那房子根本就不是他的，是他在新加坡一个亲戚的。连那年轻漂亮的女人也不是他老婆，是他不知从哪儿雇来的"鸡"！

黄玉霖　哎呀，这完全是他精心设置好的圈套让你钻嘛！

方海杰　我方海杰这回怎么就这么蠢啊？我的脑袋丢哪去了啊！（痛苦地用拳头砸自己脑袋，抹了把潮湿的眼圈）

黄玉霖　（惋惜地）你呀！

方海杰　（突然地）哎，黄玉霖，你说我这辈子为什么会遭这样大难，倒这种大霉，这跟我当年带头给刘东平抬棺材是不是有关系呢？或许那棺材没有结婚的人真是不能抬的！

黄玉霖　嗨，你想到哪里去了！（见屋外天已黑，遂打开灯）

方海杰　（一拳砸在沙发扶手上）好吧，老子这次就算是破财消灾吧！现在灾消了，难过了，老子还要重新干起，把失去的捞回来，捞得更多！

黄玉霖　那你现在准备怎么干？

方海杰　刚好现在姚峰公司的汽车还在下面，销路又是现成的，我想再弄笔资金直接从平潭去搞一批回来，起码也能赚上几万，弥补一点儿损失！

黄玉霖　哎呀,你还想去做这种违法生意啊!

方海杰　(又一拍沙发扶手)当然要做!老子亏得多,也要赚得快!

黄玉霖　(诚挚地)海杰,你现在白白丢了八十万心里很窝火,恨不得一下子能把它赚回来,这心情我完全能理解。可越是这时候你越要冷静,更要多想想可能出现的后果。我们是看押过劳改犯的,那做犯人会是个什么滋味,这你不懂吗?

方海杰　哎,你怎么就认为我方海杰会一输再输,倒霉倒到底呢?刚才我还跟姚峰见过面,他保证说这次只要我把货装上车,一切都不会再有问题了。哪怕万一被沿途缉私的截住,凭他上上下下的关系,也可以疏通的。

黄玉霖　(气愤地)你别听他吹!他这个人历来是爱吹牛、爱投机取巧的!当年在梨花洲时,他就靠吹、靠投机取巧和死命地用“左”的那套东西折腾我们,为他自己在政治上捞一把;现在又想靠这一套利用你,为自己在经济上捞一把!

方海杰　可是——(烦乱地)可是要不听他的,不做这趟生意,我该做什么生意,怎么做才能尽快赚钱,赚大把的钱,把我的惨重损失补回来呢?

黄玉霖　(无奈地)这……

方海杰　所以说,这趟生意哪怕有风险也还得做。另外,还求你帮我一把,做成它!

黄玉霖　我能帮你什么呢?

方海杰　我等下到外面挂个电话给高梦虹,说我做的那桩生意资金不够,让她先从她的账上取出五十万元给我用一下,回头再给她补上。这笔钱就由你去取,送到平潭给我,当然,你不用送到平潭,直接交给我就行了!

黄玉霖　(惊异地)什么?你……(断然地)这事我可帮不了,也不能帮!

方海杰　你就这么不够哥们儿?

黄玉霖　不是我不够哥们儿,而是我要对你负责,也要对梦虹负责。

方海杰　(不耐烦地)谁要你负责了?真要出了事,把我的全部家当赔个精光,抓我去坐牢，也是我的事嘛，跟你有什么关系？

黄玉霖　（恼火地）你不要我负责，我也要对梦虹负责！你怎么光考虑你自己，就不考虑她呢？（不由自主地向里间屋瞥了一眼）那些钱可能是她准备用来搞健美事业的，你要把它输掉了，那她还怎么搞她的事业？

方海杰　这——（像突然明白）哦，说了半天你还是生怕她的钱被我输掉了，生怕她的事业搞不成，生怕你们以后……你们是不是已经商量好了，准备要——

黄玉霖　（紧张地）准备要什么？

方海杰　（冷笑）哼，你就别他妈的给我装糊涂了！你当我是傻瓜，就不知道那天你跟高梦虹在我家里干的什么好事吗？告诉你，老子进门第一眼就看出来了！

黄玉霖　（惊慌地）这……

〔此时，廖修娴穿着雨衣上，一手提着装满作业本的提包，一手拎着两棵大白菜和几块豆腐。她欲举手敲门，听到屋内方海杰的说话声，不由愣住了。

方海杰　（又冷笑）哼，要说干这种风流事，老子可以做你的师傅吗，还会看不出来？尤其是你这个偷吃又不会擦嘴的家伙，做了什么事都摆在脸上了，还能瞒得过我？

黄玉霖　（慌乱中下意识地摸了一下脸）这……

方海杰　老实说，我并不反对你去干点儿风流事。人家不是说了吗，人到三十八岁，不花也不发嘛！那天在夜总会我不是还出钱让你干吗，你还假清高，假正经呢。可是你他妈的总不能弄到我家里，弄到我老婆身上去吧！尽管她对我并不怎么样，我也总把她甩在那儿不理，可她总还是我老婆啊！有句话不是说了吗？朋友妻不可欺！可你他妈的连朋友妻都要欺，这也太不够意思了吧！

黄玉霖　（欲辩无言，极为难堪地）哎呀，这……

〔廖修娴欲推门又止，丢下白菜豆腐和手提包跑下。

高梦虹　（猛地打开门，厉声地）方海杰！

方海杰
黄玉霖　梦虹！

方海杰　你在这里！

高梦虹　怎么，没有想到吧？

方海杰　嗯？（突然怪笑起来）咳咳咳……怪不得我敲门敲了半天没人开，原来是你们在……

黄玉霖　（连忙地）哎呀海杰，你、你别误会，梦虹她今天是来给我……

高梦虹　（抢过话）玉霖，你别跟他多解释，也不要逃避现实，我高梦虹做事从来都是敢做敢当的！说吧，方海杰，你究竟想干什么？你自己财迷心窍，去做违法的生意，被人诈了钱却执迷不悟，还想也用欺诈的手段逼迫黄玉霖向我要钱是吗？你不觉得这样做太卑鄙了吗？！

方海杰　嗯？

高梦虹　（逼向方海杰，凄楚地）方海杰啊方海杰，我原先虽然挺讨厌你，但还没有想到你会这么坏！

方海杰　你……（退后两步）

黄玉霖　（连忙拦住高梦虹）梦虹，海杰他今天心情不好，你——（用手势示意高梦虹不要再讲了）

方海杰　（爆发地）好，我坏，我坏，我他妈的坏！可是高梦虹你也不要太欺负人了！要说坏，老子这坏也是让你给逼出来的！

高梦虹　什么？你的坏是我给逼的？我逼你什么了？

方海杰　你逼我什么？好，我问你，是不是从结婚以来，你心里从来就没有过我，而且还越来越瞧不起我？

高梦虹　不错，如果说当初结婚时，我虽然并不真爱你，但还是觉得你是一条汉子，现在我对你可真是越来越失望了！

方海杰　失望？是啊失望，我知道你是嫌弃我家庭出身平常，文化素养低。不错，我爹是码头装卸工，是个粗人，你爹是建筑设计师，是留洋过的高级知识分子，可要个什么样的爹娘是我们自己能选择的吗？要说文化素养低，也不是我不爱读书。我在上小学时，书也是读得很好的，可后来停课闹革命,再后来刚复课上初中就去兵团了,哪里还有书读?所以我现在愿意掏出十多万块钱让女儿去上“贵族中学”,给她创造最好的读书条件啊!

高梦虹　我并没有嫌弃你的家庭出身,而且凭良心说,对你爹妈我还是很敬重的。我也不是嫌弃你文化素养低,是嫌弃你……

方海杰　嫌弃我一天到晚只知道钻在钱窟窿里,一身的铜臭?可是这年头何止是我想弄钱,你看社会上多少人都是把财神爷供在脑门上,变着法在弄钱!再说,像我这种人,什么文凭和专长也没有,要不想办法多弄点儿钱,那社会上谁还看得起你?!(转对黄玉霖说)可谁想,老子可以说已经成了百万富翁了,她和她家里人,不但没有看重我,甚至还越来越瞧不起我!你说这到底是怎么回事?难道说我口袋里钱越多人还越不值钱了吗?

黄玉霖　(担心地看看门外,劝慰地)海杰,你先不要太激动,有话慢慢说,慢慢说!

方海杰　(不理睬黄玉霖,仍对高梦虹)你还讨厌我经常在外面跟野女人鬼混。不错,我是花了一点儿。不过,你高梦虹也该明白,老子这“花”也是让你给逼出来的!如果你不总是对我冷冰冰的像根木头,如果不是被你挤压得气都喘不过来,我也不至于去外面寻开心的!

高梦虹　(羞恼地)你……

黄玉霖　海杰,你千万镇静一点儿!

方海杰　(大声地)老子镇静不了!(又逼向高梦虹)怎么样,高梦虹,这下你该明白了吧!

高梦虹　嘿!(舒缓了一些语气)好吧,就算你说的有些道理,我对你的堕落应该负责任。这样吧,只要你从今以后正正经经做生意,再不去搞那些歪门邪道,我可以拿出一部分钱给你做资本,让你重整旗鼓,行吗?

黄玉霖　是啊,海杰,你还是好好办你的公司,在真正的商业竞争中发挥你的才干,实现你的人生价值,再不要去搞走私一类的违法生意了,那会毁了你的!

方海杰　不，以后搞不搞再说，但这次我还是要搞！能轻轻松松转手赚来的几万块，为什么不要？再给你们说句大实话，我方海杰现在要不马上再赚上几万块钱揣在兜里，就连走路都他妈的挺不起脊梁骨！

高梦虹　（严正地）如果你一定要搞，那就对不起了。钱，我是一分也不会给你的！

方海杰　你！

黄玉霖　海杰，你可不能一条道走到黑啊，梦虹她也是为你好！

方海杰　（一甩手）好个屁！她心都不在我身上了，还会为我好？她是为你好吧！

黄玉霖　（尴尬地）这……你怎么能这样说呢？

方海杰　怎么不能这样说？好、好、好，其实我对这事也看破了，咱们干脆也来个交易吧，高梦虹，只要你把那五十万交出来，你想跟他过，我可以马上跟你离婚成全你们，怎么样？

高梦虹　（恼羞成怒）你……

黄玉霖　海杰，你、你瞎说什么啊？！

方海杰　这么说，你们连这样都不干了？好，那就休怪我方海杰翻脸不认人了！哼，别的不说，老子只要走到那门外边喊叫几声，把你们的风流事闹出去，马上就有你们的好戏看！还有，老子要跟出版社说，那一万五千块钱老子不赞助了，老子要把那钱拿去喝酒、泡妞！

高梦虹
黄玉霖　（愤怒地）你！

方海杰　老子就这么办！（把烟蒂狠狠往地上一扔，拔脚就走）

高梦虹　（厉声地）方海杰！

方海杰　（停步，得意地）怎么样？还是给钱吧！

高梦虹　（逼向方海杰，愤怒地）给，给——（抡起巴掌欲向方海杰脸上甩去）

黄玉霖　（急叫）梦虹！（奔上前抓住高梦虹的手腕，恳切地）梦虹，别这样！

高梦虹　嗨！（奔到门边，一下子打开门，对方海杰）你给我滚！

方海杰　你……哼！（气急败坏地奔出门，下）

黄玉霖　海杰！（追到门口，发现地上的白菜、豆腐和提包，惊叫）糟糕，要出事！

（急奔下）

高梦虹　玉霖！（奔下）

〔切光。

六

〔光起。

〔紧接前场。

〔马路上。汽车奔驰声、喇叭声、自行车的铃声交织成一片，车灯不停地闪烁。廖修娴骑车急急奔走……

廖修娴　（痛苦烦乱地）他怎么也会做这种事呢？怎么会呢？怎么办呢？

〔一辆小汽车疾驰而过，一道强烈的车灯射过来，伴随着刺耳的刹车声，廖修娴"啊"的一声惨叫。

〔被撞伤的廖修娴昏倒在马路上。旁边是被撞坏的自行车。肇事的汽车急速地逃走了。

〔黄玉霖骑车急匆匆上，见状惊叫一声，扑上前扶起廖修娴。

黄玉霖　（惊叫）修娴、修娴！（见廖修娴没回应，即放下她，慌乱地跑向马路中间拦车）停车、停车！

〔停车声和司机的问话声："什么事啊！"

黄玉霖　（紧张地）我，我妻子被汽车撞了，求你帮忙送到医院吧！

〔司机回话："不行啊，我还有急事要去办呢！"汽车随之开走了。

黄玉霖　（又向一辆驶来的小汽车大叫）快停车！快停车！

〔停车声和司机的问话："干什么啊？"

黄玉霖　（恳切地）师傅，我妻子被汽车撞了，求你快帮忙送到医院吧！

〔司机不耐烦地回话："嗨，这种事！你找别人吧！"随即也把车开走了。

黄玉霖　唉！（看看来往的汽车，又看看躺在地上的廖修娴，痛苦地）我的天，怎么能这样见死不救啊！

〔一阵摩托车声，高梦虹奔上。

高梦虹　（高喊）玉霖，怎么了？

黄玉霖　梦虹，我妻子她，她被汽车撞伤了！

高梦虹　啊？（急向廖修娴奔去，看了看，对黄玉霖）赶快叫一部小车送医院！

黄玉霖　（悲怆地）可那些小车都不愿送啊！

高梦虹　（拦住一辆车）师傅，我的一个家里人被汽车撞伤了，求您帮忙送到医院去好吗？要多少钱我都给你！

〔司机回话："哎呀——上车吧！"

高梦虹　（对黄玉霖）快，我们一起把她抱过来！

〔高梦虹和黄玉霖一齐把廖修娴抱上车。

〔汽车开走。光暗。

〔黑暗中传来黄玉霖极为痛苦悲伤地画外音："……修娴，我对不起你，对不起你呀！你可千万别离开我和晓岳啊，你要挺住，千万别离开我们啊，我们不能没有你啊……"

七

〔距前场几天后的上午。

〔光起。

〔医院病房。

〔病房很宁静，头裹纱布的廖修娴沉睡在床上，露出的手臂上输着液。黄玉霖神情疲惫地坐在床前看护着。

黄玉霖　（深情注视着）修娴，我的修娴，幸亏苍天有眼、大地有情，没有让死神把你从我身边夺走，要不然，要不然啊……（摇摇头）你知道吗，在你生命垂危的那一刻，我也好像坠入万丈深渊，灵魂出窍，随你而去了！为了挽救你的生命，哪怕让我赤手空拳去砸开地狱之门，与死神搏斗，我也是会去的！因为我发现，你的生命已经连着我的血和肉，甚至连着我的灵魂，我是决不能离开你、失去你的！看起来，你是那么平平常常、温温雅雅，说话轻轻，走路轻轻，从不涂脂抹粉，穿金戴银，可只要在你的身边，我就会感到生活的温馨，灵魂的安宁，心境的恬淡、纯净和悠远，就像当年置身于梨花盛开的梨树林边，看清澈见底的梨花溪静静流淌，引我思接千载，神与物游，进入宇宙大化，天地自然……难怪高梦虹说，你是一个很有品位的女人，一个很适合做我妻子的女人。你的人格魅力从何而来？是不是得自于你的家学渊源对你的熏染，得自于中国传统文化中蕴藏的一种极深沉的力量？

〔高梦虹背着小皮包，手拿一束梨花上，轻步走进病房。

黄玉霖　（听到脚步声，回头看见高梦虹，忙起身）梦虹！

〔高梦虹示意黄玉霖不要出声，轻轻地走到病床前，仔细看了看廖修娴，把梨花插进床头柜上的一个花瓶内。

高梦虹　（轻声地）她今天怎么样？

黄玉霖　比昨天更好些了，已经脱离了危险！

高梦虹　那就好。（羞愧地）真对不起，都怪我，把事情弄成这样！

黄玉霖　也不能全怪你，我自己也有责任！

高梦虹　（从皮包里取出一张存折递给黄玉霖）这是五万块钱，其中一万五，你还给方海杰，其余的是我对她的一点儿心意！

黄玉霖　（连忙推开地）不、不，这钱我们不能收！再说，我出书可能也不需要赞助了。听说省里拨了一笔钱作为社科研究的基金，其中包括出版基金，所里已经把我写的书报上去了。

〔床上，廖修娴醒了，动了一下身子。

高梦虹　哦，那很好，不过这钱你还是收下吧，虽然这些钱并不能补偿什么，但你们收下了，我心里总会好受些！（把存折塞到黄玉霖手中）

黄玉霖　（感动地）你，你还是留着搞你的健美事业吧！

高梦虹　（凄然一笑）我要走了，所以也不差这几万块钱了！

黄玉霖　走？去哪儿？

高梦虹　加拿大，我姑妈那儿。

黄玉霖　你，你一定要走？

高梦虹　嗯！

黄玉霖　都是因为我,因为出了这件事?

高梦虹　也不光是因为出了这件事。还因为——(从皮包里取出一封已拆开的信,从中拿出一张彩色照片递给黄玉霖)你看看吧?

黄玉霖　(接过照片看了看,不解地)这是……

高梦虹　(凄然地)这是今日的梨花洲!

黄玉霖　是吗?怎么会是这样?变成一片工地、一片泥泞、一片光秃,连一棵梨树都不见了!

高梦虹　那梨花洲的地皮已经被姚峰的公司廉价炒卖给外商搞房地产开发了!

黄玉霖　怎么开发?

高梦虹　把原先的茶园和竹林毁掉,盖起洋楼别墅,把原先的梨树林——

黄玉霖　(急切地)把梨树林怎么样了?

高梦虹　全部砍掉,搞了个赛马场!

黄玉霖　已经全部砍掉了?

高梦虹　是啊,已经全部砍掉了!

黄玉霖　(痛苦地)哎呀!

〔幕内传出琵琶演奏的令人心碎的颤音。灯光暗淡,由远而近地传来一阵阵伐木声和梨树倒下的轰鸣声……

高梦虹　(噙着泪水)如果说,原先我出国还想搞点儿事业,这回我可真是想去赚钱了。如果说,原先我讨厌下海经商,这回我可是要去做大生意了!赚了钱,我要回来,还要说服我的姑父姑母一块儿回来,把梨花洲,把那赛马场都买下,重新种上梨树,种上那千树万树梨花开放的春天!当然,或许这只能是一个美丽的梦想,是我这爱做梦的高梦虹的梦想,是我们这帮从梨花洲出来的哥们儿、姐们儿的梦想……

黄玉霖　(激动地)不,这不是梦想!你是个非凡的女性,你会成功的,一定会成功的!我也要用我手中的笔,让梨花洲的美永不消失,让人们心中永远拥有那一片醉人的浓绿,神奇的洁白……

〔黄玉霖、高梦虹不由得紧紧地握住手。

黄玉霖　那你走后，方海杰和你们的孩子呢？

高梦虹　孩子我本也想带走，可他爷爷奶奶舍不得，那就暂时先放在他们身边吧！至于方海杰，我把房子和家里所有的东西都留给他了。还给了他十万块钱，让他重新创业。你以后尽可能地多帮帮他吧！

黄玉霖　我会的，一定会的，毕竟是和我们一起从梨花洲出来的！

高梦虹　（点点头）那我走了！（抽回手擦擦眼圈，转身欲走）

廖修娴　（轻柔地）梦虹！

〔高梦虹听到叫声忙回头。

廖修娴　梦虹！

高梦虹　廖老师！（急奔向廖修娴）

〔二人紧紧握手，一时无语，唯有泪眼相对。

高梦虹　（轻轻抽出手，从花瓶上拿出那束梨花交给廖修娴，深情地）这束梨花虽然不是梨花洲的，但总是我的一片心意！你多保重吧，我走了！（转身，走到了门口又回望了一下，大步走下）

〔黄玉霖和廖修娴默默无声地看着高梦虹的背影。

〔音乐起。灯光变幻，优美深情的主题曲《哦，梨花洲》从远方飘来。

〔光渐暗。

——剧　终

（本剧原载《福建艺术》1996年第3期，曾由福州市歌舞剧院演出）

越　剧

尹　桂　芳

时　间：现、当代。

地　点：上海、福州。

人　物：尹桂芳——越剧表演艺术家，从青年到老年。

竺水招——越剧表演艺术家，从青年到中年。

尹　母——尹桂芳的母亲，出场时40多岁。

阿狗娘舅——越剧经纪人，出场时30多岁。

刘先生——上海某公司职员，出场时23岁。

张经理——剧场经理。

丁一薇——先为《申报》，后为《新民晚报》记者、尹迷，出场时20岁。

小　尹——尹桂芳的弟子，出场时14岁。

观众、戏迷、导演、剧团演职员等。

〔幕前曲：

“江南绿水流泱泱，

越曲清音韵绵长。

千载梨园出奇秀，

一代宗师尹桂芳。”

第一场

〔1940年夏日的一个夜晚。上海南阳戏院。

〔在早期越剧较为简陋的音乐和乐队的演奏声中光起。

〔传统的“一桌二椅”设置的舞台上，正演出越剧《吕布与貂蝉》。尹桂芳扮演的吕布英姿飒爽，站在桌上俯身以盔帽上的两根翎子，一次次戏弄正向他敬酒的貂蝉，而后腾、跃，轻盈落地，同时，再次用翎子掠过貂蝉脸面。

〔戏院内观众的叫好声、掌声此起彼伏。

〔在掌声中，尹桂芳突然感觉右脚有些疼痛，不由得停顿片刻，将右脚就地腾挪几下，但随之又硬撑着继续表演下去。观众注意到这情景，顿时停住鼓掌，一片哗然，随之又响起热烈掌声。

〔切光。

〔光起。

〔上海一弄堂内，尹桂芳的住处。

〔尹桂芳身着练功服用昆曲柔美身段和台步缓缓地从室内走出。

尹桂芳　(唱,昆曲)

“能停妥,这慈容只合在莲花宝座,

为甚独立亭亭在梅柳左。

不栽紫竹,

边旁不放鹦哥……

(转唱越剧)

莫非是莲台观音显神灵?

绝世风姿人间无,

就是铁石心肠也动情……”

(细细揣摩,斟酌技艺)

〔尹母手提装着菜和早点的菜篮上。

尹　母　(摇摇头)桂芳,你怎么又一大早起来学戏了?不是说今天开始歇夏了吗?

尹桂芳　妈,我这习惯了,天一亮就睡不着!

尹　母　睡不着,也多躺一会儿。看你来上海这两年多,整天不是演戏就是学戏,学了越剧还不够,还要学京戏、昆曲、话剧,从没好好歇过一天,你还要命吗?

尹桂芳　妈,你放心吧,我身体好得很,看!(做了个刚劲潇洒的京剧武生起霸动作)

尹　母　好了好了,别逞能了,吃早点去吧!妈又买了你爱吃的臭豆腐了。

尹桂芳　那我要先尝一尝!(从菜篮中取出一块臭豆腐往嘴里塞)

尹　母　你这孩子!(下)

〔小尹急上。

小　尹　恩娘!

尹桂芳　小尹!

小　尹　恩娘,我听说你昨晚演吕布从桌上跳下来时,不小心把脚崴了,是吗?

尹桂芳　(刚劲利落地一踢腿,又灵巧地走了几个台步)崴了吗,啊?(笑,认真地)不过人家要问起,你就说我脚真崴了啊!

小　尹　为什么?

尹桂芳　你就这么说,尤其是对我那师姐!

小　尹　这……哦,我明白了!恩娘你这是真心给师姐让台,让她到南阳戏院来做头肩小生。

尹桂芳　算你聪明!我那师姐是很仗义的人,我不说脚崴了非歇夏不可,她是绝不肯来南阳的,怕挤对了我!

小　尹　可是,恩娘你,为什么一定要这样这样做呢?恩娘啊——

(唱)　自去年,你到南阳来坐镇,
几出大戏惊世人。
武松陈琳和吕布,
扮相英俊功夫深。
人都说,沪上越坛出奇秀,
悄然升起一明星。
现如今,突然让台辞别去,
真是叫人好心疼!

尹桂芳　(唱)　莫说明星不明星,
为人最要情义深。
想当初,我到上海起步难,
师姐她对我多关心。
现如今,她仗义执言得罪老板须转场,
我岂能不将援手伸?

再说,她的小生功夫真是好,我也正可借此多向她学点东西。

小　尹　嗯!可是咱要离开南阳去哪儿安身呢?

尹桂芳　我已经让阿狗娘舅帮我去找了。放心吧,只要我们把功夫练好了,不会没地方去的。

小　尹　那你的搭档呢?找个好搭档可不容易啊!

尹桂芳　是啊!如果能找到竺水招就好了,那才是我最好的搭档。

小　尹　竺水招？

尹桂芳　是啊，她不但戏好人样俊，还是我同生死共患难的好姐妹！

小　尹　同生死共患难的好姐妹？

尹桂芳　是的。小尹啊——

（唱）　我与她多年结缘舞台上，
浪迹江湖路茫茫。
那年岁末到宁溪，
怎料无端惹祸殃。
那一日，警察所长请宵夜，
唤我二人陪身旁。
我俩本就厌应酬，
更惧此人是色狼。
因而推辞未赴约，
得罪了这个活阎王。
诬我俩，伤风败俗演淫戏，
破坏抗战罪一桩。
将我二人来抓捕，
投入阴暗一牢房。

小　尹　什么？竟然抓你们去坐牢？！

尹桂芳　（唱）　五十三个日与夜，
我俩相依对铁窗。
执手相互擦泪眼，
身躯紧搂挡风霜。
待到家人营救出，
我俩齐赴永宁江。
欲借江水洗清白，
化成厉鬼申冤枉！

小　尹　啊？！那后来呢？

尹桂芳　后来被当地农民发现拦阻了，而我俩啊……

（唱）　发誓从此做姐妹，

有福同享难同当。

城隍庙里行八拜，

誓言铮铮对上苍！

小　尹　噢，那竺水招阿姨现在在哪儿？

尹桂芳　（焦心地）不知道啊！

〔正在此时，阿狗娘舅拎一包袱，匆匆上。

阿狗娘舅　桂芳、桂芳！

尹桂芳
小　尹　阿狗娘舅！

阿狗娘舅　你的新搭档给你找来了，你猜是谁？

尹桂芳　这——（摇摇头）

阿狗娘舅　（模仿《盘妻索妻》中，丫鬟兰桂的表演和声调）“哎呀，真好看，小姐，你快来呀！这青青的山，绿绿的水，真好看，小姐快来呀！”

〔竺水招背对众人，迈着台步，风情万种地缓缓而上……突然，转身亮相！

尹桂芳　（惊喜万分）水招妹！

竺水招　桂芳姐！

〔二人激动地紧紧拥抱在一起。

尹桂芳　你这死丫头，这两年都跑到哪里去了？你呀——

（唱）　自那年，浙东分别到上海，

我就捎信让你来。

信去一封又一封，

竟如石头落大海。

以为你这负心妹，

早忘姐姐九霄外。

竺水招　（唱）　姐莫把妹来错怪，

生死之交怎忘怀?
为何不能来沪上,
且听妹妹我道来。

尹桂芳　你说——

竺水招　那年分别回家后,我也收到你的信,可那时家里因为救我们出狱,已一贫如洗,连来上海的路费都拿不出来了!

尹桂芳　那你告诉我,我给你寄呀!

竺水招　(摇摇头)我想你刚到上海,也不容易。此时,刚好有个老板要组班去江西、福建演出,我就跟着去了,想等赚了路费再去找你,没想一去就是两年多。

尹桂芳　这两年多想死姐姐了!从今往后,咱姐妹俩再也不分开了!

竺水招　嗯!再也不分开了!

〔二人又紧紧拥抱在一起。

阿狗娘舅　太好了!桂芳,还有一件好事呢。

尹桂芳　什么好事?

阿狗娘舅　我已经跟同乐剧场的经理谈好了,他欢迎你过去组班演出!

尹桂芳　同乐剧场?那里不是有个男班在演出吗?

阿狗娘舅　因为男班都是老戏旧演,观众都被女班抢去,维持不下去,准备撤走了!

竺水招　男班的观众都被女班抢去了?

阿狗娘舅　是啊,现在上海观众都说:绍兴大班本是老大哥,绍兴文戏男班是小兄弟,女班是小妹妹。可老大哥的饭碗先是被小兄弟抢去,小兄弟的饭碗又要被小妹妹抢去了!

尹桂芳　(一震)哦!看来,谁的饭碗都不是铁打的!那乱弹班也是这样,前两年还挺兴旺,现在也不行了。水招妹啊——

(唱)　上海滩,十里洋场竞时尚,
观众眼界非寻常。
粗陋陈旧遭厌弃,

精美新颖倍欣赏。
咱文戏女班要生存,
务须进步与改良!

竺水招 (赞同地)嗯!

尹桂芳 看来我师姐姚水娟率先搞改良,聘请编剧写剧本,不再只演老戏、路头戏,还编演时装戏,使用了话剧的灯光、布景和音响,真是有眼光的!

竺水招 那我们往后也跟她学,也这样搞改良!

尹桂芳 不,为了我们绍兴文戏——现在都叫越剧,更好地生存与发展,我们应当做更大的改进!

〔音乐起。

〔光暗。

第 二 场

〔光起。

〔1944年初的一天晚上。上海龙门大戏院。

〔舞台上,《梁祝》的演出已到高潮。梁山伯墓前,由竺水招扮演的祝英台在一阵水袖狂舞后唱:“梁兄啊,不能同生求同死”后,随着电闪雷鸣,坟墓炸开,叫了一声“梁兄!”跃入坟墓……接着,在优美舒展的音乐声中,满台五彩灯光闪耀,鲜花盛开,天幕上霞光万道,彩云朵朵,由尹桂芳和竺水招扮演的梁山伯与祝英台装扮的一对彩蝶从坟墓中冉冉升起。

〔幕后伴唱:

“彩虹万里百花开,
花间蝴蝶成双对。
千年万代不分开,
梁山伯与祝英台。”

〔观众发出雷鸣般的掌声与欢呼声……观众涌上舞台，向尹桂芳与竺水招献花，要求签名。新闻记者不停地拍照。身着西装，相貌俊朗的刘先生也手捧两束鲜花上。

刘先生　尹小姐、竺小姐，你这出戏做得太漂亮了！我和我母亲都非常喜欢，这是我们的心意！（献花）

尹桂芳
竺水招　谢谢，谢谢！

〔美丽端庄的丁一薇挎着照相机，手持一笔记本上。

丁一薇　尹小姐、竺小姐，我是《申报》记者丁一薇，请允许我采访你们几句好吗？

尹桂芳
竺水招　请吧！

丁一薇　这两年，你们和大来剧场的袁雪芬相互呼应，创造“新越剧”，连连推出有编导、有音乐设计和立体布景的全新剧目。现在，连传统老戏《梁祝》都搞得让人耳目一新，美轮美奂，真了不起啊！

尹桂芳
竺水招　丁小姐过奖了！

丁一薇　能不能透露一下，接下来，你们还将推出什么更让观众惊喜的新剧目呢？

尹桂芳　这个嘛——（与竺水招对视了一眼，欲说又止，微笑）等我卸了妆再谈吧！（转身下）

〔张经理手持一份报纸上。

张经理　（兴奋地）尹桂芳、竺水招搞得真不错呀！

（唱）新越剧，旌旗扬，
万千戏迷喜欲狂。
连夜排队来抢座，
日日看涨我票房。
只是啊，顺风还须防逆水，

方略周全财运昌。

水招，你来一下。

竺水招　张经理，有事吗？

张经理　刚才，社会局局长的姨太太来看戏，又提那事了，说你只要肯认她做过房娘，她除了送行头，还要送一套黄金首饰做见面礼。

竺水招　我早说过了，我有自己的娘，还认什么过房娘？

张经理　可人家先生是管我们的，不好得罪，你就当给她，也给我一个面子吧！

竺水招　要给你给，我一个唱戏的，有什么面子？对不起，我要卸妆去了！（转身，下）

张经理　哎哎——（恼怒地）卖什么俏？真不识抬举！

〔此时，一个身披麻袋，破帽遮颜的乞丐弯腰弓背从后台走向众人乞讨。

乞　丐　先生、小姐，行行好，给点儿钱买饭吃，行行好，行行好！

张经理　（恼怒地）这乞丐怎么会跑到这里来了？快出去！快出去！

〔乞丐非但不走，还直接走到张经理面前向他乞讨，并摆出一副“我不走，你奈我何”的神态。

张经理　（怒呼）来人啊，快，快把这乞丐赶出去！

〔一个剧场工作人员闻声跑上，欲驱赶乞丐，乞丐却突然掀掉麻袋，摘掉帽子，咯咯大笑起来，原来是尹桂芳！此时，竺水招也跑上，跟着大笑。

众　人　（惊异地）啊？

尹桂芳　丁小姐，接下来，我们就准备搞这样一出时装戏：

（唱）　有个来沪的青年人，

家本幸福多欢欣。

劣友诱惑走歧路，

十里洋场迷了魂。

辛勤工作不愿做，

只想投机获千金。

生意亏空陷困境，

乞讨无处可安身。
愧对妻女欲自尽,
黄浦江畔泣声声……

丁一薇　哦,你们怎么会想做这样一出时装戏呢?

尹桂芳　这些年在上海,我经常耳闻目睹这类人和事。现在正在抗战,胜利的希望和国家的未来主要在青年人身上,如果他们都在纸醉金迷中堕落,那我们国家还有什么希望?

丁一薇　你的想法很好,我能不能把你们这消息发在明天的报纸上?

〔尹桂芳欲回答。

张经理　(急忙走上前)不急不急,这事我们还要商量,商量!(把尹桂芳拉到一边,轻声地)桂芳啊——

(唱)　此举千万须谨慎,
时装越剧费重金。
行头必须重添置,
布景道具要更新。
倘若观众不看好,
戏院便要做牺牲!

尹桂芳　(唱)　经理且把心放定。
戏院无须做牺牲。
该戏行头我来做,
包银排戏作资金。
倘若演出不卖座,
亏损经费我担承!

竺水招　(唱)　我姐咋办我咋办,
损失我俩共担承!

张经理　这……(看到手中的报纸,连忙地)不光是盈亏问题,你们看今天报纸的报道:一批越剧男班的艺人集会声讨,强烈反对搞新越剧。说新越剧吸收了话剧的渣滓,丢弃了的笃戏的精华,是弃师灭祖!这时候,我们还搞新越剧的时装戏,比搞古装戏更激进,只怕会引火烧身啊!

〔众人议论纷纷。

〔尹桂芳接过报纸看了看,沉重地摇摇头,递给竺水招。

竺水招 (看了一下报纸,气愤地)瞎说!搞新越剧怎么就弃师灭祖了呢?

尹桂芳 这些人糊涂啊!

(唱) 的笃戏乡村野唱泥味醇,
那是咱们越剧的根。
自幼与它来结缘,
如鱼伴水情谊深。
倘若不入大上海,
怎知道梨园百花多芳芬。
倘若不采众芳蜜,
怎能够茁壮蓬勃显青春。
倘若不做大改进,
怎能够跟上时代、占尽风流,风靡偌大上海城!
难道总唱呤嗄调,
就算将其精华存。
难道总演路头戏,
就算敬重前师尊?
须知道改进也是延血脉,
花繁叶茂根也深!

竺水招 (唱) 他们是因循守旧失观众,
怎能自诩守根本?
不思进取丢饭碗,
怎能责怨革新人?
况且说我们创造新越剧,
也让传统吐芳芬。
今日新演这《梁祝》,

不就为老戏显青春。

尹桂芳　是啊,我们还准备把《何文秀》《盘妻索妻》《玉蜻蜓》等传统老戏都重新编排推出呢!

〔众人连连点头。

张经理　虽然你们说得有道理,但是这报纸上舆论汹汹,还是不能不提防的,所以这事……再商量,再商量!(转身欲下)

刘先生　(走上前)张经理请留步,请允许我说几句好吗?

张经理　你,你想说什么?

刘先生　张经理啊!

(唱)　新越剧,沪上唱,
已如浪涌黄浦江。
万千观众皆喜爱,
胡言岂能把它伤?
编演警世时装戏,
意义更是非寻常。
为了回应那谬论,
在下也做一文章!

(从衣袋中取出稿子)这是我今天看到那报纸上的消息和文章后,气愤不过,随手就写下的反驳文章,你们看看如何?

〔尹桂芳接过稿子和竺水招一齐看,面露欣喜。

丁一薇　(接过稿子,看)文章写得很好,观点鲜明,反驳有力,文笔也不错,能给我们报纸吗?明后天就给你发!

刘先生　可以啊!

〔众人欣喜。看张经理有些尴尬难言,阿狗娘舅俏皮对观众做了个要再给他一个刺激的手势。

阿狗娘舅　张经理啊,我知道尹桂芳和竺水招在你这儿搞新越剧,你们不过多赚了几片大饼油条钱,九星、国泰那些大剧院的老板眼睛就红得快流血了,如果你怕搞这时装戏会亏损惹事,我来介绍,就让她俩去他们剧院去搞好了，亏死他们，你看如何？

张经理　这……

竺水招　是啊，张经理，你要实在怕我们搞时装戏砸你的场子，我们可以到其他剧场去搞！

张经理　这……（恼怒地）别再卖俏了！尹桂芳那样的小生不好找，像你这样的花旦还是找得到的！

竺水招　好啊，那你就去找吧！（转身欲下）

张经理　（一愣）这……好，你走，你走吧！

尹桂芳　（猛然）慢！张经理，你真要赶竺水招走？

张经理　这……

尹桂芳　那你干脆连我也赶了吧！

张经理　哪儿的话？你，你可是我们这儿的台柱！

尹桂芳　竺水招也是台柱，没有她这个台柱帮我撑着，我这台柱也立不起来。所以，你要赶她走，也就等于赶我走！

张经理　这、这……

尹桂芳　水招啊，既然人家不留，咱姐妹俩就一齐走吧！

张经理　这、这……

刘先生　张经理，我们戏迷到贵剧院来看戏，主要就是要看尹小姐和竺小姐的戏，如果她们走了，那我们也会跟着走喔！

张经理　你……

尹桂芳　（挽起竺水招的胳膊）走！

张经理　哎哎！（急忙拦阻）哎呀桂芳，我张某捧你都还来不及，怎么会赶你走？对水招，那也是说了句气话嘛，怎么就当真了？别当真！别当真！

阿狗娘舅　（暗笑，俏皮地）是啊，别把铁棍当（针）真，张经理本来就是紧跟时代潮流的人，哪里会反对你们搞那时装戏呢？是吧，张经理？

张经理　是啊、是啊，你们真想搞就搞吧！啊？搞，搞！（尴尬地急下）

〔众人笑。小尹也笑着抱鲜花下。

尹桂芳　（感激地对刘先生）谢谢先生的支持帮助！请问先生贵姓？

刘先生　免贵姓刘。这是在下的名片！（递上名片）我和我母亲都是你们的忠实戏迷！

尹桂芳
竺水招　谢谢！

竺水招　（情不自禁地）刘先生，以后还请多来捧场！

尹桂芳　是啊刘先生，需要戏票可以找我们！

刘先生　好的好的，能得到你们二位的垂青，真是太荣幸了！

〔尹桂芳、竺水招与刘先生对视一笑，尹桂芳忽然像感觉到什么，眼睛又忙移开了。小尹急上。

小　尹　恩娘，张经理他——（对尹桂芳悄悄说）

尹桂芳　嗯？（对竺水招）他让财务把我们请来的编导和布景灯光师的账都结了，这什么意思？我们不是正商量要长期聘请这些人组成一个剧务部，来负责我们所有上演剧目的策划、编导和布景、灯光设计吗？

竺水招　这等于釜底抽薪嘛，我再去找他理论！

尹桂芳　等等！（稍顿）水招，我有个想法！

竺水招　什么想法？

尹桂芳　看来，我们还真得借助一个更好的剧场，聘请最好的编剧、导演、作曲、布景、灯光设计、演员与乐手，组成一个更好的剧团。

（唱）　齐心协力往前闯，

方能够创造越剧新辉煌！

竺水招　我赞成！我们马上着手筹备吧。

尹桂芳　嗯！

〔音乐起。

〔光暗。

第三场

〔光起。

〔1946年2月的一天。上海九星大戏院。

〔舞台上,《沙漠王子》的演出正在进行。舞台上挂一横幅:庆贺芳华剧团成立倾情献演新越剧《沙漠王子》。尹桂芳扮演罗兰王子,竺水招扮演伊丽公主。

伊　丽　那王子的命怎么样?

罗兰王子　(唱)　手抚琴儿心悲酸,

自己的命儿我自己算。

对面坐着是我心爱的人,

可叹我有目不能看……

〔暗转。

〔以下舞台分为两个表演区。一侧表演区光亮。

〔尹桂芳住处。尹母边咳嗽,边对着香案上的祖宗牌位烧香祷告。

尹　母　请尹家列祖列宗,孩子她爹在天之灵保佑桂芳剧团开张大吉,首演成功,多多保佑……

〔剧场一侧光亮,《沙漠王子》演出结束,观众爆发出狂热的掌声与欢呼声。

尹　母　(边咳嗽,边喃喃自语)戏该散场了,她该回来了!该回来了!

〔幕后传来:"妈!""姨!"的欢叫声,尹桂芳和竺水招兴高采烈地跑上。

尹　母　回来啦?看你们这高兴劲,演出应该很成功吧?

尹桂芳　成功,成功,观众太热情了,我们俩谢幕谢得差点儿都下不了台!

竺水招　我跟桂芳姐要不是从戏院边门溜出,躲进黄包车快跑,只怕今晚会被戏迷困住回不了家了!

尹　母　那就好,祖宗保佑!(咳嗽)

尹桂芳　妈,你的病还没见好呀!都怪我,整天忙剧团和排戏的事,都没顾上你。明天上午我啥事都不干了,陪你去医院好好看看!

竺水招　是要去医院好好看看!

尹　母　没事没事,要忙就忙你的!你们肯定肚子饿了,我这就给你们去煮夜宵。

尹桂芳　你歇着，我自己来！

竺水招　是啊，姨，你快去歇着，我们自己煮！

尹　母　还是我去，今天剧团开张大吉，妈妈我也高兴，就给你们煮几碗你们爱吃的菜，庆贺庆贺！（喜滋滋地下）

尹桂芳　你先去洗洗吧，我坐一会儿！

竺水招　你是不是又要一个人发呆了？每次演完戏，你总要一个人躲在后台休息间发一会儿“呆”。今天，你没法在剧场发呆，就跑回来补发了！（笑）

尹桂芳　快去洗，快去洗，别啰唆！

竺水招　好吧，那这“呆”就留着你自己慢慢“发”了！（下）

尹桂芳　（走至天井前，抬眼看天上一轮明月，又俯身看月色笼罩下的桂花树，不禁心潮起伏，思绪万千，唱）

一轮明月穿彩云，
月下桂树摇清影。
芳华剧团开门红，
心潮起伏实难平。
想当年，艰难求生来沪上，
到如今，黄浦江畔吐芳芬。
努力耕耘诚开道，
天人相助方玉成。
因此我，切忌自满与骄纵，
切忌失落平常心。
还应当，认认真真去演戏，
清清白白来做人。
犹如那，桂花傲放秋风里，
送人清新与香醇！

〔竺水招洗漱罢，换了便服上。

竺水招　姐，发呆完了吧？是不是又该开始下一个节目了：（模拟尹桂芳）水招啊，你快告诉姐，我今晚演出有什么纰漏？还有哪句台词说得不够好？哪句唱得不够有味？哪个表情和眼神不够到位呀？

尹桂芳　死丫头，知道那就快说呀！

竺水招　哎呀姐，说实话吧，虽然今天你的演出受到观众那么热烈的追捧，其实纰漏还是挺多的！

尹桂芳　真的？那你快说，纰漏在哪儿？

竺水招　（卖关子）纰漏吗，纰漏……

尹桂芳　哎呀，你快说呀，纰漏在哪儿？

竺水招　这纰漏就在于……没啥纰漏呀！（大笑）

尹桂芳　你这死丫头，作弄姐呀！（举手欲打）

竺水招　（笑着躲开，真诚地）不过，姐，你今天演得真是太好了！尤其是《算命》那一段，唱得太好、太动人、太有味了！姐呀——

（唱）　且信我，这个唱段会传扬，
就像那《盘妻索妻》唱洞房，
静静幽幽意绵长；
《何文秀》归来访兰英，
九里桑园饭菜香；
《浪荡子》里“叹钟点”，
悠悠震荡黄浦江；
《红楼梦》中贾宝玉，
“哭灵”声声断人肠！

姐，你知道吗，好几次，听你这“贾宝玉”哭灵哭得那么真切动人，那么委婉深情，我都禁不住会想：这“林黛玉”要是真死了，有这么一位有情有义，又憨又痴的“宝玉”哭灵，也值了！

尹桂芳　呸呸呸！瞎说什么呀！什么死呀活的，咱们还要长长久久做姐妹呢！

竺水招　这也都怪你演得太真、唱得太好了呀！

尹桂芳　那你演得不真、唱得不好吗？你要是演不好，唱不好，人又长得俊，人家怎么称你是“越国西施”呀！

竺水招　哎呀，那都是瞎叫的！

尹桂芳　再说，没有你在台上的配合默契，我稍递一个眼神，你就心领神会，和你真有一种心心相印的感觉，我又怎么能演得好、唱得好呢？

竺水招　要说这个吗，谁叫咱俩是好姐妹呢？

尹桂芳　那是。

（唱）　妹妹呀……

竺水招　（笑，唱）哥哥呀……

〔二人咯咯大笑，笑得搂成一团。

竺水招　（突然想起）哎，姐，你说那刘先生晚上来看演出了吗？

尹桂芳　应该会吧。我们不是给他和他母亲送了请柬了吗？

〔正在此时，随着幕后传来小尹的叫声："恩娘，刘先生来了！"刘先生在小尹的带领下，手捧一个大花篮，笑盈盈地上。

尹桂芳　（惊异地）刘先生，你怎么会……

竺水招　（惊喜地迎上）刘先生！

刘先生　尹小姐、竺小姐啊，你们今晚的演出太成功了！我想上台去献花，好容易挤上去，你们却走掉了，所以冒昧地跑到你们家来，请收下！（递上花篮）

尹桂芳
竺水招　（感动地）谢谢刘先生！

刘先生　尹小姐，你的唱腔现在越来越有特点和韵味了，真是自成一派了！依我看啊——

（唱）　分明是款款深情化演唱，

以情带腔字行腔。

娓娓道来如说书，

宛若清溪悠悠淌。

缠绵委婉不矫饰，

洒脱飘逸韵绵长。

为把情感细描述，

多用清板唱乐章。

一句起腔“妹妹呀”，

千柔万转荡人肠……

尹桂芳
竺水招 这——

〔尹桂芳、竺水招各自暗唱。

尹桂芳
竺水招 （唱） 听得他，一番话语说唱腔，

句句沁入我心房。
句句深入又在行。

难得一个越剧迷，
对人如此知心肠；

难得一个圈外人，
能把我唱腔深欣赏。

且看他为人热忱又诚挚，

相貌精神且俊朗。

不由我怦然心弦动，

悄眼把他再细端详……

刘先生 （从口袋中取出一精致的首饰盒，对尹桂芳）哦，对了，我母亲特别喜欢你，交代我一定要把这小礼物送给你。

尹桂芳 （敏感地）这……

〔竺水招也似有感觉到什么，有些难受地低下了头。尹母上，看此情，忙上前解围。

尹　母 这就是刘先生吗？

刘先生 您是伯母吧？叫我小刘好了！

尹　母 （上下打量了刘先生一番）曾听桂芳提起过你。嗯，很好，很精神！（剧烈咳嗽）

尹桂芳 妈，你……（忙上前拍抚母亲后背以止咳）

刘先生　伯母，你这病得不轻，应该去医院看看！

尹桂芳　我正想明天早上带她去找个医院看看。

刘先生　对了，我有个朋友是协和医院的内科医生，挺有名的，我可以带你们去找他看看！

尹桂芳　那就太感谢了！

尹　母　感谢，感谢！桂芳啊，我刚把夜宵做好了，就请小刘一块儿吃一点儿吧！

尹桂芳　啊？刘大哥，那就请……

刘先生　（爽快地）好啊，我也真饿了。不过，我母亲这礼物还请你——（再次将礼盒递给尹桂芳）

尹桂芳　这……

尹　母　桂芳，既然是老人家的心意，你就先收了吧，过后也回个礼就是了！（示意尹桂芳收下）

尹桂芳　那，那好吧！（接过盒子，不无羞涩地看了刘先生一眼）

〔阿狗娘舅上。

阿狗娘舅　桂芳、水招、阿姐！

尹桂芳
竺水招
尹　母　阿狗娘舅！

阿狗娘舅　你们今晚这戏真是一炮打响了，观众反应非常热烈！袁雪芬也来看了，她也非常赞赏，并让我给你传个话——

尹桂芳　什么话？

阿狗娘舅　她想邀请你共同挑头，联合一批当今越剧界最当红的女伶举行义演，筹集资金，办一个剧场和越剧学校，免受剧场老板盘剥、培养新人。

尹桂芳　好啊，这是好事啊！她准备什么时候做这事？

阿狗娘舅　马上就做。

尹桂芳　可电影公司已邀请我拍一部叫《王孙公子》的电影，如果现在就做，那拍电影的事就……

竺水招　姐，这是件好事，我也愿意参加。可你拍电影的机会也太难得了，不可以错过的！

尹桂芳　是啊……还是先和袁雪芬见个面，看情况再说吧！

阿狗娘舅　她邀请你明天上午到南京路大光明咖啡馆见个面。

尹桂芳　可是明天上午我要陪我妈去看病，能不能另约个时间？

阿狗娘舅　这个……

竺水招　姐，你尽管去吧，也代表我了，明天我跟刘先生陪姨去看病！

尹桂芳　那，那好吧！

阿狗娘舅　桂芳，这真是件好事，若不影响你拍电影，你就挑头做吧，你的影响力现在大啊。你看，就因为你所扮演的那些小生角色的影响，现在不少剧团已经从旦角当家改成小生当家了。所以，依我看，咱们越剧女班旦角当家的时代就要结束，小生当家的时代就要开始了！

（唱）　桂芳啊！

都说是长江后浪推前浪，

梨园风水也流淌。

越剧若再选皇帝，

观众一定拥你当！

尹桂芳　（不好意思地）阿狗娘舅！

〔光暗。

第四场

〔“快看新闻，快看新闻，尹桂芳当选越剧皇帝！”在报纸叫卖声中舞台前区光起。一报童在上海街头兜售报纸，众多行人围上抢购，议论纷纷。

〔舞台后区光起。尹桂芳住处。

〔尹母喜滋滋地提菜篮从屋内走出。

尹　母　（唱）　尹家今日逢大喜，
女儿唱戏成皇帝。
上街多买几碗菜，
酬谢祖宗多荫庇。

〔尹桂芳手持一报纸上，并未显露特别兴奋的神情。

尹桂芳　妈，你要出去买菜呀？

尹　母　是啊是啊，妈知道你被选上了“越剧皇帝”了，该谢谢祖宗，谢谢你爹在天之灵的庇佑，我要去买几碗菜，供一供！

尹桂芳　哎呀，妈……

尹　母　哦，对了，中午能不能请那小刘过来一起吃饭？

尹桂芳　干吗呀？

尹　母　一起庆贺庆贺，你们也乘此多接触接触，我看这小伙子不错，可以……

尹桂芳　（羞涩地打断）哎呀，妈，你急什么呀？人家……

尹　母　我急？我能不急吗？你几岁了，都快奔三十的人啦！

尹桂芳　哎呀妈，知道了！你还是快买菜去吧！

尹　母　知道就好！（欲走，又想起）对了，你也要把水招叫回来吃饭啊，你说她去朋友家，怎么去三天了还不回来？

尹桂芳　这——好吧，我找找看！

〔尹母点头下。

尹桂芳　（忧虑，自语）这水招究竟怎么了？以往从来没有过的……

〔丁一薇手捧鲜花笑盈盈地上。

丁一薇　尹小姐！

尹桂芳　哦，丁小姐！

丁一薇　尹小姐，衷心祝贺您当选越剧皇帝！

尹桂芳　谢谢！请坐吧。

丁一薇　尹小姐，我们报纸的读者，现在一定都想听听您获此殊荣后的感想，请您谈谈好吗？

尹桂芳　这个——丁小姐啊，

（唱）　观众厚爱与赞赏，

谁个伶人不向往？

但因连连懊恼事，

已让我心透凄凉。

纵然说观众眼里是“皇帝”，

那些个政府官员又怎想？

依然是区区下贱一戏子，

任意欺辱没商量！

丁一薇　您说的是你们越剧名伶十姐妹联合义演《山河恋》的事吗？

尹桂芳　那还不是吗？

（唱）　观众追捧如涌浪，

竟令停演来砸场。

而后又借管资金，

欲将收入控手掌。

社会局长那坏坯，

满腹都是邪心肠。

蛮横霸道又无耻，

犹如那，当年害我的警所长！

那时我，身上若有带武器，

真想对他开一枪！

丁一薇　（笑）没想到尹小姐还有这侠女之风！

尹桂芳　兔子被逼急了还咬人呢，他们太仗势欺人了！

丁一薇　是啊，为了牵头搞这场义演，你连那么难得的拍电影的机会都放弃了，却是这种结局，接下来还准备做什么呢？

尹桂芳　现在这情势，还能做什么？剧场和越剧学校肯定是盖不成了，加上内战越打越凶，物价也越涨越高，人心惶惶，看戏的人也越来越少了。越剧前途堪忧，我这“皇帝”怕也当不了几天了！

丁一薇　这……

〔小尹手持一封信急上。

小　尹　恩娘，水招阿姨给你的信！

尹桂芳　水招的信？（忙接信，拆看）啊？她要回老家，她现在人呢？

小　尹　看她带着行李，应该是去十六铺码头了！

尹桂芳　对不起，丁小姐，今天我们先谈到这儿吧，我要出去一下！这丫头，怎么回事？

丁一薇　好的，你别急！

〔尹桂芳起身出门。

〔光暗。

第五场

〔光起。

〔上海黄浦江十六铺码头。江轮上汽笛声声。

〔竺水招心情沉重地拎着一个手提箱上。

竺水招　（喃喃自语）上海，我要走了。姐，我要走了，要违背再不和你分开的诺言了！真对不起，可是我不能不走啊！

（唱）　听码头轮笛声声催人行，
水招我胸如江涛翻不停。
数日来心乱如麻五内焚，
食不甘味夜难寝。
平生未遇的大难题，
不知如何来理清。
一边是对我至爱的好姐姐，
一边是抹不去的他身影。
越理越乱心流血，
越思越想神更昏，

宛如陷入大泥潭，
越是挣扎陷越深。
所以我唯有离沪回乡去，
但愿由此得安宁。
黄浦江啊黄浦江，
你当知晓我的心。
桂芳姐啊桂芳姐，
你当谅解妹的情！

〔轮船汽笛声。竺水招转身欲下，突然传来尹桂芳的喊声："水招妹——"竺水招一愣，欲避不及。尹桂芳急上。

尹桂芳　水招妹，你这是怎么了？好好的怎么突然就要回老家了？

竺水招　这……

尹桂芳　出什么事了吗？

竺水招　啊？没，没有啊。

尹桂芳　不，水招，你没跟姐讲实话，一定出什么事了！

竺水招　（一惊，连忙）没，没出什么事！

尹桂芳　不，一定有。水招啊——

（唱）　咱俩姐妹情缘深，
彼此相知到心灵。
突然你要回乡去，
其中必定有隐情。
你若对姐还信赖，
就应把它来说清；
纵然遇有天大事，
姐也与你共担承！

竺水招　（情不自禁）姐，这事我自己能处理，你就别管了吧！

尹桂芳　你有事姐就一定要管。快说，究竟出了什么事？

竺水招　这……你就别问了吧！

尹桂芳　不能不问，你是我妹，我是你姐，不能眼睁睁看你出事受苦、受委屈！

竺水招　这……我，我没出什么事！

尹桂芳　刚说有事，又说没事，你是存心把我当外人是吗？如果是这样，那我也懒得管了！（做生气状，欲走）

竺水招　（连忙）不不，姐，我从来是没把你当外人的，你是我最好的姐！

尹桂芳　那你为什么不对我说实话？凭我这么多年对你的了解，你以为你有事能瞒得过我吗？

竺水招　（一震）这……

尹桂芳　人家都说我这双眼睛在舞台上很传神，难道在生活中就变成睁眼瞎了吗？

竺水招　（又一震）这……

尹桂芳　（恳切地）快说吧水招妹，你要不说，会把姐给活活急死！

竺水招　这……好吧，我说！（扑向尹桂芳，热泪涌出）姐，我对不住你呀！

尹桂芳　干吗，有话好好说——

竺水招　姐呀——

（唱）　人都说，鸠占雀巢是恶行，
姐妹争爱更不伦。
妹妹我，竟然爱上刘先生，
昏头昏脑像丢了魂！

尹桂芳　（一惊）什么，你爱上了刘先生？

竺水招　（唱）　妹知道，他本应是姐的爱，
谈婚论嫁合适人。
刘家母亲早有意，
姨妈也有此心存。
因此我，连连责打自己脸，
不断臭骂自己浑。
拼命想把他遗忘，
处处回避他身影。

却是白日难忘却，
夜里竟然还入梦。
因此我，不敢与你同床睡，
只怕梦话被你听；
也不能，和你同台来演戏，
只怕面对你眼睛。
唯有别你回乡去，
休憩将养我身心。
要不然，只怕自己难克制，
做出的事情会更蠢！

尹桂芳　噢——

（唱）听招妹掏心掏肺说内情，
不由得深深震撼我心灵。
对此事原本也隐隐有感觉，
却不料她坠情网这样深！
凭心论自己对刘也喜爱，
也愿与他结婚姻。
更何况自己已属大龄女，
错过就难觅知音。
慈母急盼我有归属，
婚事落空更心疼。
此事究竟怎处置，
我心不由也乱纷纷……

竺水招　（眼含热泪，诚挚地）姐，你就让妹妹我回乡去吧！妹妹真怕自己越陷越深，再做蠢事，对不起姐姐，真怕啊！

尹桂芳　这……

竺水招　姐，咱俩是在城隍爷前行过八拜的好姐妹，我绝不能负你呀！

尹桂芳　这……

（唱）　听招妹一腔真情道此语，
不由得我心中又一震。
想当年我曾与她共患难，
生死姐妹结同心。
来上海灵犀相通来演戏，
相濡以沫度光阴。
成尹派赖她无私来相助，
新越剧艰难与我共担承。
到如今她陷苦海我不救，
岂不是枉为姐姐枉为人？
因此我还须忍心作退让，
苦水留与自己吞！

（帮竺水招擦去眼泪）水招啊，你这傻妹妹，这事你为什么不早告诉姐呢！

（唱）　刘先生，好人品，
妹妹爱他我欢欣。
虽然说姐姐对他也赞赏，
未必就是真爱情。
虽然说两家老人有心愿，
我却还未曾想到结婚姻。
妹妹为他陷苦海，
分明比我感情深。
若他也能爱妹妹，
你们俩就是命中有缘分！

竺水招　不，这不是姐姐的真话，姐姐呀——

（唱）　妹太知晓姐性情，
宽厚谦让把妹疼。
此事妹定来摆脱，

绝不伤害姐的心。

因此我必须回乡去休憩,

天高地远心潮平。

倘若此举仍无效,

妹还另有一招行。

妹眼下拥有甚多仰慕者,

从中结缘选一人。

一旦婚事来定下,

痛苦烦恼自然清!

人家不是叫我是"越国西施"吗?这回我就"西施"一把,把那些仰慕者搞定!

尹桂芳　(不由笑起)傻丫头——

(唱)　你的心意姐受领,

但你无须做此行。

姐与他命中或就无缘分,

你纵避让也难成。

所以你不必自责与愧疚,

辜负前世修来的情!

竺水招　不管怎样,我还是要先回家一趟,冷静一下!

尹桂芳　你实在要回就回几天吧,我也正想去香港玩一玩,歇一段。

竺水招　去香港?你这是不是为回避刘先生,给我让机会?

尹桂芳　(苦笑地摇摇头)不是的。你看现在时局越来越乱,越剧和剧团的前程堪忧,听说香港还比较稳定,有些唱越剧的也想去那边发展,所以我也想去看看情况。(笑)再说,我也要去寻找自己的缘分呀!(深挚地)妹妹呀——

(唱)　人世间美好姻缘太难寻,

遇到切莫错过把苦果吞!

竺水招　姐姐!(扑到尹桂芳怀中,热泪涌出)

尹桂芳　妹妹!(一把抱住竺水招,强笑地拍拍她的背)

〔音乐起。

〔光暗。

〔舞台一侧光起。夜半时分。尹桂芳独自一人呆坐空室,怀抱琵琶,凄切吟唱。

尹桂芳　(唱)　手抚琴儿心悲酸,

自己的命儿我自己算。

对面坐着是我心爱的人,

可叹我有目不能看……

(热泪盈眶,喃喃地)走,去香港,去香港!("啪"的一声,顿然地拨断琴弦,霍然站起)

〔音乐如江涛悲涌。

〔光暗。

第六场

〔在《解放区的天是明朗的天》的乐曲声中光起。

〔1950年秋日的一天上午。上海虹桥机场到达厅。飞机起降声和机场广播声,使人能感觉到现实场景。

〔竺水招、小尹、阿狗娘舅、丁一薇和一群剧团的演职员手持鲜花,拥在到达厅外,急切地盼着尹桂芳从香港归来。

〔机场广播声响:"接亲友的同志请注意:从香港飞来的航班现已到达本站!"

众　人　(欢呼)到了!到了!(奔下)

〔尹桂芳手提一行李箱,风尘仆仆上。

尹桂芳　(唱)　离别上海才两年,

祖国却已换新天。

虽然说身在香港人安逸，
越剧总把我魂魄牵。
又闻得政府厚待演艺人，
梨园春色更无边。
因此我辞别香江好风月，
重返故园来争艳！

〔众人拥上，欢叫着“尹团长”“桂芳”，与尹桂芳热烈相见，亲热寒暄。

竺水招　姐！

尹桂芳　妹妹！

〔二人紧紧拥抱。

尹桂芳　怎么样，大家现在的情况还好吧？

众　人　好好！

竺水招　真是好！姐呀——

（唱）自从解放换天地，
真是扬眉又吐气。
解放前咱们虽然也走红，
仍会被人当戏子欺；
如今是堂堂文艺工作者，
社会地位被高提。
新政府把那戏霸来镇压，
还让咱把那文化来学习。
如今上海梨园界，
姹紫嫣红胜往昔！

众　人　是啊。

（唱）如今上海梨园界，
姹紫嫣红胜往昔！

小　尹　恩娘，大家都渴望您回来重振剧团，再好好干它一场呢！

阿狗娘舅　是啊！桂芳，这上海滩没有你的演出，别说那戏迷难受，就连我这阿狗娘舅也当得没劲，快成阿猫娘舅了！

众　人　（七嘴八舌，情绪热烈地）尹团长，您就快把剧团恢复起来，带我们再好好干它一场吧！

我们都等着您收拾人马，重新出山呢！

尹桂芳　好了，各位姐妹，承蒙大家对我如此信赖，那我们就把剧团重新恢复起来，跟上新时代的步伐，好好干吧！

众　人　太好了！

〔音乐起。

〔光暗。

〔舞台后区光亮。1954年春日的一天上午，上海丽都大戏院。舞台上张挂一标语："努力创排好《屈原》，迎接华东区戏曲观摩演出大会！"

〔舞台上正在排演《屈原》第六幕第一场的一段：

子　兰　看来今天夜里，我们就要恭喜先生成为烈士！

宋　玉　婵娟，我也恭喜你成为烈女！

子　兰　究竟答应不答应啊？

婵　娟　滚开！你们这些禽兽！

子　兰　好，宋玉，我们走！（与宋玉下）

仆　夫　（神情淡漠）婵娟姑娘，你真了不起，令我钦佩。来来，我救你出去！

导　演　停一下！你这个仆夫怎么还是这样，内心都没戏！台词和表演这么淡漠，像应付差事！

仆夫演员　（油滑地）不就是一个小配角嘛，何必那么较真吗？

导　演　要想做成一台好剧目，无论是主角还是配角，都要全身心投入。这一点，你们真应该好好向你们的尹团长学习。

仆夫演员　她是啥角色，咱是什么角色，能比吗？再说，有了她这大角色的统领，还能有我们这些小角色什么事啊？

导　演　闲话少说，还是认真排练吧！把刚才这段戏再排一遍！

仆夫演员　哎呀,一上午下来,这戏也排得够累了,让我们歇歇吧!

导　演　累也要坚持,下星期文化局就要来审看这个戏了!

仆夫演员　那,那这戏我就没法排了!

导　演　(恼火地)你是存心捣乱是不是?要不排你走人,走啊!

仆夫演员　走就走,我还怕啊!(转身即下)

导　演　哎哎!(看看众人,尴尬无奈地向众人挥挥手,示意大家歇一下)

〔众人不满仆夫演员举动,无奈摇头下。

〔尹桂芳峨冠博带捋胡须,扮屈原上。

尹桂芳　(吟唱)路漫漫其修远兮,

吾将上下而求索……

哎,排练的人都到哪儿去了?哦,可能是这些天排戏排太累了,他们想歇一下。"可我这屈原,虽然遭到奸佞陷害,被昏庸的大王关押在东皇太一庙,却歇不下来呀!我不能眼睁睁看着我楚国的巍巍宫阙被秦兵踏为平地,我楚国的父老乡亲沦为亡国的奴隶啊!"(完全进入角色,忧心如焚地思索、踱步)

〔突然传来一群人的喊叫声:"我们要见尹桂芳!我们要见尹桂芳……"

〔尹桂芳从角色中被惊出。一个演员急上。

演　员　尹团长,门外有一批戏迷要见你!

尹桂芳　你没跟他们说我正在排戏吗?

演　员　说了,但他们一定要见,说不见不走!

尹桂芳　那就请他们进来吧!

〔演员应声下。一群戏迷涌进排练场,阿狗娘舅也跟上。

尹桂芳　大家好!想见我有什么事吗?

〔戏迷们看着尹桂芳的一身装扮,惊异地面面相觑。

尹桂芳　哎,怎么都不说话了?

戏迷甲　你,你就是尹桂芳?

尹桂芳　是啊,不像?

戏迷乙　太不像了，我们就为这事来的！我们听说你要演的屈原是一个倔老头子，还满面胡须拉碴的……今天一看，果然是，这我们不答应！

众戏迷　是啊，我们不答应！

戏迷丙　我们还听说，你演这屈原还要借用京剧裘派老生的行当，有些唱段还要用上高亢激烈的绍剧唱腔，这我们也不答应！

众戏迷　是啊，我们不答应！

尹桂芳　这是为什么呢？

戏迷甲　你以往在台上扮演的梁山伯、张生、贾宝玉、梁玉书、何文秀个个都年轻俊秀，温柔儒雅，要是扮演一个满脸胡须的倔老头，会破坏你的美好形象！

众戏迷　是啊，会破坏你的美好形象！

戏迷乙　你的唱腔本是柔美缠绵清新洒脱，若变成高亢激越，不是自毁尹派吗？

众戏迷　是啊，这是自毁尹派！

尹桂芳　哦，是这样。各位朋友啊！

（唱）　但请大家心放定，
尹桂芳不会辜负大家的情。
屈原非是等闲辈，
伟大爱国一诗人。
只要能够扮演好，
舞台光彩胜书生。
借鉴些裘派京剧与绍调，
是为把特殊剧情力量增。
尹派既能成气候，
怎会稍变被毁损？
想当初若非博采众家长，
哪有尹派吐芳芬？

戏迷丙　不管怎么说，我们还是最喜爱你往日的舞台形象，最迷你原来的尹派唱腔！

众戏迷　(七嘴八舌)是啊，我们不愿意你改变戏路！

不习惯你改变唱腔！

阿狗娘舅　(在旁斟酌许久，终于忍不住)桂芳啊，让我也说两句好吗？

尹桂芳　(敬重地)阿狗娘舅，您说，尽管说！

阿狗娘舅　桂芳啊，你知道我阿狗不是个守旧的人，当初你搞“新越剧”我是全力支持的。但现在你是越剧界开宗立派的人物，已经形成了自己的流派风格，所以你要改变戏路，改变唱腔，就不能不考虑广大戏迷的感受啊！

众戏迷　是啊，你要考虑我们的感受啊！

阿狗娘舅　还有，也是我更担心的，那话剧《屈原》是当今电影界最当红的明星赵丹主演的，很成功、很轰动，咱们越剧演得过他吗？如果演不过，那不是把你的牌子给砸了吗？

尹桂芳　(不由一震)这……

众戏迷　是啊，不能把您的牌子砸了呀！

一女戏迷　你的牌子要是砸了，我们会难受死啊！(情不自禁地哭起来)

众戏迷　是啊，我们会难受死啊！

〔有人跟着啜泣起来。

尹桂芳　(唱)　听此话骤然心海起波浪，
不由得把《屈原》之事再思量；
当初决定演此剧，
是否草率欠妥当？
想屈原名垂千古大诗人，
气如虹浩瀚历史留华章。
自己文化根底浅，
能否演出其光芒？
越剧擅演儿女情，
能否把历史风云来激荡？

况且有赵丹话剧在前头，
旌旗高高在飘扬。
倘若是扮演屈原失了利，
我的名誉将损伤。
到底是演或不演，
心中顿时也彷徨……
不，不可敲打退堂鼓，
患得患失元气丧。
回首漫漫人生路，
哪一回坦途不是难关闯？
回想从艺二十载，
哪一回，成功不是奋斗偿？
都说天道会酬勤，
梅艳因为经冰霜。
那我就，十倍努力、百倍勤奋、勇攀高峰，
让屈原在越剧舞台显辉煌！

（对众人）请阿狗娘舅，还有大家放心，我尹桂芳一定不辜负大家的厚爱！

阿狗娘舅　这么说，这《屈原》你还是要演？

尹桂芳　（语调坚定地）要演，而且还要把它演好！

戏迷甲　那你的尹派唱腔也要改吗？

尹桂芳　该改就得该，只要是我尹桂芳唱的，就是尹派！

众戏迷　（一愣）这……

尹桂芳　（高呼）导演，叫大家继续排戏吧！

导　演　好，大家继续排戏了！

〔众演员应声上。阿狗娘舅见此，无奈地摇摇头与众戏迷下。

导　演　我们从刚才停下的地方继续往下排吧！哎，演仆夫的演员呢？

演员甲　他不来了！

导　演　啊?我刚就说那么两句,他就撂挑子了?

演员乙　也不光是为这个啦,其实她最近都一直在叨叨说要走,不想在这儿干了。

尹桂芳　为什么?

演员甲　(难言地)因为,因为……

尹桂芳　因为什么,你说呀!

演员乙　她说,她这老生在原先待的剧团是唱二肩的,这出戏却只让她演一个小配角。还说,尹团长原先是唱小生的,现在也要唱老生,那今后就更没有她的机会了!

尹桂芳　哦,这事是我疏忽了。请你帮我去找一下她,我要请她吃饭,当面向她解释!

演员甲　以她的脾气,走了就绝不会回来了!

尹桂芳　(唱)　这真是一波未平一波兴,
半路杀出程咬金。
眼看审戏期已近,
何处再找一老生?

(着急、思虑)

〔竺水招匆匆上。

竺水招　姐!

尹桂芳　哎呀,水招,姐都快急死了!

竺水招　是为那演仆夫的老生演员走掉的事吧?

尹桂芳　你怎么知道?

竺水招　前两天我来看排戏,就发现她不对劲,我也早知道她的德性,就想到她可能会来这一手。

尹桂芳　那你就该早提醒姐,让姐有个准备呀!

竺水招　我看姐正全身心沉浸在屈原身上,就没去打搅,私下已经为姐作好了准备。

尹桂芳　什么准备?

竺水招　我已经跟我们团的一个老生谈过，请她必要时来帮你们演这个角色。她是个好老生，一定会演得很出色。

尹桂芳　哎呀，水招，你这可是解了姐的大难！

竺水招　姐，看还需要些什么人员，服装、灯光，尽管说，我统统给你搬来！一定要把这戏做好，也一定会做好的！

尹桂芳　哎呀，我的好妹妹呀！（一把抱住竺水招，在其脸上亲了一口）

〔众人见此景都笑了。

〔光暗。

〔少顷，在一阵阵狂风呼啸声中，光渐亮。舞台上，《屈原》的演出正在进行。

〔幕内唱："天地昏沉，"尹桂芳扮演的屈原披发戴铐上。

屈　原　（唱）夜色苍茫，
看浓云密布，星月无光，
屈原怒火高千丈，
满怀悲愤问上苍！
问上苍，为何居心多反复？
为何做事太荒唐？
忠良何罪遭杀戮？
奸邪何功得封赏？
君王，君王你为何睡沉沉？
君王无道，为何还能称君王？
神灵！神灵你在何方？
叹人世黑白颠倒无是非，
浑浑噩噩梦一场。
举目看天地玄黄，宇宙洪荒，
问苍天，你公道在何方？在何方？
苍天，苍天，你回答呀！你回答呀！

〔狂风暴雨，雷电交加。

〔剧场里响起狂热的掌声，掌声与隆隆雷声交织一片。

〔观众席间传来赵丹的声音："尹桂芳，你比我赵丹演得好！"又是一片狂热的掌声、欢呼声……

〔光渐暗。

第七场

〔在火车汽笛鸣响和车轮滚动声中，光渐起。上海火车站。

〔月台上悬挂一横幅：热烈欢送芳华越剧团支援福建前线。此时火车已开出站台，众多戏迷仍在月台上跑着、哭着、挥手喊叫着："尹桂芳你一定要回来啊，要早点儿回来！""尹桂芳你要多保重，我们还等着看你的戏啊！"……阿狗娘舅和丁一薇也在边流泪边挥手喊叫……

〔火车汽笛声、车轮声渐渐远去，但戏迷们仍在眺望、挥手，久久不肯离去。

〔1956年春的一天傍晚。福州。芳华越剧团驻地练功厅。

〔光起。

〔尹桂芳身着练功服，腰上紧绑一条大腰带，独自一人在厅内练功：压腿、下腰……汗流浃背仍不停歇。

〔丁一薇笑盈盈地走进练功厅。

丁一薇　尹团长好！

尹桂芳　你是……哦，丁小姐，你怎么到这儿来了？

丁一薇　我现在在《新民晚报》工作，来福州开一个会，顺便来看看您！

尹桂芳　谢谢你，这么多年了还记得我！（向内呼）小刘，拿张椅子倒杯茶来！

〔工作人员应声拿着椅子和一杯茶上。

尹桂芳　（对丁一薇）你请坐，喝茶，我们慢慢聊！（顺势把一条腿架在高凳上）我这习惯了，不礼貌，你别介意啊！

丁一薇　我不介意。能见到您我就很高兴了！（坐下，喝茶）

尹桂芳　我也高兴。记得我们最后一次见面是六年前，在上海火车站，你为我们来福建送行是吧？

丁一薇　是啊，那一天我也止不住跟大家一起流泪、喊叫，当看到有一帮戏迷跳到铁轨上，想卧轨拦住火车，不让你走的时候，我也很想跳下去的！

尹桂芳　上海的戏迷观众对我和剧团真好啊！（不由眼眶潮湿）

丁一薇　可现在你和剧团在福建也有许多戏迷和观众了，这对于一个外来剧种真不容易啊！

尹桂芳　是啊，是不容易！（情不自禁地放下腿，唱）

想当初，离别上海来福建，
咱越剧水土不服真苦艰。
倾心演出少观众，
剧场冷落心如煎。
每演必亏难维持，
与沪上如同相隔两重天。
团员情绪甚沮丧，
我心也沉重如挂铅。
遥望星月思故园，
夜阑更深难合眼……

丁一薇　（唱）诚如此，你闽地生根心未变，
渡难关，筚路蓝缕勇向前。
苦练内功觅知音，
深入军营与前沿。
尽收纳，时代风云八闽韵，
推陈出新把好戏献。

尹桂芳　是啊，因为我相信我们越剧这么好的艺术，应该不会只是江浙和上海人喜欢，只要我们紧跟时代，多演好戏，就一定会让福建人喜欢的！所以这些年，我们真是努力编演了不少剧目——

（唱）那悠悠《闽江旭日红》，
把现实风情来呈现；

丁一薇　（唱）　波澜壮阔《抗洪曲》，
　　　　　　　　互助精神暖人间。
尹桂芳　（唱）　《金山战鼓》《武则天》，
　　　　　　　　把巾帼英雄豪气演；
丁一薇　（唱）　《风雪摆渡》与《抢伞》，
　　　　　　　　让百姓生活乐趣添；
尹桂芳　（唱）　《屈原》浩气再抒发，
　　　　　　　　《信陵君》又举战国剑；
丁一薇　（唱）　《团圆之后》《梅玉配》，
　　　　　　　　福建名剧来改编；
尹桂芳　（唱）　《盘妻索妻》《红楼梦》，
　　　　　　　　尹派经典展新颜。
丁一薇　（唱）　大戏小戏数十出，
　　　　　　　　山乡海岛都演遍。
　　　　　　　　终于让柔美越曲绕闽地，
　　　　　　　　尹韵芳香醉海天！

尹桂芳　（惊异地）唉，我们这些情况你怎么会那么清楚？

丁一薇　因为我不光是专写文化新闻的记者，还是铁杆尹迷呀！我还知道您现在拼命练功准备做什么，是不是要为扮演江姐做准备？

尹桂芳　你的脑袋可真灵光！你说那江姐才二十几岁，身材健美气质不凡，我已经四十出头，腰腿也粗了，不下狠劲把身体和精神练好些，怎么像江姐呢？（郑重地）哎，丁一薇，你觉得我能演好江姐吗？

丁一薇　当然能。连屈原那么难演的角色你都演得那么好，反串旦角武则大也很成功，还有什么演不好的呢？

尹桂芳　可江姐不是一般的旦行角色，是品德崇高，革命意志非常坚强的女共产党员。我虽然现在也是党员，但与她相比差距还很大。比如第二场戏，演的是江姐进山城，突然看到自己丈夫的人头被敌人挂在城门上，她强压痛苦，从容应对。我的心肠软，如果控制不好，演得过分悲伤流泪，那不是把江姐给演砸了吗？

丁一薇　这……

尹桂芳　（唱）　所以呀，欲将江姐塑造成，

尹桂芳，还须悬崖勇攀登。

尹派艺术应超越，

既练身材也练人！

〔工作人员拿一封信上。

工作人员　尹团长，您的信！

尹桂芳　竺水招的！

丁一薇　竺水招改唱小生，在南京越剧团干得很漂亮啊，演了不少好戏，像《柳毅传书》《南冠草》《桃花扇》《孔雀胆》等。《柳毅传书》还拍了电影呢！

尹桂芳　她的唱腔表演也已经成为一个流派了，家庭生活也很幸福，真为她高兴啊！（拆信阅）

〔一束追光起，现出了竺水招演江姐扮相的身影。

竺水招　姐，我们姐妹俩真是有缘啊！

（唱）　你在闽地把江姐扮，

我也在金陵把江姐演，

纵然是相隔关山千万重，

舞台上灵犀也紧相连。

姐姐呀，以你实力与努力，

定然成功在妹妹先。

只是你心肠太柔软，

二场戏只怕有难点……

尹桂芳　（情不自禁地）这真是，知我者——水招也！丁一薇，你来得正好，那第二场戏我要好好练一练，你帮我看看怎样？

丁一薇　好啊，我太想看您排戏了！

尹桂芳　那我就开始了啊！（整理仪容，略做酝酿，进入戏中情景与角色，看到城门上丈夫的头颅，万分惊痛）

（唱） 寒风扑面卷冰霜，

心如刀绞痛断肠……

（停下来，自语）不行，不行！

丁一薇 为什么？

尹桂芳 情绪不够饱满，对人物内心情感的把握还不够到位。从头再来吧！（调整情绪，再次进入角色）

（唱） 寒风扑面卷冰霜，

心如刀绞痛断肠。

实指望满怀欣喜来相见，

谁知你一腔热血洒疆场……

（又停下来）还是不行！

丁一薇 怎么不行，挺好的呀！

尹桂芳 这回又过了点儿，感觉我的眼泪又快流出来了！

丁一薇 以这时的情景，江姐痛苦流泪其实很正常呀！

尹桂芳 但一定要克制住，让眼泪往心里流。这既是因为当时有敌人在场，不能暴露，也是因为江姐有坚强的革命意志。我就感觉这里把握不够好，容易以自己的感情代替人物的感情，所以才要好好练，练到一分不差。再来吧！（又重新调整情绪，进入角色，演唱）

〔光暗。

第八场

〔光起。

〔一群观众奔跑过场，边跑边喊叫："快排队买票去看《江姐》啊！""尹桂芳演《江姐》演得太好了！"……

〔丁一薇出现在一束追光下。她手拿一台半导体收音机，戴着耳机。场上传来广播声响："上海人民广播电台，现在继续报告新闻。据福建记者报道：'福建省芳华越剧团上演的越剧《江姐》，成功塑造了伟大的共产主义战士江姐的艺术形象，自上演以来受到广大观众的热烈欢迎，至今已连演七十三场'……"

丁一薇　（兴奋地）已连演七十三场，尹桂芳在艺术上再次挑战自我，攀登高峰成功了，成功了，真了不起啊！（情不自禁向天高喊）尹桂芳——我爱你！

〔好似天南地北传来众多观众的呼应声："尹桂芳——我爱你！"

〔灯光突变，狂风骤起，呼啸而过。在象征动乱时代喧嚣的音乐声中，尹桂芳突然被人从幕后狠狠地推上台，摔倒在地。

〔沉重的画外音："可就在这以后不久，十年动乱开始了。由于极"左"路线的猖獗，越剧被摧残，尹桂芳挚爱的妹妹竺水招也含冤赴九泉……"

尹桂芳　（挣扎而起，痛苦地）我的越剧，我的妹妹呀！

〔一束追光下，竺水招带着笑容出现了。

竺水招　（真诚地）姐你知道吗？好几次，听你这"贾宝玉哭灵"，你哭得那么真切动人，那么委婉深情，我都禁不住会想：我这"林黛玉"要是真死了，有这么有情有义，又憨又痴的"宝玉"哭灵，也值了！

尹桂芳　水招，好妹妹，让姐今天再给你哭一次灵吧！（挣扎起身）"妹妹，我来迟了，来迟了！"

（唱）"金玉良缘将我骗，
害妹妹魂归离恨天。
到如今人面不知何处去，
空留下素烛白帷伴灵前。
林妹妹呀，林妹妹呀，
如今是千呼万唤唤不归。
上天入地难寻见。
可叹我生不能临别话几句，
死不能扶一扶七尺棺……"

〔幕后伴唱：

“你怕那人世上风刀和霜剑，
风刀与霜剑，
逼你丧九泉！”

尹桂芳　（接唱）“可怜你香魂一缕随风散，
叫哥哥何处觅芳魂……”

妹妹，你等等，姐姐我来了！（奔下）

〔幕后传来惊叫声：“尹桂芳自杀了——”

〔切光。

〔音乐声戛然而止。

〔静场。

〔突然一声炸雷伴着闪电划破夜空，惊雷滚滚震撼天际。紧接着，《祝酒歌》的音乐骤然响起，幕内传来众人的欢呼声、鞭炮声。

〔光起。

〔尹桂芳从病床上挣扎而起。

尹桂芳　（兴奋地喃喃自语）好了，好了，解放了，解放了！（努力挣扎想站起，但发现站起不来，惊叫）这是怎么了？！

〔幕后伴唱：

“啊……”

尹桂芳　（颤抖地）尹桂芳，你要站起来，一定要站起来！你还要登上舞台去演，去唱！你还要挽救越剧，发展越剧！站起来！医生，你要帮帮我！溢美你也要帮帮我！站起来！（顽强挣扎奋力站起）哪怕我唱不了、演不了，也要尽心尽力培养弟子们演、弟子们唱！

（唱）　桂花虽凋落，
越剧不能残。
残了尹桂芳，
自有后来人！

〔光暗。

尾　声

〔光起。

〔一个个年轻的尹派小生带着花旦或青衣上。演唱《梁祝》《何文秀》《盘妻索妻》《红楼梦》《浪荡子》《沙漠王子》《玉蜻蜓》等剧中著名的尹派唱段。满头银华的尹桂芳坐在轮椅上，在弟子的推动下，亲切慈祥地上。

尹桂芳　孩子们，你们学尹派，唱尹派，但要在继承的基础上发展尹派，并创造出新的流派。流派是重要，但认认真真演戏，清清白白做人更重要，越剧的传承发展更重要，那是我们越剧人的命根啊！

（唱）　我自幼家贫丧父命凄凉，
十一岁便辞家学戏走四方。
唱遍了明媚浙东山与水，
唱遍了十里洋场和闽江；
生旦净丑全唱遍，
饱经雨雪与风霜。
伴随那乡村野唱成越剧，
风情万种流芬芳。
那优美典雅的唱腔里，
抒发了我多少缱绻与柔肠；
那悲欢离合的故事中，
把多少人生况味来品尝。
它与我血肉紧相连，
与我的魂灵相依傍。
有人说，我独身一人好凄冷，
殊不知，我早把越剧艺术嫁，
何须俗世羡鸳鸯；

有人说，我无儿无女真孤寂，

孰不知，尹派弟子处处有，

更比儿女慰心肠。

因此上，只要你们能成材、有出息，

只要越韵能流长，

我纵然驾鹤归去无悲伤！

〔字幕起："尹桂芳伤残之后，把全部心血都浇灌在培养尹派越剧的新苗上，由她和她的学生培养出来的一大批优秀尹派越剧人才遍布全国各地，成为中国越剧艺术传承与发展的一支劲旅。2000年3月10日，尹桂芳因病在上海去世，上海城万人空巷，人们自发地从四面八方赶来，吊唁与送别这位伟大的人民艺术家。

〔舞台上，众弟子簇拥着尹桂芳，渐渐地尹桂芳成了一尊雕像。

〔主题曲再次响起。

〔光渐收。

——剧　终

（本剧原载《福建艺术》2017年第1期）

戏　曲

解忧公主

时　间：汉朝。

地　点：西域伊犁一带。

人　物：刘解忧——西汉公主，出场时47岁。

翁归靡——乌孙国昆莫（国王），后娶刘解忧为妻，封其为右夫人，出场时44岁。

冯　嫽——原为刘解忧的侍女，后为乌孙右大将的夫人，刘解忧的结拜姐妹，出场时45岁。

乌　月——匈奴居次（公主），翁归靡的左夫人，出场时23岁。

大　禄——乌孙国大禄，翁归靡的父亲，出场时68岁。

右大将——乌孙国右大将，冯嫽的丈夫，出场时46岁。

沙那热——乌孙国歙侯，出场时33岁。

拉木塔——匈奴单于密使。

大　监——乌孙国的大监。

莲　儿——刘解忧的侍女。

努　娜——乌月的侍女。

铁　英——乌孙细君公主陵墓的守陵人。

匈奴右谷蠡王、匈奴信使、乌孙部落首领、贵人长老、军士、守城官、郭司马、侍女、侍卫、骑兵、牧民、汉军卫兵、匈奴兵将等。

第一场

〔汉昭帝元平一年(公元前七十四年),夏日傍晚。

〔西域伊犁河谷。天山巍峨,白雪覆顶,河谷沃野,绿草如茵,毡房座座,林木苍苍,清澈的伊犁河穿越河谷,蜿蜒流淌。

〔在浓郁西域风情的音乐声中光起。

〔一群乌孙国牧民正在大汉屯田军士兵的带领、示范下垦荒造田,人们或挥动铁臿,或驱马拉犁铧,载歌载舞,热烈欢快。

众　人　(唱)　操起铁臿,推动犁铧,

放下马鞭把农夫来当。

在天神赐给我们的伊犁河谷,

流水潺潺,云雀飞翔,

土地像马颈上的肥油,

牧草像阳光下的绿毡。

放养五畜也种植麦粟,

让毡房飘出奶酪的香甜,也飘出黍饼的芬芳。

〔一阵马蹄声。乌孙女子装扮的刘解忧内唱:"策骏马驰骋于伊犁河谷——"精神抖擞地骑马奔上,冯嫽和几个护卫士兵随上。

刘解忧　(接唱)为勘察屯垦地不辞远途。

兴牧业重商贸也还须拓展垦殖,

乌孙国方能够强盛富足。

因此我奏汉皇予以相助，
赠农具兼派遣屯田军士卒。
做示范率牧民垦荒植粟，
天山下开拓出江南天府。

〔垦荒造田的乌孙牧民和汉军士兵看见刘解忧，欢呼着向其涌来。

众　人　（各自行乌孙礼或汉族礼）右夫人来了！
公主来了！
拜见右夫人！

刘解忧　免礼免礼，各位辛苦了！

〔突然，远处火光冲天，烟雾升腾。

牧　民　（惊叫）毡房着火了！

刘解忧　啊？快去救火！（翻身下马）

〔众人奔下救火。

〔幕后传出惊叫声：“又一座毡房着火了！”

刘解忧　怎么会这样？（欲奔向火场，被卫兵们礼貌地拦住）

卫兵甲　夫人，为了您的安全，您不能去！

众卫兵　是啊，夫人不能去！

刘解忧　（推开众卫兵）你们都跟我去！（奔下）

〔众卫兵只好跟随刘解忧下，冯嫽随下。

〔紧张的乐曲伴随着冲天的火光。

〔天幕上，显现着刘解忧指挥众人救火的身影。众人提水过场，有人抢救毡房内物品。火势很快被扑灭。

〔刘解忧和冯嫽等人上。

刘解忧　真蹊跷，两家牧民刚才并未用火，毡房怎会突然焚烧？

冯　嫽　是啊，太蹊跷！

刘解忧　难道是——

〔一群衣衫和脸面被烟熏得乌黑的牧民上。

牧民甲　（满眼含泪）右夫人，我家毡房无缘无故被烧，全家人的衣物、被褥也都烧掉了,怎么办啊?

牧民乙　(泪流满面)我家毡房也莫名其妙被烧,这是不是因为我们学汉人开垦种植,触怒了河谷神灵,被惩罚啊?

牧民丙　当初就有人说开垦种植会触怒河谷神灵,会受到惩罚的。

众牧民　(忧心忡忡,七嘴八舌)

神灵不能触怒啊!

如果继续开垦种植,只怕我们的毡房也会被烧掉啊!

说不定还有更大的灾难呢!

刘解忧　(和蔼地)你们不用伤心,本夫人会让人给你们送来新的毡房和衣物被褥。若说这是因为你们开垦种植,所以受到神灵惩罚,那是没有道理的!

冯　嫽　是啊,在伊犁河谷开垦种植,自我大汉的细君公主来乌孙时就已开始,从未有触怒神灵之说呀!

刘解忧　近年来,本夫人倡导大家更大规模的开垦种植,神灵若要惩罚,首先也该惩罚本夫人,怎么会惩罚你们呢?

牧民甲　刚才就有人说,就是因为右夫人你又为此事而来,所以神灵更被触怒,才烧我们的毡房的。

刘解忧　啊?

牧民乙　我,我也听人这么说的。

〔众牧民面面相觑,悄声议论。

刘解忧　(与冯嫽相视一下)噢,是这样?!

(旁唱)是何人道此言诡诈虚妄,

　　看起来烧毡房确非寻常。

　　只怕是不光把垦殖罪降,

　　其背后另有那更大文章!

〔幕后喊声:"昆莫回来了!"翁归靡策马奔上,右大将和几个举着王廷旌旗的侍卫随上。

众　人　(施礼)拜见昆莫!

刘解忧　（施礼）臣妾拜见昆莫！

翁归靡　夫人免礼，各位也免礼！

刘解忧　昆莫视察素宛部落回来了？

翁归靡　回来了。刚在前面路口，得知你在这里，还听说有毡房着火，就过来看看，怎么回事？

刘解忧　两座毡房突然蹊跷着火，有传言说是因为臣妾倡导牧民开垦种植，触怒了河谷神灵所致。

右大将　（急切地）这一定是那些亲附匈奴者散布的！当初右夫人一提拓展垦殖，他们就说会触怒神灵，带来灾难。这回素宛部落的商队坠落深谷，人死马伤，原因蹊跷，也说是因右夫人倡导各部落开拓与汉廷的商路，触怒神灵引起。

翁归靡　是啊，近来他们很猖獗啊！

刘解忧　臣妾以为，这显然还与眼下咱乌孙面临的大势有关。

翁归靡　怎么讲？

刘解忧　昆莫啊——

（唱）　咱乌孙多年来被匈奴压顶，
遭盘剥受欺辱国运难兴。
自与那汉朝廷结亲缘把盟约缔定，
受资助多交往国力升腾。
那匈奴已扬言对我严惩，
欲进犯屯边陲秣马厉兵。
我国内亲匈者也蠢蠢欲动，
与匈奴相呼应暗流甚汹。

冯　嫽　（接唱）制造灾难与危境，
嫁祸夫人与汉庭。
趁火打劫把阴谋逞，
配合匈奴来出兵！

〔幕后声："急报——"一军士策马急上。

军　士　启禀昆莫:边境军情急报!(呈上急报)

翁归靡　(接报,一览)匈奴又往我东部边境大量增兵!

众　人　啊?!

翁归靡　增兵就增兵吧,我乌孙既然选择了与大汉结盟,摆脱匈奴控制,强兵富国的道路就绝不后悔!大监——

大　监　喏!

翁归靡　命你尽快查清毡房焚烧、商队遇难的原因,擒拿案犯和幕后唆使者,予以严惩!

大　监　喏!

刘解忧　昆莫,臣妾以为,此两案虽应查清,但眼下更重要的还是要尽快做好准备,抵御匈奴随时可能发起的进犯!

翁归靡　夫人说得对。回宫后我马上召集乌孙贵人们来商议此事,做出部署!

刘解忧　臣妾也即刻向汉皇奏报情况,请求大汉在必要的时候出兵援助我们!

冯　嫽　微臣也愿意出使山南,与周边邻国陈说唇亡齿寒之利害,请他们到时相助!

翁归靡　好!

〔一阵大风吹来,旌旗猎猎作响。

翁归靡　夫人、各位,此情此景,让我想起夫人曾教我吟诵的汉高祖的那首诗:"大风起兮云飞扬,威加海内兮思故乡。"(唱)"安得猛士兮守四方!"

〔豪迈的音乐响起。

众　人　(接唱)"大风起兮云飞扬,

威加海内兮思故乡。

安得猛士兮守四方!"

〔收光。

第 二 场

〔光起。

〔乌孙国夏都。

〔夏塔古城乌月宫内。

〔乌月正在努娜的侍候下梳妆，她心有所思，眉头紧锁。一侍女上。

侍　女　启禀左夫人，外面有珠宝商求见，说有一副宝石项链要敬献给夫人！

乌　月　（头也不回）什么珠宝商，不见！

侍　女　他说那是稀世之宝，十分珍贵……

乌　月　什么宝我都不稀罕！（自语地）要这有什么用？戴给谁看？

侍　女　（不明就里）夫人的意思是……

乌　月　（不耐烦地）我的意思还不明白吗？不见，谁都不见！

侍　女　可、可是他说，那项链夫人一定会喜欢的，因为它来自姑墨。

乌　月　（一愣）来自姑墨？

侍　女　他是这么说的。

乌　月　难道是——好吧，让他来见！

侍　女　喏。（下）

〔乔装打扮的拉木塔手捧一珠宝盒上。

拉木塔　参见左夫人！（揭下伪装的胡须）夫人……

乌　月　（一惊）你……

〔拉木塔暗示乌月让侍女们退下。

乌　月　（对侍女）你们都下去吧！

〔众侍女应声退下。

拉木塔　禀夫人，匈奴大单于特使拉木塔再次拜见夫人！

乌　月　你、你胆子也忒大了，竟敢到这里来！

拉木塔　王命在身，不敢不来。（打开宝盒）这是大单于赐给夫人的宝石项链，请夫人收下。

乌　月　这……不是说项链来自姑墨吗？

拉木塔　臣担心夫人不愿召见，才这么说。看来夫人对姑墨仍一往情深哪！

乌　月　你……废话少说，大单于让你找我又有何事？

拉木塔　大单于让我转告夫人，说夫人在焚烧毡房、劫杀商队，嫁祸刘解忧与汉廷，配合我匈奴制服乌孙一事上未能尽力，以致未能收到预期效果，大单于很不满意。

乌　月　（恼火地）呸！

（唱）　这些事，是你策动和掌管，

失利与我又何干？

自作聪明失了算，

责任岂能我承担？

拉木塔　这……这，这是大单于的意思。请夫人要谨记作为匈奴居次来乌孙和亲的使命——压倒汉廷公主刘解忧，控制住翁归靡，以配合我匈奴的军事行动，再次制服乌孙！

乌　月　哼，压倒刘解忧，控制翁归靡那么容易？！

（唱）　那翁归靡，因去长安心神乱，

迷恋汉庭入心肝。

刘解忧借此受宠幸，

哪管我列位比她先！

还有她的义姐妹，现为右大将夫人的冯嫽，也是个厉害角色，能说会道、武艺高强，我势单力薄，有什么办法？

拉木塔　可那刘解忧已徐娘半老，夫人却年轻美貌。正因如此，大单于才召回我匈奴年老的居次，送你前来。（淫笑）夫人哪，对于我们男人来说，你年轻美貌、能歌善舞，还会装扮表演，才是最有诱惑力的呀！

乌　月　呸！你们男人争来斗去，总拿我们女人作牺牲！

拉木塔　夫人啊！这可不是男人争来斗去的事，是咱匈奴和汉廷争夺西域天下的事！

乌　月　这……

拉木塔　夫人，大单于还有一句吩咐，在下还得冒昧转告，请夫人不要见怪！

乌　月　他还有什么话？

拉木塔　夫人哪——

（唱）　你贵为单于亲侄女，

为主效力莫敢欺。

否则父兄要受处置，

昔日的恋人也命难续！

乌　月　（一惊）啊？

〔切光。

第 三 场

〔光起。

〔夏塔古城，翁归靡王宫起居室。室内摆放着大汉精美的铜器、漆器和丝绸织品，以及经史子集等书简。

〔翁归靡站在一幅军事地图前，苦苦思考着。忽然感觉头有些晕眩，便双手按着头，疲惫地躺靠在座椅上。

〔刘解忧怀抱古琴上，莲儿端一木盆水随上。

刘解忧　（唱）　看夫君连日来辛苦劳顿，

只怕他眩晕病再发缠身。

濯其足古琴曲吟奏天韵，

以助他去疲乏疏放心神。

臣妾拜见昆莫！

翁归靡　夫人来了！

刘解忧　昆莫，您这些天为对付匈奴殚精竭虑，臣妾担心您只怕会再犯眩晕症，特为昆莫备下草药水濯个足，再让臣妾给您弹奏一支古琴曲，放松一下身心吧。

翁归靡　那就辛苦夫人了！

〔刘解忧示意莲儿给翁归靡泡脚，自己摆好古琴。

翁归靡　夫人今天要弹奏什么曲子？

刘解忧　《高山流水》。

翁归靡　好。上回我听这支曲子，如夫人所言，想象自己登上高山，坐于泉边，让自己的心神随山风飘荡，随泉水流淌，和山水天地融为一体，我似乎真有些这种感觉。

刘解忧　昆莫能体察到这种玄妙的境界，真是睿智啊！

翁归靡　不不，还差得远，差得远。你们大汉的许多东西真是太迷人、太玄妙了！夫人哪——

（唱）　自那年，随汉使张骞把长安转，

大汉的风物入我心间。

街市繁华如梦幻，

宫殿巍峨凌云天。

丝绸漆器不胜美，

衣冠礼仪更可观。

细君公主来远嫁，

汉韵深沁我心田。

待与你成亲眷，

更似那神奇汉阕展眼前。

且不论琴棋书画旨趣远，

经史子集意深然，

便是这药汤濯足治晕眩，

其中药理也非一般！

刘解忧　这也是我来乌孙后，随行的御医为我治病，汉药不济才琢磨出来的，用的也是咱乌孙的草药啊！昆莫啊，您对大汉至为喜爱，臣妾对乌孙也是一往情深呀！

（唱）　咱乌孙西域明珠天神降，

奇丽壮美非寻常。

天山雪峰映苍穹，

伊犁河谷似江南。

骏马成群跃碧野，

白云朵朵映毡房。

牧草丰茂涌绿浪，
瓜果甜蜜花飘香。
特克斯河上天鹅聚，
赤谷城美酒赛琼浆。
民众能歌善舞性豪爽，
勇猛彪悍又善良。

昆莫，臣妾与这片土地真是很有情缘，感觉骑上咱乌孙的天马在草原上奔驰，比在长安上林苑骑马要畅快多了！

翁归靡　哈哈，当日在长安与夫人相见，看夫人既有大汉公主的风范，性情又健朗果敢，颇像我们乌孙的女子，实乃一见倾心啊！

刘解忧　臣妾看昆莫胸襟开阔，目光深远，乃是西域诸国中最有气度和作为的君王。所以对昆莫也是既敬且爱，愿与昆莫相伴终生，为昆莫分忧。

翁归靡　有夫人相伴相助，我翁归靡此生有幸，乌孙兴旺有期啊！（拥刘解忧入怀）

刘解忧　昆莫！

〔翁归靡与刘解忧相依相偎，情深意浓。乌月打扮得艳丽妖娆地闯上。

乌　月　臣妾拜见昆莫！

翁归靡　（不悦地）什么事啊？

乌　月　臣妾想让右夫人弹琴伴奏，给昆莫跳个舞，好让昆莫更舒心。想必右夫人不会拒绝吧？

翁归靡　你……（欲挥手阻止）

刘解忧　（示意翁归靡勿阻止，坦然地）左夫人有此美意，臣妾不敢相拂，只是这大汉的古琴曲只怕不适于为夫人的舞蹈伴奏，还是换个匈奴的胡笳曲吧？

乌　月　不，本夫人今日就是想要汉廷的古琴曲伴奏。

翁归靡　你这是……（看出乌月心意不善，又欲阻止）

刘解忧　（坦然地）哦，左夫人如此钟情于大汉的古琴曲，但不知想要哪一首曲子伴奏？

乌　月　就要你准备为昆莫弹奏的那一首。

刘解忧　《高山流水》?

乌　月　正是!

刘解忧　(笑)左夫人,这首曲子真是不适合为你伴舞,还是另换一首吧!

乌　月　本夫人的歌舞技艺曾是匈奴最好的,没有什么曲子不能跳!

刘解忧　可是……

乌　月　(冷笑地)我看右夫人推三阻四的,莫不是不敢为本夫人的舞蹈伴奏,怕在昆莫面前伤了面子!

刘解忧　这……好吧,左夫人执意如此,臣妾只好奉陪了。

〔刘解忧走至古琴前端坐下,凝神静气片刻后,拨弦弹奏起《高山流水》。乌月随即跳起舞,开始尚能跟上曲子旋律,渐渐地越来越掌握不了曲子深沉旷远的节奏与内涵。乌月的舞步开始凌乱,且越来越乱。无奈,她干脆甩开曲子,以"胡旋舞"的舞步和节奏狂跳起来,极力向翁归靡展现媚态。

翁归靡　(恼怒地)别跳了!

〔乌月停住了舞步。

翁归靡　你呀!

(唱)　不知深浅乱逞强,
自以为是人轻狂。
狐媚野跳胡旋舞,
怎合此乐韵深长?

(厌烦地挥挥手)下去吧,下去吧!

〔乌月狼狈不堪地退下。冯嫽急上。

冯　嫽　启禀昆莫、夫人,不好了,去长安送信的使臣刚带回一噩耗:我大汉皇上,宾天了!

翁归靡
刘解忧　啊?!

刘解忧　皇上——(奔至门外,面朝东方跪下,连连叩首,涕泪涟涟)皇上,皇上……

〔冯嫽也跟随刘解忧跪下，叩首呼唤。

翁归靡　（向东方深施三礼）夫人节哀，我会派使臣专程前往长安吊唁！

刘解忧　谢昆莫！臣妾以为，以当下情势，匈奴若知此讯，当会借机加紧对我邦进犯。

翁归靡　是的。所以我要亲自赶往边境，部署抗击。请夫人协助大禄处置好王宫政务，准备全面抗敌！

刘解忧　请昆莫放心，臣妾会尽力协助父亲做好这一切！（对冯嫽）皇上宾天一事暂且不要告知朝野，以免亲匈势力借机兴风作浪。

冯　嫽　好！

翁归靡　那我走了！（拥抱了一下刘解忧）

刘解忧　昆莫保重！

翁归靡　夫人保重！（下）

〔乌月悄然从门外闪现，冷笑，下。

〔光暗。

第四场

〔光起。

〔夏塔古城，王宫议事厅内。

〔幕内声："匈奴大单于信使到——"

〔大禄、刘解忧、冯嫽、右大将等站在议事厅一侧，乌月、沙那热等乌孙贵人立于另侧。一匈奴信使手持一卷羊皮书信，趾高气扬闯入议事厅。

匈奴信使　（傲然地）大禄，我受我匈奴大单于派遣，给你们送来一封信。大单于命我当场宣读！

大　禄　你……（强忍怒火）读吧！

匈奴信使　（读信）"乌孙国忘恩负义，全然不顾当年其被大月氏毁灭之旧痛，当日若非匈奴助其报仇复国，焉有今日？！而今竟然勾结汉廷反叛恩主，谅你们是受到汉廷公主刘解忧蛊惑唆使，所以责令你们立即将她交给我处置，并与汉廷断绝关系。若你们再执迷不悟，我大军将全线出击，血洗乌孙，让你们重尝灭国之祸！”

〔厅上众人惊愕、哗然，议论纷纷……匈奴信使将羊皮书信交给一侍从，冷笑退下。

刘解忧　好一封书信！好一个歹毒计谋！

（唱）　匈奴王此一信既毒且狠，
顿叫我气冲冠怒火烧焚。
乘翁归赴边境挑动内乱，
以灭国相威胁刃逼我身。
眼见得宫廷上将起风浪，
我但要稳操舵力压千钧！

右大将　欺人太甚！我们宁可和他们血战到底，也绝不会把我们的右夫人交给他！

贵人甲　是啊，我们乌孙人也不是好欺负的！

〔几个乌孙贵人纷纷表示不能把刘解忧交给匈奴。

沙那热　（急不可待地）可我乌孙现在的兵力还不是匈奴的对手，难道我们就眼看着乌孙被匈奴攻破，再次亡国吗？

贵人乙　他们说要血洗乌孙，杀光我们乌孙人啊！

贵人丙　匈奴和汉廷本是死对头，我们乌孙国依靠汉廷了，当然就要得罪匈奴了。

乌　月　要不是有人蛊惑昆莫投靠汉廷，匈奴怎么会来攻打乌孙呢？

右大将　我们昆莫之所以愿意和大汉结盟，是因为大汉国力强盛，对我们乌孙也好！

沙那热　可匈奴曾经帮我们报仇复国，对我们还不好吗？

贵人甲　匈奴对我们乌孙是有恩的，我们不能忘恩负义！

贵人乙　可汉廷对我们乌孙也有恩，给了我们许多帮助！

众　人　（纷纷发言）匈奴对乌孙有恩。

汉廷对乌孙有恩。（争执不下）

刘解忧　（沉静地站起，谦敬一拜）大禄在上，请允许我说几句好吗？

大　禄　各位静一静，右夫人有话说！

〔众人安静下来。

刘解忧　当年我乌孙被大月氏毁灭，襁褓中的小王储因在野地里曾受母狼哺乳，乌鸦喂食，军臣单于感于他定有神灵护佑，故将他收养，后又助他报仇复国。若说这点，匈奴的确对我乌孙有恩。

乌　月　你既知道匈奴对乌孙有恩，为何还要蛊惑昆莫反对匈奴？

刘解忧　英明天纵的昆莫不是谁能蛊惑得了的，昆莫这样做，也是被匈奴所逼！

沙那热　被匈奴所逼？

刘解忧　正是！各位贵人啊——

（唱）　我乌孙虽然名义复了国，

匈奴还掌控奴役把肘掣。

金钱奴隶常取索，

五畜更要进贡多，

还命咱随其征伐长跋涉，

战利品皆由他们得。

犹如那救助饲养一匹马，

鞭挞驱使还把皮剥。

右大将　右夫人说得对，正因如此，我乌孙总是难以强盛，无法成为草原上独立的骑士！

刘解忧　（接唱）大汉真心与乌孙把盟友做，

互利互惠讲仁德。

从不纳贡索财物，

还多赠器具与丝帛。

为致富助我把商路、垦殖来开拓，

传技艺冶炼纺织来强国。

咱扪心自问也问神灵，

大汉与匈奴两相比，

乌孙应当怎选择？

该感谁的恩？该念谁的德？

右大将　咱乌孙的神灵都知道，大汉才是乌孙真正的盟友！

贵人甲　平心而论，的确是大汉对我们乌孙更好！

〔有几个贵人也点头附和。沙那热、乌月和另一些亲匈奴的贵人相互看看，一时难言了。

冯　嫽　（不失时机）诸位贵人，今日之乌孙虽军力逊于匈奴，但也并非弱小可欺，咱们还有强大的汉乌联盟做后盾，匈奴想灭掉乌孙谈何容易？英明天纵的昆莫已作好应对匈奴入侵的部署，诸位要遵从昆莫统一号令，不可自乱阵脚！你说是吧，大禄！

大　禄　这……（被提醒）对对对，此事关系重大，应立即禀报昆莫定夺。右大将——

右大将　喏！

大　禄　命你立将此信送往边境，呈交昆莫！

右大将　喏！（从侍从手中接过信欲下）

〔一守城官急上。

守城官　启禀大禄，不好了！城里到处传扬，说昆莫带人在边境遭匈奴伏击，全队覆没，他也受伤被俘！

众　人　（震惊）啊？！

大　禄　此事可属实？

守城官　说是从车延过来的大宛人的商队传出来的！

大　禄　为何不见边境呈报？

沙那热　（抢答）既已全队覆没，还有谁来呈报？

大　禄　这……

乌　月　（急切地）大禄啊——

（唱） 从来无风不起浪，
若无此事怎传扬？
快把营救办法想，
莫让昆莫遭祸殃！
右大将 （唱） 我即率人边境往，
但把情况察端详。
昆莫若陷敌手上，
我拼死营救杀一场！
沙那热 （唱） 虎穴救人太虚妄，
大功未成命先丧。
唯向匈奴作退让，
换得昆莫出罗网。
右大将 （唱） 若向豺狼作退让，
我乌孙尊严在何方？
沙那热 （唱） 为保昆莫人无恙，
其余尽可丢一旁！
乌　月 （唱） 无用的面子且少讲，
救我夫君最应当！
〔众人针对是否对匈奴退让、妥协各抒己见，议论纷纷。
刘解忧 （厉声）好了，别说了！
（唱） 此事真假未明朗，
怎可意乱心仓皇？
纵然是昆莫不幸陷敌掌，
咱守土信念仍需增强。
待到那大汉出兵旌旗扬，
定能救回咱乌孙的王！
冯　嫽 （唱） 夫人她已遣信使长安往，
奏请大汉来相帮。

汉乌联盟有此约，
还请众位莫惊惶！

〔众人又是一阵议论。

乌　月　(激动地站出来)你们不要骗人了！汉廷皇帝都死了，谁还管这盟约？

众　人　(惊异)汉廷皇帝死了？

乌　月　我是亲耳听到她们讲的，还不让告诉我们呢！

〔众人哗然。

〔刘解忧和冯嫽不由得面面相觑。

沙那热　好啊，右夫人，汉廷皇帝死了，你瞒着我们，还说汉廷会出兵帮助我们，你是把我们乌孙人当傻瓜吗？

贵人乙　是啊，皇帝下诏才能出兵，现在皇帝都死了，怎么出兵？

〔几个亲匈奴的贵人也跟着呼应喧嚷。

刘解忧　(镇定地)各位贵人，大汉皇帝虽然宾天，但很快就会有新皇继位。汉乌联盟依然存在，请大家放心！

沙那热　别再蒙人了，你们汉廷从来是换了皇帝就会换朝臣、换国策，新皇帝还会管旧皇帝订的盟约？

贵人丙　是啊，要是你们新皇帝不认旧皇帝订的盟约，不出援兵，我们怎能打败匈奴，救出昆莫？

乌　月　(焦灼地)别指望汉廷了！还是赶快跟匈奴讲和，把我夫君救回来吧！

沙那热　大禄，为了救昆莫、救乌孙，还是按单于信上说的去做吧！

贵人乙　是啊大禄，现在汉廷靠不住了，要救昆莫、救乌孙，也只能先跟匈奴讲和了！

〔另一些乌孙贵人也纷纷附和，要跟匈奴讲和。而右大将等反对与匈奴苟合的贵人一时难言。

大　禄　(犹豫不决)这……

沙那热　(阴冷进逼)大禄，你知道，当初先昆莫去世时，本应由我外甥泥靡接位，因他年龄小，所以先让你儿子接位。没想到他却被一个汉室女人所控制，给乌孙和他自己带来灾难，难道现在还要让这女人继续掌控国政,断送乌孙吗?

大　禄　(一愣)这……

乌　月　是啊大禄,不能再让这个女人留在这儿掌控国政,祸害昆莫和乌孙了!

大　禄　这……

沙那热　大禄,你要当机立断,如果你定要留这女人继续祸害乌孙,我们各部落就只能自保,或者让我外甥接位来救乌孙了!

大　禄　(更是一惊)这……

贵人乙　是啊,我们各部落也只能自己保自己了!

贵人丙　实在不行,就让泥靡接位吧!

〔议事厅上一时纷乱。

〔右大将等一时无措。冯嫽欲言,被刘解忧以眼神制止,示意她要镇定沉着。

大　禄　(纠结地)右夫人,你看这……不然,我们先送你回长安吧?等过后……

刘解忧　(断然拒绝)不,大禄,我不回长安,我要去匈奴!

〔众人不由一愣。

大　禄　去匈奴?这是为何?

刘解忧　大禄、各位贵人啊!

(唱)　乌孙国势遇风险,
解忧理应解危难。
虽然说此去匈奴把狼窝陷,
此一去我心却坦然。
一则是匈奴无由再进犯,
可保吏民得平安;
二则是若夫君果真遭危难,
夫妻相聚共度时艰;
若得与夫君共生死,

汉家女此生也无憾!

(大义凛然地)走,送我去匈奴!

大　禄　(一愣)这……

〔众人面面相觑。

刘解忧　走啊,还愣什么?!(整衣帽,转身向外走)

〔此时,幕后声:"昆莫回来了!"

众　人　啊?

〔翁归靡风尘仆仆急上。

众　人　拜见昆莫!

大　禄　(惊异地)孩子,你,你不是……

右大将　昆莫,你回来太好了,有人竟说你被匈奴抓去,要用右夫人去换你呢!

翁归靡　那我回来的还正是时候啊!大禄及各位贵人啊!

(唱)　在边陲我精骑无比勇猛,

杀得那匈奴人胆战心惊。

战斗中曾缴获一封密信,

方得知那单于诡计恶行。

先恐吓索夫人制造危境,

再造谣我被俘扰乱宫廷。

若奏效再趁乱大兵进犯,

逼乌孙重向他屈膝跪迎。

为防他此阴谋实施得逞,

紧催鞭兼昼夜我赶回工宫!

众　人　昆莫英明!

翁归靡　哼,我看有人比我更英明,竟能想出拿右夫人去跟匈奴人作交易,换我回来的好主意,这是谁想的?

〔沙那热和乌月等人不由得畏惧、尴尬,相互看看不敢吭声。

翁归靡　(厉声)谁想的。嗯?

右大将　(愤而向前)启禀昆莫,这都是——

刘解忧　(急忙打断)好了！昆莫，这过往的事就先不提了。臣妾还有更重要的事要向您禀报呢！

翁归靡　嗯！(严正地)诸位贵人，我乌孙有赖于众多神灵的庇佑，才能在草原上生存与兴旺。右夫人如同上天赐给我乌孙的瑰宝，今后谁胆敢再对她有丝毫冒犯，我将严惩不贷！(猛地从身上拔出腰刀，一下砍断了一根灯柱)

〔众人面面相觑，见翁归靡挥手示意，便都悄然退下。

刘解忧　昆莫！
翁归靡　夫人！(紧紧相拥，刘解忧热泪盈眶)

翁归靡　(替刘解忧抹去泪水)夫人，让你受委屈了！

刘解忧　(哽咽地)也让昆莫，辛苦了！

〔冯嫽悄然复上。

翁归靡　夫人哪！

(唱)　那匈奴纵然大军来进犯，
我乌孙也绝不畏惧把腰弯。
纵然是汉皇宾天后援断，
我也要殊死一战渡难关！
不灭匈奴之凶焰，
我乌孙何能崛起在西域屹立天地间?！

刘解忧　昆莫啊！

(唱)　咱乌孙若向匈奴来亮剑，
臣妾我紧随昆莫勇向前。
且相信汉室虽然君主换，
汉乌联盟会承传。
因此我还当书奏新皇上，
泣血把出兵的道理参。
再将特使来派遣，
面呈奏书到长安！

冯　嫽　启禀昆莫、夫人，冯嫽愿当此任！

刘解忧　好，也只有你能担当此任。你到长安可先找到光禄大夫常惠，他当年曾随博望侯张骞到过乌孙，请他引荐面见皇上，泣血奏告——时下西域诸国惶惶，若我朝能出兵击败匈奴，解救乌孙，亦会使诸国倾向我朝，缔结盟好。否则，便会被匈奴强势征服，阻断交通侵扰中原，使我边城烽烟不断，生灵涂炭，国无宁日！

冯　嫽　冯嫽明白！

翁归靡　你还可禀告皇上，如果大汉能出兵，我乌孙也将调五万精骑归汉军节制，共同夹击匈奴！

刘解忧　太好了！汉乌联手共击匈奴，平定西域！此乃妾身离家别国，来乌孙数十年的心愿啊！黝黝青丝，已化白发……（悲喜交集，不由得热泪涌出）

〔冯嫽也激动得热泪奔涌。

〔光暗。

第五场

〔光起。

〔夏塔城外特克斯河边，刘细君公主陵墓前。秋叶飘落，一个年长、面相有趣的乌孙守陵人铁英正在打扫墓园。

铁　英　（叨念）细君公主啊，今天是你的忌日，解忧公主一定会再来祭奠你的。想当年，你作为第一个与乌孙和亲的大汉公主来到时，那昭苏草原的鲜花都盛开了，特斯克河的天鹅都欢叫起来，连我的眼睛都看得发直，转不动了，因为你太美丽动人了！后来才发现，你人美心肠更好，为我们乌孙做了许多好事。可惜呀，你不能适应咱草原的水土，才来五年就病死了。不像解忧公主，她在我们乌孙可是越活越健朗啊！听，马蹄声响，是她来了吧！（转眼看，惊异地）哎，怎么……

〔陵墓后闪出两个持刀蒙面人，捂住铁英的嘴将其拖下。几个持刀蒙面人簇拥着一个被披风包裹、难见容颜的女人骑马上。一个蒙面人看看四周寂静无人,拉下面罩,原来是拉木塔。

拉木塔　(对众蒙面人)你们先藏起来,听我号令行事!

〔众蒙面人应声退下。

拉木塔　夫人,现在你可以显露真容了!

〔女人将包裹全身的披风解掉,显露出一个怀抱琵琶的汉朝女子,原来是乌月。

拉木塔　啊哈,好一个美貌的汉廷公主刘细君!

乌　月　哼,谁知道你这鬼主意能否骗过刘解忧呢?别骗不了她还让我难堪!

拉木塔　只要左夫人别紧张,还像当年假扮巫师通灵,吓唬人玩一样就行,并按照臣下说的去做,就一定能骗过她。臣下在长安时已经把她的身世了解得很清楚了。

乌　月　可是……

拉木塔　好了,左夫人不要再犹豫了!这事要能办成,你就为匈奴立了一大功,臣下会恳请大单于接你回去,和那姑墨的翎侯好好见上一面。若办不成嘛,大单于的脾气……夫人是知道的!

乌　月　你……哼!

〔幕后传来马蹄声。

拉木塔　刘解忧来了!快,先躲到陵墓后面去!

〔乌月无奈地躲下,拉木塔随下。

〔刘解忧内唱:"携秋风踏衰草把王陵探访——"携随从骑马上。

刘解忧　(接唱)来祭奠细君姐倾诉衷肠。

(下马,整妆)

〔随行的宫女将祭品在墓前摆好。

刘解忧　(拈香,跪拜)细君姐姐,妹妹我又来看你了……

〔一群天鹅从特斯克河上飞起,发出阵阵凄清的鸣叫。

〔一个女子伴着琵琶吟唱,哀怨的歌声从陵墓后隐隐传来:

"吾家嫁我兮天一方,

远托异国兮乌孙王。
穹庐为室兮毡为墙,
以肉为食兮酪为浆。
居常土思兮心内伤,
愿为黄鹄兮归故乡。”

刘解忧 (惊异地)细君姐姐的《黄鹄歌》,谁在弹唱?

〔乌月装扮的刘细君,身抱琵琶从陵墓后缓缓走出。

乌　月 (以巫师通灵般的怪异声调)是我,刘细君的魂灵——

刘解忧 啊?细君姐姐的魂灵?

乌　月 你害怕了吗?

刘解忧 啊?不不,若真是细君姐姐的魂灵,妹妹不怕!妹妹就是来祭奠姐姐的!

乌　月 难得你有心常来祭奠,所以,我今日显灵要跟你说几句知心话——

刘解忧 姐姐请讲!

乌　月 当初我从中原嫁到这里,饮食居住都不习惯,日日思念父母家人,恨不能像黄鹄一样飞回故乡,这才写下《黄鹄歌》。你嫁到这里快三十年了,就从不思念父母家人,不想回到中原故乡去吗?

刘解忧 姐姐呀——

(唱) 妹妹我也是汉家养,
塞外怎不思故乡?
夜深独把长安望,
泪洒草原心凄凉。
梦魂常把家宅访,
推门进屋唤爹娘。
不闻双亲来应答,
梦境破碎人断肠。
岁月蹉跎白鬓发,
半为思念半风霜。

乌　月　既然如此，那天大禄要送你回长安，你为何不回去呢？

刘解忧　这……姐姐该是知道的呀！我们来乌孙和亲，是肩负朝廷的重要使命。

乌　月　哼，什么重要使命？不就是因为你们——哦，我们是罪臣的后代，该受惩罚，该作牺牲嘛！

刘解忧　（一愣）姐姐怎能这样说？

乌　月　还不是吗？如果当初不是我父亲江都王，你祖父楚王被朝廷诛杀、逼死，我们成了罪臣后代，皇上能把我们送到这遥远的乌孙国来和亲吗？

刘解忧　这……

乌　月　你难道忘了当年你们一家被贬为庶人，赶出王府后，受苦受难的日子了？

刘解忧　（一震，喃喃地）那怎能忘，怎能忘啊！

（唱）　破房陋屋把身栖，
饱尝冷眼与寒饥。
耻为贱婢受欺辱，
别亲流浪身无依。
辗转边城谋生计，
正遇匈奴杀掠急。
若非尸丛把身匿，
早已一命丧刀戟。

乌　月　所以啊，你何必还为那汉廷卖力，完成什么使命呢？！

刘解忧　姐姐不可这样说。我们的祖辈、父辈因反叛朝廷，酿成内乱，祸及家人后代，是大汉皇帝恢复了我们的皇族身份。和亲乌孙，为的是平息战火，百姓安宁，姐姐你怎么……

乌　月　这……

刘解忧　姐姐，大汉皇帝托付给我们的是百姓安宁啊！

（唱）　想当初我大汉立国基未稳，

国势弱常遭匈奴来入侵。
无奈何折腰向其纳岁奉，
委屈那皇室公主去和亲。
那匈奴依然不时扰边郡，
背盟约烧杀抢掠我吏民。
赖皇兄派遣张骞通西域，
遣王师纵横塞外卷风云。
诚为与西域强邦结盟好，
我姐妹去国别家来乌孙。
把天威仁德播天下，
让凶蛮霸主也惊魂。
迎来那巍峨边关多明月，
西去商路少战尘。
大漠上驼铃声声响不尽，
天山下胡歌汉曲唱纷纷。
中原西域畅通途，
塞内外一统疆域新！

乌　月　哼哼，什么重要不重要？不就是汉廷要与匈奴在西域争夺天下吗？那是他们男人的事，为什么要拿我们女人作牺牲啊！

刘解忧　姐姐，我们并非一般的女人，乃是汉室公主！为祖先创立的大汉朝廷分忧是我们的本分！如果我们的和亲能换来西域和平，没有争战，百姓安居，那也是值得的呀！

乌　月　这……

刘解忧　（惊疑地）姐姐，妹妹虽只是在画像上拜识过你的芳颜，但从乌孙臣民那儿得知你是倾心尽力，为汉乌两国的盟好做了许多的事，今天怎么……

乌　月　（紧张地）哦哦，我是做过许多事，可有用吗？当初派遣我们来的皇帝早已死了，现在的新皇帝还会管这事吗？怕根本不管了吧。

刘解忧　这——不瞒姐姐说，这也是妹妹所担忧的。如果新皇不能承继孝武皇帝的西域方略，不为解救乌孙出兵，那一代雄主的宏图大业将功败垂成。我俩数十年的努力也将付之东流，乌孙可能又要陷入一场劫难！

乌　月　那是一定的！乌孙人会被匈奴人杀光，血流成河，重新灭国，你也会成为匈奴俘虏被糟践的！

刘解忧　这……（突然感到紧张，揪心）姐姐，我们一定要制止这场劫难！如果你的魂灵还有力量，就帮助昆莫救救乌孙，也是救救妹妹！妹妹拜求了！（跪下连连参拜）

乌　月　（得意忘形）拜求我？哈哈，原来你也有害怕拜求我的时候！

刘解忧　（不由得一惊）你？

乌　月　（顾不上掩饰）要救乌孙、救你也不难，只要你不再为汉廷卖力，并说动昆莫与匈奴亲近，与汉廷断交便可。

刘解忧　（惊愕地）你说什么？与匈奴亲近，与汉廷断交？

乌　月　是的，与匈奴亲近，与汉廷断交！

刘解忧　你到底是谁？

乌　月　（惊惧地）是，是……我是细君公主的魂灵。

刘解忧　（断然地）胡说！我大汉公主的魂灵怎会口出此言？你的言辞、你的话音、你的气度哪像我大汉公主？

乌　月　（更惊惧）不不，我就是大汉公主，就是大汉公主！

刘解忧　肯定不是！

乌　月　就，就是！

刘解忧　来人！

〔侍卫与侍女应声上。

刘解忧　前去看看，此系何人，竟敢冒充我大汉公主！

侍　卫　（应声）遵命。

〔突然，幕后传来一声断喝："站住！"拉木塔和蒙面持刀者冲上。

拉木塔　哈哈，右夫人果然是个厉害角色，厉害！

刘解忧　你是何人，想干什么？

拉木塔　我是匈奴大单于的特使，本想好言劝说右夫人与我匈奴合作，但看来右夫人一时还难以转念，所以只得委屈右夫人与我等同往匈奴，与大单于面谈了！

刘解忧　你们要将我掠去匈奴？

拉木塔　只要右夫人配合，我们是绝不会伤害右夫人的！（对蒙面人一挥手）带走！

〔蒙面人冲上抢刘解忧。

侍　卫　大胆！（拔刀冲上）

侍　女　不许动我右夫人！（奔上前护卫刘解忧）

拉木塔　哼哼！（对蒙面人）先把他们给收拾了！

〔蒙面人举刀欲砍。幕内传来马蹄声和冯嫽的喊声："公主——"

刘解忧　啊？（远望）冯嫽回来了！常惠与汉军也来了！

拉木塔　不好！快撤！（率蒙面人、乌月逃下）

〔铁英与冯嫽挥鞭纵马上。翁归靡、右大将率领常惠和汉军卫队纵马随上。

刘解忧　冯嫽、昆莫、常惠兄！

冯　嫽　常惠参见公主！

翁归靡　夫人受惊了！（对右大将）快去追，抓住那帮匈奴奸细！

刘解忧　不用了，我自有办法让他们落网！冯嫽，朝廷出兵了？

冯　嫽　出兵了！新皇下诏调兵十六万，分五路出征，还命常大夫为校尉，由汉军卫队护送，前来节制乌孙五万精骑，与汉军夹击匈奴！

常　惠　（从袖中取出一作战地图，展开）依照朝廷部署，田广明、范明友、韩增、田顺四位将军分别向匈奴龙庭与各部展开攻击。赵充国将军则兵出酒泉，拟于蒲类海与乌孙军合击右谷蠡王所部，摧毁其王庭！

翁归靡　好啊！右谷蠡王部乃匈奴一大部，并且是单于眷属驻跸之处，倘若一击摧毁，对匈奴将是重创！

刘解忧　是啊，咱一定要打赢这一仗！

众　人　对，一定要打赢这一仗！

铁　英　（兴奋地）太好了！细君公主，你看到了吗？这回真是你的魂灵保佑，让我没被匈奴人掐死，还能偷偷跑去报讯，把他们引来，让我这守陵人也立功了！

〔切光。

第六场

〔距前场两天之后的夜晚。

〔夏塔古城王宫，翁归靡起居室内。

〔光起。

〔翁归靡拿着一卷写在竹简上的《孙子兵法》在研读。刘解忧怀抱古琴上，莲儿端一盆热草药水随上。

刘解忧　昆莫，你还在研读《孙子兵法》，思虑作战方略啊？

翁归靡　夫人，这兵书上说："凡战者，以正合，以奇胜。"这蒲类海一仗，倘若汉军未赶到，只是我军独自作战，是否也能以"奇"取胜呢？

刘解忧　是啊，适才臣妾与冯嫽也正考虑这问题，有一计策想和昆莫与常校尉商量一下，看是否可行？

翁归靡　是何计策，夫人快说！

刘解忧　（笑）别急，先请昆莫再用草药水濯个足，听臣妾弹奏一首古琴曲，放松一下心神再说。

翁归靡　哎呀，都这时候了，还濯什么足，听什么曲啊？夫人快说吧！

刘解忧　不，这足一定要濯，曲也一定要听！（深情地）昆莫啊——

（唱）待明日曙光起霞晖绚烂，
我大军穿草原翻越天山。
濯个足千里路行如风卷，
听一曲精神爽征途平安。

翁归靡　（唱）谢夫人对翁归情义无限，
听此语我心中如沐清泉。

此征程有夫人纵马相伴，

气如虹又何惧山高路难？

刘解忧 那昆莫就濯足吧！（示意莲儿帮翁濯足，自己则安好古琴准备演奏）

〔一侍卫急上。

侍　卫 启禀昆莫，大监求见，有要事禀报！

翁归靡 请他进来！

〔大监上。

大　监 启禀昆莫、夫人，臣遵命有意在通往匈奴的山间小路上放松盘查，设下埋伏，抓捕了几个匈奴奸细，为首的名叫拉木塔。他们正想赶回匈奴，呈报我军行动的情报！

翁归靡 好啊，他果然落入夫人设下的圈套了！

刘解忧 也是昆莫安排得力！

大　监 拉木塔招供，他就是单于专门派来和亲匈奴的贵人勾结，挑动内乱，策应匈奴进犯的。焚烧毡房、劫杀商队，散布昆莫被俘谣言，蒙骗与绑架右夫人都是由他策划、组织的。

翁归靡 这个浑蛋，明日出征就拿他的脑袋祭太阳神！

刘解忧 可有乌孙贵人和他勾结，参与其中？

大　监 有沙那热歙侯，还有……（难言）

翁归靡 快说，还有谁？

大　监 还有……左夫人乌月。

翁归靡 乌月？

大　监 是的。

翁归靡 可有真凭实据？

大　监 有。（对内喊）带乌月侍女努娜和王陵守护人铁英，呈证物！

〔侍卫甲带努娜和铁英上，侍卫乙手端放有物证的盘子随上。

努　娜 （战战兢兢）拜、拜见昆莫！

铁　英 （坦然地）拜见昆莫！

大　监 努娜，你曾见左夫人私会匈奴单于特使拉木塔，接受单于赠给她一副宝石项链，还听拉木塔转达单于训示，责怪左夫人对烧毁毡房、劫杀商队，配合匈奴进犯未能尽力，命她定要压倒右夫人，控制昆莫，可是实情？

努　娜　是、是！

大　监　铁英，那日在细君公主墓前，左夫人装扮成细君公主魂灵，蒙骗右夫人，可是你亲眼所见？

铁　英　是的！

大　监　（从侍卫乙手中接过托盘）这是臣在左夫人宫帐中查获的那条项链和装扮细君公主的服装、头饰。

翁归靡　（怒不可遏）这个妖精！传乌月！

〔幕内侍卫声："传左夫人——"乌月惊惧地上。

乌　月　参见昆莫！

翁归靡　好一个乌月！

（唱）　想当年，先昆莫欲与大汉结昆仲，

你匈奴从中作梗诡计生。

他这边欲迎娶尊贵汉公主，

你那边也送居次把夫人争。

承祖制继位我无奈把你领，

与你约定也早言明。

不准你插手国事干朝政，

叛乌孙私通匈奴要受严惩！

来呀，去掉她夫人冠翎，押下去，明早与拉木塔一起祭太阳神！

乌　月　你……好吧，杀就杀，反正我也是生不如死！死了也好！（大放悲声）

〔一侍卫上，将乌月的冠翎摘除，欲将其带下。

刘解忧　慢！昆莫，臣妾请求饶过左夫人！

翁归靡　不，不能饶！她罪有应得！

刘解忧　依臣妾看，她虽为单于亲侄女，也并非存心背叛昆莫，搞乱乌孙，做这些事可能也是迫不得已！

翁归靡　怎么讲？

刘解忧　昆莫啊——

（唱）　乌月她虽出狼窝本纯良，
天赐她能歌善舞美容颜。
曾回绝匈奴众多求偶者，
独与那姑墨一翎侯心相连。
那单于为掌控乌孙把她选，
逼她与昆莫结姻缘。
且放言，倘若她要不听命，
剥夺她父兄赐封位，
杀掠她恋人弃草滩。
一弱女将此困苦深渊陷，
让她违命何等难！

翁归靡　（惊异地）这情况夫人如何知道？

刘解忧　先前略有耳闻。冯嫽出使姑墨，我让她找那翎侯作一查询，果然如此。

翁归靡　哦。不过——（看手中托盘中的物品）

刘解忧　臣妾以为，匈奴单于专门派人对她施压，乌月有罪，但罪不至死。

翁归靡　这……

刘解忧　还有，拉木塔散布昆莫被俘的谣言，臣妾见左夫人心急如焚，可见她对昆莫的安危还是甚为关切。

翁归靡　这……

刘解忧　再有，她装扮细君公主魂灵一事我已查过，也是被那拉木塔所诱逼。这一点，铁英你也可作证。

铁　英　是的，是那拉木塔诱逼她的。

刘解忧　臣妾再次恳求昆莫饶恕左夫人！

翁归靡　好吧，既然右夫人如此求情，我就暂且免她一死，先带下去吧！

〔乌月先是惊异地看着刘解忧为自己辩解、求情，此时倒不知该道何言，只是愣愣地走下，且边走边回望刘解忧。

刘解忧　臣妾感谢昆莫宽宏大量。请昆莫快濯足吧,不然药汤就冷了!

翁归靡　好吧,濯足!(在莲儿帮助下,脱掉靴子,欲濯足)

〔此时,已走到门边的乌月突然惊叫一声。

乌　月　不能洗!

翁归靡　(停住)怎么回事?

乌　月　这,这药水有毒!

众　人　啊?

刘解忧　你说什么?这药水有毒?

乌　月　嗯!

刘解忧　(仔细察看了药水)今日这药水的颜色和味道是有点儿异样,难道——

翁归靡　怎么回事,你快说!

乌　月　(跪下,声泪俱下地)是我该死,该死!今日傍晚,拉木塔又找我,说他已得知乌汉两军要合击匈奴,要赶回呈报,并交给我一包乌头草和糙苏,逼我偷放进草药水里一齐烧……

刘解忧　这是牲畜吃了都会死的毒草啊,他想毒害昆莫,你也敢?

乌　月　他发誓说,这不会毒死人,最多会让脚红肿疼痛,拖延昆莫出征,好让匈奴做好准备,同时还可嫁祸右夫人,扰乱乌汉两军合击匈奴的计划。我、我若不干,那姑墨的翎侯就会被处死。我、我也只好……我真是该死啊!该死——(一头撞到灯柱上,倒地)

刘解忧　左夫人!(抱起乌月)左夫人!左夫人!

乌　月　右、右夫人……我、我对不起你……(死去)

刘解忧　左夫人!乌月——

翁归靡　(一脚踢翻水盆)可恶的匈奴人,我乌孙,太阳光辉下的骑士,这回一定要和你们决一雌雄!右夫人,请你奏乐吧!不奏《高山流水》,奏《大风歌》!

刘解忧　(激昂地)好,奏《大风歌》!

〔《大风歌》音乐起。

〔收光。

第七场

〔《大风歌》的音乐化入场景音乐延续激荡。

〔光起。

〔乐曲声中，翁归靡、刘解忧、常惠、冯嫽、右大将等率领乌孙军和汉军卫队纵马奔驰，翻山越岭，涉水越滩，向蒲类海进发。

〔夜。蒲类海附近。刘解忧与翁归靡、常惠、冯嫽等勒马聚集已齐。右大将急上。

右大将　启禀昆莫，我军已到达蒲类海。匈奴右谷蠡王被汉军震慑，也已从东面快速退驻蒲类海！

翁归靡　退这么快！赵充国将军现在何处？

右大将　距蒲类海还有五百多里路程。还需两三天方可到达！

翁归靡　那我们只有采用夫人的“奇兵之计”，先发动攻击。否则，一旦右谷蠡王发现我军，得知我军与汉军夹击的意图，必定还会仓皇逃窜！

刘解忧　常惠兄，依你之见呢？

常　惠　这个吗，再斟酌一下吧。汉、乌联手夹击右谷蠡王，乃皇上钦定之作战方略，且关系汉军总体攻战部署，万一失手，非同小可呀！

刘解忧　常校尉但可放心。本夫人以为，以五万乌军精锐战力，借助汉军强大威势，利用匈奴已如惊弓之鸟之军心，若连夜发起突袭，完全可能取胜。万一失手，本夫人愿承担一切责任！

翁归靡　本昆莫也愿承担一切责任！

常　惠　这，好吧，既然二位之意如此坚执，那就这样干吧，在下也愿承担责任！

刘解忧　那就请昆莫和常校尉下令吧！

常　惠　好!郭司马——

郭司马　在！

常　惠　命你率全体汉军卫队出击。吹起汉军号角，高举汉军旌旗，唱起《大风歌》，佯装汉军先锋，自东向西奔杀而来，迷惑匈奴军！

郭司马　得令！（下）

翁归靡　右大将！

右大将　喏！

翁归靡　命你率乌孙军出击。要一边高呼“乌汉联军来了”，一边向匈奴军发动攻击！

右大将　得令！（下）

〔少顷，号角鸣响，战鼓震天，《大风歌》声与“乌汉联军来了”的呼喊声骤然而起，如山呼海啸，充塞天地。乌孙军向匈奴军发起猛烈攻击，越战越勇。翁归靡、刘解忧、冯嫽、常惠、右大将都参加作战，猛击敌酋。右谷蠡王和匈奴军则惊慌失措，四下奔逃溃不成军，有的跪下投降。

〔暗转。

〔天明。翁归靡和刘解忧、常惠、冯嫽兴奋地上。

翁归靡　哈哈，夫人，你的“奇兵之计”太妙了，我们得胜了！

常　惠　是啊，得胜了！

〔刘解忧也兴奋难抑。

〔右大将上。

右大将　启禀昆莫、右夫人、常校尉，我军大获全胜，右谷蠡王负伤逃亡，我军共俘获匈奴亲王及兵将三万九千余人，单于的叔、嫂、女儿也被俘，另缴获各种牲畜七十万余头！

〔乌、汉两军兵将齐声欢呼。

〔光暗。

尾　声

〔光起。

〔乌孙举国欢腾，军民载歌载舞，刘解忧、翁归靡、常惠、冯嫽、右大将等置身其中，众人歌舞饮酒，共享胜利喜悦。

大　禄　（端起碗酒，诚挚地）公主，天神惩罚我呀，它能赐给乌孙雄伟的天山，清澈的伊犁河，却不赐给我坚毅的性格、明亮的眼睛，让我屈从匈奴的压力，上了奸细的当。我用这碗酒敬你，也向你赔罪了！（将酒一饮而尽，并抚胸向刘解忧深鞠一躬）

刘解忧　（还礼）不敢不敢！

大　禄　公主啊，你到乌孙这些年来，不辞辛苦劳累，为乌孙兴旺强盛，打败匈奴，作出重大贡献，我儿子说的没错，你真是上天赐给我乌孙的一个瑰宝啊！

众　人　（欢呼）乌孙神灵！乌孙神灵！（把众多的鲜花抛向刘解忧）

〔字幕："蒲类海（今巴里坤湖）草原之战的胜利，重创了匈奴的实力，也极大地提升了汉朝在西域的影响力。众多西域城邦国从此纷纷摆脱匈奴的控制与奴役，自愿接受汉朝的统属。在此基础上，汉宣帝于公元前60年，设立了旨在管理西域行政事务的'西域都护府'，标志着西域正式纳入了汉朝的版图。此举有力促进了中国作为统一的多民族国家的形成，从中原通往西域的'丝绸之路'也更加畅通无阻。"

——剧　终

（本剧原载《剧本》2020年第9期）

“闽派戏剧”风格成因刍论

新时期以来，福建剧坛上涌现出一大批优秀剧目，如《新亭泪》《魂断燕山》《洪武鞭侯》《状元与乞丐》《晋宫寒月》《凤冠梦》《藤玉公主》《颠倒乾坤》《秋风辞》《肃杀木棉庵》《鸭子丑小传》《节妇吟》《围城记》《丹青魂》《天鹅宴》《大河谣》《要离与庆忌》《沧海争流——郑成功与施琅的故事》等。这些剧目大多具有较强烈的理性精神和批判意识，具有较深厚的思想文化内涵，富有哲理意味，同时创造出了性格比较丰富复杂，有较高认识价值和审美价值的人物形象，总体上呈现出比较高雅和深沉凝重的艺术风格。但上述剧目，也确实存在着被一些行家和观众所指出的理念较强，剧情负载过重，在形式上不够飞扬灵动，未能充分张扬戏曲艺术独特魅力的缺陷，它们被戏剧界称之为“闽派戏剧”。

为什么位于东南一隅的福建剧坛会出现如此景观？构成“闽派戏剧”独有风格及缺陷的原因何在？本文拟就此问题作粗浅的论析。

一

如黑格尔所说，有利戏剧艺术产生与繁荣的最主要的社会历史条件是“至少要有独立意识，在自身中发现个人的行为及其结果的自由的途径与根源。”[①]粉碎“四人帮”和思想解放运动为中华民族个性解放和自由独立意识

注：①转引自朱立元《黑格尔戏剧美学思想初探》，第79页。

的觉醒创造了一个良机，也为戏剧艺术的繁荣与发展创造了一个良机。“闽派戏剧”的创作者，大都是“文革”这场中华民族大劫难的亲历者，他们在思想解放运动的催发下，从自己对“文革”劫难真切的内心感受出发，以强烈的民族忧患意识，把积郁胸中已久的苦闷和对极“左”——专制政治的愤恨与批判激情，把自己在历史与现实的双向反思中悟出的一些沧桑之道和人生真谛诉诸笔端，寄寓历史故事，创作出了一批历史题材的戏曲剧作。郑怀兴在谈他的《新亭泪》的创作体会中曾把这种创作心理历程表述得很清楚，他说：“在那个是非颠倒的混乱年代里，派性活动非常猖獗，人与人之间的关系变得十分复杂。一个处在生活最底层的正直人应该怎样生活？是随波逐流呢，还是我行我素?要如何求得自身的生存，又要如何履行自己的社会责任？我彷徨过，痛苦过，常常‘念天地之悠悠，独怆然而涕下。’粉碎‘四人帮’后，这些思索还像烈火一般在我心灵中燃烧。由于偶然的机缘，我发现了关于‘周伯仁之死’的历史故事，当它叩击我的心扉时，我积蓄心底的许多情感，犹如翻滚的地下岩浆遇到了火山爆发，一下子都喷射出来了，倾注到周伯仁身上，使他复活过来……”[①]《魂断燕山》的创作者之一洪川，在创作体会中也谈到，他正是感叹中国知识分子在封建专制社会中的悲剧性命运，并真切感受到历史的发展，人生的轨迹中有一种怪圈，这种怪圈是一种走不出的“魔圈”，才廓清了这出戏的人物形象和主题意蕴的。[②]

实际上不仅是在这些有史实依据的历史剧中，而且在其他古代传奇题材的剧目中，特别在此后出现的文化性反思，以及关注人的生存状况和生存价值，张扬人的生命意识的许多剧目里，也都表现出作者在这方面的创作初衷和追求。例如，王仁杰在创作《节妇吟》时，就因领悟到“我国封建专制制度之何以如此漫长，其意识形态至今死而不僵。究其原因，除了封建统治者严酷的政治压迫，传统文化中不合理部分的统治，以及生产力的低下外，被统治者自身的不觉悟、心态的扭曲，也是重要因素。所以才在戏中有意淡化

注：①见《福建优秀剧作选》，第55页。

②见《福建优秀剧作选》，第311—313页。

社会家庭等外部环境给女主人公颜氏的压力，在幽深的几乎与世隔绝的宅院里，深入细致地描写她在追求合理人生的搏斗中一步三回，如履薄冰的许多心理障碍的。”[①]而方朝晖之所以写《围城记》，则是因为他深切感受到中国人，尤其是中国妇女，因袭的负担太重了，“作为生活的主体却十分缺乏主体意识，处于不合理的境地又勉为其难地维持现实状况，甚至有了可能实现的机遇，却往往怀疑自己追求的合理性。自我设置了重重心防，使人的活力为之枯竭。”[②]这实际上就是从历史文化与生命哲学的角度对人的生存状况所作的反思，而这种反思所表现出的“人的自觉”也正是忧患意识的表现。

所谓忧患意识以及它与人的自觉的相互关系，正如一些学者所指出的：“思考这种异化现实，（指封建宗法制度和伦理关系对人的压迫的现实——笔者按）以及对未来的忧虑，是中国哲学走向自觉的契机。所谓自觉是指人的自觉，指人意识到自己的力量和地位，意识到一切忧患和痛苦都在于忘记了自己的地位和内在的力量，而听凭外在天命的摆布。我们把这种意识称之为忧患意识，它是中国哲学的起源，也是中国哲学的基础。”[③]

尽管忧患意识是否就是中国哲学的起源和基础，学术界尚有不同见解，但它是我们民族文化心理，尤其是文人士大夫文化心理中，极为重要的构成部分则是毫无疑义的。孟子所说的“生于忧患，死于安乐”可视为这种文化心理的典型表征。这种忧患意识表现在艺术创作上多为感怀抒志，悲愤愁怨之作，因而中国古代的诗文中大多充溢着浩大的忧郁与悲伤，正所谓“正声何微茫，哀怨起骚人”。屈原的《离骚》和陈子昂的《登幽州台歌》当可以称其代表作。而一部中国戏曲史的经典作品，从关汉卿的《窦娥冤》、高则诚的《琵琶记》、马致远的《汉宫秋》、王实甫的《西厢记》、汤显祖的《牡丹亭》，一直到“南洪北孔”的《长升殿》和《桃花扇》，又有哪一部不纠结着怨肠愁绪，回荡着悲愤忧伤的旋律呢？被冤杀的窦娥在刑场上对天发出的三桩誓愿，倾泻出对黑暗的社会现实以及自己不幸命运的多少悲愤；崔莺莺

注：①见《福建优秀剧作选》，第481页。

②见《福建优秀剧作选》，第600页。

③见高尔泰著《美是自由的象征》，第286页。

在“长亭送别”中以一曲“碧云天黄花地”抒发的离愁别绪，使天下多少有情人柔肠寸断;而在桃花扇底下敷衍的南明王朝覆灭的一段历史故事中，又寄寓着作者对朝代兴亡、人世沧桑的多少悲怀与忧思!

“闽派戏剧”也多为感怀抒志、悲愤愁怨之作。如《新亭泪》中周伯仁于东晋王朝陷于风雨飘摇之际，登临新亭，面对西风残月、浩瀚长江，思来溯往、感慨唏嘘，抒发的是何等深重的忧国忧民之怀;《秋风辞》中暮年的汉武帝在雁唳长空、秋风萧瑟、黄叶飘零中怀抱被自己误杀的太子的头，声泪俱下地对天呼喊，是何等悲怆凄切;而《节妇吟》中寡妇颜氏仅迈出追求幸福爱情的一步，便坠入黑暗的深渊，断指自诫还不够，还要被封建统治者逼得捧起自尽的白绫，其命运是何等凄惨，灵魂中充满了多少痛苦和忧伤!

这种源于忧患意识的怨肠愁绪和悲愤忧伤的情感，原本就是深挚沉郁的，又因作者有意识地强化了其中理性反思的成分（如作者在创作体会中谈到的），因而使得作品的风格基调在深沉之中又多了一层凝重感，就是很自然的了。

二

福建僻居东南，三面环山，一面临海，山清水秀，物产丰饶。这种独特的地理环境和自然条件，使之自魏晋以来，就成为战乱连绵的中原地区汉族人躲避战乱的理想迁居地，而迁居者中又多是衣冠世族和文人士大夫。如史载:“永嘉二年，中州板荡，衣冠始入闽者八族。”①又载:“晋永嘉末，中原丧乱，士大夫多携家避难入闽。”②唐五代末，许多簪缨世胄和文人学士更为躲避战火兵燹潮涌南下，流寓闽中。而此时，自河南率部入闽的“开闽王”王审知还特设招贤馆，以招纳中原文化人士，并广泛收集佚书，保存文化遗产，使中原文化在福建得以保存与发展。及至宋代，随着女真贵族入主中

注:①见乾隆《福州府志》卷75。

②见乾隆《福州府志》卷24。

原，宋室南渡，福建更成了大批来自中原的皇亲贵族、文人学士和其他各种移民的聚居地。使得八闽“冠带诗书，翕然大肆。人才之盛，遂甲于天下。”[①]沿海地区更有“海滨邹鲁”之称。一种较高水平的，以保留和弘扬中原文化为主要特征的地域性文化在福建逐渐形成，并一直延续下来。因而中原文化赋予文人士大夫的忧患意识，入闽者因亲身体验了战乱频仍，国破家亡和千里逃难的痛苦，必定会使这种意识更强烈。也会在福建地域文化传统，包括历代福建知识分子的文化心理中保留和承传下来。“闽派戏剧”的作者之所以能以强烈的忧患意识投入创作，写出诸多感怀抒志，悲愤愁怨之作，当可以从这里找到渊源关系。而中原文化赋予文人士大夫的其他一些重要的生活价值观念和哲学、美学思想，同样也会在福建地域文化传统和福建知识分子的文化心理中保留和承传下来。这一点我们在闽派戏剧作品，尤其是在闽派戏剧最具代表性的作者郑怀兴的作品中可以得到印证。例如，在他著名的历史剧《新亭泪》和现代戏《鸭子丑小传》中，虽然两个主人公，即周伯仁和阿丑，一个是东晋的士大夫，一个是现代的农民，却有着相似的生活价值观念。周伯仁在朝政纷扰，宦海浮沉之中，十分钦羡渔父与大自然同在的淡泊生活，也想随渔父而去——“载酒扁舟上，寄迹江湖间”，但最后还是选择了慷慨捐躯，履行了辅佐朝廷平定内乱的职责后，再魂随渔父而去，回归了自然。而阿丑原是以“小草不跟花竞秀，自谢春风乐悠悠”，与世无争陶然自得的心境，在自然状态的牧鸭生活中怡然度日的，但见“金桃事件”愈演愈烈，导致家庭纠纷并使“包山状元”蒙受不白之冤时，也毅然挺身而出，以自己的睿智澄清了事实，揭露了嫉贤妒能者的丑恶嘴脸后，又拿起牧鸭竿“青山绿水任逍遥”了。这实际上是中原文化赋予文人士大夫“达则兼济天下，穷则独善其身”的人生价值观和崇尚自然、隐身林泉，淡泊化、审美化的生活态度，在作者文化心理中的沿袭和在创作心态中的流露。而作者通过描写周伯仁登临新亭，面对长江，追来溯往，俯仰天地，在半醉半醒，似梦非梦，鹤影琴声，以及与半人半仙的渔父的玄妙对答，在抒

注：①见洪迈《容斋随笔》卷五。

发忧国忧民之情之外，还把历史变迁、朝代兴衰的规律，人生真谛与宇宙沧桑，天地大化融贯一体，进行形而上的哲学思考和审美观照，使得该剧透溢出一种热烈豪迈的宇宙情调和深沉隽永的人生哲理，实际上也是得益于中原文化中天道人道融为一体，“赞化育，与天地参”“天人合一”的哲学思想和“澄怀观道”“澄怀味象”，追求象外之象的美学思想的感悟与启迪。

但是，由于福建一面临海，与海外的交通与贸易历来十分发达。早在唐五代时，福州和泉州便已成为国际贸易港。至宋代，泉州更形成了“梯航万国，泊商云集”的国际性城市和“海上丝绸之路”的起点。因此，海洋文化、异域文化对福建的影响也是显而易见的。福建籍的林则徐之所以能比他同时代的文人士大夫更早地具有世界意识与“开放”意识，成为中国近代史上睁眼看世界的第一人，能深刻反省中华民族的积贫积弱，提出应“知夷情，识夷技，不耻师夷之所长”，当与此不无关系。而另一位也是福建籍的启蒙思想家严复，同样也是出自强烈的民族忧患意识，把西方的政治经济思想翻译介绍到中国来，以期唤起中国民众自强保种、救亡图存、改良社会的意识。实际上，就是以中原文化的理性精神（更多的是以内省的形式出现）为本，吸收借鉴西方文化中的理性精神（更多的是以批判的形式出现），将两者结合起来，对中国社会所作的反思与批判，对近现代福建知识分子文化心理的影响是巨大的。福建优秀剧作家，实际上也正是“闽派戏剧”创作之路开拓者的陈仁鉴能在历史唯物主义的指导下，率先大胆地把十九世纪西方批判现实主义文学的创作方法引进戏曲创作领域，与传统戏曲的创作方法相结合，同时也借鉴了一些话剧的结构技巧进行创作，写出了《团圆之后》等杰出作品。创造出了在此之前的传统戏曲中未曾见过的一种深沉、冷峻，撼人心魄的悲剧艺术作品。对封建社会和封建礼教的黑暗本质进行了极深刻的反思与批判，当与此有渊源关系。这除了是因为林则徐、严复这些一代伟人的思想固有的巨大影响力，以及福建特殊的地域文化环境，对福建人的思维方式造成的共同特质和趋向外，还因福建的文人学士历来就有以同邑、同郡或同闽相表里，文化学术活动往往带有鲜明的地域性或宗派性的特点使然。

“闽派戏剧”的创作者同样也是采用批判现实主义的创作方法，并借鉴话剧，尤其是新时期小说的创作观念与技巧，与传统戏曲的创作方法与技巧相结合进行创作。其作品先是对极“左”——专制政治，继而又对传统文化中不合理的、消极的，尤其是压抑人的个性和生命力的部分进行深刻的反思与批判。从狭义上说，这是对陈仁鉴开拓的戏曲创作道路的沿袭与拓展。从广义上说，是对福建独特的地域文化传统，赋予福建知识分子的理性精神与“开放”“超越”意识的继承与弘扬。

但我们在强调“闽派戏剧”对传统戏曲的超越之功的同时，也不应忽视传统戏曲对“闽派戏剧”的滋养之德。福建被称为“戏窝子”，仅是地方剧种便有十九个之多，其保留下来的剧目有一万七千多个。其中的莆仙戏和梨园戏均为宋元南戏的遗响，是迄今我国保留下来的最古老的剧种之一。其表演艺术十分精湛，风格十分古朴典雅。这份丰厚的戏曲文化遗产无疑对“闽派戏剧”作者的成长与创作提供了许多滋养作用。“闽派戏剧”的作者大多集中在戏剧演出活动最活跃的莆仙、泉州、漳州，以及福州一带，主要依托莆仙戏、梨园戏、高甲戏、闽剧、芗剧等几个大剧种进行创作活动。其中郑怀兴的家乡仙游县榜头镇是著名的戏剧之乡，莆仙戏演出活动极为活跃，并且出了不少编、导、演人才，陈仁鉴就是榜头镇人。郑怀兴从小就生活在这样的戏曲文化环境中，所受的传统戏曲的熏染和滋养是可想而知的。而王仁杰对梨园戏的传统艺术更是情有独钟，自认梨园戏善于刻画人物心理和世态人情的特点使之受益匪浅。[①]因此，从某种意义上也可以说，“闽派戏剧”风格的深沉凝重与高雅，正是得益于福建戏曲文化遗产的丰富与厚实，及其在表演艺术上的精湛与典雅。

三

艺术发展史告诉我们，各种艺术品种在同一时代中的发展状况是不平衡的，往往其中有一种特别兴盛发达，并会对其他的艺术品种起影响和导引作

注：①见《福建优秀剧作选》，第482页。

用。造成这种状况的原因，除艺术自身的因素之外，还在于其所处时代的社会环境氛围、思想基础以及其他一些条件因素的影响与制约。粉碎“四人帮”进入新时期后，我国文学大爆炸，在各种艺术形式中处于发展最快、最兴盛发达，也最有影响力的地位，便出自这种原因。因为一方面文学这种语言的艺术较之其他艺术，更能直接、淋漓酣畅地把国人心中郁积已久的思想情感，包括对“四人帮”和极“左”政治的憎恶，对思想解放、个性解放、人的价值与尊严得以恢复的欢欣等表达出来。另一方面，由于“文革”的耽误，一代青年荒废了学业，失去了在其他学科，尤其是自然科学领域成就功业的机会，而文学较之其他学科，尤其是自然科学，更适于自学成材，也更需要丰富的生活阅历和情感，因而也就更适于作为这代青年施展抱负、发挥才智、建功立业的选择。知青出身的作家成为新时期文学创作的中坚力量，便是这种选择的结果。“闽派戏剧”的兴盛，主要是戏剧文学的兴盛。“闽派戏剧”的风格主要是其剧本创作的风格，其原因也就在于此。“闽派戏剧”的作者大多是“文革”的亲历者，又大多经历过知青和其他底层生活的磨砺，他们选择搞戏剧文学创作，除因受戏剧文化环境的影响、熏陶而形成的兴趣爱好之外，主要也是出自以上所说的两个方面的原因。因此。他们的创作观念与方法技巧，除受陈仁鉴提供的创作范式的影响之外，也很自然地会受到新时期整个文学主潮的影响和统辖。而实际上，他们当中有相当一部分人在创作中都是很注意以新时期文学创作，尤其是小说的创作状况作为参照系，在创作观念以及手法技巧上，有意识地追求与之同步发展的。虽然由于其自身的特殊性和受到“二度创作”方面的制约，不可能真正做到每步都同，但这种追求意识却始终是很强烈的。

正是出自这种追求意识的驱动，新时期以来的“闽派戏剧”作品在内容题旨、在人物描写的方法、情节结构的形式以及技巧的运用上，都在发生相应的变化。如内容题旨，由最初的政治批判与反思转向了对民族文化心理的反思，从揭示封建政治的黑暗，总结历史兴亡的规律，转向了关注与表现人的心灵、人的价值与人的生存状况，张扬人的生命意识。在人物描写上，则从原先社会历史的视角，即从特定历史环境、现实环境对人物的性格和命运的影响的视角，转移到人的主体的视角，即从人的性格，尤其是人的心灵世界的呈现中反映出人的生存环境，折射出时代和社会生活的投影。从人性、人的文化心理结构和自身性格的不完善中去探寻悲剧命运的成因。因而也就不是注重把笔墨用在对人物行动的外部环境铺排与设置上，而是注重用在对人物心灵世界的描写上，揭示出人性幽深的层面，表现出人的性格的矛盾复杂性。而剧情的结构形式有的也从原先以事件的发生发展过程贯串全剧的形式，转换成以人物的命运，甚至以人物的心理活动为依托来谋篇布局的形式。有的还采用了类似于散文的结构形式。在表现手法和技巧上，除了吸收借鉴一般的话剧、小说的描写方法和技巧外，有的还大胆吸收借鉴了“先锋派”戏剧和小说所用的象征、隐喻、怪诞、意识流等手法和技巧。郑怀兴先后创作的作品，从《新亭泪》到《晋宫寒月》《鸭子丑小传》《青蛙记》再到《神马赋》等，几乎就囊括了这所有的变化。而周长赋从《秋风辞》到《风雪潼关》，方朝晖从《宝镜篇》到《断鸿曲》再到《围城记》，陈欣欣从《藤玉公主》到《山花》，王景贤从《颠倒乾坤》到《高平关》，也都不同程度地表现出这种变化。这实际上也正是对新时期小说创作中内容题旨由政治批判转向文化反思，弘扬主体性，以及审美视角“向内转”，吸收借鉴西方现代文学、美学和心理学的一些方法与技巧的发展势态的认同与追踪。其后，虽然新时期文学创作的主潮由于商品经济大潮，国人文化心理产生巨大裂变等原因分化与消失，但“闽派戏剧”的创作者仍以在对文学主潮的认同与追踪中，确立和深化了人的主体性和文学即人学的创作观念进行创作。如郑怀兴创作的《要离与庆忌》，周长赋不久前创作的话剧《沧海争流——郑成功与施琅的故事》便是其中两部力作。《要离与庆忌》虽取材于《东周列国志》中“要离贪名刺忌”的古旧故事，但由于作者对之倾注了深挚的人文情怀，并理解要离与庆忌的思想行为，实则是他们在当时特定的社会历史条件下，为提升自己的人生价值所做的一种自觉追求，对他们独特的性格心理和复杂的情感予以深刻把握和深入描写，并在此基础上构筑强烈而又内在的戏剧冲突，使得这个作品成为作者自《新亭泪》以来最为凄楚冷艳、动人心魄的一部悲剧作品。《沧海争流》也由于作者大胆突破了以往许多描写郑成功的作品所受的既定政治伦理观念的局囿，真正把笔触深入到郑成功和施琅这两个历史人物的灵魂与性格深处，在心理和个性的层面上，理解与构筑两个人物的矛盾关系和各自的动作行为，描写出两个具有不同的灵魂与个性，但同样都具有顽强意志，坚韧生命力的人，在历史的沧海和个人命运旋涡中的挣搏竞渡，而最后施琅终于被郑成功高贵的灵魂和伟大的人格所征服，也升华了自己的灵魂与人格。这两部作品在以其思想的深刻性和高度的艺术审美价值把“闽派戏剧”创作，尤其是新编历史剧创作推向一个新的层次的同时，也使“闽派戏剧”固有的特质，以及深沉凝重和高雅的艺术风格，得到进一步强化与张扬。

“闽派戏剧”风格的形成除了缘于以上三个方面的因素以外，还有一个值得提到的重要因素，是作者群体的凝聚和批评家的直接介入与导引作用。早在1985年初，郑怀兴等一批中青年剧作者和评论工作者就自发组织了武夷剧作社。剧作社经常开展学术活动，沟通创作思想，交流创作经验，共同讨论修改剧本，互相促进。福建省艺术研究所陈贻亮等戏剧评论家还以群体直接介入的方式对剧作社成员(也对福建的其他作者)的作品予以具体辅导，并从理论上加以导引，这使得他们的创作水平得以提高的同时，也逐渐形成了一些大致相同的创作观念和审美价值取向。例如，应努力创作思想内容深刻，具有较高认识价值与艺术审美价值，格调高雅的作品，就成了武夷剧作社大多数成员的共识。我们以上提到的“闽派戏剧”的作品大多数是剧作社成员的作品，便与此有密切关系。

但是“闽派戏剧”目前存在的一些缺陷也正可以从构成“闽派戏剧”特质与独特风格的几方面因素中找到渊源。例如，强烈的理性精神对作者创作心理的渗入，如果超越于作者的艺术感觉和形象思维之上，往往就会使作品呈现出理念过强的毛病。借鉴西方批判现实主义的创作方法和话剧的一些技巧与传统戏曲的创作方法与技巧相结合，开拓了戏曲创作的新生面。但如结合不好，必然会对传统戏曲的创作方法与技巧中蕴含的传神写意的戏曲美学精神造成一定程度的削减。面对新时期以小说为代表的文学创作主潮的认同与追踪，可能造成的负面影响是作者会偏向于以一般文学作品的创作意识，包括以普通话为基础的语言运用意识，取代地方戏曲剧本这种特殊的以方言为基础的文学作品的意识，其结果是写出的剧本很难充分发挥地方戏曲的表演特点。而如把小说这种叙事文学的手法与技巧过多地引用到本是抒情文学的戏曲剧本的创作中，减弱了其抒情性和诗意，增加了叙事性，自然也易于造成剧本写得太满，剧情负荷太重的毛病。以批评家群体直接介入进行创作辅导的方式，在有助于提高作品的思想艺术水平的同时，也不可避免地会带来一些消极作用，那就是把创作这种实则是以作者的生命感悟为起点的，极具个性化和创造性的活动，纳于一种易于普泛化和既定性的审美眼光的观照和整饬之中。久之也易于使创作者的创作思维陷于单一化，甚至模式化，这些都是“闽派戏剧”在继续发展中应当警觉与反省的。

（本文原载于《剧本》1997年第9期）

地方戏剧与城市文化特质的共生关系

一个城市的文化特质固然体现在诸多方面，如城市的历史文化街区、坊巷、建筑风格、市民的生活方式、风俗民情等等，但多是以当地方言音韵为基础，以当地人喜闻乐见的艺术形式创作和演出的地方艺术，尤其是地方戏剧，既是城市文化特质一种鲜活动态的呈现，也对城市文化特质的固持、强化与弘扬发挥重要的建构作用。

一种地方戏剧在一个城市里的生存与发展历程、形成的特质，往往是跟该城市的历史文化积淀、住民的生存生活状态、情感方式、审美趣味乃至文化性格紧密相连、息息相关。如原作为北京地方剧种的京剧，是在清乾隆年间演唱徽调的“四大徽班”进京后与来自湖北的汉调合流，形成皮黄声腔，又吸收了当时在京流行的昆腔、秦腔等多种艺术养分，于光绪年间形成的。在其演化与形成的过程中，北京特有的“皇城因素”起了重要影响与催化作用。作为皇权中心的北京，是最高统治者和王公贵族、达官显宦的聚居地，他们等级森严礼节繁多的宫廷生活方式，来自不同地域的出身背景、优雅舒逸的休闲娱乐情态，以及较高的文化艺术素养，挑剔的艺术眼光，即使他们能接受兼容南腔北调，昆乱并收的京剧剧种的产生，也使京剧形成庄严恢宏、富丽堂皇的舞台气象，严谨规范的表演程式和精美纷呈、特色各异的风格流派。而当时各地戏班艺人，在官员、富商的组织下纷纷进京为皇家献艺贺寿，如三庆、四喜、春台、和春——“四大徽班”，就是以为乾隆皇帝贺寿为名进京演出的。最高统治者和王公贵族、达官显宦乐于接受这种“贺寿”与娱乐形式。他们将戏班表演引入宫廷禁苑和豪门大宅，直接对京剧这种特质的形成起了影响与催化作用。又如越剧，它本是源于浙江嵊州市农村，音乐和表演都十分简陋的“小歌班”，后因辗转于绍兴、杭州等越文化底蕴深厚的浙东南的城市里，在音乐、表演和剧目上吸收了绍剧、京剧等多种剧种的艺术养分，才逐渐丰富和成熟起来的。至二十世纪三四十年代流传到上海后，受到求新求异的“海派文化”的影响熏陶，并借鉴了话剧、电影等现代艺术形式的表现手段，才形成一个影响广大、明星辈出、流派众多的剧种。其柔美、清新、充满诗情画意的剧种特质的形成，既是清新柔美的江南水乡风情所熏染，江南人细腻、温婉、灵动的文化性格所培育，又是绍兴、杭州、上海等城市的人文环境和市民的审美情趣所造就。又如川剧，它是清雍正、乾隆年间流入四川的昆腔、高腔、梆子腔、皮黄腔与四川人的方言音韵、欣赏情趣相结合，后又在重庆、成都等工商业发达的城市里相互竞争、融合，才最终形成含有昆、高、胡、弹、灯五种声腔的川剧。川剧的表演既真实细腻又幽默风趣，唱腔中最具特色的高亢、悠远的高腔部分，是以弋阳腔为基础，糅合了四川秧歌、号子等音乐及演唱方式形成的，把居于险峻、壮阔的巴山蜀水间的四川和重庆人机智幽默又热情泼辣，“麻辣烫”的性格与生活情态，表现得十分鲜明突出。作为福建最大地方剧种的闽剧也是这样，它源于明万历年间被贬回乡的官员曹学佺创立的“逗腔”和儒林家班，后在福州城的演出中，与来自外省和民间的“平讲班”“江湖班”以及徽班、昆曲、京剧等相融合，才形成现今形态的闽剧。尽管它兼容了多种声腔、多个剧种的音乐和表演艺术，但却兼容得十分和谐，并使之成为表现力很强的一个剧种。其剧种特点的形成也与福州城市的历史、福州人的文化性格有密切的共生关系。福州建城至今已有两千多年的历史，其住民除少量的闽人和闽越人外，大量是为躲避战乱迁徙入闽的中原人，以及唐五代跟随“开闽王”王审之的军队入闽的将士，多姓相处，和睦共居。第一次鸦片战争后，福州成为“五口通商”最早被迫对外开放的城市之一，又受到海外文化的影响。因此，使福州成为文化包容性与开放性很强的城市。造就了福州人平和包容、亲善合群，不偏狭、不排外的文化性格，从而影响到闽剧剧种特点的形成。

然而，某种地方戏剧在某个城市特有的文化土壤与氛围中生成与发展后，又会反过来对该城市的文化特质产生重要的影响与建构作用，使该城市的文化特质更强固、更鲜明，也更有独特魅力，以至会对周边城乡，甚至在更大范围内产生多方面的影响和感召作用。例如京剧的传播流行，使北京作为皇城国都既大气恢宏、富丽堂皇，又尊贵雍容、精致典雅的文化特质得以更突出和鲜明体现。受到追慕推崇，先是在周边的北方城市，而后在国内许多地方流行，使他获得了“国剧”的地位。究其深层，他向国民传播的还不仅仅是一种艺术，而且还隐性地传播了以北京为中心、为尊贵的“大一统”的政治与文化理念。越剧生成发展为杭州、绍兴等江南城市的主要剧种，其柔美的音乐唱腔在大街小巷的广泛流荡，使这些城市越文化的色彩更加浓郁，呈现出一派清丽、柔婉、灵动和水汽氤氲的独特风姿。甚至于使本就天生丽质的越女，在世人眼中似也平添了几分妩媚与柔情。川剧在重庆、成都等城市的驻足，既增强了这些城市巴蜀文化的内涵与特征，也使得世人对这些城市独有风情的认识，除杜甫草堂、朝天门码头、川菜、盖碗茶、“麻辣烫”火锅等以外，多了个重要的识别物和参照系。闽剧在福州的“坐堂”，除强化了以中原文化为主体，兼收并蓄闽文化、闽越文化、海外异域文化而形成的“闽都文化”的内涵与特征外，也使这座城市的市井生活更飘溢出一种“虾油味”。（老福州市民喜欢用鱼虾沤成的虾油作调料，有一种独特的鲜腥香味）梨园戏、高甲戏、木偶戏的音乐唱腔在泉州街头巷尾和古宅深院的袅袅飘荡，也使这座历史文化名城平添了几分古典沉厚的韵味，和开元寺、清源山、红砖厝、石板小巷等风物一道，构成了这座城市丨分鲜明、独具魅力的风韵。

地方戏剧之所以能对催生她的城市文化特质，产生重要影响和建构作用，使她的文化特质更强固更鲜明，缘于以下几个方面的原因：

其一，方言音韵的广泛深入和创造性地运用。地方戏剧都是用方言音韵作为语言和音乐的载体的。但是由于戏剧创作需要较日常生活更生动形象，也更有趣味的语言，因此地方戏剧的创作演出，都要广泛深入地挖掘、提炼和运用最精彩、最生动形象、趣味盎然的地方语言，包括俗言俚语、谚语、歇后语等。同时，因为念道白和谱曲演唱的需要，又要认真研究掌握方言的平仄声调和文读、白读等。这使得作为地方文化最重要载体的方言音韵在城市里得到极好的运用传播，自然会对城市文化特质产生重要影响和建构作用。

其二，艺术形式的接受和艺术形象的感染作用。地方戏剧艺术形式的形成虽然有其作为艺术本体的规律，但与地方住民的情感方式和艺术审美趣味的影响也有密切关系，因此能为住民所喜闻乐见。地方戏剧所创造的艺术形象，因有方言音韵的媒介，对住民也更具感染力。而且，地方戏剧往往都喜爱，也适合创作地方题材和地域文化特色的作品。一来这类作品能给地方住民以熟悉亲切感，容易受到住民，也包括地方政府的关注和喜爱；二来这类作品也必然会较多展示地方的生活图景与风俗民情，这些因素必然都会对地方戏剧所在城市的文化特质产生影响与建构作用。

其三，代表性作品的文化认识作用。这与上述问题有关，地方戏剧所创作的经典或较有代表性的作品往往与地域文化特质有密切关系，其中所创造的典型和较典型的艺术形象，往往与地方文化性格有密切关系，有的甚至就是地方文化性格的集中体现。京剧的代表性剧目如《宇宙锋》《玉堂春》《群英会》《打渔杀家》《野猪林》《打金枝》《四进士》《搜孤救孤》《秦香莲》《空城计》《霸王别姬》《贵妃醉酒》《杨门女将》《海瑞罢官》等，虽然文武具备、唱做兼有，但其题材内容多与宫廷权争、后宫秘史、忠奸较量、经略天下、尽忠报国等有关，这当与北京作为皇城国都和燕赵故地的文化特质有密切关系。其中所塑造的一批或是孤臣义士、坚贞烈女，或是将门巾帼、皇妃公主的艺术形象，究其文化性格、情感方式，也多与皇城国都和燕赵文化所倡导、褒扬的主流伦理道德观念、情感方式相吻合。 越剧的代表性剧目，如《梁山伯与祝英台》《西厢记》《红楼梦》《柳毅传书》《追渔》《情探》《碧玉簪》《何文秀》《盘妻索妻》等等，其题材内容多描写才子佳人缠绵悱恻的爱情故事。戏中男女主人公也多是重爱情轻生死的典型“情种”，这正是柔美温婉、细腻多情的江南越文化特质的熏染所致。川剧的代表性剧目传统的有《柳荫记》《彩楼记》《拉郎配》《乔老爷奇遇》等，近年编演的有《巴山秀才》《易胆大》《变脸》等。题材内容虽然较丰富多样，但故事与人物多具传奇性和喜剧色彩。机智幽默、妙趣横生的戏剧场面和人物行动也较多，这与巴蜀文化诙谐肆虐、又颇具冒险性和神秘色彩之特质的影响有关。川剧表演绝招“变脸”技法在剧中广泛运用，这技法本身就是机智幽默和神秘色彩的巧妙化合。闽剧的代表性剧目，有《钗头凤》《荔枝换绛桃》《炼印》《贻顺哥烛蒂》《甘国宝》《六离门》《红裙记》《陈若霖斩皇子》《林则徐充军》等。这些戏的题材内容及其塑造的人物形象大多与福州地域文化有密切关系。其中除《钗头凤》《炼印》外，其余的都是取材于福州的民间故事传说，描写的也是福州的历史人物或官宦、文人、市井人物。有些剧中人物，如贻顺哥、王莲莲等，因描写得十分真实生动，已成为某种福州市井人物的典型代表，集中体现出这类福州人特有的文化性格。这些作品在其所诞生城市的演出与传播，无论是对于该城市住民的自我文化体认，还是外界人认识该城市的文化特质，尤其是该城市住民的文化性格都是很好的蓝本。

其四，共同观赏的文化“发酵 ”作用。由于戏剧的演出，无论是在剧场还是在街头巷尾，都是观众与演员，以及观众之间群体交流与互动的过程。究其深层，还是一个带有仪式性的群体心灵的交响共鸣与洗礼过程。地方戏剧在一个城市里的演出，也是这样一个过程。在此过程中，地方观众之间、观众和演员之间，借助共同使用的方言进行群体性的交流，同欢乐共悲伤，一些共同的审美情感得到宣泄与满足，人生经验得到相互理解与验证，心灵世界得到相互沟通与造访，由此会形成或强化某种共同的艺术审美和人生价值观念，这无疑也是强化城市文化特质的重要因素。

其五，动态与鲜活的文化反映与建构作用。由于地方戏剧与所有艺术一样，无论是内容或形式，都会随着时代与社会生活的发展变化而发展变化，这是由创作者、表演者与观赏者所处不同时代与社会生活环境、生活方式与生活状态，和由此形成的艺术审美意识所决定的。即使那些欲作为“博物馆艺术”原生态保留下来的传统珍稀的戏剧样式，也难免沾上时代的印记。因此，地方戏剧与历史文化街区、建筑物等静态，不可变动（重新修复者除外）的城市文化特质的呈现物相比，具有动态、鲜活的特征，既更能反映出一个城市难免会不断发展、变化的文化特质，也更能对一个城市难免要不断发展变化的文化特质发挥建构作用。

从以上简要论析中，我们不难看到，地方戏剧与城市文化特质间存在着相互催生、相互滋养、互为因果、相为表里、共生共存的文化生态的关系。因此，要保存、延续一个城市的文化特质，使之成为有个性、有魅力，真正意义上的现代文明城市，除了要重视保护传承其历史文化街区、古建筑，以及民情风俗等文化遗产外，也要重视保护与传承地方戏剧等各种形式的地方艺术。但是，一些年以来，伴随商品经济滋生和席卷而来的现代流行文化的冲击，和政府有关部门认识上的偏差，包括一些地方教育部门为推广普通话，限制青少年使用学习方言而造成的方言断代，使地方戏剧的传承失去根基；使得多为传统和民间形态的地方戏剧面临生存的困境，有的已被逼迫离开城市的舞台逃遁到乡村，陷于濒危状态。而近年来，由于国家逐渐重视传统文化的保护与传承，又闻教育部门要在青少年学生中普及推广某个戏曲剧种的知识，而不是让各地自行选择学习地方戏剧剧种的知识，这固然是出自让青少年重视学习民族优秀传统文化的良好愿望，但笔者以为，其所依据的仍是一种重视文化共性与同一性，忽视文化个性与丰富性的思路。这既不利于各地城市与乡村文化特质的保护与承传，也不利于对整个中华民族优秀文化传统的保护与承传。因为，正是中国各地区各民族文化的丰富多彩才造就了中华文化的博大精深，魅力无穷。这是我们必须予以深刻认识与高度重视的问题，也是笔者写作本文的初衷。

（本文原载《福建艺术》2010年第3期）

戏曲剧本创作的诗性思维（纲要）

对于艺术创作者而言，虽然创作的思维方式主要是使用形象思维，但每一种艺术形式的创作过程又有自己特定的思维方式。笔者以为，戏曲剧本创作的思维方式应当是一种诗性的思维方式。

“诗性”一词源于十八世纪意大利著名学者维柯的《新科学》。台湾学者林雪铃阐释为：诗性思维，又称原始思维，意指人类儿童时期特殊的思考方式。其特征为，运用想象力将主观情感过渡到客观事物上，使客观事物成为主观情感的载体，从而创造出一个心物合一的主观境界。其实，讲得也就是一种意象化的思维方式。但笔者“诗性思维”的提出与这些阐述并无直接关系，是笔者受到当代著名戏曲理论家张庚先生提出的戏曲本体“剧诗说”的影响，又根据自己多年从事戏曲研究与创作的一些心得。

一、戏曲剧本创作诗性思维的提出，是对戏曲艺术“剧诗”本质的体认。戏曲的本体是诗，戏曲创作是以诗作剧或以剧作诗

张庚先生把中国戏曲的本体界定为是“舞台演出的诗”——“剧诗”，乃是对中国戏曲理论研究开创性的贡献。对中国戏曲理论研究体系的形成，对当代戏曲创作实践都产生了深远的影响和重要的指导作用。张庚先生在其代表性论著《戏曲艺术论》中把中国诗歌与戏曲的渊源关系阐述得很清楚。从《诗经》、楚辞、汉魏六朝乐府、古诗，到唐诗、宋词、元曲，诗歌发展走了一条从民歌到说唱再到戏曲的道路。毛诗序云：“诗言志，歌

永言”，又说“言之不足故嗟叹之，嗟叹之不足，故永歌之，永歌之不足，不知手之舞之，足之蹈之”，中国古代的诗是可以唱的，由诗而唱、而舞，就不仅仅是文学，还有音乐、舞蹈的加入，从中孕育出以“歌舞演故事”的戏曲。张庚先生的“剧诗说”在戏曲剧本的阐述上还特别充分，也特别系统。《戏曲艺术论》第二章“戏曲剧本——剧诗”，除全面、深入地阐述了戏曲与诗歌的关系外，还专门阐述了剧诗的形式、剧诗的语言等。笔者曾就读于由张庚与郭汉城先生主持的中国艺术研究院戏曲理论研究班，受教颇深，十分赞同张庚先生的“剧诗说”。因此，对戏曲剧本创作诗性思维的提出，首先就是对戏曲艺术“剧诗”本体的体认。

二、戏曲创作诗性思维之选材——以传奇、“传情”性为上

宋代著名诗论家严羽在《沧浪诗话》中说：“诗者，吟咏性情也。”“诗言志”其实就是“言情”，汤显祖就说过“志者，情也”。诗的内在特点是抒情，抒情是诗的生命和灵魂。作为“剧诗”的戏曲也一样，也是把抒情作为生命和灵魂的。虽然古人常把戏曲称为“传奇”，如李渔说：“古人呼剧本为（传奇）者，固奇事正奇特，未经人见而传之，是以得名，可见非奇不传。”确实，在我国古代经典戏曲剧本和当代优秀戏曲剧本的创作中，我们都能见到其传奇性特点。如《窦娥冤》《西厢记》《牡丹亭》（还魂记）、《长生殿》《桃花扇》《梁祝》《白蛇传》《团圆之后》《春草闯堂》《新亭泪》《秋风辞》《节妇吟》《董生与李氏》《红灯记》《沙家浜》《智取威虎山》等，本人所作的《别妻书》《枫落寒江》《银筝断》等剧，题材也都具有传奇色彩。但更重要的是，古人对“传奇”的界定，不光是事情新鲜奇特，更重要的是要“传情”，如李渔说：“传奇妙在入情”“如其离、合、悲、欢皆为人情所必至。”洪昇也说：“从来传奇家非言情之文不能擅场。”所以，以上所列剧目的题材，也多是具有强烈的情感性、抒情性，有悲欢离合之内容的。

三、戏曲创作诗性思维之剧情结构——抒情性与规范性的紧密结合

诗歌有个很重要的特点，就是其表现生活和情感是高度集中凝练，富有节奏感，古典诗词还有一套严谨的格律。剧诗也一样，其剧情结构也应集中凝练，并按一定的规范来组织，这也是戏曲艺术程式化在剧本创作中的体现。按李渔所说就是“立主脑，减头绪”以“一人一事”为主。李渔说：“主脑非他，立言之本意也，”这很容易被误解成是主题立意。其实，李渔说的“主脑”应该说得是一个关键情节和构思。我们今天可以把它延伸理解成是剧中的主要情节或主要戏剧事件。一个戏曲剧本的结构应当围绕主要人物和主要情节展开，当然也可以有两个以上的情节线索，但主线一定要突出和清晰，副线要服从主线，而且应当呈线性展开，一贯到底。而每场戏围绕主线上的一个节点，往往也是全剧大事件中的一个小事件展开。点线结合，构成全剧起承转合、波澜起伏的剧情结构。例如经典传统剧目《白蛇传》，其贯穿全剧的主要情节、大事件就是白蛇修炼成的女子白素贞向往人间的幸福生活，下凡与许仙相识相爱，遭到恶僧法海阻挠破坏，与之相斗，被其压在雷峰塔下，与丈夫儿子不能团聚，后在青蛇修炼成的青儿的帮助下，毁掉雷峰塔，才一家团圆。全剧九场戏——思凡、借伞、订盟、现形、盗草、水斗、断桥、合钵、倒塔，每场都是由一个小事件、小情节构成的主要情节线上的一个节点，形成点线串珠式的结构形态，起承转合，构成全剧波澜起伏的戏剧情节。当代剧作家王仁杰创作的《董生与李氏》，描写秀才董四畏（畏天命、大人、圣人之言、妇人）受彭员外之托，在其死后帮他看守年轻美妻，董四畏却在看守中和李氏产生了感情，发生了关系，彭员外的鬼魂要拿他试问，要他杀李氏，被他严词拒绝，说他以不仁不智陷人于不信不义，并要掘其坟，故而吓退了鬼魂，两人缔结良缘。全剧五出戏——临终嘱托、每日功课、登墙夜窥、监守自盗、坟前舌争，剧情结构也是典型的点线串珠式结构。我创作的《别妻书》，在看似颇具现代感的叙述形式外表下，用的其实也是传统的剧情结构形式。全剧主要情节就是描写辛亥年广州起义前夕，林觉民回福州组织敢死队，因发现妻子怀孕，此去又准备舍身赴死，不敢将实情告知妻子，强忍痛苦与妻儿生离死别的故事。全剧共八场戏，加序幕和尾声——序幕：

心灵呼唤，归来见妻、月夜瞒妻、立誓赴死、花落西禅、灯下看妻、江边送别、举义被俘、公堂抒怀，尾声：与妻死别。

诗歌讲究节奏感，戏曲剧本的情节结构同样也应形成强烈的节奏感。而这种节奏感在情节构筑与场次安排上，除注意单纯集中、线性展开、点线结合、起承转合之外，还要注意场次大小结合、虚实相间、冷热相济、文武相兼，形成起伏不平、张弛有致的格局。

在全剧场次的安排上，《白蛇传》是既有大场也有小场，既有文场，也有武场，这既可充分发挥戏曲唱念做打的表演手段，使得戏好看，也形成起伏不平、张弛有致的节奏感。《别妻书》也是这样做的。

与诗歌注重意象和意境的创造相类似，戏曲剧本创作与舞台时空处理的自由化、意象化相结合，也要注意营造抒情性强——情景交融、意境深远的场面。《西厢记》中“长亭送别”，《白蛇传》的“断桥”，《梁祝》的“十八相送”，《别妻书》中“灯下看妻”“江边送别”均是这类场面。

四、戏曲创作诗性思维之人物塑造——行当化与写“性情”

“行当”乃是传统戏曲塑造人物的一种特有手段。它把人物按身份、年龄、性别、性格等进行划分，所谓“物以类聚，人以群分”，强调人物“类”的属性。从表面上看，它与戏曲作为一种高度程式化的艺术紧密相连，也与演员的分工训练、唱念做打、手眼身法步紧密相连，实质上是与中国古典美学强调“遗形写神”“传神写意”的艺术表现方法相呼应的。且“行当“虽然强调了”类“的属性，但并不妨碍塑造丰富多彩、个性鲜明的人物形象。如同是小生行，张生、柳梦梅、梁山伯、许仙各不一样；同是花脸行，曹操、关羽、张飞、李逵也不一样。现代戏曲塑造人物当然无法全部照搬传统方法，但也应有行当观念，如《别妻书》中林觉民属小生，陈芳佩属青衣，刘锋属花脸，林孟瑜属花旦，林孝颖属老生。

此外，行当化的人物实际上包含着创作者与表演者的主体情感。或者说，行当化的人物乃是情感化、道德审美化的人物，这相当于诗歌的“意象”，即融合了诗作者主体情感与审美评判的物象。

戏曲创作塑造人物，作者除要有一定的行当观念外，更重要的是要把人物的性格作为“性情”来写。主要通过描写人物的情感，尤其是人物的内在情感来塑造人物。严羽说，诗歌是吟咏性情的。古人在曲论中多把人物性格称为“性情”或“情性”，也就是强调了人物的内在情感。如元代东南文坛盟主之一的顾瑛《制曲十六观》云：“（曲以）陶写性情”；明代文学家程羽文在《盛明杂剧序》中云：“曲以诠情性之微”；明代文学家、书画家陈继儒曰：“曲者，谓其曲尽人情也。”

描写人物的性情，笔者以为主要可以从两方面着手：

1.把戏剧矛盾冲突作为揭示人物情感的基础。话剧是通过冲突，把人物的性格、感情和人物灵魂深处的美善与丑恶真切地展示在观众面前。如《雷雨》就是通过周朴园和繁漪、繁漪与周萍之间的不伦之恋，在逼迫与反抗、抛弃与挽留之间，把三个人物的性格、感情和灵魂，真切地展现在观众面前。但戏曲有所不同，戏曲主要是把矛盾冲突作为揭示人物情感的基础，即剧中人物感情产生的原因、背景。如《窦娥冤》中，以窦娥与桃兀太守为代表的小民与昏官的冲突，窦娥被卷在冤案中不能申诉，是其在刑场上发出感天动地的“三桩誓愿”（血溅白练、六月飞雪、楚州大旱）的原因和背景；《梁祝》中设置祝英台与祝公远的矛盾冲突，是为揭示梁、祝的情感，所以才有了“十八相送”“楼台会”“英台哭灵”；《别妻书》中林觉民的“灯下看妻”“江边送别”等也是如此构成的抒情性场面。

2.曲尽人情——把笔触深入人物心灵深处，细致入微、淋漓尽致地描写人物情感与心灵世界。如汤显祖所说：“要探其七情生动之微”，《西厢记》中就把崔莺莺接收张生爱情，与之幽会的心理情感写得很幽微曲折；《牡丹亭》中“游园惊梦”一场更是把杜丽娘少女怀春，青春觉醒的心理情感状态描绘的细致入微。《节妇吟》中“阖扉”一场，如抽丝剥茧般细致，淋漓尽致地描写出了寡妇颜氏，中夜前往书生沈蓉住处自荐枕席，被拒后“断指自戒”的心理情感状态。《别妻书》主要也是着眼于细致入微、淋漓尽致地描写林觉民和陈芳佩生离死别、矛盾、痛苦的心理情感状态。　如“灯下看妻”一场，描写陈芳佩因察破林觉民要前往广州参加起义，并下了赴死的决心，准备一去不复还的内情。陈芳佩承受不了与丈夫生离死别的痛苦与心理压力，晕倒在西禅寺佛殿前，被林觉民搀扶回家，喝了安神药昏睡在床上。林觉民面对次日就要离别的爱妻，情不自禁地举起煤油灯，把妻子的面容细细端详，唱出了长达二十八句的一段唱词，把他对妻子的万般爱怜、离去不舍和痛苦愧疚的情感深入细致、淋漓尽致地抒发出来。陈继儒所言的“曲者，谓之曲尽人情也”，在此得到充分体现。有人说“戏者细也”也在此得以证明。

五、戏曲创作诗性思维之语言

应注意念白的凝练、节奏、声韵，要把唱词作为既有文采又雅俗共赏、自然本色、情深意切的诗词来写。

李渔在《闲情偶寄》中对戏曲宾白与唱词写作提出了几点要求：贵浅显、重机趣、戒浮泛、忌填塞，声务铿锵，语求肖似。有专家把前四点归纳，并吸收了另一些古代曲论家的论述，在“声务铿锵”“语求肖似”两点基础上增加了“言须本色”。而从诗性的角度看，“声务铿锵”应特别予以重视。铿锵即语言应响亮、朗朗上口，抑扬顿挫分明，富有节奏感和韵律感。要做到响亮，就要注意平仄声韵，这与诗句的要求是一致的。而凝练也就是宾白要像诗句一样提炼，言简意赅，惜墨如金，又生动活脱。

如传统京剧《审头刺汤》中，陆炳痛斥汤勤有段念白：“我方才问道，那严爷他是狼？你言道他不是狼；我问道他是虎？你又说道他不是虎。纵然是狼，我有打狼的汉子；即便是虎，我有擒虎的英雄。想我陆柄乃二甲进士出身，为官以来，一不欺君，二不傲上，三不贪赃，四不枉法。我做官，做的是嘉靖的官，又不做他严府的官，也不是他严府的家人、走狗、使用的奴才！”便是“声务铿锵”的好念白。

把唱词作为诗词来写，古代经典作品做得特别好。如《牡丹亭》中，杜丽娘在“游园惊梦”中唱的：“【皂罗袍】原来姹紫嫣红开遍，似这般都付与断井颓垣。良辰美景奈何天，赏心乐事谁家院！朝飞暮卷，云霞翠轩，雨丝风片，烟波画船，锦屏人忒看的这韶光贱。【好姐姐】遍青山啼红了杜鹃，荼蘼外烟丝醉软。牡丹虽好，他春归怎占的先！闲凝眄，生生燕语明如翦，呖呖莺歌溜的圆。”《西厢记》中，崔莺莺思念张生时唱的：“落红成阵，风飘万种正愁人。池塘梦晓，兰槛辞春；蝶粉轻沾飞絮雪，燕泥香惹落花尘，系春心情短柳丝长，隔花荫人远天涯近。香消了六朝金粉，清减了三楚精神。”崔莺莺送别张生时唱的：“碧云天，黄花地，西风紧，北雁南飞。晓来谁染霜林醉？总是离人泪。”“恨相见得迟，怨归去得疾。柳丝长玉骢难系，恨不得倩疏林挂住斜晖。”都是诗意盎然，美不胜收的好唱词。

自然本色、情真意切又有诗意的唱词，如关汉卿的《窦娥冤》，窦娥在刑场上唱的【滚绣球】：“有日月朝暮悬，有鬼神掌握着生死权，天地也只合把清浊分辨，怎可糊突了盗跖、严渊？为善的受贫穷更命短，造恶的享富贵又寿延。天地也！做得个怕硬欺软，却原来也这般顺水推船！地也，你不分好歹何为地？天也，你错勘贤愚枉做天！哎，只落得两泪涟涟。”

当代剧作家郑怀兴、王仁杰、郭启宏等也十分注意把唱词作为诗词来写。如《新亭泪》中，周伯仁在长江边新亭上地唱：“凭长江无语东流去，当年事回首总难堪。八王作乱风云惨，五马渡江夕阳残。登高眺故国，关塞何渺漫。至今国耻谁记得，新亭忆旧泪阑干！”

六、　戏曲创作诗性思维与戏剧性的关系

关于戏剧性，应该说有广义与狭义两种解释。广义上，戏剧性指的是戏剧区别于其他文学艺术形式的特性。谭霈生先生在《论戏剧性》中从几个方面阐述了这种特性，一是动作件，戏剧是动作的艺术；二是戏剧冲突；三是戏剧情境，由剧中人物活动的具体时空环境、特定情况——事件、特定人物关系构成；四是戏剧悬念；五是戏剧的统一性。即主题与结构的统一完整性。狭义上的戏剧性，指的是剧本乃至剧目演出的引人入胜、妙趣横生、动人心弦等，即“有戏”。传统的说法是要有“戏胆”（全剧中心人物）、“戏核”（剧情发展中的矛盾中心）、“蹲底戏”（最后一场或戏结尾高潮）。无论是在广义或狭义上，戏曲的戏剧性与话剧有共同点，也

有不同点。

戏曲创作诗性思维与戏剧性的关系非但不是相互排斥，而且是互相包容、互相推助的。其表现为：

1. 在剧情结构中，起承转合、虚实、大小、冷热相间相济，张弛有致、波澜起伏的剧情结构，其中往往是贯穿着正反人物（包括“非正反”，只是不同身份、性别、性格、意志、情感的人物）在特定戏剧情境中，动作与反动作构成的相互矛盾，冲突的开始、发展、高潮、结局的过程，也往往是人物关系纠结、变化的过程，因此也必然是有利于产生、推助戏剧性形成与发展的过程。但在剧情结构中，因为主要是把戏剧矛盾冲突作为激发人物情感的基础，所以构成冲突的事件、因素只是作为诱因和背景来处理，而被激发出来的情感则被大加抒发。所以，此时的戏剧性又往往推助、强化了抒情性，也就是诗性。从《白蛇传》《梁祝》中都可看出这一点。

2. 在人物描写中“探七情生动之微”“曲尽人情”，往往构成生动的戏剧情景、戏剧场面，是最“有戏”的地方。如《牡丹亭》之“游园惊梦”，《西厢记》之“赖简”，《窦娥冤》之刑场“三桩誓愿”，《碧玉簪》之“三盖衣”，《梁祝》之“楼台会”等。

（注：该文是笔者在一些高校和戏剧创作培训班开讲座时的授课细纲，还待把它充实、丰富成正式论文，因剧本集出版，觉得该文正可表达笔者的戏曲创作理念和心得，因此就把它附在剧本集后面，给想了解笔者创作理念和心得的读者提供一个参考。）

为福州好男儿写一首诗

——《别妻书》创作手记

福建民间有一句俗话："有女要嫁福州郎。"这是因为福州男人脾性温和，少有传统的大男子主义观念，感情细腻，较能呵护、善待妻子，愿意帮妻子做琐碎的家务活，女人嫁给福州男人非但不会吃苦受欺负还能享清福。但也因此有人批评揶揄福州男人是"老婆奴"，缺少男子汉大丈夫的气概。笔者以为，前一种说法基本属实。福州男性确实大多具有性情较为平和包容，家庭责任感较强、对妻子较为尊重、爱护，愿意为妻子分担家务的特点；后一种说法却未免偏颇。因为福州自古以来从不缺乏热血激荡、大义凛然的男子汉伟丈夫。尤其晚清以降，当帝国主义列强汹汹而来，国家民族陷入即将被瓜分撕裂的生存危机时，更有一批刚勇睿智的福州男子汉愤然而起，或以直面抗争不折不挠，或以著书立说启蒙破愚，或以慨然赴死凛然捐躯，以挽救破败之国家垂危之民族。其中有敢于在英国侵略者坚船利炮的虎视中，毅然将英国鸦片商的两万多箱鸦片销毁于虎门海滩，且是"睁眼看世界第一人"的林则徐；有翻译《天演论》，呼唤国人救亡图存、"强国保种"的启蒙思想家严复；有第一个把《茶花女》《汤姆叔叔的小屋》等大量西方文学著作翻译到中国来，为国人了解西方社会与文化，也为"师夷长技以制夷"提供形象蓝本的林纾；有为变法图强，血溅北京菜市口的"戊戌六君子"之一的林旭。而且在中日"甲午海战"中拼死杀敌，为国捐躯的北洋水师将士中有许多福州人，以致在福州籍女作家冰心的童年记忆里，海战爆发后，她所居住的福州那条街上是一家接一家地糊上了报丧的白门联……在作为辛亥革命奠基之战的辛亥年广州起义中，福州地区参加起义敢死队（时称“选锋”）的就有四十多人。在战斗中牺牲，或受伤被俘后被杀害的有十九人，《别妻书》所描写的男主角林觉民就是其中的一个。

林觉民之所以名闻海内外，近百年而不湮没，这不单是因为他是受起义总指挥黄兴所器重的福州敢死队员的召集者，在战斗中冒死冲锋，英勇杀敌，也不当是因为他受伤被俘后在公堂上仍情真意切、纵横捭阖地宣讲革命的道理，使得审讯他的清政府官员都被他的赤诚与才华所打动，有的甚至还动了不忍杀他的恻隐之心，更主要的是因为他给妻子写下的一封诀别书。这封《与妻书》是他在香港准备进入广州参加起义前夕，怀抱赴死之心用刚柔并藏的小楷字写在一方手帕上的，共有九百多字。十多年前，当我第一次认真仔细地阅读这封信时，心灵就被强烈地震撼了，随之也产生了将这封信和与之有关的林觉民的事迹搬上戏曲舞台的念头。之所以有此念头，是缘于以下几个方面的考虑：其一，这封信蕴含的林觉民对妻子、对国家民族的感情太浓重、太深厚了，浓厚得化不开。我相信这种纯然发自人性与灵魂深处的真挚情感，只要抒写得好，就一定会穿越百年时空的分隔，打动今天的广大观众，使之产生心灵共鸣的。而戏曲本就是以抒情为特点的艺术形式。其二，在这封信中，林觉民凄切地告诉妻子，他回福州组织敢死队准备参加起义时，本欲将真情告知妻子，后见妻子有孕在身，怕惊扰了她而不忍告诉，只得日日呼酒买醉，“当时余心之悲，盖不能以寸管形容之。”这种痛苦复杂的内心世界和相应情景无疑是有内在戏剧性，可以组织成戏的。其三，为推翻帝制，建立共和，挽救危难中的国家与民族，作为一介书生的林觉民敢于冲锋陷阵，慨然赴死，可谓热血激荡、大义凛然，但赴难之前，他又眼含悲泪，给妻子留下近千言的一封诀别长信，娓娓倾诉对妻子的深情挚爱，忆念和妻子度过的幸福美好时光，讲述自己为国赴死的道理，生怕妻子为之太伤悲而以婉语抚慰之，担忧妻子失偶太孤独，许以灵魂陪伴之……不仅把他对妻子的真情挚爱、爱惜呵护之情，同时也把他上对国家民族，下对夫妻家庭强烈的责任感表现得细腻委婉，淋漓尽致。这实是优秀福州男人的典型表现，是福州男人特有的文化性格使然。笔者认为自己身为福州男人，应该是能够比较真切地理解他、把握他，从而在剧本中塑造好他的艺术形象的。而且，正因为能结合福州男人特有的文化性格去理解、把握和塑造他，更易于创造出一个不同于以往舞台上出现的革命英烈，包括秋瑾等与林觉民同时代的革命英烈的艺术形象。

然而，能理解与把握林觉民的思想性格特点固然重要，用怎样的形式去结构剧本、讲述故事，把他和他妻子，以及剧中其他人物的思想性格表现出来，同样重要。最初我曾想用传统的形式，用有头有尾、“开放式”讲述故事、设置与展开戏剧矛盾冲突的方式结构剧本，后发现不行。一是因为除《与妻书》外，关于林觉民的记载材料很少，未见有多少传奇性与外部戏剧性很强的素材可以运用，靠自己硬编，很可能失真。二是也可能使剧本面貌落于一般化，缺乏个性与特色。后来我想还是应当从《与妻书》题材的特质出发，结合自己对题材独有的艺术感受，寻找一种与之最相适应、最为吻合的艺术形式来表现。我想《与妻书》是一封书信，我读此信，似见林觉民满怀深情与凄切，凭窗坐于香港的一座临江楼上，遥望福州家乡方向，穿越遥远的空间，向独立自家“双栖之所”窗前的爱妻娓娓叙来，剖明心迹，与之进行心灵对语。于是，便在剧本中采用了林觉民与他妻子陈芳佩在不同的空间里，凭借相互的“心灵感应”，围绕《与妻书》的内容，进行心灵对话来叙述故事的方式。另外，我读《与妻书》，感其情感浓烈、文字优美，且字里行间，有情有景，情景交融，情真意切，诗意盎然，像是从心灵深处流出的一篇散文诗。又想到戏曲的本质就是剧诗，于是我采用了自定的“抒情心理诗剧”的样式来构筑全剧。至于剧中不可或缺的戏剧性与戏剧场面，我也主要根据《与妻书》中林觉民所表露的将与爱妻生离死别，却又不能对爱妻明言的内心矛盾来挖掘与铺陈，总之，一切努力，要使观众在剧场中感受到这是一部诗，一部为福州好男儿谱写的有浓厚诗意、又有深沉与内在戏剧性的“剧诗”。

（本文原载于《剧本》2009年第11期）

凄红冷艳总伤情

——《枫落寒江》创作札记

1897年，正是中日甲午海战后的第三年，在“洋务运动”中，清政府创办的最重要的军事工业基地之一，也是当时亚洲最大的造船基地——福州马尾船政局中，发生了一件与造船似乎毫不相干，却极有意味的事情：身为船政局造船总司的魏瀚和船政学堂法文教习王寿昌，把深陷于丧妻之痛中的好朋友林纾请到船政局来小住，为了转移林纾的思绪，解脱他的痛苦，两人提议由王寿昌口述，林纾执笔，把法国作家小仲马的小说《茶花女》翻译成中文。对法文一字不识的林纾，禁不住两位挚友的怂恿与鼓动，勉强答应做此事。却不料一做起来便很快“进入角色”，译到书中凄惨动人处，联想到病逝的爱妻，林纾不由涕泪满纸，与王寿昌抱头痛哭。更没有料到的是，这本译作一出版便在社会上引起强烈轰动，引得人们争相阅读，为之洒泪断肠，以至于此时正也翻译出版了《天演论》，名噪天下的严复也感慨赋诗道：“可怜一卷《茶花女》，断尽支那浪子肠。”由于林、王合译的《茶花女遗事》乃是近代第一部翻译到中国的西方文学著作，它的翻译出版和严复翻译《天演论》一样，可以说都是中西文化交流史上划时代的创举。而林纾从此也就走上了大量翻译外国文学作品的道路，并有意识地把它作为开民智、新民德，维新变革，富国强兵的一项事业来做。林纾一生共翻译了一百八十多种外国文学著作，其中有四十多种是世界文学名著，因此被公认为“译界泰斗”和近代文学大师。

几年前，笔者就有意想要把中国近代史上一批叱咤风云的福州人物搬上舞台，并已做成《别妻书》与《黄乃裳》两部作品，读到林纾翻译《茶花女》这段史料不由怦然心动，觉得其间有情、有戏，也有意思。后来，进一步研读林纾的传纪和研究资料，又发现了一件似乎与此有关联的林纾的“艳事”。也就是，林纾丧妻之后，由于其时他已是福州的文坛名士，一些妓女对之甚为倾慕，尤其是一位色艺俱佳，且会吟诗作词的谢姓歌妓对他更是一往情深，想做他续弦，屡屡赠送礼物表达心迹，写信邀他前往相会。林纾也并非毫不动心，但出于自身与家庭的种种现实考虑，最终还是拒绝了。他写的自我小传《冷红生传》有此类记载，创作的自传体小说《秋悟生》更有详细描写。晚年回忆此事，还留下“不向情田种爱根，画楼宁负美人恩”一类的感慨诗句。笔者由是想：造物弄人，生生做成一件极有趣也极有意味的事了：林纾一边翻译着《茶花女》，一边自己身上也正演绎着类似《茶花女》的故事。林纾对小说《茶花女》中的女主人公能给予无限同情，能接受小说所宣扬的自由平等、个性解放的爱情婚姻观念，但落到自己身上就不一样了。而纵观林纾的一生，也是充满了矛盾与纠结的。中国近代史上，林纾是最早接受和宣扬学习西方，引进西学，维新变革的知识分子之一。作为古文大家，他却是白话文最早的提倡和运用者之一。他曾经借鉴白居易讽喻诗的形式，用十分浅近、通俗、几近白话的语言写下三十多首揭露社会黑暗与弊病，宣扬维新变革的诗，名为《闽中新乐府》。然而，到了后来，“新文化运动”运动兴起，提出“文学革命”，要以白话文替代古文时，他却成了古文的坚定捍卫者，与之叫阵对垒。其实，严复也一样，先前热切地倡导、引进西学，唤醒民众，最终还是把以儒家学说为代表的中国传统文化作为自己的精神归属地。其实，这是那一代中国知识分子的共同宿命。

晚清以降，西方列强的坚船利炮击破了古老帝国的酣歌醉梦，中华大厦显露出千疮百孔摇摇欲坠的险象，于是，大兴“洋务”，富国强兵，“师夷长技以制夷”，一时成为许多朝野文人士大夫的共识。然而，甲午海战中北洋水师全军覆灭，老大帝国惨败于一个“蕞尔小国”，并换来有史以来割地赔款最多，耻辱最甚的《马关条约》的签订，使他们中的许多人感悟到要真正使国家富强，光靠兴“洋务”办实业还不行，还要全面引进西学，开民智、新民德，促进中国社会的全面变革。严复翻译《天演论》和魏瀚、王寿昌鼓动林纾翻译《茶花女》就是在这样一个时代背景下进行的。虽然从史料记载看，林纾翻译《茶花女》是因为魏、王二人为了帮助其从丧妻之痛中解脱的偶然性之举，但实际上有其必然性。因为魏、王二人都是从法国留学回来的爱国知识分子，他们既亲身领受到西学的影响，又因自己参与建造的多艘兵舰在甲午海战中或沉没或被掠，与自己船政学堂同窗的诸多学友在海战中捐躯，当更会感受到仅靠兴“洋务”办实业还不足于富国强兵。因而更多地引进西学，开民智、新民德，当也会成为他们的思想趋向。他们喜爱和鼓动林纾翻译《茶花女》，无疑是认同和赞赏其中蕴含的西方人的个性解放和自由平等的婚姻爱情观念的，并想把它介绍到中国来的。而林纾终究能接受做这件事，并做得很投入，译得很动人，当也与他能接受和愿意引进这些西方文化观念有关。因为，前已提到，当时的林纾，就是一个积极主张引进西学，维新变革的爱国知识分子。然而，林纾毕竟是一个自幼熟读“四书五经”，深受以儒家学说为代表的中国传统文化熏染的知识分子，传统文化中正面和负面的因子，包括对女性和爱情婚姻的观念都深深浸润到他的灵魂深处，因此，虽然他在时代风潮的影响下，能接受西方人的个性解放、自由平等的爱情价值观念，能理解与同情茶花女的命运，可到了让自己选择是否能接受一个风尘女子的爱情与婚姻时，一番矛盾挣扎后，最终还是退回传统，选择了放弃。一个向来十分重情义的人，却做出了一件甚为绝情的事。所以我想，写出林纾的这段情史，或能写出林纾的一段心灵史，写出晚清之际，中西文化交流碰撞的时代风潮，以及中国知识分子在这种风潮中的矛盾与纠结的文化心态。对于人们认识与反思那段和今天的历史与文化，或许有些意义，于是，就下决心来写这出戏，并也按照以上的思路来写了。

思路确定，进入创作，考虑到这出戏的风格样式时，笔者向来认为，一出戏的风格样式并不仅是创作者单方面的自我选择，而是创作者的艺术感受与该戏题材特质与内涵相契合的选择结果。《枫落寒江》这出戏笔者最终选择采用抒情性和诗性、音乐性很强的结构与叙述方式，讲述一个委婉凄美的悲剧性故事，一方面源自笔者对文人戏曲抒情性、诗性特征的偏爱与把握；另一方面也是跟这出戏题材本身就蕴含有委婉凄美的抒情性与诗性特质有关。而笔者想营造的笼罩全剧的“枫落吴江冷”的凄美情调与意境，也是受到林纾在译本出版中所用“冷红生”笔名的启发。“冷红生”这一笔名就来源于唐代诗人曹信明的诗句“枫落吴江冷”。而笔者以为，林纾采用“冷红生”作笔名，还不仅是他在自我小传里所解释的，是因“所居多枫树，因取‘枫落吴江冷’诗意”，当也是林纾译书时的心境及其对茶花女悲剧性命运的凄切感受与理解吧，正所谓：枫落寒江斯人吟，凄红冷艳总伤情。

（本文原载于《福建艺术》2012年第2期）

关于《尹桂芳》剧本创作情况的“自白”

作为卓越的越剧表演艺术家，尹桂芳的名声于我早已如雷贯耳。但还是在几年前，读过有关她生平事迹的一些资料后，真正的崇敬之心才油然而生，也萌生了把她的形象搬上舞台的念头。恰逢后有机缘刺激，不由得激情燃起，也就付诸实施了。

然而，在我大量收集、研读有关尹桂芳的资料后，还是不敢动笔写，自觉对她还未真正了解，对她的艺术人生历程、尹派艺术形成的时代、文化环境也还未真正把握，必须要有一个更深入的考察。于是，在2015年莺飞草长的三月，去江南，踏上了考察之旅。我先到浙江新昌，参观了尹桂芳度过苦难童年的磕下村小龙潭尹家老屋遗址，尹桂芳学戏后回村演出的老戏台，村里设置的一个尚还简陋的纪念室，听纪念室创办者讲述流传在当地的有关尹桂芳的一些故事和传说。又转至嵊州，先去二十世纪初越剧前身“小歌班”的发祥地东王村、女子越剧的发祥地施家岙参观，后在越剧博物馆观看查阅了馆藏的有关资料。接着前往杭州、上海、南京等地，一边到图书馆查阅四十年代上海的报刊，了解、感受当时越剧在沪上演出时的盛况与氛围，寻觅尹桂芳、竺水招在其间的行踪身影，一边上门拜访当年芳华剧团的老人，包括照料尹桂芳多年的、她的外甥女范益美，请他们讲述记忆中有关尹桂芳的点点滴滴，音容笑貌。回福州后，又拜访了一些尹桂芳的同事、学生等。从而渐渐在我心中形成了尹桂芳较真切的形象，也较清晰感受到了当年尹派越剧在上海诞生与发展的历史文化氛围。

于是，才决定开始进入剧本创作的酝酿与构思。

首先，要解决的是剧本形式的定位问题。考虑到尹桂芳逝世不过十多年，许多熟悉、了解她的人还健在，要想让人认可该剧本所写的人和事，纪实性是不可少的。但完全靠纪实性，又很难成为有舞台艺术魅力的作品，所以我采用了纪实性与戏剧性相结合的形式与方法。剧中所写的人和事大都有真实的材料做依据，即使没有书面材料，也有芳华老人、尹桂芳亲友同事的访谈作依据，经过戏剧化、艺术化的处理，使之“有戏”，且每一场都努力写出戏。如第三场戏描写尹桂芳以乞丐模样出现在台上，剧场经理误为真乞丐而命人驱赶，后尹揭开伪装，向人们介绍她正准备创作表现一个外省来沪青年在纸醉金迷中沉沦，最终行乞街头，葬身黄浦江的警世悲剧中的戏剧性情节，其材料依据是尹桂芳当时在创造“新越剧”的理念指引下，创作了《有一个青年》《回头想》《浪荡子》等多出表现这类题材的“时装戏”。而为了更真实塑造这类人物形象，她还曾乔装打扮，深入到上海此类人聚集的陋巷弄堂中，实地观察他们的生活状态、言行举止，从而扮演起来惟妙惟肖，十分传神。这场戏中重点描写尹桂芳、竺水招与剧场经理围绕着创作时装戏问题而展开的戏剧冲突，也同样是有材料依据的。

其次，要解决的是这出戏要写尹桂芳的哪些方面，并从中表达什么的问题。尹桂芳的人生经历十分丰富，材料甚多，若用电视连续剧来表现是很适合的。但在时间和容量有限的一出越剧中，要能表现出她的精气神，塑造出她的鲜活又有光彩的艺术形象，写什么，怎么写，对材料如何运用与取舍是有相当难度的。经过反复斟酌，我选择主要写四十年代到五十年代她在上海期间的艺术人生经历，集中表现她在广泛学习吸收昆曲、京剧、话剧、电影等姐妹艺术的营养，丰富、强大自己的基础上，敏锐感应时代风潮，为越剧的生存与发展，积极投入“新越剧”的打造，不断在艺术上挑战自己，超越自己，从中创造出“尹派”越剧，并发扬光大的一段历程。描写她从《梁祝》这一传统剧目演出形式的创新到打造触及当代社会问题的“时装戏”，从不满于剧场经理对自己创新意愿的束缚，到自己创办芳华剧团，集中推出《沙漠王子》等一批“新越剧”剧目，再到不畏艰难，不顾戏迷的阻挠扮演屈原，最后又再次挑战自我，倾力反串坤角江姐。希望让人们从中看到尹桂芳如何能成为一个大艺术家，尹派艺术是怎么炼成的。在艺术上，表现她强烈的进取精神、挑战精神和绝不服输的倔劲，而在为人品性上，则表现她的宽厚、热忱，重情重义，极具“大姐”风范。从给同行竺素娥让台，打破梨园行“宁让台下一寸金，不让台上一份春”的旧习，到给义妹竺水招让男友，违逆爱情具有强烈排他性的人性心理定律。总之，在进取、退让，倔强、敦厚这两者截然不同的性格因素的共存与协调中，在由此引起的心理情感的矛盾冲突中，表现尹桂芳人品、性格特有的光彩，写出一个与众不同的艺术家形象。

接下来，结构也是该剧须解决的一个难点。这种带有人物传记色彩的戏，用传统戏曲“一人一事”的结构方式是不行的。用“一人多事”拉洋片式的结构方式写下来，既可能缺乏舞台艺术的魅力，也会导致全剧结构的松散。在材料研究中，我发现竺水招和尹桂芳这一对舞台姐妹如影相随、聚散离合的关系和传统戏曲常用的悲欢离合的情节结构方式有契合点，于是便把它作为剧情结构框架的支撑，从尹、竺二人在浙江黄岩被当地恶势力迫害，共遭牢狱之灾曾想一齐自杀，义结金兰后，又在上海重逢，发誓从此再也不分手开始，她们亲密无间、相扶相持，共同冲破守旧势力的阻拦，组成芳华剧团，创造出一系列精美的“新越剧”，共同推动了越剧的改革与发展。而尹桂芳“尹派”唱腔与表演风格的形成，无疑也有竺水招的扶助之功。到四十年代末，二人暂且分手，尹桂芳去了香港，中华人民共和国成立后又回来与竺相会。后尹桂芳带团去了福建，竺水招带团去了南京，二人仍频频鸿雁往来，在艺术事业上互勉互励。“文革”中二人又都惨遭迫害，竺水招自杀，尹桂芳也欲相随而去。自尽之前为竺水招演唱她俩当年一齐演过的《红楼梦》中“哭灵”一折，借此倾诉自己对竺水招的深厚情感，以及对她俩共有的悲剧命运的哀叹与愤懑，将戏推向高潮。总之，用尹、竺二人的姐妹情感线把剧中看起来独立的一个个事件，一场场戏连接起来，缠绕起来，使得全剧的结构既不致松散，又能形成引人入胜的悬念和波澜。

这对生死姐妹的情感，曾因为共对一位男士的恋情出现过一个波折，面临过一次考验。芳华剧团也因此暂且停办，尹桂芳去香港与此也有一定关系。当时的报刊对此事曾有报道，说法较为简单和负面。所以，包括传记在内的一些材料对此都采取回避不谈或含混其词，一跳而过。但越剧界，包括越迷在内，不少人至今都还知晓此事，只是未必清楚其真正内情罢了，唯见上海女作家叶文玲写的纪实文学作品《桂子年年香》对此事有过正面描述。她说，当时尹桂芳的确曾属意过一位男士，后发现竺水招对该男士也产生了情愫，出于对妹妹的热爱，她决然斩断了自己的情丝。我在采访中也曾听多人谈过此事，说法不一，但有一种说法我更愿取信，即竺水招也曾为此事而深陷痛苦，觉得对不起姐姐，因而还想以尽快另找一个对象来摆脱这种痛苦。因为这更符合她对尹桂芳呵护有加、生死姐妹的情感与心理逻辑。而在后来的岁月中，尹、竺二人仍保持亲密联系，甚至在尹桂芳创作《屈原》参加华东戏曲会演时，竺水招还从自己的云华剧团抽调了两个好演员去支持，也可证实这场爱情风波并未真正伤害她们的姐妹情感。我之所以以这种说法和叶文玲的说法为依据，将她们姐妹俩的这段爱情波澜呈现于剧本，是出于两点考虑：其一，这段波澜是客观存在，在尹桂芳和竺水招的人生经历，甚至芳华剧团史上都难以回避的。与其让人们根据种种传闻，以及网络上随时都能查阅到的四十年代报刊的负面报道浮想联翩、说三道四，还不如坦诚面对，廓清真相，从而澄清负面影响。其二，尹桂芳为爱护妹妹，斩断情丝，主动退让，承受了难以承受的痛苦，其胸襟之宽广，人品之敦厚令人感佩。竺水招也为不期陷入的情感而痛苦挣扎，怕伤害姐姐，欲以强力摆脱，其心灵之善良，情感之纯真也令人唏嘘。人情之美、人性之美，在她们身上被演绎得淋漓尽致。两位大艺术家的灵性之光也由此更加得以闪耀，这也正是作为人学的戏剧文学所应当面对和弘扬的。或许会有人担心，在剧本乃至舞台上呈现这段情感波澜会触及两位艺术家的“隐私”，会伤害她们在戏迷心中的偶像地位。窃以为这种担心是不必要的。一则，这件事早已公开化，本不就是“隐私”。如果说，在思想观念封闭的当年，这些事还有些“隐”，但在思想观念开放，对爱情婚姻观念已经非常宽容的今天，这些事已无须“隐”了。二则，艺术家，哪怕是尹桂芳、竺水招这样的大艺术家还原于艺术作品中也不应该是高大上的偶像，而是活生生的，具有七情六欲的人。

该剧唱词的写作也是我颇费心力的事。比较钟情于写文人戏剧的我，在以往剧本唱词的写作中，尽可努力把唱词写得典雅，富于文采。但尹桂芳的文化程度不高，品性也很敦厚质朴，如果那样写势必失真。而尹派唱腔，尤其是大段唱腔的特点也是明白如话，娓娓道来、入人肺腑、耐人寻味。如清溪流水，清澈透明、潺潺奔流。所以尹桂芳的唱词，尤其是大段唱词便要写得既通俗晓畅、真挚素朴，又要俗中见雅，富有韵味，如行云流水十分畅达。还要注意适合于用尹派擅长的“清板”形式演唱。我努力了，但还不知是否能达到预期目的。

《尹桂芳》剧本的创作是一场颇为艰难的跋涉。从考察算起，四易其稿，历经一年多时间。得到省艺术研究院领导、福建戏剧专家的大力支持、指教，也得到文化和旅游部艺术司领导、原《剧本》月刊主编的勉励、教诲，从而一步步得以提高，逐渐走向成熟。在此，谨致以衷心的谢忱！

（该文原载于《福建艺术》2017年第1期）

剑与筝

——林瑞武戏剧中的福州近代人物

黄　键　方李珍

对于当代中国人来说，近代史无疑构成了民族记忆的重要方面。但是，无论是历史教科书还是各类艺术作品的近代史叙述，大多数都把焦点集中在对于国家与民族历史构成重大影响与转折的大事件和大人物身上，集中在这些人物在宏大的革命史与思想史上的公共行为之上，而这些人物的私人生活世界与情感世界，往往被作为焦点之外的陪衬与模糊的边缘背景而被忽略。剧作家林瑞武的“福州近代人物三部曲”——闽剧《别妻书》《银筝断》、越剧《枫落寒江》，（分别以“黄花岗七十二烈士之一的林觉民及其妻陈芳佩”，“戊戌六君子”之一的林旭及其妻沈鹊应，以翻译《茶花女》闻名的近代文学家、翻译家林纾与歌妓谢蝶仙为主角，由福建省实验闽剧院、福州市闽剧院、福建省芳华越剧团演出；其中《别妻书》获得第四届中国戏剧奖·曹禺剧本奖、第十一届中国戏剧节优秀剧目奖，《银筝断》列入2016年度文化和旅游部剧本扶持工程、国家艺术基金2017年度资助项目）则恰恰翻转了这个格局，而聚焦于这些一向为人们所忽略的边缘与陪衬，将镜头推到这些近代名人的私人生活世界，尤其是在他们的私人生活中与之牵扯不断的女性身上，从而发现并书写了另外一种被压抑与遗忘的近代史。

一、历史的焦点之外：私人的与女性的情感重压

中国近代史是充满了痛苦屈辱与怨愤的历史，为了反抗外来侵略与封建

王朝的双重压迫，政治革命与思想启蒙实际上构成了近代史的二重奏，而志士情结与烈士情怀更是近代史上一个极为突出的思想与文化现象。无论是百年以来人们所津津乐道的逸事典故，还是这些志士与烈士们留下的自抒怀抱的文字，给我们所留下的往往是一派慷慨豪迈、视死如归、睥睨万物到令后人自惭的气魄。似乎很少有人想到，他们也是有血有肉、有父母之恩要报、有家室之累要负担的普通人。更很少有人想到，当他们慷慨赴义之时，他们心中所怀揣着的除去国家与民族大义，是否也有亲人的一双沉重的泪眼？尤其是，人们也许根本不会注意到，在他们留下的千秋万岁不朽声名之外，是否也有亲人与爱人不得不面对的寂寞身后事？

闽剧《别妻书》所着重书写的，无疑就是宏大历史叙述所遗漏掉的近代烈士私人生活世界里的细微而沉重的痛苦。很显然，林觉民的妻子是一个普普通通的家庭妇女，对于丈夫的高远志向与牺牲精神，她即便有所觉察也未必能够真正理解。作为女子，她所希望的只是一个能够陪伴终生的丈夫，一个安宁静谧的家庭。正因如此，当她觉察到丈夫的意图之时，与大多数普通妻子一样感到了极大的惊惧与惶恐，这种恐惧形成了巨大的压力，使她几乎支撑不住。同样的，作为丈夫的林觉民也因为内疚与痛苦而陷入了终日买醉的境地。正是夫妻之间的这点几乎只隔着一层窗户纸的秘密，使得二人的情感关系陷入了一种神经质般的脆弱与悸动之中，以至于正常夫妻间的情爱表达，在一方成为最后的情感补偿，在另一方则反而成了刺激恐慌、猜疑与痛苦的催化剂——林觉民为一家大小买礼物，都让陈芳佩感到疑惧，而陪她游西禅寺，甚至为她采一朵白花戴上，都让她心神不宁甚而惊慌失措。林瑞武在这里真正写出了烈士及其亲人所可能感受到的巨大压力，而这些显然在向来塑造的“引刀成一快，不负少年头”“我自横刀向天笑”一类的烈士形象中是几乎看不见的。

与林觉民一样，作为“戊戌六君子”之一的林旭，他的声名几乎只在就义的那一刹才闪现出照耀后世的光辉。然而，在闽剧《银筝断》中，林瑞武却似乎有意避开了这最悲壮与灿烂的一瞬，反而集中去写这闪电般惊世一瞥的之前与之后。林旭在戊戌政变之前为了不牵连妻子沈鹊应而将她送回岳丈家，而随后叙事的角度便一直跟随着沈鹊应。戊戌政变与林旭等人被捕、就义是在沈鹊应回到娘家后从父亲那里了解到的。于是，烈士的未亡人的痛苦被推到了前景，而政治事变乃至烈士的就义都成了背景，尤其是沈鹊应护棺一节的惨烈——林旭死后，灵柩被运回老家福州郊区某寺超度，一群乡民赶来，非但不悼念他，反而不让他们在此停棺存尸，还用烧热的钢钎戳棺戮尸，以“驱散阴魂，不使其危害一方”；在这些集合着村民、士绅、书生、旗人的民众眼里，林旭是祸国殃民的乱臣贼子，是蛊惑皇上废除八股科举、断送读书人前程、废除旗人世受恩禄的恶人，是借新政排除异己篡政夺权的小人，是搅乱祖宗安宁的不祥之人（因为新政，村里的祠堂成了学洋文的学堂）。这言论与钢钎岂止戳灵柩，也戳中沈鹊应的肺腑与肝肠，“夫君啊，你好悲、好惨、好苦、好凄凉!你一身残躯还被戮，你一缕英魂无安详，你一腔碧血被污秽，你一心报国却遭殃!”在钢钎一下下狠戳棺材腾起的烟雾中，沈鹊应不顾一切一次次扑向灵柩，“欲以身体护卫之，但都一次次被推开，浑身颤抖，奔跃旋翻，最后晕厥扑倒在地”，这更是突显了烈士遗孀面对愚昧社会的无助。这种书写让人想起鲁迅的《药》中对于愚昧的中国近代国民的描写，然而即使是鲁迅，虽然时时将目光集中在边缘人物身上，但也在“烈士死后，他的家人如何了?”这样的问题上，更为了跟从宏大的革命题旨而在烈士坟上增添一个连鲁迅自己也觉得过于乐观的花环；而林瑞武则直笔写出了鲁迅所未深入触及的，深刻真实而且细腻委婉地写出了作为烈士未亡人的沈鹊应的痛苦、无助与绝望，这恐怕更加需要直面人生与历史的勇气。相对于《别妻书》与《银筝断》对于烈士在历史聚光灯之外的铁骨柔情的书写，越剧《枫落寒江》讲述的似乎是一个传统的文人名士的风流轶事，但是，该剧主人公林纾作为一个传统文人与近代思想启蒙先驱的双重身份，仍然使得这个故事纠缠进了太多的为人始料不及的复杂情愫，更让我们近距离看到了近代思想启蒙主题的展开，对于一个文化人的具体而鲜活的生活世界、情感世界与思想世界的冲击。

作为一个传统文人，林纾显然纠结于正统儒士与传统名士的人格范式之间。作为传统文人，他一直以儒士自许，而他在情感上对于亡妻的怀念乃至忠贞，　可以说也与儒士的人格范型颇为吻合。然而，他对于歌妓谢蝶仙的微妙的情愫及交往，则近于传统文人的名士风流。尽管这种放浪形骸的风流为儒士与世俗所不齿，但在传统社会中，对于名士们“越名教而任自然”的浪漫作风，人们大多以一种轻视、无奈而又暗暗钦羡的态度加以容忍。而对于林纾来说，谢蝶仙的才情与美貌对他无疑构成了吸引力。但是，他自许儒士的身份以及对于亡妻的忠贞之义，又使他不能率性地越过这个人格的界限。因此，林纾的心理与情感矛盾是介于儒士范与名士风之间的一种纠结。如果在传统时代，这种纠结似乎是很容易解决，林纾也确实做出了选择——以儒士人格标准来拒绝谢蝶仙，但是，林纾正处于自己亲手参与开启风气的近代启蒙思潮滥觞之时，他所翻译的《茶花女》，时人称之“荡尽支那浪子肠”，可谓掀起了国人向往自由爱情的心潮。而林瑞武设想的则是，作为启蒙者的林纾自身在这时代潮流之中的情感与思想境况（即启蒙者的自我启蒙）。显然，当某种被视为新的更具合理性与正当性价值评判标准被引入之后，原来的儒士与名士的冲突及其解决之道就显得不再简单。《茶花女》所宣扬的爱情至上的思想理念不仅影响了谢蝶仙，使她向林纾迈出了主动示爱的一步，更使她因为爱情理想不得实现郁郁而终；而林纾也同样在《茶花女》故事的引导下，反思与自责，并为自己有负于谢蝶仙而痛苦自责。可以说，林、谢的悲剧因为时代与茶花女的映照，从而突破了旧时才子佳人、红颜薄命的意义阈，而走向了对新旧时代的文化冲突，以及思想启蒙所要付出的社会代价的表现与揭示。尽管这种新旧文化冲突已经是一种中国人非常熟稔的旧命题，但是林瑞武将这种冲突与代价放在了启蒙者自己的身上，更使得这种启蒙思想史获得了一种鲜活生动而更加细腻沉重的意义。可以说，启蒙思想史的命题在此获得了鲜活的生命。

二、“佳人”的变迁：古典而现代的女性形象

对于近代女性形象的塑造无疑是林瑞武这部戏的重点。中国戏曲一向

有着迷于描写才子佳人的无意识，大多数这类戏所塑造的女性形象往往都有“佳人化”的模式，从这三部戏中的女主人公的人设的角度看，这三个女性亦称得上“佳人”。然而，由于时代的缘故，这几位“佳人”，与传统的“佳人”形象模式相比都有了明显的变化。

美丽、聪慧、知书达礼、才情横溢，这些传统“佳人”必具的特征，我们都可以从这三部戏中的女主人公身上找到。但是我们同样发现，这三位佳人身上出现了一些时代特有的因素。当然，时代烙刻在她们身上的印迹有深有浅。从陈芳佩至谢蝶仙、沈鹊应，时代的痕迹愈发浓烈，对新思想、新启蒙的接受由小自觉到半自觉到自觉。相对来说，陈芳佩是有点新式的传统女子，而不是有些传统的新女性甚而革命女性；她对林觉民的理解追随，并不在于她的思想觉悟，而在于“爱屋及乌”——正因为她爱自己的丈夫，所以也就信任、支持并协助丈夫所从事的事业。正如林觉民在《别妻书》中交代陈芳佩，教育儿子依新要以父亲的志向为志向。以丈夫为自己全部世界的陈芳佩也是单纯地、天然地、信任地以林觉民的志向为自己的生活内容。正如戏中所唱：“自从和你结缡后，我薄命里才有了牢靠的根”，这更多的是文化或精神上的自然追随，或者说传统女性的集体无意识，而不是知识或思想上的理性认同。相应地，作者将二人的情感归位为个人化、日常化的夫妻情感而不是革命伴侣、同志式的感情，这使得该剧超越出了一般描写英雄志士必不可少的革命加恋爱的模式。谢蝶仙则是半自觉的，她欣赏与喜爱林纾宣扬维新思想的《闽中新乐府》，更不必说他所译的“爱情至上”的《茶花女》；然而她对新思想的追逐，其实很大程度上是对新派人物及其才华的欣赏与追慕。她对林纾的主动追求，用了借物抒情的“诗化”手段：将咬了一口、留下口红印与唇齿印的月饼赠予林纾——这是歌妓特有的表情方式。固然这一举动有传统名妓的大方风流，甚至于香艳狎邪，也是对新思想的推波助澜。因而茶花女成为她情感上仿效的对象；这有些“出格”的女性形象。甚至林纾拒绝了她，她还隔墙偷窥他。这在戏曲史上可谓独特罕有，既不同于柳如是、董小宛之流，尽管主动勇敢但却温婉端庄，也不同于直白的新女性。然而，通过一根小小的缝衣针——林纾亡妻生前常用的插在门框上的针线，林纾奉若至宝，不容其碰触，不愿也不信风月场中的谢蝶仙执得起这根针。她窥见了林纾在新思想新启蒙之下内心深处对旧道德、旧礼教，尤其是门户之见、门第观念的执念与固守，对正统贤德女性及其“妇道”的眷恋。这根小而沉重的针与口红印的月饼形成极大的对比和反差，使谢蝶仙自惭形秽，深深刺痛并压倒她情感希冀的最后的稻草。失爱的谢蝶仙终至于“忘命”。她的病而不治，其实也是一种自戮，与陈芳佩、沈鹊应一样都是自杀，唯一的遗愿只是在自己的棺壁插上一根缝衣针，这标示了这个歌妓所怀有的“妓女从良”及对“淑妇良人”的向往与企盼。在这个意义上可以说她对新思想的接受是半自觉的。尽管她追求爱情，追求有爱情的婚姻。而这月饼与缝衣针，与《别妻书》中的红妆与白花一样，其意象新奇而独特、恰切，可见剧作家心思的细腻、敏感与缜密。

无疑，在三位女性中，沈鹊应对新思想的接受是最为自觉的。她不仅是林旭生活中也是他思想上的伴侣、知己，甚至是精神上的指引者。她的“相夫既是传统的也是现代的——她安抚作为上门女婿的林旭的心结，替他解忧，帮助他走出落第的困境，为他捐官，助他报国，和他一起分析局势，共同面对维新中出现的问题。沈鹊应的才情与政治，温婉与聪慧，柔弱与担当集其一身。然而，这三位女性却有着共同的惨痛结局，失去爱人后终不能独活。林觉民牺牲一年后陈芳佩郁郁而终；林旭在维新失败中殒命，沈鹊应也于两年后服毒自尽；谢蝶仙被林纾拒绝后不药而亡。尽管这段往事可能只是轶事，而非历史；这也体现出这些女性在根底上的传统性与古典主义。她们的死亡呈现出私人化特征，是非政治性与非历史性的，不是如女革命者或启蒙者为了理想而奉献生命的公共化与政治化。这也注定了她们的死亡是不为历史叙述所注目或聚焦的，而是被虚化与忽略、无视的。但这静静的湮灭与无声的隐没，却不能不是历史所付出的代价。我们往往不屑于着眼这样一点儿也不宏大、不悲壮、不崇高、不浪漫、不壮烈的死亡。然而，经由林瑞武笔端对这“屑小”的“放大式”呈现，更见出其沉重与哀婉。

三、哀情书写：对现代文学传统的赓续与超越

张庚先生认为戏曲是舞台演出的诗。作为张庚、郭汉城的学生，林瑞武先生在长期的戏剧创作实践中深深体会到“剧诗说”的精髓，并形成了他自己贴切的理解与阐释，例如他将“剧诗说”与十七、十八世纪意大利思想家维柯在新科学中提出的“诗性思维”进行比较和研究。近年他的戏剧创作无不贯注着他的诗意理想。这三个作品就呈现出与以往同样表现福州本土人物的闽剧《黄乃裳》《闽都游子》不一样的气质。然而，林瑞武的追求不仅在于对缠绵悱恻的唱词的营造，不止于对柔婉抒情的意象刻意安排（其意象确实是苦心经营，但又自然贴切，有独特蕴藉的。如果说“红妆”与“白花”是为林觉民、陈芳佩的爱情的颜色，那么“缝衣针”与“月饼”则构成了林纾、谢蝶仙爱情的错位），也不满足于结构上如诗歌般的跳跃、错落。如《别妻书》在叙事上采用了人物心灵对话、意识流式的结构，更在于对人物情感的诗意呈现，而这样的呈现具体化为对哀情的书写。

实际上，正是从林纾译《巴黎茶花女遗事》开始，再到徐枕亚的《玉梨魂》等作品，开启了中国现代文学哀情叙事的书写传统。这些作品往往背弃传统儒家所标举的“乐而不淫、哀而不伤”的“诗教”传统，以青年男女刻骨铭心、挥之不去的爱情悲剧为书写对象，着力铺张与渲染哀怨动人、缠绵悱恻的情感体验。尽管这种书写方式在现代文学的宏大历史意识和革命主题叙事的大潮中受到批判、挤压与边缘化，但是这种关注个体悲剧性情感体验的书写传统却成为文学史的潜流，不绝如缕，显示了这一传统的强韧的生命力。

林瑞武极其擅长对哀情的描写，对欲罢不能、纠结缠绵、惆怅幽怨的情感描绘与体验尤为投入。最突出的就是《别妻书》中对女主人公哀柔忧惧、百转千回的心思细到纤毫的描的。而《银筝断》《别妻书》《枫落寒江》之“断”“别”“落”，无不示意着这些情感的不能圆满、生命因之寥落消散的悲剧性。然而，这些作品不同于现代文学史上极度个人化的哀情之

作，甚至于无病呻吟，在于他们的哀情体验始终与历史感有着割不断的联系——既与历史感相伴随，又与历史感相对抗。主人公在随同历史巨潮追求理想、自由、大爱、大我的过程中失败、幻灭，自外于时代的潮流，走向颓废，独自品味浓重的黑暗与悲凉。这种颓废与悲凉情绪，其实在鲁迅与茅盾等现代文学巨匠的笔下时时亦流露，只是一直被作为启蒙和革命主题消极与边缘的对立面所忽略、压抑，而在林瑞武这里，却将它们释放出来了。

闽剧《银筝断》，林旭死后两年，在无尽的追念中失侣的孤独愈发深重，沈鹊应选择在万家团聚的除夕之夜服毒自尽，银筝弦断，与林旭相聚于九泉。这几乎是传统诗文“以乐景写哀情”的手法，并以此为全剧起始，用倒叙、回忆的结构法来叙述林旭与她在戊戌六君子事件前后之事，奠定了全剧哀婉的基调。而该剧最大的亮点与特色——已是哀苦怆恸的小女子，以柔弱之躯拼尽全力，几次三番挣扎起身护卫林旭灵柩，面对民众的愚昧，烈士之情、夫妻之义又何其哀痛与惨烈!闽剧《别妻书》中的“红妆送别”，同样是以乐写哀，陈芳佩预感丈夫此去凶多吉少，却又强颜欢笑，以一袭红装及太平面为丈夫送别，这喜庆的红色却蕴藏着女主人公极度的忧惧不舍、辛酸苦痛，这样的反比，其间难言只能隐忍的哀苦令人潸然：而“白花”——林觉民决意赴死却又难以对家人言，只能在临行前尽可能多地陪伴怀孕的妻子，他陪陈芳佩去西禅寺烧香，摘了朵她喜欢的白色月季花给她戴上，而陈芳佩却惊觉白花的不祥，慌忙扯落……爱与哀愁始终萦绕在这个小女子心间。越剧《枫落寒江》，谢蝶仙、林纾的情感发展过程，是在林纾翻译《茶花女》期间（也是谢捧读《茶花女》并为之编曲期间），便将二人的感情进展和茶花女、亚猛（阿芒）的故事进行穿插，形成对位叙事。在谢蝶仙夜奔林纾却被赶走的三月之后，心事沉重的林纾与王寿昌继续翻译《茶花女》，随着小说情节的发展，这时舞台另一表演区相应呈现出了在狂欢的酒宴上，已喝得入醉且不断痛苦咳嗽的马克仍高举酒杯狂乱地周旋在宴席间，与人碰杯、对饮，以致踉跄倒地的场面（马克即茶花女——笔者注）。马克被亚猛（阿芒）赶出巴黎的痛苦，正是谢蝶仙被拒的幻灭。在谢蝶仙临终只能交代丫环给自己棺壁插一根缝衣针，希冀来世能做林纾陪伴人之际，越剧舞台上也出现茶花女虽口吐鲜血却是死在爱人怀里的一幕，谢蝶仙的命运竟不如书中人。小说人物场面的介入似戏中戏，但又有本质区别，造成了重叠与幻影的效果，以及交织交错、真幻莫辨、同中有异的美学形态。这是极适合于舞台艺术的编剧法，谢之哀伤在衬映与比照中愈发沉重。

历史的残酷之处就在于，时间的流逝将洗去人类大部分的痛苦记忆，仅使之留下淡红的血色与微漠的悲哀，对于历史中的女性而言则尤其如此。这三部作品中的男主人公，浑身弥漫着近代文化人的烈士情怀，就像林纾手中的那柄青霜长剑，以微薄而犀利的力量划破历史的暗夜与长空，唤醒并昭示着人们对思想启蒙与民族复兴的探求，并在后人的记忆中留下惊鸿一瞥。而这三位女性形象，则充满了古典气韵。如，沈鹊应弹拨的一曲银筝，用全部的灵魂与爱人的事业和生命共鸣，并在知音已逝，斯人不在之时，决然断弦而止。然而，长铗剑影毕竟长留人心，筝声却消逝于茫茫历史的寒夜之中不再为人所听取。但是，若只记得剑气侠影而忘却筝音哀情，我们永远不会真正体会到历史进步足迹的沉重，更无法知道先贤们所付出的代价之巨大。林瑞武先生的剧作的意义正是为我们重新唤回了那长夜之中的那一声断筝哑弦，让我们痛切地感受到了历史的分量。

（黄　键，福建师范大学文学院教授，文学博士；
方李珍，福建省艺术研究院研究员；
本文原载于《福建艺术》2010年第3期）

后记——再谢戏剧

2007年我出了一个戏剧作品集《闽都游子——林瑞武戏剧作品选》，收录了五部剧本和四篇戏剧论文，写的后记题目叫《感谢戏剧》，回顾了我走上戏剧创作与研究道路的人生与心路历程。现在重读，仍感觉那些话是必要讲，也讲得比较清楚的。所以本次出此新集子，虽然收录的剧本量比原先多，也比原先精，还是仍把前次后记原文翻出来，根据这十多年的创作与研究状况，做些增删修改，再作为后记，就名为《再谢戏剧》吧！

我同戏剧结缘是半个世纪前。那时，我还是福建生产建设兵团第十七团的一名战士（知青），在闽北武夷山下一处偏僻的山沟里“干革命”。由于自幼有些文学爱好，文字也较其他战友略好一些，在写宣传报道稿中被团宣传股领导看中，让我为团文艺宣传队写个表现兵团战士战天斗地革命精神的小戏。戏写些什么我早已忘却，也没有付排演出，但却似乎对改变我的命运轨迹产生了重要影响。因为，在那以后不久，当兵团开始缩编，十七团准备撤销时，我居然被作为文艺创作人才保留下来，调到了当时兵团第三师最富有的单位——邵武贮木场。当时的邵武贮木场是三师文艺宣传队和篮球队的集中地，而我就成了三师文艺宣传队的创作员。这个创作员虽然只是业余的，平时还得在劳动量十分繁重的制材车间工作，当“后架”，搬板皮。但却不时有机会跟随宣传队外出去演出，受到热情款待，吃香喝辣。虽然我没有参演，但队里让我帮忙在台上拉大幕，插换天幕的幻灯片，这让我多少增加了一些舞台的感觉。记得当时，曾写过一些诸如

《车间战鼓》《竞赛红旗》之类充满“革命激情”的小戏、小演唱，有的还被师里油印散发，但真正演出的并不多。可这却逐渐培养了我作为一名编剧，甚至幻想成为一个专业剧作家的信念。为此，我在业余时间里拼命练习写戏，连节假日和身体不适时也很少停笔休息。正因为如此，使我在那个物质与精神生活都十分匮乏的岁月里，精神上有了一种依托，生活有了一种目标。还被场子弟中学看中，当上了语文教员，还兼教历史。自己也努力边学边教，以求不误人子弟。也正是有了这些积累与准备，我在“文革”后恢复高考，省艺校首届编剧大专班招生时，在十分激烈的竞争中取胜，幸运地赶上了最末一班车，挤进了专业编剧的预备队伍，圆了那个年代多少人想圆都圆不了的大学梦（虽然只是大专）。由此，彻底改变了我的人生旅程。

如果说，在省艺校的学习是对我编剧专业知识的真正启蒙，使在自学自练道路上瞎走瞎撞的我有了明确的努力方向，得到较为规范的训练。那么，在中国艺术研究院戏曲理论研究班的学习，就是导引我进入戏剧，尤其是戏曲理论高层圣殿的大阶梯。在那里，我有幸得到张庚、郭汉城等戏曲理论大师的直接教诲，有幸得到一批当代最优秀的戏曲、文学、美学、哲学等方面专家、学者的授业解惑；也有幸结识了来自天南海北的一批同窗学友，无论是在生活阅历、专业视野还是精神层面都得到有力的拓展和提升，而这些都是因为我与戏剧结缘。

从中国艺术研究院毕业后，我本想全心致力于戏曲理论研究，也撰写和发表了一批理论文章，还参与撰写了《福建地方戏剧》一书。后来，或许是因为年轻时代所做的剧作家之梦挥之不去，又自认为自己所受过的编剧专业训练的资源不应浪费，又开始兼营剧本创作。至今已创作了十多部剧本，以闽剧为多，也有越剧与话剧。其中大多数已搬上舞台和在刊物发表。奖项也得了不少。本集选了八个剧本，我还从已发表的三、四十万字的戏剧评论文章中选择了三篇，附在剧本后面，一是表明我在艺研院两年的理论书也未白读，二是这些文章当有助于读者理解和认识我的创作理念与审美追求，有助于理解和认识我的剧本。此外，我以为，在诸多评论、研究我的创作的文章中，福建师大教授黄键和福建省艺术研究院研究员方李珍合写的《剑与筝——林瑞武戏剧中的福州近代人物》是相对系统、也是独具慧眼，颇有见地的，经作者同意也收录剧本后，为读者理解与认识我的创作提供一点参考。

剧本创作是很辛苦的，且不说犹如孕育与产生一个新生命般的构思与写作过程，以及一遍遍的修改完善，需要耗费多少肝肠心血，仅是前期准备工作便已够累人。例如创作《别妻书》时，我不但在省图书馆查阅了所有能找到的相关林觉民与黄花岗起义烈士的资料，还一次次地在林觉民故居流连徘徊，去体验、感受林觉民当年的生活情景、音容笑貌。我还专程飞到广州，在中山图书馆又连坐三天，查阅有关资料，到当年起义指挥部与起义军攻打的两广总督署的旧址考察。逐渐了解了起义的情况，逐渐走进林觉民的内心世界，从而进入剧本的创构的。创作《黄乃裳》时，我则阅读了不下百万字的有关资料，并多次向福建师大对黄乃裳很有研究的一位教授讨教，还到闽清考察了黄乃裳的故居和纪念馆，几乎成为半个黄乃裳研究专家，才进入创作的；《枫落寒江》虽然写的只是林纾翻译《茶花女》，以及他和一位青楼名妓的爱情故事，但为了认识与把握林纾这位中国近代文学大师的思想、性格与学术造诣，我不仅研读了多本林纾的传记和《畏庐文集》，还参阅了大量关于林纾的研究文章，并到林纾故居和剧中故事的发生地上下杭一带寻寻觅觅；《银筝断》虽然只是以"戊戌变法"为背景，写林旭与妻子沈鹊应的爱情与命运悲剧，但我不仅把他俩留下的全部诗文研读了一遍又一遍，从中去感受与揣摩他们的心灵与情感世界，还把我认为研究得很扎实、写得很靠谱的北大教授茅建海的《戊戌变法史事考》作为历史依据来研读和参照，让自己的思绪深入到"戊戌变法"的历史真实现场去飞扬。为写好《尹桂芳》，我从尹桂芳的家乡浙江新昌县西门外小龙潭村到嵊州、宁波、杭州、上海，把尹桂芳当年出生、成长、辉煌的人生驻足点重走一遍，在嵊州越剧博物馆、浙江省和上海市图书馆收藏的四十年代有关越剧的报刊中，寻觅尹桂芳和竺水招等越剧表演艺术家的活动踪迹。还登门拜访了尚在世的多位尹桂芳的老同事、老朋友，听他们回顾、讲述尹桂芳当年的事迹和音容笑貌、为人性情。在动笔创作《解忧公主》前，我除研读能够找到的有关历史资料外，还专程到新疆伊犁地区进行实地考察，徘徊在天山脚下，昭苏草原、夏塔古道，寻觅当年乌孙国的历史与文化踪迹……然而，当我看到《别妻书》还在排练场连排，便已让旁观的剧团家属，以及采访的记者被感动落泪的时候；看到《黄乃裳》在马来西亚诗巫市演出，来自世界各地的上千名福州籍华侨都被深深打动，黄乃裳的后裔更是泪眼模糊，围簇着我，真诚向我致谢的时候，看到诗巫众多市民撑着雨伞站在广场上观看演出，任大雨滂沱而不肯离去的时候；看到《枫落寒江》在芳华剧院演出，众多观众被打动心弦，不断擦拭湿润的眼眶的时候；看到厦大的师生看罢《银筝断》的演出，起立报以热烈经久的掌声和欢呼声的时候，我便由衷地感到欣慰，感到自己劳动的价值，感到戏剧艺术的无穷魅力。庆幸自己能与戏剧结缘。

身在福建省戏剧创作与研究中心的艺术研究所，又参与负责全省剧目创作的组织与辅导工作，长年累月与剧作者、剧本、剧目打交道。为剧本、剧目的修改加工出谋献策、劳心伤神、为他人作嫁衣裳，却得不到多少名利的回报，有时也会感到烦恼，但由此而结识了许多戏剧界的朋友，其中包括一些非常优秀的剧作家、导演、表演艺术家，还有英俊小生与俏丽花旦，这使我感觉收获颇多——既收获了友谊，也收获了思想、学术和艺术。此外，时常有机会到省外观摩戏剧节、艺术节演出的优秀剧目，还可借机饱览祖国的大好河山，这既是学习，也是享受。能得此好处，也全因与戏剧结缘。

总之，因与戏剧结缘，我的半生已免于受劳力之苦与失业之难。戏剧使我有了追求，有了目标，有了安身立命之处；戏剧使我有了友谊，有了自信，有了尊严，有了思想的表达、情感的抒发与心灵的寄放之处；我的创造潜能因此而释放，生命激情因此而挥洒，对历史、文化、世态人生的理解因此而深刻。漫漫人生路上，戏剧是我的一个形影相随，不离不弃的朋友。所以，我要衷心地说：感谢戏剧！

感谢戏剧，自当感谢那些引导与帮助我走上戏剧之路的人们；感谢在我对戏剧还是懵懵懂懂时，便把我作为创作人才看待与爱惜的兵团领导；感谢一直鼓励我坚持业余创作，甚至还帮我抄誊过剧本稿的战友；感谢省艺校与中国艺术研究院的老师；感谢对我的创作给予帮助的各位朋友；感谢和我一起把剧本呈现于舞台的福建省实验闽剧院、省芳华越剧院和福州市闽剧院、市歌舞剧院等演出单位的演职员们；也要感谢我的妻子对我的支持，她对我没有其他本事，只会长年累月从事这吃力不赚钱的营生从没有怨言。因此，在这本集子出版时，写下这些话，作为后记。